= LIREN =

最后的卫道者 著

中国致公出版社
—— China Zhigong Press ——

图书在版编目（CIP）数据

利刃 / 最后的卫道者著 . -- 北京：中国致公出版社，2020

ISBN 978-7-5145-1555-8

Ⅰ.①利… Ⅱ.①最… Ⅲ.①长篇小说—中国—当代

Ⅳ.① I247.5

中国版本图书馆 CIP 数据核字 (2019) 第 269156 号

利刃 / 最后的卫道者　著

出　　版：	中国致公出版社
	（北京市朝阳区八里庄西里 100 号住邦 2000 大厦 1 号楼西区 21 层）
发　　行：	中国致公出版社（010-66121708）
责任编辑：	张洪雪
印　　刷：	北京中科印刷有限公司
版　　次：	2020 年 3 月第 1 版
印　　次：	2020 年 3 月第 1 次
开　　本：	710mm×1000mm　1/16
印　　张：	20
字　　数：	400 千
书　　号：	ISBN 978-7-5145-1555-8
定　　价：	49.80 元

（版权所有，盗版必究，举报电话：010-82259658）

（如发现印装质量问题，请寄本公司调换，电话：010-82259658）

目 录
contents

楔子　不能承受之轻	001
第一章　老芭比死了	003
第二章　长老死了	024
第三章　末日镇	062
第四章　守经者	090
第五章　《诺斯比莫》	116
第六章　文物贩子	133
第七章　陈默被俘了	162
第八章　安　娜	216
第九章　彼　得	229
第一○章　雷神昏迷了	241
第一一章　狙击手	249
第一二章　幕后黑手	268
第一三章　始作俑者	281
尾　声	312

楔子　　不能承受之轻

陈默眼中的画面仍然定格在安娜那灿烂的笑容上。她是一个美丽的果刚族女孩，第一次见到陈默的时候，就突然提出一个有趣的问题：果刚族女孩身上的什么东西会越变越长？

显然陈默内心的答案和安娜的大相径庭，安娜似乎也看出了这一点，于是大笑着说答案是名字——女孩子的名字会因为冠以夫姓而变长。听到她的回答，巴西人立刻低声提醒陈默，对方似乎是在向他暗示未婚和可以追求的意思。对此，陈默只能看着女孩碧蓝的眼睛无言以对。中国人的矜持让陈默觉得，贸然接受对方的回应似乎有点轻浮……

可是，此刻那双眼睛无神地望着他，就仿佛被遗弃房屋的破窗户，从里面看不到一丝生气。

安娜死了，是被一颗子弹打中了额头。子弹在她的额头只留下一个小小的孔洞，但在她身下却蔓延出红白相间的血肉和脑浆——5.56毫米子弹出色的穿透力和不稳定状态在击中目标之后，第一时间发生翻滚，子弹入口直径只有一厘米不到，但出口却足足有一个拳头大小。

没人能救得了安娜，即便全世界最高明的医生也不能。值得庆幸的是，她死的时候应该不是很痛苦。

陈默到现在也没弄清楚，作为一支护送国际医疗小组的维和部队，为什么会成为目标。

不过，袭击者根本没有给他任何考虑的机会。在第一辆装甲车被IED（土制炸弹）炸成碎片之后，他所在的第二辆车就成了所有火力光顾的目标。

埋伏在山坡一侧的敌人不停歇地用大口径机枪扫射着装甲车，将它纤薄的钢板变成一块闪烁着火光的筛子。陈默甚至能从不断增加的孔洞里看到巴西人痉挛的尸体被一块块切割成碎片，而他，作为目击者却什么都做不了。巴西人叫什么来着，陈默努力回忆着。

"陈默，撤退，告诉他们，这是个陷阱！"说话的人是谁，陈默怎么也想不起来，大脑一片空白！

努力甩掉这些毫无意义的问题，恐惧驱使着陈默本能地抓起身边的步枪连续不断地打着短点射。曾经的训练在此刻变成了本能和肌肉的记忆，不间断的射击和利落的战术动作，让他单凭一己之力压制着数量不少于五十的袭击者。但也仅仅是压制而已！

画面最后结束于一枚手雷，美制 MK3A2，装药 227 克，爆炸半径两米。

火光四现，声响震天，陈默仿佛被绿巨人的屁股狠狠地坐了一下，眼前一黑，整个人就此昏了过去。

后来，有人告诉他，是身上的防弹衣救了他——仅限于他！

这场突袭毫无预警，无迹可寻。战斗带走了所有人的生命，除了他——他是唯一的幸存者，此外，还带走了他非常珍视的比生命还要宝贵的荣誉。

第一章　老芭比死了

安全承包商

东南亚某国，下午四点三十分。

靠岸的货轮重重地撞在码头的减震轮胎上，整个船身颤抖了一下，离报废更近了一步。

陈默跳下船来，站在被水打湿的码头上，熟悉的感觉瞬间将他包围。

码头前的空地上凌乱不堪，飘荡着的彩条布上，不知道挂的是哪位领袖的宣传画像，周围点缀的弹孔，昭示了此人的下场。不过这一切似乎没人关心，大家所有的注意力，都集中在唯一一辆停在空地的汽车上。

那是一辆丰田皮卡，车后铁架子上多出一挺通用机枪，显示着它的与众不同，也多了几分怪异。当然，如果那挺重机枪不放在那里，或许会顺眼许多。

不过，显然周围的围观者对此并不在意——车子周围，已经围满了推销的妇人和孩子。每个孩子都好奇地看着汽车，妇人们则尽量与汽车的主人攀谈着，试图推销手里的东西。

车主有点疲于应付，在找借口摆脱众人后，迎着陈默走了过来。陈默的到来算是给他解了围。

"雷神？"陈默拎着自己并不多的行李，试探性地问了一句。后者看到陈默，忙不迭地点了点头。

"你是陈默？应该错不了！除了你，还有谁会来这个鬼地方！"对方友好地伸出手，接过陈默手里的袋子，然后轰开周围的孩子们，带着陈默坐上那辆破旧的老式皮卡车。

"你在这里很受欢迎啊！"陈默回头看了一眼，语气轻松地说道。车子启动，身后孩子们依依不舍地追着跑着喊着。

"在这里，汽车很少见，人们很穷！"雷神的脸上没有任何笑容，甚至连原本的轻松都因为他的严肃而凝固了。

"只要他们付得起我的工资,我不介意他们的贫穷!"陈默无所谓地说。雷神意味深长地看了他一眼,沉默良久后,才点了点头。

"他们只是战火蹂躏的对象,付不起我们的工资。付我们工资的是那些有钱人。作为报答,我们用生命捍卫他们的安全。认识一下,我是雷神,铠甲安保的负责人!"雷神熟练地操纵汽车绕过一个个炸弹留下的弹坑,随后看着陈默自我介绍道。

"陈默。认识你很高兴!"陈默礼貌地与对方握了握手,对方有力的大手和食指上的茧子让人印象深刻。

虽然上车前已经打过招呼,但似乎此刻的正式介绍,才算让两人真真正正地互相认识了。

"老班长的介绍,我是信得过的。不过这里可能和国内不同,你最好打起十二分的精神。对我来说,每接一个新人进来,都意味着一个兄弟离开——大多数都是被人抬走的。如果你想安稳地赚钱,就一定要注意自己的安全,我可不想总去码头接什么新人。"雷神重新看向陈默,既像是提醒,又像是嘱托。

"好,我会注意的!"显然老班长似乎并没有告诉对方,自己曾经来过这里。陈默也并不打算说,虽然不够坦诚,但至少不是坏事。

两人的谈话暂时陷入冷场。

幸好路途并没有想象的那么遥远——车子在绕过几条崎岖到几乎辨认不出的道路之后,放慢速度,缓缓停在一处锈迹斑斑的大门前。

大门的结实程度足以承受AK枪族的近距离直射,前方的拒马和水泥路障有节奏地破坏了直行的道路。在角落里,几名端着武器的哨兵正凝视着他们。黑洞洞的枪口若隐若现,似乎迫不及待地希望他们能表现出不友好。

"口令!"车子停在拒马前,有个声音从角落里传了出来。

"该死的地狱!"雷神用不纯正的英语回答道。

"欢迎回来!"回答与口令相得益彰。大门被推开,吱嘎吱嘎的声音,让人牙齿发酸。一片营地霍然展现在陈默面前。

"欢迎来到雇佣兵营地!"大门洞开的瞬间,雷神对陈默笑了笑,说道。不得不说,他的笑容很难看,尤其配着那个从耳边蜿蜒而来的疤痕。

大门在车子后面缓缓关闭,一处庞大的军营展现在陈默眼前,与想象中有很大的区别。

与其说这里是一处军营,倒不如说像是一片毫无秩序的操场。各种车辆在操场中勾勒出一个个大大小小的区域。这一撮人,那一撮人,构建着自己的势力范围。圈子内,人群毫无顾忌,大笑大嚷着;而圈子外——每当雷神的车子经过他们,势必会有一些人本能地拿起武器，注视着他们，直到车子离远，才放下武器，继续着自己的事情。

在这种交替的警惕和戒备中，车子来到营地的角落，在由五六个集装箱组合而成的建筑物旁边停了下来。

"人来了！大家都出来欢迎一下！"雷神从车上跳下来，对建筑物大喊，脸上依然挂着他有点狰狞和丑陋的笑容。

"你就是新来的那个！"一个全身精瘦的大男孩率先跳了出来，看到雷神，立刻殷勤地从他手里接过行李，而后好奇地上下打量着陈默。

"那个什么？"陈默机敏地反问道。

"什么都行，只要你能一直和我们待着，你想干什么都可以。"男孩没有抬杠的意思，笑了笑，转移了话题。

"他比我想的胖了一点儿，不知道负重如何，如果只能承受一块防弹板的重量，我建议你顶在头上。"一道沧桑中略带沙哑的声音从房间里传了出来。随后，一个年纪有点苍老、肤色有点暗淡的男子走了出来，略微打量了一下陈默。

"顶在头上？为什么？"陈默从对方的眼神中可以清晰地看出对方已经目测了他的身体状况，他也趁此机会打量起对方。

这人是个高手！无论是沉稳的脚步，还是别在腰间随时可以拽出来的手枪，甚至包括对方被油污弄得黢黑的残缺不全的手指，都无不显示出他绝非普通的角色。

"在这里，四面八方都有子弹可以射来，唯一例外的可能只有头顶。不过不要心存侥幸，头顶会有不知道哪国的飞机扔下的炸弹，所以……"一个女子的声音从身后传来。陈默回头，这是个男人吧，"她"穿着战术背心，肌肤呈褐色，屁股后面挂着一把手枪，走路大大咧咧的。这前凸后翘的身材、胡乱扎起的头发，却在她的一步步走动中向旁人展示：我就是个女人。女子身上散发着热辣辣的野性，让他有种想吹口哨的欲望。

换做其他地方，对方一定会被误认为一名模特。而在这里，在这个国度内，女人是私有物品。如果有女人单独出现，不是找死，就是有足够的自保能力。这个女人显然是后者。

"新来的，我来给你做个介绍，雷神是我们的队长，这边这个残疾人是机械师，那边那个处男是炸点，我是电门！好了，现在该你做自我介绍了！"女子的声音嘎嘣脆，手也顺势伸出。

"陈默，新来的！"陈默伸手回握，这手都不像是女人的，很粗糙。

"是外号吗？"对方用力握了握，手劲超过了陈默认识的所有女性。

"你指的是新来的，还是陈默？"陈默反问道。

"沉默！"对方嘴角微微上翘，显得很迷人。

"你可以这么理解！"陈默加大了点力气，以便应付对方的手劲。

"嘿，电门，今晚上陪我怎么样，三千美金，一个晚上！"不远处的另一块空地上，一个白人彪形大汉大声对电门喊道。人群爆出此起彼伏的口哨声。

"我要五千！"电门看着对方，大声回应道。

"为什么？你之前说只要三千块的！"对方愕然，大声反问道。

"我是按时间收费的，一秒钟一千块！我还要留下两秒钟给你穿衣服！"电门大喊道。沉默片刻后，一阵哄笑从四周传来。大汉赧然地申辩着，不过他的申辩被嘈杂的噪声淹没，陈默只能看到对方涨红的脸和挥舞的双臂。

"欢迎来到铠甲安保公司，我们和他们不同，我们是安全承包商，他们是雇佣兵！"电门看着陈默，意味深长地说道。

"你最好记得这一点，忘记它会致命的。"雷神用微笑招呼着周围不知是雇佣兵还是承包商的家伙们，轻轻吐出几个字。

任 务

陈默被领进营房，房间里乱七八糟的，地上随处扔着的衣服散发出诡异的味道，门口挂着随时可以拿到的稍显陈旧的防弹衣，几张用粗糙木板拼成的木床上，丢着各自的东西。其中一张床上，一件硕大的胸衣，宣示着这张床的主人的性别。显然，那个被称为电门的战友，并没有因为是女人而得到特殊对待。

"进来吧，随便找地方坐，我去给你拿装备！"雷神巡视了一圈，发现没有一处地方可以让陈默坐下，只好随意地指了指，然后三两步走到自己的木床旁，从床下拽出一只足可以装下两具尸体的巨大铁箱。

"与职业军人相比，我们的最大好处是自由。当然，最大的劣势也很明显，武器供应不充足，也没有太大的挑选余地。兄弟，只好委屈你了！不过你可以放心，在这里持有武器是完全合法的，也不会被人盘问。"雷神大度地指了指箱子内的武器，示意陈默选一支称手的。后者大略地看了一眼，轻轻地摇了摇头。

箱子打开了，里面摆放着十几支制式武器，如房间一样纷乱。武器品种不少，但显然挑选的余地并不大。两支M16的膛线已经磨损严重，很难想象在中短距离内，这样一支枪能打出什么样的散布。

除了M16，箱子里还有一支少见的AR15放在下面，但零件间的缝隙让陈默很怀疑，有人用了部分自造的零件做了替换。虽然看起来没有影响枪支的功能，但细节的差异仍然无法被忽视，也让它丧失了本该拥有的可靠性。

略过美式武器，在箱子里最多的武器是AK，就好像扑克牌里的小三一样，你永远不希望见到，却总是能够随处见到。

陈默不满意地挑拣着。身后，几名队友各自靠在各自的位置上，等待着陈默选出自己的武器。

佣兵里有一个不成文的规矩，你用什么样的武器，代表你什么样的为人：用MG249 的，脾气火爆鲁莽；用巴雷特的，半天恐怕也不会说一个字；更多的是使用突击步枪的，好唠叨，爱管闲事，不用担心无聊。虽然这里是安保公司，但这条规矩依然通用。

"不能要求太多，这里你首先要考虑的是后勤补给，我们没有漫天的直升机随叫随到，能依靠的只有手里的家伙了。如果你希望能在关键时刻顶得住，而不是靠石头和敌人作战，那么最好选一款可靠的。虽然AR15好用，但它的5.56毫米弹很难找到！"电门出言提醒道，看到陈默放下，她才露出满意的笑容。

"AK其实不错，门口的那家汽车修理店也兼职供应枪管，只是寿命有点短，但胜在价格便宜！"机械师看着AK被舍弃一旁，无所谓地耸了耸肩膀说道。

AK在这个国家就如同流通货币一样，虽然威力因为Ⅳ级防弹衣的普及而变得可有可无，但对付平民和武装分子，威慑力还是蛮大的。当然最大的优势就如同机械师所说的一样，便于修理。这个国家有一半的人遭到AK的蹂躏，而另外一半人以AK为生，这话并不夸张。

陈默没有理会两个人的话，在翻开上面的枪支之后，从里面找出一支样子和AK差不多，但总觉得少点什么的家伙。

"56半，哥们儿，你想多了吧？"看到陈默拿起的那支武器，炸点惊讶地说道。"56半"这个名词很熟悉，但仅限于上个世纪。虽然至今某些仪仗队还在使用，但不代表这样的武器具备不可替代的优点。实际上，56式半自动步枪的设计理念仍然停留在二战时期，那个时期追求的并非火力密度，而是庞大战场上中程火力的压制。对于现在的短兵相接的遭遇战来说，那样的理念已经完全不适用了。

"不是56半，是SKS，修改成了可以使用AK的可拆卸弹夹，标尺1000米，用的39弹。"一旁，机械师看着陈默拿起的武器，迅速报出一连串参数。

"你不是中国人？"陈默看了对方一眼，随意地问道。

"华人，怎么了？"机械师看着陈默，似乎很好奇对方怎么知道自己不是中国人的。

"嘿，你不要太小瞧机械师了，他在我们队伍里资格老到可以写一部战争史了，从有铠甲，他就一直存在，老而不死。"一旁，还没等机械师开口，炸点就故作老道地说道。

"如果能把'老而不死'去掉，听着会顺耳点儿，新兵。"机械师白了炸点一眼，不高兴地说道。

陈默看了看两人，想要张口解释，突如其来的警报声忽然响起，打断了两个人的交谈。

警报声低沉压抑，仿佛被人吹响的公牛角，虽不刺耳，但让人在心底里产生一种烦闷的共鸣。

"通勤任务，所有人立刻出发！"伴随着警报声，一个粗大的声音用英语重复大喊着。听到喊声，房间内众人对视了一眼之后，纷纷跑向各自的床铺，装备起来。

"你的运气真好，刚来就赶上了任务！不过放心，通勤任务就是全员出动的任务，通常是官方委派的警戒和防御任务，用来抵扣租金，换取我们在这个营地租住的权利，一般不会有太大的危险！"炸点显然对新来的陈默充满好感，一边给自己的防弹衣加入陶瓷插板，一边迅速解释道。

雷神已经先一步跑出房门，然后是炸点，陈默和机械师一起。

在走到门口的时候，机械师忽然停下脚步，回头看了看跟着自己的陈默，好奇地问道："对了，你怎么看出我不是中国人的？"

"因为这不是 SKS，而是一支国产 63 式步枪，是因为质量差而被淘汰的武器。不过在定型之初，有一批质量极好的产品用来支援邻国，而这把就是其中一支！"陈默枪口朝下，迅速将步枪背在背后，跟着众人快步跑了出去。

机械师看着陈默的背影，若有所思地点点头。如果说之前他把陈默当作一个为了钱来这里冒险的菜鸟，那么现在，他已经迅速修正了这个观点：这个陈默，来这里应该不只是为了钱！至少，他不是个菜鸟！

凄厉的警报声不断地催促着大家！

门外，很多佣兵已经登上车辆，丰田皮卡发出的轰鸣声，带着刺鼻的柴油味充斥着整个兵营。原本混杂的营地，瞬间变得拥挤和喧嚣，各种语言在营地里嘶喊着，仿佛热闹的集市一样——如果忽略每个人手里那冰冷武器！

雷神利落地跳上车，机械师已经利落地整理起固定架上的通用机枪。虽然相比其他佣兵的重机枪，RPK203 无论是身材还是样貌都少了一点儿彪悍，但改装的弹鼓却丝毫不输任何枪械，甚至夸张得有点吓人。

"200 的弹鼓，如果需要，我可以一直让他们没法抬头做人！"机械师指了指那些操纵着 50 口径重机枪的佣兵笑着说道，同时伸手将炸点拉上车。炸点身上加挂的手雷和手榴弹如此之多，足以组成一件防弹衣。

"后面有我们，你去前面吧，头儿需要的是突击手！"炸点随便找个地方坐了下来，指了指驾驶室。里面，电门正在为她的手枪上膛。

陈默点了点头，将肩上的 63 式步枪放在车厢里——过长的枪身不适合放在驾驶室内，不过显然赤手空拳的他犯了某些人的忌讳。

就在他刚刚坐在副驾驶的位置上时，身后的电门已经利落地递给他一把 54 手枪：

"这里一分钟都不能离开武器,用这个吧,虽然老,但还比较可靠!"

陈默点点头,顺手接过,别在腰里。

"别掉以轻心,这里和国内不一样,国内太和平了,大家已经不记得战争什么滋味了!可在这里,有可能随便一个路边炸弹,就能把我们都送上天!"雷神没有像其他人一样安慰陈默,而是低声告诫道。听到他的话,陈默无意识地点点头。对于这里的情况,陈默自问比他们更清楚一些,至少,他所经历过的,是他们尚未经历的!

这里我比你更熟悉!这句话在陈默心里转了一圈,最终没有说出口。

内比亚作为临海小国,在一般人听来并不熟悉,但陈默差一点永远留在这个不知名的小地方,成为掩埋在这片黄色土壤下的一具尸体,而这正是他再次回来的原因之一。

发动机压抑地轰鸣了几下之后,终于欢快地转动起来。在一群维和士兵的带领下,佣兵们组成的车队迅速向前,呼啸着冲出营地。

颠簸是出了营地之后的第一感觉。这座城市,不,应该说这整个国家,都没有任何可以被称为公路的道路,平直在这里已经是奢望。你只有努力分辨,才能看出车轮下的公路在坑坑洼洼中间,有那么一些陈旧而几乎不可辨认的柏油块。这除了代表它们曾经是公路之外,更大的作用是让其变得更加崎岖。

连年的战乱,让城市失去了人口聚居的便利。人们之所以生活在这里,似乎仅仅是因为留恋和本能,当然更多的原因是根本无法离开。

"这一切都是战乱造成的,果刚族和内亚族的争端已经持续超过九十年,势同水火;而在两族内,有人主战,有人主和,更有极端派别各自为战。战争已经成为这个国家生活的一部分,尤其是最近十年,争端竟然发展成了战争,他们已经开始习惯用AK来提出所有问题和回答所有问题。"雷神不无感叹地说道,他的口气听起来好像不是佣兵,更像是一名历经磨难的诗人。

作为曾经在这里生活过六年的"熟客",陈默自然知道内亚族和果刚族之间的争端。作为只有两个主体民族的国家,内亚族人和果刚族人在外貌上有着显著的差别,但没有什么不可弥合的矛盾。原本两族人也并不认为这之间的差异代表着什么,他们各自生活在各自的土地上,互相尊敬,礼尚往来,甚至在内比亚的历史典籍上,两族之间会被形容成兄弟一般的关系。

直到殖民者的到来,这一切才骤然改变。

"你忘了说狗腿。"电台里,炸点的声音传来。作为一个小队的"唯二"的两辆车,车子里已经被机械师安装了短波电台,虽然不在一辆车内,但只要电台开着,双方之间的交谈通常没有秘密,当然,也不需要秘密。

"是的,还有狗腿!"身后,电门也插嘴补充道。

"狗腿!"雷神点点头,只是简单地附和了一句就不再说话,但表情却异常深刻严肃。

对于他所说的"狗腿",陈默却深有感触。内比亚武装势力的军事素养并不优秀,实际上,一旦遭遇敌人,他们很有可能会一口气将弹夹里的子弹打空,而最后决定战斗胜负的通常是这个国家特有的一种摘砍香蕉的弯曲刀具,因为形状弯曲,外来人通常叫狗腿。有人统计过,死在狗腿上的人远比死在AK上的要多得多。不知道这个统计数据从何而来,但陈默对此深信不疑。对于没有受过训练的民兵,枪口跳跃的AK远不如锋利的狗腿好用;而对于亲身经历者来说,死在AK上更是一种幸福。相比呼啸而来的子弹和一瞬间的死亡,被狗腿切开喉咙的感觉并不舒适惬意。更何况,有些狗腿并不锋利,被钝刀切断脖子会让死亡延迟,还会成为胜利者施加给失败者身上的一种折磨。

在众人的交谈中,车队逶迤向前,仿佛一条破破烂烂的长蛇。作为蛇头,蓝盔维和部队一直在前方。身后,跟随的安保们更像是他们要对付的对手,而不是自己人。事实上,双方之间的关系也确实如此,蓝盔是为了维持和平而存在;而雇佣兵,则只有在混乱的战争中才有饭吃,双方之间的配合,与其说是从属,不如说是默认和互相妥协。当在利益面前时,陈默可不相信这帮家伙会放过他们一直以来的房东——蓝盔。

车队在缓缓前行了好久之后,终于停了下来。车子内,众人纷纷拿起武器,雷神利落地调节了一下电台的频道。

"所有人都到齐了吗?这次我们的任务是制止暴乱,果族的杂种们刚刚在医疗点打死了两名内族的伤员。虽然我认为,他们多死几个对我们有好处,但问题是,现在那里已经聚集了三千名以上的两族成员,其中有超过四百名武装民兵。这可不是什么小数目,即便他们乱打一气,也有可能变成大屠杀。所以,联合国授命我们制止可能发生的冲突。各位先生,哦,还有女士,这次的任务可不是监督分发救济品,你们最好提起精神来,下面我宣布一下各组的任务分派……"车载电台里,一个充满口音的男人用英语大声说道。

作战小组是依照各个单位分派的,铠甲安保的名字被放在了最后。当听到自己的任务时,雷神不由得露出一个满意的笑容。

"外围警戒!不错的任务,要知道,老芭比收了我一整箱的二锅头!他自然会照顾我们一下。"雷神指了指电台,得意地说道。在这个行业,勇敢并不是值得称道的事情,安全意味着可以活得更长久。为了安全,很多时候,中国人的智慧会吃得更开一点儿。

"老芭比是个斯拉夫人，生活很节约，节约到连买酒的钱都舍不得。你见过舍不得买伏特加的斯拉夫人吗？"雷神充满笑意地看着陈默。对于国人来说，给人送礼并不是丢人的事情，双赢通常意味着双方都有好处。对于这一点，在场的每个人都充满认可和赞同，至于双方之外……呵呵呵！

"或许他有更需要用钱的地方。"斯拉夫人在内比亚并不罕见。他们无论是从脾气还是从身体素质上都更适合当雇佣兵，事实上也确实如此。如果你舍得每个月花费5000美金，就可以轻松雇到一名身经百战的斯拉夫佣兵；而在黑水，同等价格最多只能找到一个满口得州腔的牛仔。

"是啊，买芭比！"听到陈默的话，雷神和电门对视了一眼，同时说道。看上去是个冷笑话，却丝毫没有任何语气上的兴奋。显然，在这背后，一定有一个并不让人好笑的故事。

"我们到了！"车子忽然停了下来，刹车扬起的尘土瞬间让周围变得喧嚣。

陈默抬头看过去，前方黑压压的一群人正在激烈地争吵着。人群里，时不时有人举起AK用力炫耀着，扣在扳机上的手指，因为紧张而绷直，似乎在下一刻就会扣下去。

人群不断地涌动着，激烈的叫骂声回荡在上空，仿佛架在火盆上的火药桶，随时会爆炸一般。在两拨人群中间，几辆写着UN的车辆尽力阻隔着双方，在如同潮水的人群中摇摇欲坠。

"各组按照计划行动！记得，不要开第一枪！"电台里，老芭比的声音再次响起。

每个人都在这一刻默默地带上自己的武器。开不开第一枪对于众人来说有着不同的定义。在这片土地上，所有人不是遵从道德，而是更多遵从于侦测危险的本能。

陈默也不例外，尤其是看到喧嚣的现场时，他的手已经本能地放到别在腰间的手枪上。这里很危险，如果可以，陈默希望能尽量离得远一点儿。

不过，有一群人则必须要迎着危险冲过去。

蓝盔是最先进入人群中的，统一的制服和装备让他们看起来很显眼，可毫无用处。曾经有过维和经历的陈默很清楚。作为联合国直属的武装力量，被极其严格的规定限制着，不能打第一枪，不能挑衅。即便见到屠杀，没有命令也不能阻止。

而现在，这几十名蓝盔进入人群之后更显渺小，仿佛海浪中的小舟，一瞬间就会被吞没一般。只有在人群的不断涌动中，才隐约可以看到他们蓝色的头盔。

"我们去那边，记得，如果有任何事情发生，第一时间撤。还有，千万不要开第一枪！"雷神指了指前方一个不高的土坡，对大家说道。最后一句话，则是刻意说给陈默听的。听到他的话，陈默也刻意地点了点头，将手从54上放开，随后背起炸点递给他的63，快步向土坡跑去。

这时候不该考虑别人，该考虑的是自己，他已经不是士兵了，而是佣兵，他所要做的，也是先活下去！

突　袭

　　没有什么地方是绝对安全的，尤其是在战争期间。能决定生死的，更多的是运气，而不是你距离他们有多远。换个角度说，在AK的射程距离内，生死只有或然率能决定，当然，也包括雷神用二锅头换来的位置。

　　土坡距离人群不超过一百米。一百米的距离，在标准步枪的最有效射程内，所以如果出现变故，只意味着这里的人会死得慢一点儿。

　　雷神和机械师也想到了这点，于是在土坡旁边用车辆构筑了第二道防线，与土坡上的陈默等人形成了一个完美的三十度攻击夹角。

　　只要配合得当，正面的进攻就会在第一时间被瓦解，方便大家坐车离开。至于之后会发生什么，只有运气和老天爷能决定。

　　停好车的雷神对陈默这边打了个手势，机械师则用残缺了手指的手，用力推弹上膛，随后一脸严肃地监视着前方。

　　"我有不好的感觉！"陈默站在土坡旁边，眯缝着眼看着涌动的人群，随后利落地检查起刚刚得到的武器。

　　"没人在这里会有好的感觉。就算回国，恐怕也要恢复几个月的。"炸点看着前方越来越多的人群，摇头说道。

　　"为什么来这里？"陈默看了他一眼，一边给弹夹补充子弹，一边随口问道。炸点的年纪不大，这个年纪按说在国内并不发愁工作机会，来这里冒险可不是一个好的选择。

　　"因为我弟弟，他欠了一大笔债，总要有人给他还，所以我就过来了。不过时间不长，只有一年多。"炸点回了一句，脸色变得更加阴沉了。

　　"中国式好哥哥！"陈默没有继续追问，在将一支弹夹压满子弹后，继续给第二个弹夹装弹。

　　"对了，你呢？"炸点看了陈默一眼向他询问道。

　　询问陈默并不是真的好奇，而是一种交换。战友之间要分享自己的秘密。至少在战场上，没人愿意和一个自己并不了解的人背靠背作战。因为你永远不确定他会不会因为自己的秘密而出卖你。

　　"我在这里忘了点东西，回来取。"陈默很平静地回答。虽然他知道这样的答案并不能让炸点满意，不过他不在乎。

　　"好吧，看来你是个有故事的人。"炸点回了一句，默默地将身上的手雷卸了两个下来。

这时一直没说话的电门,走到两人身边,看到陈默看向自己,先是一愣,然后低头看了看。就在她低头的瞬间,陈默忽然站起身,举枪瞄准前方。

"所有人注意隐蔽!"

没等众人回过神来,枪声已然响起。连续两发的精确短点射从63步枪的枪口射出,准确射向前方一辆正在向人群行驶的汽车。

那是一辆老式的苏联拉达小轿车,车身已经生锈了,排气筒喷着醒目的黑烟,仿佛患了哮喘的犀牛,正奋力向人群冲去。

它的出现很突然,实际上,上一秒钟它还在破损的路基上颠簸前行着,下一秒钟就忽然划出一道弧形的轨迹冲向人群。

陈默一直注意着它。准确地说,从车子出现在眼前的瞬间,他就本能地留意对方了。没人会向危险靠近,趋利避害是人类的本能。对方竟然在骚乱中仍然沿着公路前进,这可不是看热闹的好时机。黑压压的人群剑拔弩张,这么危险的情况下,司机为什么要过去?除非他是佣兵,可佣兵会需要开车过去吗?他们不该远远地躲在外面吗?排出所有的正常可能,剩下的就是不正常。

不正常,就是开枪的理由,在这个国家,这个理由已经很充分了,大多时候,大家会毫无缘由地开枪射击。

人群中,没人发现轿车正在靠近,人们仍然在争论着连他们也不明白的所谓的人权和平等。而就在这时,枪声响了!

人群骚动起来,所有人在停顿片刻之后,变得更加混乱。没人知道是谁开的枪,没人知道死没死人。枪声却引燃了火药桶的引信,爆炸似乎已经进入倒计时。

喊声变得更大了,有人已经举起手里的AK开始向天空射击。骚动的人群中,蓝盔们瞬间被淹没,甚至连停靠的车辆都摇摇欲坠。

"他妈的怎么回事?雷神,枪声是从你那里传来的,你最好给我解释,还是他妈的你根本就是疯了!"喊声从电台里传来,声音大得即便在土堆上也能听到,可还没等雷神看向这边,陈默再次举枪射击。

连续的短点射不断射向前方那辆并没有停下的汽车。子弹先是在左右打出一串尘土,那并不是胡乱射击,而是在用夹差射击校正。几发点射之后,他再次开火,两个连续的短点射准确命中车子的右前轮。

行驶中的车辆因为失去平衡瞬间右转,随后在司机的把控下努力左转过来,依然执着地向人群开去。

"电门,阻止他!"山坡下,雷神已经大声命令道。身边不远处,电门迅速抽出手枪,利落地推弹上膛,然后指向陈默的脑袋,陈默的眼角可以清晰地看到枪口反射着淡淡的柔和的光芒。下一秒钟，只要一个击发动作，陈默就会成为一个最好的靶子。

"汽车炸弹！"陈默很清楚他需要给出一个解释。不远处，雷神已经向山坡冲上来。否则，即便电门不开枪，雷神也会第一个把他撕掉。

不过现在显然不是一个解释的好时机，陈默在大声吼出猜测的同时，再次连续射击。精确的三发点射连续射出，准确地打在仍然挣扎着前进的汽车车身上。

如果说之前只是怀疑，现在看着在攻击下执着向前的汽车，他已经几乎可以确定对方的身份和目的。现在，他要做的就是阻止对方，至于电门会不会开枪，已经不在他的考虑范围之内。

一支弹夹瞬间被打空，但火力没有停止——陈默单手利落地换弹夹，为手里的步枪提供着持续的火力压制。前方，继续行驶的小汽车变得蹒跚起来，但仍执着前行，似乎在与陈默比拼谁能坚持到最后。或者说，对方并不相信，他在如此远的距离能够继续保持这么高的精准度。

如果是别的枪，陈默不敢保证，但手里这支，他觉得可以！

63式步枪，中国自主研发生产的第一代自动步枪，无论是精确度还是设计，都堪称精品，只是因为设计理念落后，又在动乱年代，很快被废止。即便如此，依然无法抹杀它作为一支自动步枪的优秀，尤其精确的三发点射，足以让它在小规模的冲突中占据优势。

虽然现阶段军队作战的理念已经转变，不再依靠单兵火力来压制敌人，而倾向于体系的支援和对抗。这是现代化军队的发展方向。对于无法呼叫支援、时常陷入窘境的雇佣兵或是安全承包商来说，他们更需要的是一支可靠的、节省的步枪。

陈默很了解这一切，因为他曾经数次和最优秀的敌人对抗过。作为士兵最可靠的伙伴，一支好的步枪，并不逊色于好的战友，甚至更胜后者。毕竟，战友会背叛，步枪不会！

63很适合这样的定位！

第二个弹夹再次被打空，空掉的弹夹被扔在地上，陈默迅速换上第三个弹夹。

连续六十发子弹的射击！车身已经千疮百孔，最终，它蹒跚的脚步被三个连续精确的短点射阻止下来。

车子终于停了，虽然发动机还发出不甘心的低吼，但被破坏的车体已经让它无法担负继续行驶的职能。

在连续不断地扫射下，车门上的弹孔均匀密集，发动机盖子冒出浓烟，轮胎只剩下轮辋无助地旋转。副驾驶座位上的身体摊在那里，不断颤抖着，驾驶员无助地趴在方向盘上，似乎已经没有了生机。

所有人都沉寂下来，目光茫然地看向这边，查看着到底发生了什么事。就在所有人以为这一切告一段落的时候，车内的驾驶员忽然动了一下，画面定格在她绝望的表情和嗫嚅的嘴唇上。

"轰"，汽车原地爆炸，火光淹没了众人的眼睛。骤然的火光和声音之后，是巨大的冲击波。车上装载的炸药辐射至百米外的距离，疯狂肆虐着将周围的一切包围，凛冽的气流让人不寒而栗，如同置身在台风中心。

人群被冲击波推开一个巨大的口子，被包围的蓝盔们终于露出身影。

冲击波范围内，没有谁还是站立着的。在这一刻，所有人都忘记了派别和争斗。大家都拼命地趴在地上，躲避着这毫无理由的爆炸。

所有的吵嚷和咒骂都为爆炸声所逼停。人们愕然地看向爆炸地点，但看到的只有一处巨大的弹坑。

电门等人也在爆炸后起身看过去，但他们看到的第一个人是陈默——他并没有卧倒，即便是在爆炸最猛烈的时候，他依然警惕地看着周围，提防可能出现的另外一波攻击。

陈默眯缝着眼看向周围，一丝鲜血顺着被碎石刮伤的脸颊流下来，嘴角却泛起一丝微笑。刚刚来到这里的一丝疑虑已经一扫而空，尤其那个被汽车炸弹炸开的巨大的弹坑，更让陈默多了一丝难掩的兴奋。

足足百多米爆炸范围的汽车炸弹，被陈默硬生生地压制在破坏边缘。最靠近人群的边界，仿佛被巨人咬出一个缺口一样，横七竖八地躺倒了一片平民，三三两两的，打着趔趄，互相搀扶着。所有人都清楚，这次本该破坏严重的袭击事件，最终以无人伤亡而收场。如此意外的结局，足以用奇迹来形容。

"他们还在，看来，这真是一片永远不会让人失望的土地！"创造奇迹的陈默此刻却并没有任何表示，在冷冷地扫了一眼周围之后，低声念叨了一句。随后，他收起步枪，重新回到自己的战位。

"我们丧失了上头条的机会！"电门调侃着，想化解一下彼此的尴尬。看到陈默最终放下步枪，电门收起了一直握着的手枪，拎着步枪警惕地警戒着四周。就在刚刚，雷神曾亲自下达命令，让她阻止陈默。在执行命令的时候，电门犹豫了，也幸好如此，否则后果将不堪设想。

"如果可以选择，我永远不需要这样的机会，另外，你最好把你的格洛克18退弹，这枪没有外置保险。"陈默当然知道电门的意思。事实证明他是对的，当然，这一切是建立在电门没有开枪的基础上。

现在回想起来，如果这次炸弹袭击不被阻止会有什么样的后果？恐怕不仅仅是上头条那么简单了。按照眼前的人口密度，造成的伤亡要直追美国的"9·11"。如果真是那样，他们恐怕不仅仅会上头条，估计还会一直挂在头条上直到地老天荒。

"重新认识一下，我叫林晓曦，美籍华人，外号电门，曾经在国民警卫队服役过，现在是一名安全承包商。"电门把手伸过来，郑重地自我介绍道。

"我叫陈默,没有外号,中国人民解放军某部退役士兵,曾经在内比亚参与维和行动两年,退伍后在内比亚生活过三年,期间承担联合国维和部队司机的职务,后因故离开。"陈默握住这只相比其他女人略显粗糙的手,微微摇了摇,随后平静地说道。

"你对这里很了解!"身后,雷神的声音响了起来,陈默回头看去,向对方礼貌地点了点头。

"比你想象的知道得要多一些。"

"那你应该清楚,他们为什么会变成现在这样?"雷神点头回应,却没有什么笑容和释然。

"有人拉平了他们的国境线!"陈默回答道。

起 因

有人拉平了他们的国境线,这不是一句玩笑话!

内比亚的两个民族之间的界线原本是自然弯曲的。作为古老的民族,他们代代相传,严守着各自的领土和势力范围,直到外国势力出现,重新划分了领土和势力,终止了原来和谐的局面,也开启了种族之间的各种纷争。战争激发了人性的贪婪,没人愿意归还被赋予的领土,也不愿意原本的家园被侵占,于是整个国家彻底陷入混乱之中。

战争就是这样,一旦开启,就势必要有胜负之分。尤其在这样一个被殖民改造过的国度,更加不会缺少催化战争所必须的关键——财富。

财富,有如星星之火,足可成燎原之势,将所有这一切烧成灰烬。除非有人阻止!

陈默作为蓝盔,曾经到过内比亚,当时他的任务是维持这里的和平。国际社会一直关注着这里的局势,更为内比亚的和平而努力着。经过无数战乱的中国更清楚和平的环境才是创造财富重要的基础。

公路,铁路,之后是通过一带一路,连续的投资,让这个一直处于战乱之中的国家终于恢复了一些生气,看到了一丝和平的曙光。他甚至已经爱上了这片土地,在退役后,一直以各种借口留在这里,直到那件事发生之后。

那是一次阴谋!而他则是阴谋的见证者和唯一幸存者。

原本家里已经为他安排了妥当的生活,但陈默不能容忍自己生活在和平和富足中,至少,他不能容忍那些战友和兄弟,不明不白地留在这里。

于是陈默选择重新回到这里,以一个私人安全承包商的身份。

这就是陈默回到这里的原因,不过这个原因只有他自己知道。他不想说,因为没人愿意听这样的故事。这个时代是现实的,所谓的兄弟情义、战友情义,信的人放在心里，而不信的人只会放在嘴边，作为茶余饭后的谈资。既然这样，说与不说，其实没什么区别。

"好的，好的！是你指挥得当，我们因为之前听从了你的部署，所以才能成功阻止这一切，这样说，你觉得怎么样？"车内，雷神与老芭比的交谈打断了陈默的思绪，雷神的眼神里此刻正闪烁着一丝促狭。

突如其来的炸弹，瓦解了冲突爆发的可能，毕竟谁都不愿意不明不白地被人炸死。所以，在炸弹爆炸之后，原本声势浩大的冲突瞬间冰雪消融，蓝盔们终于松了口气。自然而然地，陈默等人的任务也宣告结束——这比他们预想的时间要短得多。

"说吧，雷神，你到底想要什么？"电台里，老芭比沉吟片刻，忽然开口道。中国人的狡黠是圈子里出了名的，与其跟他们绕弯子，不如直接谈条件，至少这样吃的亏可以少一点儿。

"补给，至少能让我们安全一点儿。你也知道，我们只是一群承包商，没有可以随便呼叫的直升机，也没有支援，一切只能靠我们自己！多存一点儿东西，并不过分！"雷神最喜欢别人开价了，这样才有讨价还价的余地。雷神自认为在还价方面一直居于上风，圈内还无超越者。

"好吧，你赢了，我会让人给你送去你想要的东西，不过我们说好的事情不能反悔！我是这里的头儿，我需要一些可以震慑他们的东西，以前是武力，不过现在除了武力，还要靠智慧。"腹黑的老芭比故意拖延，沉吟好久才答应。陈默很清楚，对方恐怕早就在心里乐开花了，佣兵需要的是荣誉和成绩，雷神送出去的这份东西，算是一笔大礼。

"好吧，说定了，我回去之后，就要看到我要的东西。"雷神中断通信后，双目炯炯地看向陈默。

这份功劳是陈默的，谁都不能否认。眼前雷神却要让出去当作老芭比未雨绸缪的荣誉，但作为中国人，陈默深刻明白"枪打出头鸟"的道理。中国人的中庸是外国人不懂的为人之道。至少在陈默看来，他没有做出头的椽子的爱好。

转头看着车窗外，不远处就是他们的营地了。很多人在看到铠甲的标志时，纷纷竖起拇指，刚刚他们的行为不仅仅是为了自己，更让很多人幸免于难——毕竟没人知道炸弹会光顾谁，或者说，炸弹的目标有可能就是在场的所有人。而铠甲刚刚所做的一切，等于变相拯救了所有人。

车子驰进营地里，有掌声，有叫声，雷神和其他人自如地应付着，只有陈默平静地看着这一切，直到车子停稳。

营地门口，几只弹药箱已经摆在那里。炸点跳下车，兴奋地尖叫着，三两下打开箱子，随后拿起几枚钢珠手雷向雷神等人炫耀起来。机械师则用另外那只好手，掀开其他几只箱子，在谨慎检查一遍之后，对雷神点了点头。

"数量都对，只是防弹插板是中国货！"机械师拿起一块防弹插板，向雷神说道。

"这不是问题，我们谁都被它们救过。走吧，今晚应该会有庆祝，祝贺大家死里逃生，虽然我认为每天都该庆祝。"雷神对机械师说完，拍了拍陈默的肩膀，先一步下车。陈默则在凝视众人良久后，才缓缓走下车，从后备箱里拿回自己的63。

身后，欢呼声和喊声已经开始，显然有些人已经迫不及待了。不过陈默对此毫不在意，在和大家招呼一声之后，独自躺在属于自己的铺位上，陌生的床铺让他有点难受，不过一天的疲劳却让他很难挑剔。

"你是怎么发现那辆车有问题的？"就在他蒙蒙眬眬地睡着的时候，机械师的声音忽然在耳边响起。他拿着一瓶啤酒，坐在距离陈默不远的地方看着。眼睛里带着探寻，带着玩味，更带着探知真相的那种兴奋。

"怎么没去和他们一起……庆祝？"陈默睁开眼睛坐起身，看着机械师。

"他们不喜欢残疾人！"机械师举起缺了手指的手，自嘲地说道。

"撕裂伤？"陈默看了一眼，好奇地问道。

"嗯，履带板，一辆老式的T72。"机械师点点头。

"维修的时候？"陈默追问。

"不，战斗的时候，当时我从车上掉下来了，被卡住了手指。敌人就在距离我不远的地方，当时我有两个选择，或者保全我的手指留下一具全尸，或者活下来而带着残缺的手指。"机械师晃了晃手，选择了活着。活着比什么都重要！

陈默默然。他经历过的何止这么简单，他曾亲眼目睹挚爱的战友灰飞烟灭，连尸体都没留下。如果活着，哪怕缺胳膊少腿也是好的。

"他们没给我选择的机会，驾驶员惊慌地开了过去，然后带着我的手指和一枚陶式一起报销了。"机械师笑着，一口喝干了瓶子里的酒。

"你是怎么发现的。"他扔掉瓶子，再次看向陈默。

"开车的是个女人。"陈默想了想回答道。

"这个内亚族不允许女人开车，但这不是开枪的理由。"机械师想了想，摇了摇头。

"面对这么危险的情况，她应该开车从公路上离开，但选择冲下公路开过来，而且轮胎的负重很重。"陈默继续回答道。

"好吧，我觉得你应该叫福尔摩斯，虽然这个外号长了一点儿。"机械师听完陈默的话，默默地回味了好久，最后才抬头对他说道。

"确实长了一点儿，而且不讨人喜欢。"陈默点了点头。

"出去喝一杯吧，可以和大家认识一下。"机械师起身指了指外面，喧嚣声一浪高过一浪，毫无安静的意思。

"我不会喝酒。"陈默笑了笑，重新躺了回去。

"这个借口很好,我怎么没想到?"听到陈默的回答,机械师愕然良久,转身走出房间。

房间里再次剩下陈默一个人,他再次躺回到床铺上,却毫无睡意,只能双目失神地望着屋顶。

回到这片土地,闻到这股熟悉的味道,心中的那种真实感却忽然变得模糊起来。曾经经历的一切,如同电影场景一样一幕幕重现,尤其那最后一幕,让他永远都忘不了。

枪林弹雨,喊声,求救声,他却独自苟活!

那算懦弱吗?即便是侥幸?!

"兄弟们,安娜,我回来了!"想到这里,陈默对着头顶孤寂地说道。这一次,他不会再离开。有些事,必须做个了断,有些人的荣誉必须要还给他们!

老芭比,死了!

营地的喧嚣一直持续到后半夜,才消停下来。当所有人都意犹未尽地回到自己的床铺时,陈默早已经沉浸在噩梦之中。

第二天,作为对勤劳人的报偿,陈默第一个醒了过来,默默地扫视了房间一眼,才确信自己做的不是噩梦,只是对现实的回忆。

转头看去,旁边床铺的炸点肆意地躺在床上。另外一边,电门安静地侧卧,胸口的沟壑触目惊心。

雷神守在门口,打开保险的81杠放在触手可及的位置上。听到脚步声响起,雷神伸手精准地摸到步枪,惺忪地睁开双眼看到陈默后,身体放松下来,松开武器。

雷神带着沙哑的嗓音问候着:"这么早?"

"习惯了,出去转转!"陈默说着将放在枪架上的54随意地别在腰里,推门走了出去。

内比亚是亚热带季风气候,早晨的冰冷让人有种扑面而来的凛冽。场地里,肆意堆放着昨晚喧嚣过后的痕迹。角落里,散落的避孕套和酒瓶,混杂着靡靡的气息。若不是点缀着挂着步枪的皮卡,这一切和低俗派对并没有什么不同。

前面,哨卡的值班人员听到声音后警惕地从掩体内冒出头,看到陈默和他肩膀上的标志后,打着哈欠又缩了回去。

陈默不在意地在四周闲逛着。昨夜狂欢的口粮还在烤炉里,温度刚刚好,只是失去了营养成分。他不以为意,随手拿起塞到嘴里,那种烤焦过后温凉的味道萦绕在喉咙里，就像被卡了鱼刺一样难受。他一边咒骂着一边寻找着可以健身的器械。

这时，一声呐喊忽然从基地门口传来了。喊声不大，但在清冷的早晨显得极其清晰。

"谁？再不说话我开枪了！"

"停下，停下，哦，不……不要开枪，好……好像是老芭比！"

"天啊，真的是他！FUCK，老芭比死了！"

老芭比，这个昨天还在电台里生龙活虎讨价还价的家伙，怎么可能死了？

陈默满腹疑问，第一时间向声音传来的方向跑去，飞速窜进哨卡。哨兵看到陈默，一脸悲愤地指着营地外的道路大声叫喊着。

陈默顺着对方所指，看到一匹马正走向营地，后面拖着的那具尸体应该就是老芭比，不用走近即可确认对方确实死了。

陈默从来没想过自己会在这种方式下与老芭比见面。尸体早已扭曲变形，惨不忍睹。马匹机械地迈着步伐，继续向前走着。

幸运的是，陈默见到了对方最后一面。不幸的是，对方似乎已经看不到他了。

"打死那匹马！"沉默了好一会儿，陈默忽然开口命令道。

"你说什么？"哨兵一愣，一脸不解地问道。

"我说，打死那匹马！"陈默用不标准的英语向对方重复道。哨兵愣了好一会儿，直到陈默做了个瞄准的手势，才迅速醒悟过来。

无故接近基地的所有移动物体，都必须接受同样的对待，因为你很难确定它是否具有敌意和破坏性，这已经成为基地不成文的规矩。只是老芭比的死，让哨兵一时间忘记了这条规矩。

命令声中，两人同时开火，子弹杂乱地射向马匹。马匹受惊四处乱转，把老芭比的尸体弄得更加不堪。不过，这一切并没有持续多久，陈默的一颗子弹就准确穿透了马匹的脑袋，终结了它的生命。

枪声惊扰了所有人，没人能在眼前的环境下沉睡，所有人都将自己的手指头和扳机绑在一起。即便没有枪声，稍大一点儿的喊声都有可能让人们瞬间醒来，投入战斗。

很快，在枪声的感召下，一群人就聚集在大门口，嘈杂和喊声更是压过了哨兵的解释。一些激动的佣兵甚至也已经开始举枪瞄准了，直到有人看到马尸和人尸，大家才不甘心地放下手里的武器，聆听起哨兵的解释。

其实没什么解释，所有的一切都只有一句话——老芭比死了！不过这句话与其说是解释，不如说是一连串的问题。

老芭比死了？怎么死的？为什么会这样？同样的问题不断被提起，却没人能回答。大家都清楚，过去看看尸体是最简单的回答方式，但没人愿意过去，因为谁也不知道尸体上是不是绑着什么爆炸物，等人过去之后再来一次殉葬仪式。

商议了好一会儿，不知道谁从哪里弄来一台排爆机器人。所有人的目光都积聚在这个看起来毫无感觉但价格不菲的大玩具上。这东西很贵，不是佣兵能玩得起的；虽然昂贵，但如果让在场的人选择，所有人都会毫不犹豫地选择这个大玩具。开玩笑，弄坏了大不了卖身还债；如果自己挂了，那么连卖都没得卖了。

在众人的注视下，排爆机器人围绕着尸体转了好几圈，操作者通过屏幕仔细观察着每一个细节，确认了好几次，最终才对大家打出安全的手势。

人群终于冲了出去，七手八脚地将尸体拽回到基地内。当然，也包括那匹马的尸体，新鲜的肉类供应，不该仅仅局限于牛肉。马肉对于贫穷的他们来说，也是一个不错的选择。

小心安置了老芭比的尸体之后，做过军医的电门被叫了过来负责检查死因。对老芭比的身体经过几番检查后，众人很快得到了一个让人气馁的事实——老芭比是被人打死的！临死之前，还遭到了常人难以想象的虐待！

"他们是想从他嘴里知道点什么！"电门仔细检查了每一处伤口，最后回头对雷神用中文说道。

身边，很多雇佣兵都对电门突如其来的中文感到不满，脸上更是挂着不耐烦的表情。中文是很难理解的语言，等同于悄悄话，没人愿意听人在自己身边说悄悄话！

雷神最后打量了尸体一眼后，带着众人回到自己的区域。众人离开，有人不满地叨咕着，不过在电门举起手里的格洛克之后，对方立刻知趣地收回了自己的话，并一直目送他们回到驻地。

"所有的伤口都不致命，但无一例外都会产生巨大的痛楚，他们甚至切掉了他的睾丸！"刚走进房间，电门就向所有人解说着自己的检查结果。

"我想知道的是，他有什么是对方想知道的？对方又到底是谁？"雷神表情严肃地看着众人。老芭比是营地的管理者，虽然只是名义上的，但对于铠甲来说，失去了一个充满善意的帮手，不是什么好事，而是一个巨大的损失。

"不知道，不过我肯定，他应该没有说！"陈默想了想，看着雷神回答道。

"为什么？"雷神看着陈默，奇怪地问道。

"否则他不会遭受这么多折磨！"陈默数过老芭比身上的伤口，一百多刀，如果老芭比想说，绝对不会遭受这么多折磨。当然，还有一个更重要的理由，陈默没有说，那就是老芭比被割掉了睾丸。一个男人如果被切掉了最重要的东西，那么对于生死他已经完全可以不在意了。

"不管怎样，以后我们要小心一点儿，我不认为还有谁会比老芭比对我们更好！"雷神看着众人下达命令道。对于他们来说，这不是一个好消息。铠甲的人数在营地里算是最少的，失去一个朋友，等同于多了无数的敌人，而且是全副武装的敌人！

"哦，对了，还有，下午我们要出一个任务，护送内亚族的一位长老去参加谈判会议，商议铁路通过他们部族领地的事情。预估烈度可能在中等强度，武器弹药的携带以便携为主！"雷神下达命令告诫众人，随后离开房间着手准备需要的装备和器械。

别人的死亡并不能成为不工作的借口。虽然觉得有些不合时宜，但任务就是任务。在军队，这是必须完成的使命；在安全承包商面前，则是养家糊口的差事。在场所有人都明白这一点，所以自然不会把老芭比的死当作拒绝工作的借口。

在雷神离开之后，大家也纷纷准备起来。

"我觉得，这对我们来说不是一个好兆头。"雷神刚离开，炸点就不无担心地说道。

"你害怕了？"电门反问道，然后走到自己床边，从枕头下面拿出一支柯尔特左轮手枪别在枪套里——陈默的提醒让电门放弃了格洛克，转而使用永远不会走火和卡弹的左轮手枪。

"谁不害怕？要不是为了钱，我做梦都想回国！"炸点说着，从自己的床下拽出两架折叠无人机和几块可拆卸电池。书本大小的无人机在他的摆弄下灵活地飞行了一圈后，悬停在他面前被他收回到手里。

"带四块防弹插板！两块放在车里，两块放在身上！"机械师从柜子里拿出一摞防弹插板，扔给在场众人。

"我们开奔叔叔去吗？它的空调修好了吗？"炸点接住扔给自己的插板，好奇地问道。

"没有，奔叔叔太老了，找不到相同的零件，我只能保证它能继续开。空调的话，你可以自己解决。"机械师说着，又拿起一摞插板走出房间。

"内亚族人能来谈判很让人意外，不过我担心的也正是这一点！"电门已经装备完毕，看着同样准备完的陈默，眼神中充满了担心和忧虑。

"你担心的是内亚族的极端派别？"陈默自然知道她担心的是什么。其实内比亚领导层一直都想要修复关系重回和平，但派别内的极端人士执着地挑动战争，并且毫无妥协的意思。正是因为这点，战争才会一直持续到现在，直到中国人出现。

面对这一切，中国人重新改变了策略，转而向地方的掌权人，也就是部族长老发出邀请，试图以部族作为实现和平的个体。显然，极端派别并不希望他们这么做。

"否则你以为呢？"电门看着陈默，认为他在说废话。

"如果我告诉你，根本就没有什么内亚族的极端派别，你相信吗？"陈默看着电门，抛出一个炸弹性问题。

内亚族的极端派别已经成为所有佣兵和蓝盔的噩梦，这个时候陈默竟然说这些人不存在，这真是一个很大胆的假设。电门觉得，说服他之前，首先应该让他检查一下精神问题。

"相信我，小心你身边所有的人！"陈默微微一笑，先一步向机械师准备的车辆走去。

"包括你吗？"电门在后面高声询问道。

"首先就是我！"陈默头也不回地说道，电门正准备继续询问，炸点已经跑了出来，追上了她。

第二章　长老死了

有惊无险

　　炸点口中的奔叔叔，是一辆奔驰 W126。单就年龄，这车毫无疑问能当炸点的叔叔了。

　　别的不说，单说上个世纪就已经停产的车辆竟然仍然存在，就足够让陈默惊讶的了。至于炸点口中的空调，陈默更是不敢奢望。他更好奇的是，这东西还能不能正常行驶，以它的年龄，行驶的里程或许已经可以绕地球到月球走好几个来回了吧？

　　不过在低头看向里程表的时候，陈默看到的只有一个弹孔，这让他想知道车子绕了地球几圈的希望破灭了。

　　"公司的钱都给上一位兄弟了，就是这个。"机械师指了指弹孔。

　　"5.56毫米？"陈默看了一下口径，谨慎地问道。

　　"嗯，防弹板挡住了一发，第二发擦着动脉过去的，不到十秒钟！不过没什么痛苦。"机械师点点头。

　　陈默这才注意到，在车子的角落里还有一些没有清洗干净的血迹，带着一点点特有的暗红挂在内饰上。

　　"帮我把防弹板插在那边！"机械师指了指车门上的架子，陈默利落地将防弹板插进去，很快让原本不堪一击的民用车辆，多了一些保命的资本。

　　"国产的，便宜好用，在这里很流行！"机械师干完这一切，笑着对陈默说道。对中国货的评价，陈默在这片土地上听了很多，但被一位同胞以这种方式说出口，多少有点怪异。

　　"有时间可以回去看看，和以前不一样了。"陈默想了想，对机械师说道。

　　"等我赚到足够的钱，把孩子都供上大学，我就带着老婆回去养老。"机械师笑着说道，语气中带着强烈的期望，目光中充满了幸福感。

　　"华人都一个味，活得不像自己！"陈默看着机械师一脸幸福的样子，摇头说道。

　　"你说错了，这才是我们自己。"机械师摇摇残缺的手指，笑着纠正道。谈话拉近了两人的距离，在这一刻，他们找到了同根同种的共同点。中国人显然都是一个味道，打从生下来那一刻就不属于自己了，为了家庭，为了孩子，为了亲人，不过也恰恰如此，才能保证这个民族一直繁衍下去。

雷神和电门的到来打断了两人的交谈。雷神又简单地重复了一遍任务之后，就带着陈默和电门钻进车里。

按照计划，守卫任务将由陈默三人来完成，而机械师和炸点负责驾驶皮卡，担负后续的支援和情报工作。

"接应地点是传统分界线，果刚族拒绝内亚族的士兵进入他们的势力范围，内亚族则不信任果刚族提供的保护，所以我们作为中间派别将承担守卫接力任务，护送内亚族长老前往城市的酒店。在完成两个小时的会谈后，将他们护送回传统分界线，交给内亚族士兵！"车上，雷神简要复述着任务的内容，同时将电子地图交给陈默。

"如果你是敌人，你会怎么做？"陈默接过地图后，雷神谨慎地询问道。以敌人的方式思考，是安全承包商们必须具备的基本功，作为保护者，有的时候要比进攻者更了解进攻者自己。

"如果我是敌人，我会在以下几个点进行伏击：第一个点是这里，这里的山区可以建立一个完备的狙击阵地，弯曲的道路让我们不得不减速。第二个点是进入城市之前，这里有个哨卡，所有通过的车辆都要在这里接受检查，对于我们来说速度是关键，一旦降低速度，我们就失去了机动性。第三个点，也是最关键的地方，酒店大门。城市并不意味着绝对的安全，实际上，作为袭击地点，城市某种意义上来说会更合适一些。"陈默看着地图，随手在上面画了几个圈交给雷神。雷神点了点头，表示赞同，又把圈子扩大标红。陈默的推断和他的判断大同小异。保卫工作最大的特点就是保密，一旦泄露，那么即便你带着一支军队，也有全军覆灭的可能。

"和我想的一样，行进路线要做出改变。我已经和他们说定了，我们会提前进入内亚族的控制区，先一步接上长老，然后走另外一条路，这样应该可以避开之前两个地点的危险。至于最后也是最危险的地方，恐怕就只能靠我们自己了。"雷神快速地做出更改，把指示传达下去。

"我担心的是，如果消息泄露出去，无论我们走哪条路都不会特别安全。"陈默看着雷神，隐晦地向他提醒，众人真正的安全是建立在情报保密的基础上。衡量一个安全承包商最重要的标准，就是机密是否能被妥善保守。

"这点我们都有考虑，其实我们也不全是被动的。"雷神看着陈默，露出一个意味深长的笑容。身边，电门也跟着点头微笑起来。

看着两人一脸笃定的样子，陈默很好奇，但没有继续追问。他知道，即便对方不告诉自己，自己也一定会看到，只要他耐心等待就好。

车子在雷神的催促声中发动，随后快速驶出基地。众人没有注意到的是，在基地大门内，一群人注视着雷神小队全员出动，却露出各自不同的表情。

　　按照地图显示，距离任务地点大概有八十公里。对于内比亚的道路来说，八十公里至少要两个小时才能走完。有些残破的道路只能以个位数的速度前进，即便是较好的路况，时速也很难达到六十公里。当然你非要这么做也可以，前提是，你需要有一个好的肛肠科医生随时为你服务。

　　"炸点，我们分开吧，在预定地点会合，记得，路上小心！"车行驶到一处岔路口，雷神打开通信器下达命令。身后，皮卡迅速转向，向另外一条岔路驶去。陈默很清楚，为了以防万一，他们要去布置后路。作为私人的安保公司，通常无法得到有效的支援，所以，每一次行动都要将可能发生的最严重的后果考虑清楚。

　　计划是成功的关键。如果计划不周详，就要用生命去填补；如果计划泄露，那么无论多么强大，都会遭到灭顶之灾。

　　保密，是所有计划的根本。失去了保密性，将不会有胜利存在。

　　雷神显然也是如此考虑的。在下达命令之后，并没有向陈默做出详细的解释。陈默很理解，毕竟他加入小队才一天时间，如果对方这个时候就向自己和盘托出所有的安排，只会出现两种可能：要么是极其信得过自己，要么是已经准备要干掉自己灭口。

　　车子在颠簸的公路上继续向前行驶着。后座上，电门正在全力武装着自己。虽然之前雷神说过，这次至多只是一次中等强度的行动，但她仍然固执地将自己武装成了一座移动的军火库。

　　"我很珍惜自己的生命！"看到陈默从后视镜里看向自己，电门向他解释了一句，随后用力将一把匕首塞进自己的靴子内。

　　"没关系，至少我们去接保护人的路上，应该是安全的。"陈默点点头，看向窗外，"没人会对我们下手。"

　　车子在沉默中向前继续行驶，不过危险并没有发生。直到内亚族和果刚族的边界，一切都平静如常。看到车子到来，道路前方的哨卡挥动武器拦住了车子，雷神知趣地配合着降低了车速，让车子迎着枪口一直缓慢滑行驶向对方。

　　"我们是去接长老的！"雷神用熟练的英语向对方解释道。因为殖民的缘故，这个国家已经失去了本民族的语言，有的只是充满英伦范儿的标准伦敦音。

　　"你们迟到了！"对方意味深长地看了一眼玻璃上的弹孔，又看了看雷神拿出来的信物，低声向他提醒道。

　　"嗯，我们遇到了一点儿小麻烦，不过已经解决了，相信可以让长老更安全。"看着拒马被打开，雷神随便应付了一句，随后一踩油门，车子带着尘土越过检查站。

越过检查站又行驶了十几分钟后,三人终于见到了自己要保护的目标。

在这片土地上,最让人担心的就是童子军,这群被战争熏陶成长起来的孩子,似乎根本不理解枪口前面的死亡意味着什么,总是肆无忌惮地发泄着他们的情绪。而雷神口中所说的"小麻烦",就是遭遇到童子军的"恶作剧"。他们拿着枪无目的地找射击目标。好在这一路有惊无险。

在内比亚,一直存在两种政体:一种由果刚族人为主的共和制,一种以内亚族人为主的长老制。在内亚族的居住范围内,长老是被他们广泛认可的统治者,整个内亚族聚居地被分成两个部分,由两位长老管辖。如果单以人口数量计算,两位长老管理着占据总人口三分之二的内亚族人,他们才是实际意义上的内比亚统治者。

通常情况下,果刚族的政令只有通过内亚族的长老才能被全体内亚族接受。直到中国人带着一带一路的倡议到来,团结了内亚族和果刚族,才让造福于内比亚的铁路成为两个种族的共识,并得到他们的保护和认可。

但是铁路之外的任何事情,内亚族和果刚族都要经历一次漫长的谈判,效率低到令人发指。这次陈默他们所需要完成的任务,就是护送内亚族长老前往果刚族所在地,完成一次类似的、可能毫无意义的谈判。

长老所在的地方是在距离检查站五公里外的一片空地上,在众多车辆的包围下,一辆豪华到不切实际的房车停在正中间,在房车周围则是数量庞大的士兵。

"你们迟到了!"带着巨大戒指和夸张装饰的胖子看着三人不满地说道,口齿间,还有一丝淡奶油的痕迹。

"我们遇到了点小问题,不过解决了!"雷神一扫之前的状态,带着生意人特有的圆滑说道。

"希望你们的麻烦不会影响到我,要知道,在这片土地上如果不是对你们中国人拥有足够的信任,我宁愿找美国人!"长老吃力地挪动着他庞大的身躯走到沙发旁,然后指了指驾驶室,语气中带着毫不掩饰的不满。

"中国人永远值得信任,因为贪婪和我们无关。"雷神微笑着点点头,不过得到的却是长老不耐烦的表情。

"我信不过他们!"一个声音从车边传来。雷神回头看去,首先映入眼帘的是一张黝黑的面孔,身材超正,体格健硕。

"我们应该找美国人,他们更专业!"面孔的主人冷冷地看了雷神一眼。

"好了,这是我的选择,不是你的,你要做的是看好家!不要让内亚的杂碎们抠了我们的屁股!"长老不满地责怪了一句,黑面孔无奈地消失在车窗旁。

"他是我的卫队长,一名勇士,仅此而已。"长老回头看了看,卫队长依然一脸不满地看着这一切。

空气凝滞了，弥漫着尴尬的味道。

"我也不喜欢他！"这个声音暂且缓解了大家的尴尬。所有人都惊诧地看了过去。不知道什么时候，一个一头金色卷发的漂亮女孩子正站在车门口，一脸不耐烦地看着众人。

"我的孙女。不要担心，她是纯正的内亚族人，只是外表像她妈妈。"长老看着众人惊讶的表情，一脸淡定地说着，然后向车子的方向蹒跚而去。

这个解释根本满足不了大家的好奇心，准确地说，没人相信。当然，如果在别的国家或许可以理解，但在内比亚，这是不可能的。

果刚族是金发碧眼，内亚族是黑发黑眼，这是种族的外貌特征，是物种选择的结果，也是天经地义的事情。而现在，内亚族的长老，竟然有一个果刚族外表的孙女！

陈默相信，这样的消息一旦传出去，肯定会在内比亚引起轩然大波，不过，他肯定不会是那个消息的传播者。

"好了，我们可以走了，你们谁去开车？她必须在这里陪我！"或许感受到了众人的惊讶，长老不耐烦地催促道。不过当听到后半句话，不耐烦的人恐怕又多了一个——电门脸上的肌肉不自觉地颤抖了一下。

"没问题，不过我劝您千万要小心点，她脾气很不好。毕竟，作为男人的时候，他杀的人太多了！"雷神狡黠地说了一句，看着长老的脸色微微一变，随后笃定地拉着陈默走进房车的驾驶室，一屁股坐了下来。

"我们要开着他的车去？"陈默愕然地问道。

"你不会天真地认为，他的肥屁股会喜欢坐我们后座那些已经老化的弹簧上吧？"雷神同样愕然地反问道。

"好吧，我觉得，这应该是整个国家最显眼的目标了。"陈默看着周围的一切，奢华得已经不像样子，如果敌人想找到他们，只需要有足够好的视力就可以了。

"不要担心，小伙子们，车子是经过防弹处理的，德国人的工艺很值得信任，哪怕他们用火箭弹，我们都有足够的时间逃离。我是一个很重视自己安全的人。还有，你们说话的时候，可以先把送话器关掉，这样我就不会听到了。"车子启动的瞬间，长老的声音从驾驶室内的扬声器里传来——刚刚的对话对方已经清晰地听到了。

"哦，亲爱的先生，对您屁股的描述，是基于最基本的赞扬，是夸奖您体态的丰满！"雷神觉得自己该说点什么，犹豫了一下之后，对着扬声器解释道。

"我懂中文，虽然不会说，但我能分清楚肥和丰满之间的区别。小伙子，在我没生气之前，还是先开车吧！"长老在听到雷神的解释之后，淡淡地回答道。

车子在雷神无声的抱怨中发动，然后带着与这个国家毫不相匹配的气质，向前方一路冲去。

如约而至

　　车子越过哨卡的时候，守卫的士兵们礼貌地举枪朝天射击，激烈的枪声让人以为发生了枪战，也让陈默和雷神同时摇头无语。这个国家的人哪里都好，唯一的缺点就是张扬，张扬得连本该保密的事情都毫不在意。不过想想，他们开着如此张扬的一辆房车，想要隐藏似乎也没有任何可能，一想到这点，两人也就释然了。

　　交谈没有因为尴尬而停止，实际上在车厢内，金发小女孩正和电门聊得热闹。女孩年纪不大，至多只有十岁，但语气中却充满了与年龄不相符的傲慢和冷漠。

　　"你是内亚族人吗？"女孩看着电门，好奇地问道。

　　"不，我是汉族人！"电门看了看一旁坐着的硕大肉山，忍耐着心里的不适将目光转向面前的女孩。

　　"那你为什么有我没有的黑头发和黑眼睛？"女孩看着电门，继续追问道。

　　"这是天生的，我身边的人都这样。"电门抽动的嘴角已经显示着她的耐心正在被迅速消耗。

　　"可是我没有。对了，你会卖掉它们吗？"女孩看着电门，继续追问道。

　　"什么？"电门觉得自己没有听清楚。

　　"你的黑头发和黑眼睛，我可以给你很多钱，你把它们卖给我！"女孩继续说道。

　　"不，这个卖不了！这样我会死掉的！"电门看着她，冷冷地说道。

　　"那有什么关系！"女孩不明所以，一脸无所谓的样子，"你的家人可以得到钱，而我可以得到我想要的东西。而且，你不就是干这个的吗？"

　　女孩的话让电门一时间无从回答，恰好长老睁开眼睛看向两人。

　　"好了，安娜！"看出电门的不满，一直闭目养神的长老开口制止了女孩。

　　"很抱歉，她一直对自己的金发碧眼耿耿于怀，她想象中的样子应该是黑发黑眼睛，就像你一样。"长老看了一脸不高兴的安娜一眼，向电门解释道。

　　"有什么不同吗？"电门回了一句。

　　"对你，或许没有。而在内比亚，就有很大不同！"长老意味深长地说了一句，随后再次闭上眼睛。

　　驾驶室里，作为旁听者的雷神和陈默对视了一眼，为能获得一丝安静而感到庆幸。雷神更是索性将油门狠狠踩下去，让车子的速度再次提高。

　　车子在雷神的驾驶下飞速向前，优良的越野性能让原本颠簸的路途也舒适了很多，众人也都各自眯缝着眼睛享受着这种难得的舒适感。没有人有兴趣继续聊天，电门不想，因为她不想卖掉自己的眼睛和头发。

　　陈默和雷神也不想，对于他们来说，把这位身份尊贵的长老赶快送到他要去的地方，才是他们最想做的事情。

至于长老，没人知道他在想什么，闭着眼睛坐在那里的他，让人不知道他在思考还是在睡觉。那个叫安娜的女孩，则静静地坐在角落里玩着成年人看不懂的手指游戏。

没人想破坏这种闲暇，并且奢望着它能再持续几个小时。

可惜，墨菲定律决定了，事情总会有更坏的结果发生。

就在车子行驶了两个小时之后，前方道路上弥漫着一股浓烟，仿佛魔术师的手套一样，突然出现在眼前。

在内比亚不缺浓烟，但有浓烟的地方，通常都代表着麻烦。

浓烟是由点燃的轮胎产生的，浓黑，遮天蔽日。在轮胎后面，是一群举着各种武器的暴民。看到房车出现，对方仿佛瞬间被点燃的火药桶，猛地爆发，所有人都仿佛被注射了兴奋剂的猴子一样，发疯似的向房车冲了过来。

"这他妈是怎么回事？"雷神看到眼前这一幕，一脸愕然。可还没等他反应过来，身边的陈默已经迅速将汽车档位变成倒车档，随后大声提醒他倒车。

暴动的队伍或许不可怕，在有素养的士兵面前，他们的势头和士气很容易在射击和死亡下被瓦解。一旦死掉几个人，他们立刻会用比冲过来的速度更快的速度逃走。

如果只有暴民，陈默并不担心。作为老到的护卫者，他很清楚这些暴民会严重拖慢车子的速度，这才是躲避他们的关键原因，因为谁也不能够保证这群人里没有隐藏着有其他意图者。速度是躲避袭击的关键，奔跑中的目标被命中的可能只有百分之三，而一旦停滞，那么命中率将迅速增加到百分之一百。

停滞的车子即便再坚固，也和待宰羔羊毫无区别。

雷神的反应很迅速，在喊声出口的同时，他已经一脚踩在油门上，房车发出一声低沉的吼声之后，毫无征兆地向后退了回去。

车厢里，长老发出一声不满意的怒吼，下一秒钟，电门已经举着枪冲进驾驶室。

"怎么回事？"电门一脸紧张地看着两人，严肃地问道。

"计划泄露了！"陈默指了指前方追过来的暴民，淡淡地说道。

眼前唯一能解释这一切的也只有这一个答案了，虽然谁都不愿意相信。

"取消任务吗？"电门看着仍然执着地奔跑着的暴民，谨慎地向雷神询问道。可还没等雷神回答，暴躁的声音已经从身后传来。

"不行！这次会议我必须到场！"长老对着三人大喊道。听到喊声，电门厌恶地皱了皱眉，随后看向身边的雷神。

"啊，爷爷，是不是有人来杀我们了？他们在哪里，快让我看看！"在长老的怒吼声中，夹杂着安娜兴奋的喊声，年幼的无知让她把危险当作难得的好奇体验。长老的怒吼和孩子的喊声让场面变得越发混乱。

"备选计划吧，如果不成，就取消行程！"雷神想了想回答道。听到他的话，陈默和电门同时点了点头。得到支持的雷神，微微一笑，随后忽然一个转向，巨大的房车以一个不可思议的角度调转车头，迅速向来路返回。

咒骂声再次传来，长老显然对如此粗鲁的操作充满了愤怒，不过当从车后的窗户看到不断追上来的暴民时，他的咒骂对象又增加了一些。

"乌鸦，我想要个休息地点，你那里凳子多吗？"转过车头，将追逐的人群甩在身后。雷神拿起通信器低声询问道。改装的短波通信器在电磁环境干净的内比亚足够覆盖几十公里的范围，流畅的通信和低廉的价格让它很快取代效果并不好的手机，成为大家惯用的一种通信手段。

"头儿，没问题，这里凳子多得是！"炸点的声音很快从里面传来。

"我们这里遇到了点麻烦，帮我们做好安全措施！"雷神满意地点点头，随后重新启动了电子地图，将炸点的位置标注了出来。

"你有把握吗？"看着雷神有条不紊地部署、下达命令，陈默忽然开口询问道。听到他的询问，雷神愣了一下，随后出人意料地摇了摇头。

"没把握，计划泄露还是第一次。如果备用计划也泄露，我们恐怕就需要回国了！"计划泄露对于整个任务意味着危险以几何级数增加。如果备用计划也同时泄露，那只有一种可能，就是队伍已经失去了忠诚。

陈默自然听出了雷神话中隐藏的意思，却无法为对方提供帮助，他能做的只是默默地点点头。

突如其来的情况，让两人都失去了交谈的欲望，伴随着汽车引擎的只有长老间歇的咒骂声。

在这种单调情绪的伴随下，车子高速行驶了十几分钟，在穿过几处密林之后，出现在一片空地上。电子地图上，车子的坐标也已经与事先标注的位置重合，不过陈默并没有看到炸点等人的出现，就在他准备开口询问的时候，一架无人机忽然从远处飞来，在车窗前盘旋了几圈之后，转身向来路飞去。

雷神没有迟疑，看到无人机后，第一时间跟了上去。在无人机的带领下，车子穿过几条明显是有人整理过的道路之后，出现在一处山谷入口处。

在那里，机械师和炸点正微笑着看向他们，头顶上，无人机则在炸点的操作下缓缓落在他的手中。

"头儿，没想到能这么早见面！"炸点笑着走过来，一脸惊喜地拉开车门，一边仔细打量着这辆并不多见的房车，一边心不在焉地与雷神打着招呼。

"都布置好了吗？"雷神并不在乎炸点的态度，而是迅速跳下车，向走过来的机械师询问道。

"嗯，问题不大，我们检查过，这里只有一条路。"机械师在向四周扫视了一眼之后，郑重地回答道。听到他的话，雷神一直忐忑的心情似乎也因此变得平静了很多。

摆脱了之前的危急状况,让大家原本紧张的心情平静了不少,尤其炸点和机械师的笃定,让大家重新燃起将任务执行下去的信心。

炸点充满兴趣地绕着房车转了好几圈,期间还顺便对着好奇地看着他的安娜做了几个鬼脸,在重新回到车头之后,他一把拉开车门,站在陈默旁边,一脸期盼地看向他。

"让我坐前面吧,我还一次都没坐过呢!"炸点向陈默请求道。

陈默无所谓坐在哪里,他早就过了对任何事都好奇的年龄,况且车厢远比驾驶室里舒适得多,所以在听到炸点的请求后,他立刻转身离开驾驶室回到舒适的车厢里。

车厢内,长老仍然在低声咒骂着。看到陈默出现,声音愈发大了。不过很快,他的咒骂就因为陈默的开口戛然而止。

"可以谈谈吗?"陈默看着长老,平静地询问道,随后一屁股坐在长老对面。

长老没有说话,只是看着陈默,原本暴躁的情绪平静下来之后,涌起的是一种充满威严的气质。作为管理着半个内亚族的实际统治者,他身上颐指气使的气质已经与他的身体成为不可分割的一部分。

不过陈默并不在乎,他不是对方的部属,最多只能算是雇用的短工,而且只要他不愿意,随时可以离开,既然如此,有些问题一定要弄清楚。

"其实从来就没有什么极端派别吧?"陈默平静地看着对方,淡淡地询问道。

车子在询问声中发动,缓缓向前,由慢转快,速度感掩盖了大家各自情绪上的波动,但陈默的询问依然让人惊讶。

听到他的话,一旁的电门一脸惊愕地看了过来,虽然陈默曾经说过这件事,但再次开口,仍然让她不敢相信,陈默为什么会如此笃定这件事,甚至敢当面质问长老?虽然电门很讨厌这个大胖子长老,但依然替陈默担心,对方肯定会破口大骂。

眼前所见出乎了电门的预料。

"那要看你怎么看了!"长老的回答充满深意,让电门意外,也出乎陈默的预料。原本以为对方会断然否定,却没想到竟然给出一个模棱两可的回答。

"我们家乡有句谚语,叫作人为财死鸟为食亡!"陈默看着对方,悠悠地回应了一句,目光则须臾不离长老苍老肥硕的面孔。

"这句话我也听说过,我认为很中肯。其实我并不相信什么西方的民主,道德高尚是要建立在生活无忧的基础上的,否则,一切都是空谈!"长老表示赞同,丝毫不掩饰自己的观点和立场。旁边的电门一头雾水,完全听不懂他俩在讨论的问题。

"所以,这次也是这样吗?"陈默嘴角泛起一丝冰冷的微笑,继续询问道。

"不,这次不一样,至少这一次,我从你们中国人身上看到了真诚。"长老摇摇头,"不过我不保证其他人也会和我一样。你知道,有些人更贪婪一些,他们希望得到得更多,付出得更少!"

"如果可以，我会让他们明白他们的贪婪有多么致命！"长老的话像一个开关，迅速开启了陈默那不堪回首的经历。

对于他来说，重返内比亚的目的就是为了报仇雪恨，就是为了他那些不明不白死去的战友和安娜。

"或许吧，毕竟你们更擅长，你们不是殖民者，你们曾经被殖民过，不是西方国家，但曾经被西方国家蹂躏过。你们知道我们的疼痛和困难，我相信假以时日，在没有阻挠的情况下，你们会让我们的国家变得更加和平和富庶。不过我也可以肯定，有很多人不喜欢你们这么做。"长老露出一个灿烂的微笑。此时此刻，他似乎从一个肥硕的胖子变成了一个智者，话语中流露出的智慧终于和他的身份相匹配，身边的人也从中听到了一丝耐人寻味的东西。

"为什么，为什么他们不喜欢？"一旁，一脸不解的电门终于开口询问道。

"因为贪婪，因为权力，因为利益，当然，这些都是人性！"长老看着电门，微微笑着说道。

"你们为什么相信他们？我是说，他们或许也会成长为一个可怕的殖民者！"电门看着长老。之前的对话已经让她一扫之前对长老的印象，对方庞大的身体下面，或许并不仅仅只有贪婪和肥胖，还有着让她惊叹的智慧。

"不会的，我们不是笨蛋，我们将自己伪装成笨蛋，只是因为我们太弱小了，强大的人是容忍不了比他们更智慧的人的，所以，伪装有时候行之有效，就如同现在的我一样。"长老看着电门，"还有，你们是一种人，为什么要用你们和他们来形容？果刚族和内亚族的区别那么大，我们依然认为我们是一个国家。"

长老的话让电门再次陷入沉思，她本以为长老会说出一些歌功颂德的语句，但他的回答却出乎意料。陈默对此似乎毫不意外，只是默默地坐在那里，直到长老的目光看向他。

"今天我似乎很健谈，而你也似乎有问题想要问我，既然你想问，尽管开口，毕竟，这是一次千载难逢的机会。"长老看着陈默，淡淡地说道。

"内亚族领袖营的领导人是谁？"陈默看着长老，忽然开口询问道。

"……不知道，准确地说，没人知道他是谁，我曾经见过他，但每次见到他的样子都不一样。每次他提出的要求都是完全相同的——战斗下去，和这片土地上所有的人战斗。"长老看着陈默，沉思了一会儿，随后开口道。

这一次，陈默从长老的口中听到了一丝犹豫和迟疑，他不知道对方为什么会这样，但他很想知道。

"然后呢？"陈默追问。

就在长老准备开口回答的时候，车子忽然整个从地面腾起，身边所有的一切都在瞬间脱离原来的位置。之后，是爆炸和猛烈的冲击波。

陈默在这一刻，只觉得肺部所有的空气都被挤压出去，甚至连身体的内脏都被压缩在一个角落。随后，猛烈的重击从脚下传来，然后是不断地翻滚。

方向在这一刻失去了作用，众人眼里只有大片的色块在晃动。直到一阵沉闷的响动过后，晃动才终于停止，代价却是所有人都被扔在了车子的角落里。

陈默努力恢复着自己的呼吸，良久，肺部才终于恢复了功能。他深深地吸了口气，随后看向四周。

眼前，一片凌乱，长老肥硕的身躯被丢在角落里，不知死活。另外一个角落，电门在揉着自己的脑袋，轻轻颤抖着。陈默努力向前，抓起丢在一边的63，一点点安全感才渐渐从手指的触觉传递过来。

但这一切只持续了一瞬间，下一秒钟，喊声就从车外传来，然后，是密集的枪声。

"敌袭！"声音是雷神的，随后密集的枪声却不知道是谁的，不过此刻已经没有空去分辨这些了。陈默听到喊声，一脚踹开已经龟裂的防弹玻璃窗，窜出车外，然后举枪向枪声传来的方向瞄去。

他第一眼看到的跳跃的目标是雷神，对方宽厚的脊背救了他，否则陈默不知道自己会不会对着他来一梭子。

不过射击的愿望很快就被满足了。雷神对面一个身影跳跃着冲了过来，陌生而充满了攻击性，陈默毫不犹豫地扣动了扳机。63精准的三发点射准确命中在目标身上，随后，对方就仿佛被针扎的气球一样，瞬间萎缩，倒在了地上。

"左侧，九点钟方向！"喊声是从右面传来的，听不出是谁。对于陈默来说，只要听得懂就够了，在这片土地上能说汉语的人不多，大部分都值得信任。

在喊声传来的同时，陈默迅速转身，一个目标此刻正以更快的速度举枪瞄准。随后，双方同时瞄准对方开枪，射击声就在身边响起。对战如同对赌一样，一往无前，壮士断腕，有人欢喜有人愁。生命的搏击要么两败俱伤，要么生死命悬一线。

陈默的子弹命中在一棵碗口粗的大树上，而对方的子弹则是擦着陈默的脖子飞过去的，锋利的弹头切开他的皮肤，一股鲜血瞬间爆散开来。

陈默本能地屈身躲闪到一旁，而在对面，被命中的大树后面，一个躯体已经失去了大片血肉，此刻倒在地上，苟延残喘。

7.62口径的子弹可以轻松洞穿30厘米厚的树木。躲在树后，只是冒失鬼无聊的自我安慰罢了，不过这个教训恐怕已经没人能告诉他了。在陈默蹲下为自己包扎的时候，袭击者的呼吸已经缓缓停止。

子弹擦过脖子很幸运地没有引起翻滚，或许因为脖子太细，或许对方瞄准的精确度不够，不过这一切都无所谓。有的时候，胜负差别只在幸运之神站在谁的身边。

简易的包扎带在脖子上粗鲁地捆了一下之后，陈默再次举起手里的63。这一次，他的目标是距离车子最近的两个人。

63在设计之初，就刻意强调中距离的精度，这种理念对于现代战争来说早已过时，但对于小规模的战斗来说，则意味着具备中距离的强大压制能力。历史总是螺旋上升，很多时候看似被淘汰的武器，在某种模式下，却具备着极其强大的适配性。

全自动射击模式下的两次精确的短点射轻而易举地将两名敌人打倒在地。解决了最重要的两个威胁之后，接下来是陈默的表演时间。

武器的作战特性决定了战斗中的特性，虽然电影里时常表现出的英勇和无畏让我们误认为战斗永远是枪响之后必然见血的场景，但实际上，即便是在区区二十米的距离内，面对移动的目标，手枪的命中率也只有可怜的百分之四。

而对于步枪来说，超过一百米的距离，想要命中静态目标已经属于优秀射手的范畴。而陈默和他的武器，足以在两百米距离内打出完美的散布。

"掩护VIP撤离！"陈默猫腰移动着，每一个地点绝对不会停留三秒钟以上，而每一次的短点射，都足以压制住一个火力点。在他近乎完美的战术动作下，敌人的进攻骤然被压制下来。

听到喊声，已经醒悟过来的电门用一个女人不该拥有的力量将长老从变形的车厢内拽出来，配合着赶上来的炸点向进攻相反的方向迅速后退着。

"我孙女，带上我的孙女！"长老的声音凄惨而尖厉，就好像不是他的声音一般。

"你带他离开，我去找人！"陈默大喊着钻进车内。

车厢的角落，小女孩似乎已经陷入沉睡，安详的样子让人有种静下心来陪伴她的冲动。

但此时此刻不允许抒情，现在是战争时刻，是生死攸关的时候，这对于现在的众人来说，很重要！

陈默努力走过去，正准备抱起孩子的时候，忽然间，一道猛烈的闪光出现，眼前的一切都在瞬间被白色亮光所取代，随后，视力失去了作用。

闪光弹！陈默一瞬间就明白过来，在醒悟的同时，他强迫自己趴下，是的，他唯一能做的就是趴下，然后摸索着向角落爬行。

手的触感成了他唯一能与外界联系的通道，在触摸中，他摸索到了一个角落，随后拉起身边的东西将自己藏了起来。

这是唯一应对闪光弹的方式！任何慌乱和跑动，都只能成为子弹的靶子，闪光弹会让人短暂失明，而在失去视力的这段时间，一切只能听天由命。

躲藏着的陈默，努力分辨着周围的声音，有枪声，有脚步声，有咒骂声，还有喊声！有人在他身边凌乱地行走着，在等待了如同世界末日一般漫长的时间之后，脚步声才渐渐消失。

眼前的白光终于渐渐变得暗淡，当陈默终于恢复视力的时候，安娜已经不见了！

小女孩失踪了！那个和自己曾经的恋人有着相同的名字和头发的女孩，被人抱走了!

陈默挣扎起身,刚要去寻找,却被迎面冲进来的雷神一把抓住拖倒在地。

"机械师,你死哪里去了?车!车!"喊声中,雷神举起八一杠,努力扫射着,压制了几个冲过来的敌人。

陈默则被眼前的紧张迅速唤醒,拿起一旁的步枪,本能地跟着雷神战斗起来。

猛烈的交火中,两人组成的完美的三十度攻击角封锁着对面一百二十度范围内的进攻锋面。

但随后已经反应过来的敌人显然不打算就这么放弃已经到手的目标,在进攻被压制的同时,一声轻微的呼哨声从远处传来。

雷神和陈默在对视了一眼之后,几乎同时钻进面前的房车残骸里。下一秒钟,爆炸就在距离两人身边不远处响了起来。

爆炸声不大,但带来的密集的撞击声则让人胆寒,一枚杀伤榴弹,由老旧的美制M79发射出来,射程超过三百五十米的榴弹。

这东西对于步兵来说只能用噩梦来形容,近百颗钢珠和破片组成的弹幕虽然无法突破防弹衣,但足以让防弹衣无法防御的部位成为筛子。

幸好房车的防弹质量让人放心,但敌人装备的这种武器,却让雷神和陈默明白了一个事实:他们俩已经被困住了!

"小女孩不见了!"陈默在爆炸声中对雷神大喊道。

"我知道,不过我们至少能保住那个老头子!"雷神对着远处扣动扳机,一个身影在枪声中被迫隐藏起来。

"机械师,带VIP立刻撤离!"又一声呼哨声从头顶掠过,雷神思索片刻后,对送话器下达命令道,"暂时不用等我们!"

"收到!小心点儿!"那边,沉默了片刻后,机械师的声音从送话器里传来。之后,是一阵低沉的引擎轰鸣声响起,再之后,是切断通信时特有的声音。

"哒哒哒!"密集的枪声响起之后,是子弹在车体装甲上清脆的撞击声,这一切显示着敌人在火力掩护下已经开始稳步推进。此刻对于两人来说,只剩两个选择,是困兽之斗,还是坐以待毙?

雷神看了陈默一眼,随手为自己的步枪换上了一支全新的弹夹。

"我发现,好像认识你之后,就没发生过好事!"说完这句话,雷神一转身钻出房车。

跨过去,就是生死边缘

在眼前这片土地上,死亡悲剧每天都在上演。对于战斗,人们已经不寄托太多的希望和信念，更多的只是情绪上的宣泄。或许被杀的人仅仅是因为偷了一只羊或者是被怀疑偷了一只羊。真相不重要，重要的是大家相信谁。当所有人都相信杀戮的时候，杀戮就成了唯一的判断手段，判断好坏，判断善恶，判断饥饿与温饱。

来到这片土地，就要遵守这种规矩，无关你是谁，无关你的身份和职责。这个道理谁都懂，向陈默开枪的人懂，陈默瞄准的目标也懂。

在雷神跑出房车残骸之后，陈默也跟着跑了出去，两人始终保持着十多米的距离，这个距离既不必担心被手雷伤及，又可以在需要的时候相互救援。奔跑中，唯一需要担心的就是流弹，因为即便是最优秀的射手，在射击不规则移动的目标时，他的命中率也不会超过百分之三。

这等于百分之九十七的概率大家是安全的，至于剩下的百分之三，只能靠运气来决定。

陈默没时间考虑自己的运气，此刻他全部的身心都投入到对曾经惯用战术动作的回忆中：敌火下前进……直身前进……屈身前进……跃进……匍匐！

曾经无数次重复的动作，如同学习过的骑自行车技能一样，被身体记忆精确地重复着，子弹在他身边不断尖利地呼啸着飞过，差距毫厘之间，却似乎都无法命中。

前方是一个土堆，雷神飞奔过去，一个翻滚躲到土堆后面，随后，连串的长点射打出，身后的枪声顿时一滞。

借着这个难得的机会，陈默一个翻滚摔到土坡后面，与此同时，手里已经多了两枚烟雾弹。

左还是右？

陈默询问的时候，已经拉开了烟雾弹的保险，只要保险弹开，里面的炸药就会点燃白磷，浓重的烟雾会阻隔包括红外线、微波、可见光在内的所有侦察手段，但也仅仅只是阻隔，在阻隔之后该做什么？

左是进攻，右是撤退，这是小队的暗号。对于此刻小队的现状来说，撤退无疑是最好的选择，以陈默的经验判断，进攻方至少二十个人，攻防三比一的比例早就被打破，即便算上被保护的长老，他们六个人也只能应付十八个人，更何况，那个全身肥肉的长老能否拿稳AK都值得怀疑。

而对于陈默来说，撤退则简单得多，虽然脱离与敌人接触是件让人费心的事情，但多年的士兵生涯，陈默保证如果布置得当，一定会让追兵留下深刻印象。

可就在陈默一边询问，一边为撤退做准备的时候，雷神的一声吼叫，却彻底打破了他的布置。

"左！"雷神喊了一声之后，忽然从藏身地跃起，随后，连续的短点射压制住了跑在最前面的两名追兵，而后，如愿地招来一连串重机枪的扫射。

"你他妈疯了？！"看到缩回到自己身边正在换着弹夹的雷神，陈默愤怒地质问道。作为小队指挥者，雷神很清楚自己的命令意味着什么。二对二十！没人能打得过，这不是电影，也不是端着机枪对着敌人一边吼叫一边冲锋的雷人剧，理论上来说，二对二十毫无胜算，也等于选择性自杀。

"VIP没有脱离危险，我们不能撤，使命优先，这是我们的规矩！"雷神露出一个神经质一样的笑容，随手将空弹夹别回到自己的腰里。虽然在陈默看来，这样的行为此时此刻毫无作用，命都要没了，还在保护一个价值15.99美元的弹夹。

"该死！"陈默抱怨了一句，却发现根本无法辩驳。至于他口中的中国承包商的规矩，陈默更是从来没听说过，实际上，包括雷神在内的小队所有人，除了他之外，没有一个人是标准意义上的中国人。不过现在考虑这个问题，其实毫无意义，陈默需要做的是，强迫自己收回心思去考虑眼前的生死。

从答应这个差事开始，似乎这个就已经成了宿命和道德标准，让他无从违反。在愤怒地更换了自己的弹夹之后，陈默将手里的两枚烟雾弹向左右扔了出去，白磷在火药的刺激下，冒出滚滚浓烟，瞬间将周围一切遮蔽。

枪声在这一刻骤然停止，这突然的改变精确地暴露出了敌人的身份——一群战场上的老兵。如果是新兵，必然会漫无目的地射击，而毫无准头的枪声，会轻松掩盖任何响动，方便对手逃跑。

问题是，陈默和雷神根本没打算逃走！

他们需要为机械师等人的撤退争取足够的时间。

烟雾弹能提供的遮蔽效果只有三十五秒，这还不包括环境风速和风向，以及敌人是否采取反制措施。所以，可供陈默等人利用的只有三十五秒钟。

他们需要利用的也只有这区区三十五秒！

在烟雾腾起的瞬间，陈默已经行动了，在回头看了雷神一眼之后，他第一时间向身后跑去，用最快的速度跑向五十米之外。

雷神回头看了陈默一眼，没有阻止，他很清楚，此刻无论陈默选择怎么做，他都没有权利干预。这里虽然是战场，但他们不是士兵，约束他们的只有金钱和契约，而这两者，在生死面前，什么都不是。

奔跑中的陈默，此刻也在考虑这一问题：如果他此刻选择逃走，生存的概率超过百分之八十；如果雷神仍然执着地据守，那么他几乎可以肯定自己能活下去，但如果留下，结果似乎已经注定……

到底要不要跑？为了一个只加入一天的队伍，和一群只认识一天的人，陈默有点纠结，更何况，他还有其他的目的。

战场上，烟雾仍然在不断弥散着。对于进攻者来说，这似乎也是个机会，在犹豫了一下之后，几名雇佣兵端着武器猫腰向前小跑着，在找到一处足够接近的掩体隐蔽起来之后，几个人向身后招了招手。

仍然是讨厌的呼哨声，在等待片刻之后是M79扔过来的榴弹爆炸声，爆炸瞄准的目标是烟雾弹，猛烈的爆炸制造的冲击波，轻而易举地吹开烟雾，将一切暴露在眼前，除了陈默和雷神。

不，准确地说，雷神仍然在，此刻借着烟雾的掩护，他已经跑到了五十米开外。当爆炸响起的时候，他本能地将自己隐藏在角落内，对着身后刚刚现身的追兵扫射。

或许是运气使然，八一杠传来枪声的同时，一名奔跑在最前面的敌人的身体，仿佛被重锤敲了一下，整个人翻滚着倒在地上。随后，密集的重机枪子弹，立刻对对手进行反压制，雷神已经无法抬起头来。

枪声的吸引，指引着追兵迅速包抄过去。在远程火力的掩护下，几名追兵错落有致地散布在几十米的范围内，交替掩护着向雷神所在的方向冲去。

战场上，再次上演了寂寥的一幕，除了偶尔响起的重机枪的点射声之外，没有任何多余的声音传出，包抄的敌人互相用战术手语交流着，不断重复着简单而有效的掩护，前进，掩护，前进……而就在这样近乎单调的进攻中，雷神却被彻底堵在掩体后面无法动弹。

除了偶尔为了阻碍敌人而毫无目的地盲射之外，他没有丝毫可以阻挡敌人的手段，而每一次盲射，都无一例外得到精准的重机枪的点射回敬。

藏身的岩石被连续不断的重机枪子弹打得石屑横飞，原本浑圆的石块仿佛被一只无形的大手不断雕刻一般，变得越发狰狞。

很快，在这种机械却高效的战术下，双方的距离已经拉近到了二十米。而就在此时，追兵刚刚路过的第一块藏身的岩石处，一个身影缓缓地从沙丘中暴露出来。

陈默！

在雷神第三次扣动扳机的时候，他扒开身上的沙土，从怀里拿出被保护得妥帖的63步枪，利落地推弹上膛，随后，瞄准距离自己最近的一名敌人。

啪！

首先听到的声音是枪针撞击底火的声音，随后，发射药被底火点燃而被引爆，超过三千米秒速的火药被点燃，爆发出巨大的冲击力，子弹在螺旋膛线的作用下旋转而出，在飞跃了近三十米之后，准确命中最后一名追兵的后背。

冲击力加上奔跑的惯性让对方翻滚着倒在地上，随后就一动不动了。

对方是死是活对于陈默来说并不重要。此刻的他，最需要做的是在最短的时间内，打光弹夹内所有子弹。

被改造过的63步枪拥有一个三十发弹夹，精准的三发点射模式让它在百米的散布堪比一支狙击步枪。

陈默几乎是不歇气地打光了一整个弹夹，才从容地为自己重新装弹，而在他前面，横七竖八地倒了一地尸体。

八名敌人，算上之前被击毙的两人，一共十名，这几乎是对方追兵的一半——敌人显然没有想到，会有人在短短的几十秒内，挖了一个巨大的沙坑，将自己埋在里面。

战争永远拼的是出奇制胜，拼的是谁更不在乎死亡。

在确定留下帮助雷神的那一瞬间，陈默就很清楚，如果不拼，就只有死路一条。敌人不是固定的标靶，对方也是有血有肉、会战斗、能杀人的雇佣兵，最重要的是，对方人多！

短短的几十秒钟，陈默并不能为自己挖一个埋葬自己的大坑，但敌人可以。之前投掷过来的榴弹，帮了陈默一个大忙。在雷神的帮助下，陈默仿佛一名死亡的骑士一般，持枪躺在炸药炸出来的弹坑中，任由沙土覆盖在自己身上。

随后，是敌人的追逐，和雷神被赋予暗号的反击，伴随着有节奏的长短点射，敌人的数量、距离等信息丝毫不落地传递给陈默。在最终确认身边没人之后，屏息的陈默才骤然破土而出。

然后是如同屠杀一般的反击。

战场上，淡淡的烟雾为他的反击提供了最后一丝掩护，让远处的敌人没有发现攻击到底来自哪里，或者说，人类听觉上先天的弱势让他们无法准确分辨一百米外和八十米外的枪声。

当冲锋者接二连三地倒在地上的时候，身后的重机枪如同受惊的野马一样，疯狂地响个不停。密集而猛烈的弹幕覆盖在雷神周围，仿佛要将他藏身的石块打碎，或者干脆用沙尘将他埋葬一般，而在这背后，暴露出的是对手的惊恐和担忧。

是的，只有两个人，接连干掉了不下十个对手，这种事情只在电影里发生过，现实中从未上演。当这一幕真实发生的时候，回应这恐怖奇迹的，只有更加猛烈的枪声。

雷神几乎被固定在石块背后，他努力蜷缩着身子，尽量让自己身上的每一个部位都不要暴露在石块之外，即便如此，这也无法保护他的周全。实际上，M79曲射火力的威胁，远远大过直射的重机枪。

敌人显然也意识到了这一点，所以在经过片刻疯狂之后，冷静下来的他们，开始用榴弹向雷神所在的方向覆盖过去。

爆炸是在稍后响起的。相比于子弹，榴弹飞行的速度并不快，但短暂的飞行时间，足够让人产生逃跑的冲动和驱动这种冲动的恐惧。毕竟谁都清楚，与移动标靶相比，打一个一动不动的目标，对于熟练的射手来说，不过是时间的问题。

"左还是右？！"藏身在前一块石头后面的陈默看着被爆炸逐渐包围的雷神，大声询问道。对方如果说要撤退，陈默有能力在短时间内用火力压制住敌人，然后在交替掩护下，两人有很大可能与敌人脱离接触。

但在陈默满心希望得到答案的时候，一个暴躁的声音再次从石头后面传来，声音大得甚至一瞬间超过了爆炸声。

"左！"雷神暴躁地大喊道，然后将八一杠探出石头扫了一圈，随即引来更猛烈的反击。

"操！"陈默用一个更大的声音回应道，随后用力呼吸了两口气，调动起身上已经所剩不多的肾上腺素，猛地探身，向敌人的方向扫射起来。

63步枪没有连射功能，只有自动射击的模式，虽然落后，但也让陈默多了一些时间去判断和寻找。

伴随着射击，在瞄准具的缺口处，一个个模糊的目标被发现、瞄准，随后遭到火力压制。就仿佛一个幼稚无聊的打地鼠游戏一般，在子弹的威胁下，对方迅速地藏起灰突突的脑袋，枪声和爆炸声也在同一时间停滞下来。

借着这个机会，雷神终于可以喘一口气，在陈默枪声响起的同时，他也探身开始射击，两人构成的三十度夹角完美地封锁住敌人的进攻路线。

可惜，他们只有两个人，敌人的数量却远远超过他们，同样是经验丰富，同样是身经百战，陈默和雷神并不比对方更强大。之前的一切不过是胜在对方轻敌，加上陈默的冒险搏命，才让他们吃了个大亏，而一旦小心谨慎起来，敌人依然具有碾压两人的实力。

雷神是第一时间遭到压制的，对方架设在皮卡上的重机枪轻而易举地压制住了雷神的火力。随后，进攻的敌人尖兵在交替掩护下开始向陈默所在的位置一点点前进。

数量的优势在此刻表现得极其明显，陈默即便枪法再准，也无法应付对方几支步枪的火力，此刻的他甚至连头都无法抬起来。

"左还是右？！"靠在身后提供隐蔽的坚硬石头上，陈默再次大喊道。

"右！"远处，犹豫了一会儿的雷神低吼着回应道。

"怎么他妈的右？"陈默一个探身之后迅速地缩身，就招来密集的子弹覆盖。在这种情况下，让他跑过身后不下一百米的空地，简直等于自杀。

或许奔跑中的命中率不高，但那只是就射击者是一个人而言。对方不是一个人，是一群人，任何一个数字被放大十倍，都会是一个可怕的结果，更何况，对方的重机枪和榴弹发射器也在等待着这样的机会。

"你还有烟雾弹吗？！"雷神大喊道，之前的烟雾弹为两人争取了几十秒的时间，只要再能争取几十秒，逃跑的概率一定会更大。

"没了！"陈默只带了两颗烟雾弹，这还是老芭比给他们的酬劳。承包商们在卖命的同时也要考虑成本，一颗烟雾弹的造价远远超过子弹。如无意外，没人会准备这些性价比并不高的东西。

可惜的是，战场上处处是意外。

"我也没有了！"雷神从身后喊道。

"所以呢，你就是为了告诉我这个？"陈默没好气地问道，同时稍微探身看了一眼。敌人此刻已经逼近到了六十多米处，相信，再有几分钟，双方就可以肉搏了，前提是，对方是否会给他这样的机会。

"我数到三，你往我身后跑！"雷神指了指自己身后的一处隐蔽地点，距离陈默五六十米的距离，那是一处挺好的隐蔽地点，距离丛林不远，只要钻进去，逃跑的难度瞬间降低。

"1——2——跑！"雷神没有等待陈默的回答，就忽然大声喊道。当"跑"的声音喊出来的瞬间，他忽然探身，手中的八一杠不歇气地向正在进行散兵推进的敌人射出连串子弹。

与精确的点射相比，连射的目的并不是为了杀人。实际上，真正想在百米距离内用连射杀人，需要的子弹恐怕要以公斤为单位。

而雷神也并不奢求自己能干掉谁，此刻他只是想提供足够的火力，压制住敌人的攻势，为陈默的撤退提供掩护。

"做梦！"回应雷神的，是陈默只有自己可以听见的声音。在从嘴边挤出这两个字之后，陈默骤然探身向丛林的方向跑去。

生死，胜败！

人的神经反射时间是0.2秒，常年训练的士兵能让他们的行为以本能的方式体现，让反应时间缩短到0.1秒，这意味着，看到目标后，对方几乎会以第一时间射击。

对于陈默来说，0.1秒也是时间。极限奔跑速度下，一个人一秒钟可以奔跑4~10米，普通人是4米，博尔特是10米，陈默的速度介于普通人和博尔特之间。这个速度体现在神经反射上的时候，意味着子弹会在他周围50厘米内飞行。

0.1秒的反应时间，成为天堂和地狱的门槛。

陈默激发自己的潜能，连续不断地奔跑，堪比田径运动员的奔跑速度扰乱了对手的视线。他们只能在本能的驱使下，连续不断地射击。这座门槛不是不能跨越的，只要给对方足够的思考时间，只要完成一个提前量的设定，那么陈默被击中的可能就会从无限小瞬间放到无限大。

而要跑向雷神指向的方向，这个时间足够射击者弄清楚他的意图，并且在他到达之前完成狙杀。陈默自然不会让对方得逞。他不会遵循雷神的指挥，雷神的行为是在玩命，而他需要做的是冒险。

冒险和玩命不同，冒险是以科学的概率分析，玩命则是将一切交给未知。陈默属于前者。

感受着从身边飞来的子弹，感受着灼热的空气，感受着子弹的呼啸声，陈默在奔出几十米后,忽然停下动作,随后,一个利落的反身卧倒,手里的步枪同时指向身后。

开火,开火,开火!

子弹以贴着地面的射界扫向敌人,精确的三点连发轮番打击着每一个火力点,子弹几乎在瞬间就光临对方,用它的存在提示着对方做出反应。

长期战斗形成的习惯,已经成为身体的本能反应,越是老兵就越被习惯束缚。即便重新回到和平环境,也会执着地保持着,甚至终生不忘。在战场上,面对攻击时,这种习惯越发明显。陈默的子弹并没有奢望打中谁,而是意图勾起对方的防御本能,事实上,他确实做到了。

连续不断的射击,很快压制住了敌人,更重要的是,让被压制的雷神有了喘息的机会。

雷神并没有放弃陈默为他提供的机会。在陈默枪声响起的同时,他也展开攻势,八一杠精准的点射为陈默的攻击提供着有力的补充和支持,将一个个刚准备冒头的敌人再次打得埋头卧倒躲避。

"撤!"雷神一边射击着,一边对陈默大喊道。这一次陈默不再犹豫,转身迅速向雷神之前指定的方向跑去。

身后,射来的子弹明显稀疏了很多,在陈默不断变换的动作中,嘶叫着飞过。陈默不知道自己会不会被打中。实际上,眼前的一切只能交给运气,即便他被击中,过量分泌的肾上腺素也会让他根本感受不到疼痛。

短短的几十米距离,只需要十多秒就可以跑完,但紧张的情绪因为时间的无限延长而变得愈发迫切。当陈默最终藏在岩石后面,卧倒举枪瞄准时,时间漫长得如同过了一辈子一般。

"撤!"陈默举枪射击,反应过来的敌人迅速还击,子弹嗖嗖飞过,身后的树枝被打得骨断筋折。看着仍然在勉力阻挡敌人的雷神,陈默一边支援着对方,一边大喊道。

"等我插上!"雷神向他回头笑了笑,随后拽出几根香烟,借着滚烫的枪管点燃,用力吸了两口,然后将香烟插到一旁已经准备好的手雷上。

去掉插销的手雷已经被皮筋勒住,几枚手雷有规则地被摆在石头后面,每一枚的引线上面都被雷神插上一根香烟。香烟有长有短,但无一例外最终都会烧断皮筋,手雷保险也会因此失去束缚——这就是战场上最简单的定时雷,直接,高效。之前陈默冒险跑过来就是为了布置这一切。

雷神重重吐出一口烟尘,随后打了个手势。陈默点点头,忽然起身向一侧跑去,大幅度的动作,吸引了敌人的注意力,猛烈的火力追着陈默的脚步,借着敌人的火力被吸引,雷神转身向后跑去。

运气似乎再次站到了他们这一边。当两人扑倒在各自的掩体后面时,敌人的子弹才姗姗来迟。面对身后近在咫尺的树林，敌人的意图显然已经落空大半。

"左还是右？"隔着两棵树看着距离自己不远的雷神，陈默一边装弹一边询问道。

"右！"雷神终于长出了口气。随后两人同时向树林中跑去。身后，密集的枪声再次响起，仿佛在为两人送行一般。

对于身后的枪声，两人已经完全不在意了。之前在空地上他们打不中的话，那么在树木遮蔽的丛林想要打中似乎也不可能，至于被敌人追上，两人更不担心。他们不能阻止敌人追击的行为，但至少可以阻止敌人追击的念头。

轰，轰！连续不断的爆炸声传来，意味着布置的诡雷已经起了作用，两人原本波动的情绪稍微安定下来。是否能炸到敌人并不重要，重要的是，提醒敌人穷寇莫追，这个道理古今中外都通用。敌人如果明白，会做出正确的选择；如果不明白，他们不介意多浪费两枚手雷让对方明白。

稍后的行程安全了很多。作为老鸟的敌人显然也很清楚，在密闭的丛林里要找到两名全副武装的对手，危险程度不亚于面对一场小型的战斗。

当两人联络上机械师等人，并安全会合时，再没有遭遇到敌人的纠缠。

可是，好运气也到此为止了，当两人来到奔叔叔车旁时，看到的第一幕，是炸点哭丧的面孔，以及机械师带着警惕和不信任的目光。

"怎么了？"雷神看着众人，沉声询问道。

"VIP受伤了，情况很不好。"机械师走过来，低声回答道。直到此刻，陈默才看到长老的身上，布满了鲜血。

"狙击手，一枪，右胸贯穿伤！电门在照顾呢，你去看看吧！"机械师低声说道，意味深长地看了陈默一眼后，向后退了一步。

身后，奔叔叔车门敞开着。长老躺在后座上，电门抱着长老的头，低声说着什么，当她抬头看向陈默两人时，眼中闪着泪花。

"怎么会这样？"雷神和陈默走过去。长老听到声音，萎靡地睁开眼睛，露出一丝玩味的笑容。

"我的孙女呢？"长老虚弱地问道。

"被人劫走了！我们为了保护你，没有办法去营救她！"陈默开口解释道。

"可你们的任务失败了！"对方向雷神说道，话语中透着与此刻气氛迥异的诙谐，但没人笑出来。

"对不起，我们马上会送您去医院！"雷神低头道歉，随后说道，但长老却吃力地摇摇头。

"不用了，时间到了，我能感受到，如果可以，请你让他留下来陪我一下，我有话要对他说！"长老指了指陈默，向雷神说道。

听到长老的话，雷神一脸意外，在看了陈默好久之后，释然地点点头。身旁，电门也知趣地站起身离开，只留下陈默看着躺在那里不断流着鲜血的长老。

"你是怎么知道领袖营的事情的？"直到其他人走到听不见对话的地方，长老才对着陈默沉声询问道。

"我回来是为了之前的一件事。"陈默看着长老，想了想，回答道。虽然答案与对方的提问似乎并不搭边，但长老在听到之后，依然眨了眨眼。

"哦，我知道了……你知道我们为什么选择和中国人合作吗？"长老看着陈默，忽然提出一个在此刻似乎并不急迫的问题。听到提问，陈默一脸意外，在思索良久后，慎重地摇了摇头。

"因为你们是农耕文明，那是一种崇尚与自然和谐相处的文明；而他们，是游牧文明，天生喜欢寄生在别的生物身上，圈养，然后宰杀。国家与国家之间也是如此。这样的事情屡次发生，我们见得太多了，我们不想被圈养，然后再被宰杀。我们不是牲口，我们是种族！"长老望着陈默，感叹道。此时此刻，在他脸上，陈默看到的并不是一个控制着部族的长老，而是一个经历了沧桑巨变的老人。此刻他所说的，并不是一个国家的未来，而仅是他作为这个种族传承人的感受。

"需要我帮什么忙吗？"陈默看着长老。对方的胸口因为交谈而流出汩汩鲜血，脸色也因为生命力的流逝而越加苍白。

"帮我找到我的孙女，还有，我口袋里的东西是这一切的关键。"长老看着陈默，低声说道。随后，他眼神中的光芒逐渐变得黯淡，视线变得模糊不清，直至一片黑暗。

长老死了！

陈默愣了一下，但很快醒悟过来。他伸手摸向对方的口袋，一个冰凉硬硬的东西被指尖触碰到，陈默犹豫了一下，在帮长老合上双眼的动作掩饰下，将东西放进自己的口袋——他现在没工夫分辨那是个什么东西，因为时间不允许。

"怎么了？"远处，雷神看到不对劲，第一时间跑过来，不过看到的只有长老僵硬的尸体。

"死了！"陈默说着，退后了两步，恭敬地向对方敬了个军礼。

"我们这里，有人要为这件事负责！"就在众人愕然的时候，一个声音从身后传来。众人回头，看到的是指向陈默的枪口，黑洞洞的。

枪在炸点手里握着，表情冷静甚至冷漠。看到这一幕，最先反应过来的是电门，她一步走过去，挡在枪口之前。

"你什么意思？"电门高耸的胸部不断起伏着，似乎充满了愤怒和斥责。

"袭击者知道我们的计划，这证明计划被泄露了，我们都很可信，只有他一个人是新来的！"炸点说这话的时候，直勾勾地看着陈默，眼神仿佛要穿透陈默身体一般。

"这只是怀疑，还没有证据吧？"陈默轻轻推开站在身前的电门，走到炸点面前，胸口几乎顶在炸点的枪口上,淡淡的语气却仿佛面对的不是威胁,而是闲谈一般。

"怀疑还不够吗?在这里,只要怀疑,就已经是证据了!你最好说清楚,否则我一定会干掉你!"炸点看着陈默,冷冷地说道。

"说明这一切之前,有三件事你一定要注意:第一,不要用枪对着我;第二,不要用枪对着我!"陈默说着,一把抓住炸点顶着自己的手枪。炸点一愣,瞬间反应过来,从身后拽出匕首,向陈默刺去。面对即将刺入的匕首,陈默仅仅侧了侧头,下一秒,腰间的54手枪就被抽了出来,顶在炸点的头顶。

"第三件事,手里有枪,一定要用!"在众人的惊呼声中,扳机被扣动!

枪声响起,雷神怒吼着冲过来,电门则第一时间举起步枪,甚至连站在不远处的机械师也伸手摸向立在一旁的武器。

枪声中,炸点委顿地倒在地上,手捂着耳朵发出一声压抑的惨叫——陈默在开枪的瞬间,挪开了枪口。子弹从炸点的耳边飞过,除了刺激的灼热之外,还有让人无法忍受的枪声。

看着炸点半蹲在自己面前,哀叫着,陈默从容收回手枪,回头看向雷神,举起双手。"这是规矩,他先挑衅的!"陈默一边示意自己没有威胁,一边向雷神解释道。听到他的话,雷神犹豫着摆了摆手,随后与电门一起缓慢地放下了武器。

"电门,看看炸点有没有事。"雷神的目光很复杂。陈默走到车边,拿起立在一旁的63,来到一棵树旁,坐了下来,自顾自地保养起武器。

"这对你是个教训。有事,头儿可以处理,你可以表态,但不能威胁。"电门蹲在炸点面前,用力拉开他捂着耳朵的手,在大略查看了一眼之后,低声说道。

"如果让我找到证据,就不是挑衅那么简单了!"炸点愤怒地说道。因为听力受到了损害,他的声音显得格外大,不过陈默仿佛没听到一般,仍然做着自己的事情。看到这一幕,雷神轻轻摇了摇头,随后走到长老的尸体旁边,小心将尸体推回到座位上。

"任务失败了,我们至少要把尸体送回去。"雷神回头看了众人一眼,闷闷地说道。作为安全承包商来说,计划泄露,VIP被杀,这样的结果,让人非常不舒服。

"你确定要这么做吗?"陈默看着雷神,表情罕见地流露出一丝意外。

"你什么意思?"听到陈默的询问,雷神一愣,随后冷冷地反问道,仿佛陈默并不是在询问,而是在揶揄和嘲讽一样。

事实上,陈默也确实如此。

"在内比亚这个国家,政府的政令并不能彻底完美地贯彻下来,因为这个国家存在着大大小小的部族,人们对于国家的观念很淡漠,相反,部族长老则是他们心目中的权威。"陈默看了一眼众人,众人也都一眨不眨地看着他。

"这些我们都知道!"身旁不远处,炸点没好气地接了一句,而他的话,显然也得到了大家的认同。

"既然你知道，那你应该更清楚，如果部族长老的尸体被送回去，对我们来说意味着什么！"陈默看着仍然气哼哼的炸点，语气冰冷地说道。

事实上，他所说的话是在提醒雷神。作为安全承包商，也就是保镖，失败之后，有很大可能会成为对方泄愤的目标，尤其是，保护的人死了，而他们却毫发无伤。

"我明白你的意思，或许我们还有其他的选择，比方说，我们可以逃走，离开这里。但这也意味着我们以后将再也不能踏足这一行，甚至这个国家。更有可能的是，长老的死会被推到我们身上，我们成为凶手，并永远遭到通缉和追杀！"雷神点点头，看着陈默，回应了他的担心。

作为铠甲小队的队长，雷神考虑的要比陈默长远得多，这次任务失败，对于小队固然是一次打击，如果就此逃掉，对于个人，或许会减少很多危险；但对于整个小队，乃至华人安防圈子，则会有莫大的损失。

"那也比死掉强，我们都很清楚，他们会做出什么选择！"陈默迎着雷神的目光说道。如果说之前他说出这番话，是担心雷神只是出于职业道德，那么现在看来，显然雷神想得更多，但也更伟大，伟大得可怕。

"如果我们现在选择逃跑，那么我们或许能活下来，但你有没有想过，结果是什么？"雷神看着陈默，目光中已经流露出冰冷之色，就仿佛眼前的陈默不再是战友，而是敌人一样。面对他的询问，陈默默然，雷神似乎也预料到了陈默的沉默，冷笑了一下之后，说出了一个陈默无法拒绝的答案。

"华人的安全承包商会不被任何人认可，更有甚者，所有的华人都会被打上不可信任的标签！而这一切，仅仅是因为我们的所做所为，如果代价是这样的，你要怎么办？"雷神看着陈默，一字一句地问道。

陈默无法回答。两人凝视良久，雷神才转身看向一直站在车旁的机械师。

"机械师，汽油还能支撑我们回去吗？"雷神一边询问，一边检查着武器。他的决定带动了电门和炸点，两人经过陈默身边时，甚至连看都没看他一眼。

"油足够，问题是，如果我们的计划真的暴露了，那么回程恐怕更危险。"听到雷神的询问，机械师不无担心地说道。听到他的话，其他几个人都流露出凝重的表情。

"人既然死了，就没什么可担心的了，至少我们能做到物尽其用。"就在大家为此感到担心的时候，陈默冷冷地插嘴道。听到他的话，雷神一愣，可还没等他反应过来，电门已经明白了陈默的意思。

将手里的武器递给炸点之后，电门快步走到车旁，吃力地将长老的尸体从车里拽出来。

"你想干吗？"见此情景，雷神惊愕地问道。

"放在车厢里，让袭击者，让所有人看到，他们已经干掉了目标，这样，应该没有人会找我们的麻烦了！"电门说着，拖着长老肥硕的身体吃力地向车后走去。

"这样做对死者太不尊敬了！"雷神愕然良久，开口说道。

"那什么才是对他的尊重？和他一起死吗？如果他还在车内，如果你是敌人，在不确定他生死的情况下，你会怎么做？"陈默看着雷神，冷冷地反问道。

雷神思索，好一会儿没有说话，但身边的机械师却在沉思片刻后点了点头。

"他说得对，敌人一定会确认任务是否完成，而且，我们离开之前，他还活着。"机械师指了指长老的尸体，对雷神说道。

机械师的支持，让众人转而认真考虑陈默的建议，不过让陈默意外的是，第二个支持者竟然是电门。

"我同意，至少我们不用和尸体坐在一起，而且我们可以在进入边界之前，再把他装回去！"电门举手说道。

听到她的话，雷神想了想，最终点头走过去。

长老肥硕的身体貌似耗尽了二人剩余的力气，经过一阵忙乱之后，两人终于把长老的遗体放在了车厢里。

"现在我们要把他送回去，虽然我不想说，但你们应该明白，雇主有可能会因此干掉我们。毕竟，我们没有任何伤亡，虽然我承认，这是奇迹，但这会让我们无法摆脱自己的嫌疑。现在如果有人不愿意去，可以留下来。"雷神看着几个人，凝重地说道。

这绝非他的危言耸听。实际上，保护对象被干掉，保镖受到惩罚在任何国度都可以被理解。雷神的话与其说是在提醒大家，倒不如说是建议大家思量好，做好选择，毕竟，这牵扯到生死，尤其是长老这个级别的人物被杀死，承包商被赦免的可能性几乎为零。

听到他的话，众人都沉默下来，这个选择对于任何人来说，都需要认真考虑。

雷神需要的也是让大家考虑，因为在提出这个问题之前，他已经做出了决定，这件事，总要有人冒险，也总要有人负责。作为队长，雷神认为自己责无旁贷。

看着众人若有所思地考虑，雷神微微一笑，转身拉开车门钻了进去。可就在他刚刚发动汽车准备离开的时候，陈默忽然坐在副驾驶位置上。

陈默的行为无异于一种表态，同甘共苦这件事并不是什么人都可以做到的，至于生死与共，更不是嘴上说说的态度，在真正危机的关头，他需要亲自去做。

让众人意外的是，陈默竟然是第一个做出决定的人，这个只与众人相识两天时间的准陌生人，却率先选择与雷神一起承担责任。

作为新人，陈默是最有可能，也最应该选择离开的人，而之前，他一系列的态度，也一直给众人这样的印象。

陈默自然也知道其他人对自己的看法，不过他并不在意，在从容坐到副驾驶位置上，系上安全带之后，他看了一眼一脸愕然的雷神。

"一起吧，我挺好奇他们怎么干掉你，毕竟干掉你不那么容易。"陈默关上车门，无所谓地说道。

全杀了吧！

当奔叔叔再次行驶在崎岖的道路上时，五个人都已经坐到了各自的位置上。车厢里，长老的尸体随着车辆的颠簸而前后左右地摇晃着，早已失去了之前的尊贵和权威。

炸点一边嫌恶地躲避着不断迸溅的鲜血，一边左右观察着。在他的操纵下，车厢上架着的机枪左右摇摆着，摆出一副要将任何目标撕成碎片的凶狠模样。

实际上所有人都很清楚，这是在冒险。敌人在暗处，必要的话，只需要一发火箭弹，就足够让他们彻底报销。目前众人所做的这一切，不过是在豪赌，赌袭击者的目标确实是长老——对方或许正在监视他们，在看到了长老的尸体之后，就不屑于连他们一起干掉了。

这并不是幻想，而是基于对内比亚的了解，如果他们的目标真的是长老，那么自然没必要干掉他们，不为别的，少杀几个人至少能节省一些作战物资和补给。更何况，承包商之间是没有仇恨的，即便有，在利益面前也可以消弭于无形。既然已经完成任务，平白无故造成损伤自然是不可取的，尤其可能还有生命危险，毕竟，陈默等人的反扑和绝境下的挣扎，很有可能会带来不可预知的损伤，这更加重了冒险的危险性。

没有规则的混乱社会，遵循的是丛林法则。此刻任何人都如同野兽一般，冷酷而理智，不会为了不必要的事情而冒险，但也不会手下留情。

副驾驶位置上，陈默眯缝着眼睛注视着前方。他看似平静，其实内心一直在绷着，那种毛骨悚然的感觉在他的周身不断涌动。这种毫无来由的直觉是一种生存本能，也是一种对周遭环境最可靠的观感——有人在暗处不断窥探，甚至毫不夸张地说，此刻的他应该已经被十字线锁定，如果对方需要，只要扣动扳机，随时可以将他干掉。

这种感觉并不舒服，但必须忍耐，至少要装作人畜无害的样子。否则，任何惹对方不高兴的行为，都可能遭到袭击——对方或许不会干掉他们所有人，但杀掉一两个，并不是什么大不了的事情，毕竟计划已经暴露，对于敌人来说，他们不过就是待宰的羔羊。

就在陈默默默地消解这种不舒服的感觉时，车子忽然一震，枪声随之传来，子弹贴着车顶上方呼啸而过。

枪声中，两辆车子戛然而止。炸点的机枪瞄向枪声响起的地方，空洞地放了几枪，但也仅此而已。陈默甚至连拔枪的欲望都没有，在停车之后，只是下车抬头看了一眼，然后就再次坐上汽车。

这场豪赌他们下对了赌注，敌人的目标是车厢里的长老。对方显然并不相信这种张扬的传递消息方式，于是保险地补了一枪。

子弹从长老的身体穿过，打穿了车厢的钢板，斜飞了出去。弹道和声音显示，敌人应该在距离这里六百米外的某个高地上。不过这并不重要，只要这枪没有打在他们中的任何人身上，就意味着这种张扬的方式成功了。

"走吧，现在我们只要把尸体交给他们，这次任务就算彻底失败了！"看了一眼刚刚上车的雷神，陈默冷冷地说道。

"彻底失败？这个标准好低啊！"皮卡车与奔叔叔并排在一侧，听到陈默的话，炸点不满意地看了他一眼，随手从衣服上拽下一块海绵，塞进车厢的弹孔处，那里流下来的鲜血已经让车轮变得斑驳难闻。

"其实，这个标准已经很高了！"雷神看了一眼皮卡车。车上，炸点和机械师已经发动了汽车，"如果你在这里待得足够久，就会知道，在这里，除了死亡，压根没有任何标准！"

炸点没有继续说下去，而是拍了拍车顶，皮卡车带着车上的尸体和一脸不满的炸点率先向前驶去。

雷神利落地发动汽车，跟着皮卡车向前开去。对于众人来说，现在他们已经渡过了第一道难关，下一个，是真正决定他们生死的时刻。

返回的路上，长老的尸体引来了很多人的瞩目，尤其在经过关卡时，哨兵惊讶得竟然忘记打开拒马。

对于所有人来说，这种感觉让人很不舒适。很快地，他们就发现，与即将到来的一切相比，眼前的一切，几乎轻描淡写到可以忽略。

当长老的尸体出现在营地时，巨大的哀嚎声震彻天地，但是伴随着一声喊声，所有人都骤然停止哀嚎，立正站好。

在众人的注视下，长老的卫队长正襟走来，不得不说，对方确实可以称之为一名合格的士兵。在所有人对着长老尸体哀嚎的时候，他一脸严肃地看着众人，用极大的吼声打断了众人的悲痛。

"带他们过来！"

五个人几乎是被人拖着来到营地中心的。那个健硕的卫队长用几乎可以杀死人的目光盯着他们，压抑着愤怒等待着他们将事情讲个清楚。

雷神如实叙述着，对方的面孔也随着叙述不断变化。

"杀掉他们吧！"弄明白整个事情的来龙去脉后，带着上校军衔的卫队长冷漠地挥了挥手，那副厌恶透顶的表情如同赶走烦人的苍蝇一般。话音刚落，手持AK的长老卫队就将众人团团围住。

在他的命令下，士兵们纷纷推弹上膛，举枪瞄准。虽然乱七八糟、并不整齐的动作暴露出这群士兵无论是作战素养还是战斗水平都很不入门，但如此近距离的攒射即便是瞎子恐怕也能打中。

最让人恐惧的是，每个端着武器的人，都一脸憎恶地看着他们，就仿佛一根已经被点燃的爆竹，随时等待着爆炸的那一刻。

人们的愤怒仿佛潮水一样淹没了周围的一切。此刻陈默衷心希望雷神能为这一切感到后悔，至少他应该明白，他们做出了多么愚蠢的选择。

下一秒，枪声响起！然后，仿佛号角一样，一支支AK接连喷吐出猛烈的火舌，硝烟、跳动的弹壳，充斥在每一个角落，被弥漫的枪声和硝烟遮蔽的众人压抑不住胸口的吼叫，伴随着枪声喊了出来。

濒死前的叫喊或许有用，延缓着死亡的到来——子弹没有一发打在他们身上。

枪口一致对空，四周的树木被打得骨断筋折。在枪声仿佛要一直喧嚣下去的时候，卫队长突然挥手，枪声戛然而止。

然后，所有目光都凝聚在五个人身上。下一秒，一股巨大的力量从身后传来，五个人被接连打倒在地，被迫跪了下去。

"杀掉他们吧！"卫队长鄙夷地看着五个人，不耐烦地挥手说道，然后众人举枪。

"等等！"眼见这一幕，雷神忽然用土语大喊道。听到他的喊声，卫队长一愣，目光停留在雷神身上，目光中混杂着愤怒、鄙视和毫不遮掩的厌恶。

但雷神此刻已经顾及不到这些了，他很清楚，这是能争取活下去的唯一机会。

"这件事我们有责任，但我们可以弥补！"雷神大声说道，语气中流露着急切和不甘。听到他的话，卫队长一愣，哂笑了一下，然后挥了挥手。

四周，AK被纷纷放下。就在众人以为危机缓和下来，生存的机会向大家招手的时候，几名士兵忽然狞笑着走了过来，不紧不慢地从背后拔出狗腿刀。

"你说得对，你们可以弥补！"卫队长的笑容变得灿烂了。在笑声中，几名士兵纷纷走过去站在几个人身后，而后，众人同时感觉到脖子一凉。

"简单地杀死你们，并不能弥补你们的罪恶。"卫队长说道。

"完了！"这是此刻陈默唯一的念头。对方用枪的话，他还可以奢望对方的枪法不准，但当狗腿刀放在脖子上的那一刻，他已经很确定，他们没有任何逃生的希望了。

内比亚人擅长用狗腿刀，无论是雕刻还是杀人。

此刻，狗腿刀锋利的刀刃已经贴在陈默的脖子上，随着他急促的呼吸，刀刃不断与喉结摩擦着，传来一阵阵轻微的疼痛。

"你们不值得我们浪费子弹，我们也不会把子弹浪费在你们这群蠢货身上！"卫队长说完，冷笑着点点头。下一秒，陈默感觉到背后搂着自己脖子的士兵全身肌肉瞬间绷紧了。

他甚至已经感觉到刀子切断血管和肌肉时的那种疼痛了。身边，炸点的呼吸声急促得仿佛雷声。另外一侧，电门不断起伏的高耸的胸脯也毫不避讳地传达出恐惧的感觉。

他们要死了吗？

陈默再次看向前方，卫队长此刻正看着他们，似乎等待着最后一幕——鲜血飙飞，几个人的头颅被砍下，无头尸体在他面前轰然倒地——露出一个满意的笑容。

这个国家的人天生带着一种特有的幽默感，喜欢把割掉的脑袋摆在脖子之外的其他地方。陈默已经见过很多次这样的场景了，最开始很不适，到现在已经能适应这种幽默和可笑的节奏，触碰到他们这种幽默感的边缘。

但这一切不包括他自己，他不能死，因为还有很多事情要做。当然，他也不希望自己的脑袋被放在后背上，成为别人的笑料，为此，他愿意付出任何代价。

"我有长老传的口信！"一句熟练的土语从陈默嘴里传来，现场包括雷神在内的所有人都一脸意外。

卫队长不笑了。陈默示意他打开自己的口袋，这是最好的证明。

"掏出来！"卫队长命令道，身后，准备行刑的士兵粗暴地拉开陈默的口袋，不由分说地将里面的东西一股脑掏了出来，送到卫队长面前。

后者看了一眼送来的东西，扔掉其中杂七杂八的物品之后，目光锁定在一张纸上，纸上写满了工整的中文，还有一些印刷体，卫队长翻来覆去看了好几遍，却发现根本看不懂，在迟疑了一会儿之后，他的目光再次看向陈默。

"这上面写的什么？"卫队长对陈默说道。

"中文，当时情况紧急，我是用中文记录的！"陈默连忙解释道。

"内容，告诉我内容！"卫队长追问道。

"不记得了，我需要看一下。"陈默老实地回答道。

"让他看看，如果没用，就杀了他！"卫队长向手下说道。手下点点头，带着纸条走了过来，粗鲁地将纸条放在陈默眼前。

陈默讨好地看了对方一眼，伸手接过纸条。

"你的裤子拉链开了。"陈默目光越过纸条，看着身边的士兵说道。

"什么？"陈默说的是中文，士兵没听懂，一个愣怔，在回头看向卫队长的那一刻，忽然觉得肩带一紧，等他醒悟回头的时候，陈默已经抓住了他背着的AK步枪，毫不犹豫地扣动了扳机。

枪声响起，短促而清脆，枪口仅仅颤抖了两下之后就停顿下来，随后，惨叫声传来，对面不远处，卫队长大腿流淌着鲜血，跪坐在地上，大声哀嚎着。

周围人醒悟过来，纷纷举枪，但陈默没给对方这个机会。在开枪的同时，一个膝撞撞翻了身边的士兵，随后端着步枪三两步冲到卫队长面前，炽热的枪口顶在对方的额头上。

"放过我们,我们为你找到凶手,否则,同归于尽。纸条上是这么写的。"陈默说着,将纸条扔在对方面前。飘荡的纸条上,写着红烧肉和苜蓿、柿子的价格。

"你们不会活着离开这里的,我以我的灵魂发誓!"卫队长因为疼痛而痉挛着,浑身颤抖地说道。

"你的灵魂现在属于我!"陈默冷笑着说道,再次扣动扳机。卫队长另外一条腿一软,被迫双膝跪倒,惨叫声再次放大。

"都把枪放下,否则,我会杀掉他!"陈默的土语标准而清晰,听到他的话,所有人都一脸茫然,不知所措地互相对视着。

"不要听他——"卫队长依然强硬,但话只说到一半,就挨了重重一记枪托。整个人彻底晕了过去。

"放下武器,否则,我就打爆他的脑袋!"陈默的声音又放大了一倍。这一次,周围的人似乎已经反应过来。在犹豫良久后,第一个人放下了武器,然后,第二个,第三个……

"如果你们还想跪着我不介意,但最好有一个人把车开过来!"在所有人放下武器之后,陈默回头向其他四个人喊道。听到喊声,电门第一个跳起身,推开身后的行刑手,向圈子外的车子跑去,其他三人则随手捡起步枪,纷纷围拢在陈默身边。

"我叫陈默,我是个中国人,我们的信条是无信不立,有仇必报!所以,我一定会给你们一个交代!"陈默看着周围或愤怒、或茫然的士兵们,忽然扯着脖子大喊道。

"如果你们信不过我,可以随时找到我,干掉我!当然,仅限于我一个人,这叫一人做事一人当!"喊声中,汽车引擎声传来,电门驾驶的汽车冲入人群,利落地停在几个人身边。

"等他醒过来,替我道个歉,如果还有机会,我会亲自登门致歉。但在此之前,我们要先完成委托人的委托!"最后一句话说出口的时候,陈默已经坐上汽车,车子在呼啸声中冲出人群。身后,车子离开的瞬间,众人纷纷举枪向陈默所在的方向发起攻击。

子弹呼啸着,从车子周围穿过,距离只有几十米,对于枪法再不准的人来说,也有命中的可能,而当弹幕密集到一定程度时,可能就会变成必然。

陈默很清楚这一点,但他在赌,赌己方的坏运气已经彻底用光了,赌对方在慌乱中不可能命中自己。赌,五个人中,至少能有几个人活下来。

不过可惜,运气并不在他们身上,两名卫兵很快端起火箭弹,瞄准前方的汽车,只要扣动扳机,他们就会瞬间成为一团火球。

陈默看到后视镜中的景象,他唯一能做的就是等待,他毫无阻止的办法。

一切只能听天由命了吗?

在敌人即将扣动扳机的瞬间,陈默不由自主地闭上了眼睛,他回忆起自己来这里的目的，回忆着安娜……

然后，枪声响起！

一发子弹准确命中在火箭弹上，火箭弹骤然爆炸，瞬间吞没了所有人，也将众人从濒死的情势中挽救出来。

车子在火光中绝尘而去！

狙击枪声一直有节奏地响着，超过六百米的射程，让所有人望尘莫及，卫队士兵被精准的射击压制在掩体后面，只能眼看着陈默等人的车子迅速消失在视线范围内。

对于这一切，逃脱升天的铠甲小队，却毫不知情。

圈套？！

奔叔叔在崎岖的道路上，以不低于八十公里的时速行驶着，远远看去，仿佛一只受惊的兔子。车子里面，大家并不好过，不断的颠簸让每个人的脑袋不断地与车顶碰撞。

即便如此，也没有人抱怨，刚刚经历过生死，眼前的一切都是难得的享受。

电门依然颤抖着，抓着方向盘的手捏得死死的，原本白皙的皮肤此刻更是雪白得没有一丝血色。

坐在副驾驶位置上的陈默不由得看了她一眼，本想安慰一下，但最终什么也没有说出来。

"你想嘲笑我，就尽管嘲笑吧，我是害怕了！"电门的目光盯着前方，表情木然地说道。

"我想说的和这件事无关，而且，并不是只有你自己害怕。"陈默看了他一眼，又看了看身后的雷神。此刻后者的目光正看向窗外，似乎并没有注意两人的交谈。

"哦，是什么？"电门好奇地看了他一眼，语气多少平静了一些。

"你挺漂亮的，本来不该冒险！"陈默想了想，说了一句。

"这话说的人很多，你不是第一个，肯定也不是最后一个。"电门回头看着道路的尽头，淡淡地说道。

"还有就是，你的手刹没有松开！"陈默想了想，指了指身边的手刹，电门一愣，本能地松开手刹，车子骤然冲了出去。

前方哨卡处的内亚族士兵看到车子再次出现，一时间竟然不知所措，但最终，他们还是选择了放行，并不是因为他们愚蠢，而是因为后车厢上，抓着机枪的炸点充满威胁地用枪口锁定着哨卡的每一个人。

逃脱之后，剩下的就是返回。回基地的路上风平浪静。在进入大门的时候，陈默却清晰地感受到守卫们的意外，对方的眼睛里，无比清晰地写满疑问：他们怎么可能还活着？他们不应该回来，他们压根不应该出现！。

陈默有心想要去问问，但最终还是压抑住心中的疑惑。两辆车在众人诧异的目光下驶进营地，最后停在驻地处。

驻地没有变化，一如早晨离开时那么凌乱，不过对于众人来说，却恍如隔世一般陌生和亲切。

走下车，雷神打量了周围一圈之后，默默地背起武器向房间走去，只留下一个背影和命令。

"做好任务准备，炸点一岗，其他人休息！"命令传来，众人纷纷忙碌起来。

陈默好整以暇地收齐武器看向周围，原本投来的几个目光顿时纷纷躲避一般地看向别处。

"我们不该回来。"陈默收回目光对身边正在搬运武器的电门说道。

"让他们失望了，不过我并不感到抱歉。"电门抱起一大盒子子弹吃力地向房间走去，陈默正准备帮忙，机械师却叫住了他。

"有没有想过，我们为什么被人袭击了？"拉住陈默的机械师犹豫了一下小声说道。

"肯定是哪里出了问题。"陈默回答道，然后看着对方，等待着对方的回话。通常这个时候，对方应该是有话说，或者知道一些什么。

"这次谢谢你，没有你，我们差点死掉。"机械师拍了拍陈默的肩膀说道。

"是咱们。我也包括在内。对了，你有什么发现吗？"陈默反问道。

"我听说你们在去的路上被狙击了？"机械师点了点头，随后询问道。

"是的，如果对方打得准一点儿，估计之后的一切就不会发生了。"陈默开了一个并不惹人发笑的冷笑话，机械师没有领会到笑点，于是也没有笑。

"你有没有觉得奇怪，对方为什么这么做？他们的目标真的是你们吗？或者说，有没有其他的原因？"机械师看着陈默，慎重地问道。

"你是说，他们的目标压根不是我们？"陈默瞬间醒悟过来，如果对方的目标不是他们，那么是不是意味着，一切可以解释通了呢？

"我需要检查一下才能确定。"机械师想了一下，慎重地说道。

"可以，我们估计有很多时间。"说这句话的时候，陈默已经搬来了千斤顶，然后迅速顶起奔叔叔的车身，机械师则一头钻了进去。

远处，其他人仍然在看着忙碌的他们，低声议论着。直到两人发出一声讶异的叫喊，一直注视着他们的几个人才转身回到房间，结束了监视一般的观察。

讶异声是陈默发出来的，原因很简单，因为他看到了机械师手上的东西。这是一个已经有点变形的弹头，因为撞击而开裂的弹头上，一道裂缝赫然可见。陈默好奇地看了一眼弹头，掏出匕首用力扩大裂缝，随后，当裂缝足够大的时候，一个黑黝黝的小东西从里面滚落出来。

第一眼看到这个东西，机械师的表情顿时一变。就在陈默想要开口询问时，他第一时间做出噤声的动作，而后，一把夺过陈默发现的东西，拉着他快步走进房间。

房间里，其他三人正在各自沉默着，看到两人进来，炸点好奇地起身，可还没等说话，就被机械师捂住嘴巴。

"这是什么？"炸点没有反抗，机械师则将手指插进杯子，沾了点水，在桌子上写道。

看到文字，炸点一愣。可当看到机械师递来的东西时，炸点的表情也跟着一变，迅速地跑到自己的床铺旁边，从床下翻找了好一会儿，才拿出一个看起来颇为久远的铅皮盒子，在小心翼翼地将东西装进去之后，才长呼口气。

"哪里找到的？如果可以，你们最好把它送回原地。"炸点看了两人一眼，慎重地提醒道。

"我们车上。"陈默看了看已经凑过来的雷神和电门，回了一句。

"FUCK！"炸点一愣，随后咒骂道，"监听器怎么会在我们车上？"

"监听器？"陈默愕然，看向身边的几个人，大家似乎也都有点意外。

"这个东西泄露了我们的行踪和计划？"雷神看着炸点，沉声询问道。

"应该是了。这东西为什么会在我们车上？"炸点看着众人问道。

"你担心的是什么？"陈默看着炸点，开口询问道。

监听器这种设备很常见，它泄露了众人的行踪也能解释这一切，但炸点的诧异显然超出了这个范畴。

"我应该说明一下，这个东西并不是我们常用的装备，它其实很稀罕，没有任何可能会流到我们这里，因为它的制造商是加拿大的一家军火制造公司，他们的客户只有各国政府，这种装备属于他们按需定制的特种装备，而委托制造的用户，是情报局。"看到众人都在等待他的解释，炸点犹豫片刻后说道。

"你是在开玩笑？"雷神想了好一会儿，向炸点问道，并且十分期待炸点是在胡说。

"我也希望是。可这不是玩笑，这个东西我只见过一次。上次是在一辆被废弃的车辆上，车辆之所以被废弃，是因为它挨了一枚导弹，连同车上的家伙一起，被炸得粉碎，上面坐了一位足够使用导弹来消灭的重量级人物。这东西是机密级的东西，不该出现在我们车上。所以，我们可能惹上了不该惹上的麻烦！"炸点看着雷神，一字一句地说道。

情报局，某西方大国的暴力机构，不用炸点说，众人也很清楚这个麻烦有多大。没有哪个佣兵小队自认为可以抗衡一个国家，即便是眼前这个战乱的国家，更遑论那个国家大到足够匹敌整个亚洲。

炸点说得没错,如果一切属实,大家好像真的惹上了麻烦。

"问题是,我们惹了什么麻烦?"雷神看了一眼身边的铅皮箱子,它能困住信号源,他并不担心大家的对话被窃听。他现在只是很奇怪,作为一个普通到可以被忽视的小队,他们能惹上什么样的麻烦,能引起世界上最大的情报机构重视,甚至插手进来?

没人能回答雷神的问题,即便有人能回答,恐怕也没时间了。因为就在雷神提问的同时,敲门声响起,所有人的目光都被吸引到了门口。

按理说,这里不该有敲门声,承包商之间的沟通,通常不会进入领地。营地里,各个势力之间用车子隔离开的位置意味着最后的防线,这条防线,只允许自己人进来,其他人贸然进入,只会被当作敌人。如果有需要,很简单,吼一声,巨大的声音足以贯穿并不隔音的集装箱,让里面的人听到。

而此刻,有人竟然违反了这条不成文的规矩,众人脑海中的警钟开始响起,都处于戒备状态。

当然,敲门更重要的意思显然不是尊重,如果没有顾忌,敲门者一定会选择贸然闯入。但闯入的结果,通常会遭遇到子弹的问候,尤其是对于刚刚经历了战斗之后的小队来说,突然闯入营地的人,除了敌人就是该死的家伙。

听到敲门声,众人一愣,下一秒,五个人已经将武器纷纷拿在手里,电门和炸点更是分别躲在可以当作掩体的木床后面警惕着四周。此刻如果有人冒犯,恐怕会第一时间遭到他们的迎头痛击。

"谁?"回头看了众人一眼,见大家都准备得差不多了,雷神慢步走到门口,在开门之前,淡淡地问了一句。

"你应该知道的!"外面,一个让人讨厌的声音圆滑地敷衍了一句,雷神顿时皱起眉头。

犹豫了好久,雷神还是打开了门。与此同时,一支陈默从没见过的硕大的手枪也如同变戏法一样出现在他手上。

门外,一个金色头发、眼角向下耷拉的男子露出一脸得色的笑容,不过在看到雷神手里的手枪之后,笑容顿时消失了。

"嘿,雷头儿,别介意,我只是带个话!"金发男子摆了摆手,贪婪地向屋子里望了一眼,虽然只是探头张望,但陈默清晰地感觉到了他对电门的觊觎。

"这不合规矩吧?"看着对方,雷神眼神中流露出一丝杀机,对方顿时乖巧地收回眼神。

"规矩?哦,对了,是的,雷头儿,很抱歉。我来就是说这件事的,基地的规矩,对你们不再适用了,我们推选了新的领导人,他不希望在基地再见到你们了!"金发男子说着，对雷神耸了耸肩膀，随后招呼同伴离开。

"格雷西老大让我通知你，最好今晚之前离开。否则，他不能保证天亮之前会不会使用必要的手段！"门被关上的同时，声音从外面传了进来。

听到通知，所有人都面色一紧。

一直以来基地都是所有人的保护伞，或者说，只有依托基地，他们这群无论是衣着还是肤色都与当地人迥异的人才能获得一个和平和安全的地点来休息，毕竟基地紧靠维和部队和驻军，任何军事进攻都会遭到强大火力的反击。依托这个安全地点，佣兵们进可攻退可守，拥有很大的裁量权。

如果离开基地，就意味着他们将失去保护。几个人都很清楚，失去保护意味着，他们可能会遭到来自任何人的攻击，无论是否抱有敌意，甚至仅仅是因为他们的喜好和贪欲，比方说看上了他们的枪械或者电门。

如果说一次任务失败可以算是一场灾难，那么被赶出基地，就等同于灭顶之灾。这对于小队的每个人来说，都是不可接受的！

"他在骗我们，他们不可能，也没有权力把我们赶出基地！"众人相视良久，炸点愤怒地起身说道。

"为什么？"就在炸点愤怒起身斥责的同时，陈默忽然冷冷地问了一句。他的问题，让所有人一愣，也让空气中原本炽热的愤怒冰冷地凝结了一下。

"是的，他们有这个权力！"雷神看着众人，点了点头说道，"基地并不是任何人都可以随意进驻的，进驻这里，除了要履行职责，同时还需要被所有人认可。只有驻扎在基地的每一方势力都同意你留在这里，你才可以留下，否则，你会被排斥出去。"

"我们可以找维和部队，军方！"听到雷神的话，一旁的电门不甘心地说道，"这里名义上是归联合国管辖的，他们才有权力决定谁在这里！"

"他们没有权力，或者说，他们尊重这里大多数人的决定。"听到电门的疑问，陈默再次开口解释道，"他们不希望我们内乱，否则，我们这些带着武器睡在他们身边的人，就有可能成为他们最大的噩梦。为了保证这里的团结，少数人是可以被牺牲掉的。"

陈默的话，至少回答了大家心中的疑问。对于军队而言，安全承包商就是他们的外围势力，这群势力不允许有任何波及和危害军队安全的情况发生。在这个大前提下，势力代表一切，没有任何公平可言。

"你们等等，我过去一趟！"雷神说着，起身向外走去。

"头儿，你干吗去？"见雷神走到门口，电门连忙开口问道。

"我去问问，至少再争取一下！"雷神的面色有点难看，显然这样的事情他并不愿意，也不擅长。可为了队伍别无选择，如果能以最小成本解决这个问题，失去一点儿面子也是无伤大雅的。

"我和你一起！"身后，陈默起身，将手里的武器放在一旁，快步追上雷神。对于陈默的选择，雷神没有拒绝，因为他确实需要陪伴，而且也不担心对方会在基地里翻脸。

众人无语，目送着雷神和陈默出门。

跟着雷神刚刚走出驻地，就迎来一道道充满敌意的目光。前一天还互相问候和喝酒的佣兵们，此刻看他们的目光如同看一群猎物。

陈默强压着心中的戒备，装作若无其事的样子，跟着雷神向营地中心走去。那里，是营地老大的驻地，也是他们要去谈判的地方。

似乎早就料到了他们会来，两人走到营地门口的时候，看到他们的警卫就自动地侧身让开一条道路。原本以为要费些口舌的雷神诧异地看了对方一眼，然后回头又看了看陈默，后者微微点点头，在得到陈默的肯定后，雷神大步走了进去。

新老大的基地要比他们的大得多，整个基地由二十多辆军用版悍马车围拢起来，周围堆砌着一些不规则的沙袋和健身器材。一些队员正在努力折腾着他们的肌肉和发泄着毫无用处的精力，不过在看到陈默两人出现时，众人都本能地停下动作，目送着他们走到营房门口。

"格雷西先生在吗？"雷神走到门口，想了想，低声询问道。

"进来吧！"听到雷神的询问，一个声音传了出来，陈默和雷神对视了一眼，推开门走进去，充斥着香烟与臭气的混合味儿顿时扑面而来。

房间里，空气已经被烟雾染得发蓝，仿佛有人扔了一颗烟雾弹一样。隐约的烟雾中，一名半裸着身体的强壮西方人坐在木桌旁边，正与几个人打着得州扑克。

"格雷西老大，我是雷神。"雷神走了过去。听到他的招呼，格雷西抬头看了他一眼，一脚踢了个凳子过来。

"坐下说。"格雷西说着，看了看手里的三张牌，然后小心地将它们扣在桌子上。

"我正要找你，你们得离开这里了！"格雷西看了看雷神，又看了看陈默。

"这不合规矩。"雷神说道。

"我知道，但规矩改了，老芭比已经死了，他的队伍现在乱成一团，所以，这里我说了算。"格雷西再次看了陈默一眼。

"为什么？我想知道原因。"雷神看了看桌子，桌子旁边的几个家伙心不在焉地看着手里的扑克，手却一直没有离开可以随时拔枪的范围。

"你们得罪了人，而且听说你们的任务失败了，内亚族不会放过你们的，为了避免惹麻烦，你们要滚蛋。"格雷西冷冷地说道。

"任务失败，我们也是刚刚知道，你们好像比我们知道得还快。"还没等雷神开口，陈默就先一步说道。

"是的，我在你们身上安了小耳朵，piu，好了，别浪费时间了。牛仔，现在赶快离开，天黑之前你们还能找到一个好住处，否则只能住车底了。"格雷西打量了陈默一眼，后者依然站在门口，没有前进一步，或退后一步的意思。

"如果我们不离开会怎么样？"雷神反问了一句。

哗啦啦，桌子被推开，周围的几名壮汉纷纷站起身来。雷神抬头看了对方一眼，目光再次转回到格雷西身上。

"听着，雷神，我听说过你的名字，也知道你办了很多事情，但是，这里现在是我说了算。而且，有人已经放出风来，要你的脑袋，我很想接了这笔生意，因为他们给钱很多，所以，你最好不要给我这个机会。"格雷西看着雷神，认真地说道。在他身边，几名壮汉毫不遮掩地拿出各自的武器，一副静待好戏上演的样子。

"好吧，我们会走的。"雷神看着格雷西，最终选择放弃与对方发生冲突。对方或许不会马上做什么，但继续留在一个充满敌意的环境里，并不是一个好的选择。

"等等，并不只有这样。"就在雷神刚准备起身的时候，格雷西再次开口道。

"还有什么问题吗？"雷神皱着眉头看向他。

"没什么，按照要求，我们需要检查你们的武器装备，放心，只是一次例行检查。"得寸进尺对于西方人来说，已经习以为常了。当雷神最终选择放弃与对方发生冲突并离开时，格雷西已经想好了下一步构陷。

"所以，这就是你们真正的目的吧？"这个要求不用猜就知道目的是什么，雷神听到对方的要求，索性再次坐下来，嘿嘿冷笑着问道。

"怎么，有什么不对吗？"格雷西嚣张地反问道。

"没什么，有种你就来吧。"雷神起身，向外走去。身后，一名壮汉走过来，猛地一把抓住雷神的肩膀，后者正准备反击，一直站在角落不动的陈默忽然冲过来，从口袋里拿出一枚手雷，利落地拽掉拉环，然后一把塞进壮汉的怀里。

陈默的最后一个动作，是将手里的拉环随意地扔在屋子里的角落，然后转身和雷神走出门外。

身后的房间里，响起一片嘈杂声，一些人在大喊，一些人在质问。

"那个该死的拉环在哪里？快给我找回来。"

"你断绝了我们最后的一点儿谈判可能。"返回驻地的路上，雷神对陈默说道。

"你觉得我们还有什么可能吗？"陈默反问。

"没有，所以，你做得很棒。"雷神笑着拍了拍陈默的肩膀，推开门走进房间。

"谈判失败了，我们要马上离开！"走进去的雷神大声对众人说道。

"为什么？他们没有权力这么做。"炸点不甘心地反问道。

"不要谈什么权力和对错了，那是孩子该做的事，我们是成年人，我们只谈得失。"雷神摆了摆手，故作轻松地说道。

其他人面面相觑，有人想要询问，有人则在沉思，而陈默率先起身收拾起东西来。

"别浪费时间了，早点离开，说不定我们还能在天黑前找到落脚点！"陈默说这句话的时候，正在整理他的老63。这支年纪比他还大很多的步枪，在经历了几次作战之后，已经迅速成为他最可靠的伙伴。尤其众人已将离开营地，进入危险之时，它更是唯一可以依靠的伙伴。

看着陈默利落地收拾着本就不多的物品，在沉默良久后，机械师起身跟着一起收拾起来。

陈默的话与其说是解释，倒不如说是预言。因为他的话音刚落下后，外面就骤然传来几声沉闷的枪声，玻璃上忽然多出了一个弹孔。

所有人都不说话了。

枪声对于基地来说，其实并不常见，因为这里的各方势力秉持着进入基地内解除武装的规则，以免火爆脾气的佣兵们造成彼此之间不必要的伤亡。

枪，只有对敌人才会使用，这声枪响，意义很重！

第三章 末日镇

离开营地

看着车子离营地越来越远,陈默心中却一直为之前看到的一幕而感到奇怪。在离开营地前的一瞬间,他清晰地看到在围观的人群中有一道反射的光芒。陈默努力辨认着,最终看到的只是一瞬即逝的人影,和一个如同标志一样的铭牌。不过眼前没有时间让他细细体味这一切。

"你到现在也不知道为什么他们会把我们赶出来。"陈默说出心里的疑问。实际上,作为铠甲安保公司的负责人,同时也是小队的领导者,雷神最大的问题是犹豫。如果是在一个普通的行业,这种犹豫可以理解为深思熟虑,而在作战中,任何一丝犹豫都是致命的。陈默在之前的战斗中已经感受到了雷神的这个缺点,虽然此时此刻不是指出对方缺点的好时机,但至少可以让雷神意识到这个问题的存在。

"如果你的猜测是真的,我们应该找一个足够能保护我们,和足够威胁他们的地方躲起来。"雷神这次的思考时间比以往都长,看着陈默缓缓说道,虽然对方加入小队只有一天时间,但共同的经历已经足以让他拥有信任。直到身后炸点从车里走出来,敲响他们的玻璃时,才惊醒了雷神。

"如果是我,就去这里吧!"陈默从杂物箱里拿出一张纸质地图,指了指上面的一处位置,向雷神说道。雷神点点头,接过地图,可当看到陈默指出的位置时,表情立刻变得丰富起来。

"这里?"雷神讶然抬头。

"是的,今晚对我们很危险,不过如果在这里至少能平安度过。"陈默微微点了点头,手指从地图上轻轻挪开,"末日镇"三个字清晰地显现出来。

敢用"末日"来做名字的地方,一定很适合弱肉强食,而对于末日镇来说,也确实如此。

末日镇,一个曾经很繁华的地方,但在经过战争之后,这种繁华就变了味道。原本的繁华在某种意义上以另外一种方式呈现出来。

这就是丛林法则！

雷神的犹豫不是没有道理的。如若有更好、更安全的选择，谁也不会选择这里。

如果是在以往，陈默选择这里，雷神一定会说对方是个疯子，可现在，如果陈默的猜测是真的呢？

雷神无法判断危险是不是真的降临，仅凭格雷西的一句话，他会把这一切当作笑料，可如果随他们一起出去的佣兵真的是针对他们的呢？

雷神现在需要面对的，是可能出现的最坏的结果，而一般来说，当一个坏的念头冒出来的时候，就意味着它有很大的概率会发生，雷神忘了说这个话的人是谁了，但他很讨厌这家伙。

现在看来，去末日镇恐怕是目前最好的也是最后的选择了。

"去末日镇。"犹豫良久，雷神拿起电台命令道。

小队的两辆车子同时发动，随后转向另外一个方向，高速行驶中留下的车辙和沙尘，仿佛一去不回的旋风一样，向前方那个即便是雇佣兵也提及为之色变的镇子驰骋而去。

而在他们身后，几辆负责监控的摩托车在目睹了这一切之后，除了一脸愕然的表情之外，只留下一句挂在嘴边的咒骂：

Fuck！他们去了末日镇！

末日镇的本名不叫末日镇，它原本只是内比亚内陆地区的一处普通居民聚居区，普通到在地图上都找不到它的位置。这里因为没有遭到战争的破坏，又地处穿越沙漠的必经之路，更重要的，这里不属于果刚族，也不属于内亚族，而是被联合国维和部队划分到交战区内。

没人知道末日镇在战乱之前是什么样子的，因为带有那些记忆的人早已经死掉了。

最先占领末日镇的是恐怖组织的一群士兵，占领之后就是肆无忌惮地屠杀。在将原来的镇子居民几乎杀光之后，他们将这里伪装一新，并伏击了一支政府军部队。

战斗之后，双方知趣地撤离了镇子。随后，空无一人的镇子引来了无数亡命之徒的光顾。

因为战争的缘故，很多人对拥有一个住处充满向往。尤其这种三不管的地方，更是充满了肆意的吸引力。没人知道第一个定居者在这片挂满了血迹和尸体的地方是如何生存下来的，但很快地，这片拥有水源、房屋却无人管理的地方就引来了大批的冒险者。

镇子因此繁华起来，但这种繁华却是建立在弱肉强食的基础上的。

镇子里的居民贩卖一切可以为他们挣取金钱和利润的东西，从武器到人命，却毫无诚信可言。无论是在这里赚个盆满钵满还是赔个底儿掉，事后都无法找到责任人。旧的住客赚到，逃走，或者被杀死埋在地板下，新住客又会以新的面孔出现，迎接新到来的倒霉蛋和冒险者。各种角色轮番登场，谁更有力量，谁更有能耐，谁就住久一些。更新换代的速度飞快，住客每一秒都在更新。

每个人对于末日镇来说都是过客，在这里，强大是最大的理由，却不是依仗。任何人都可能因为一点点的小事而忽然爆发甚至毁灭，至于结局如何，没人知道。

而它最危险的地方也恰恰在此，进入这座城镇，你永远需要担心财产、武器，甚至饮水、食物，以及某个角落里射来的子弹……

这里确实是一个躲避危险的好地方，因为相比其他地方，这里是最危险的，危险到一般人没有什么事情不会出现在这里，当然如果有平衡这种危险的办法，那这里也是最安全的，安全到没人想知道你是谁。

这里是雇佣兵都不愿意来的地方。即便实力强大的地方军阀一怒之下清剿了这里，但之后没多久依然会有更多的人聚集起来，重复着之前的一切，就仿佛一棵野草一样，你可以蓟除它，但永远无法根除。

轮胎和沙子摩擦的声音有点刺耳，在刹车声中，两辆车并排停在山坡上。小队的五个人从车上下来张望着前方，一切都隐藏在氤氲的雾气中。

那片氤氲包围的地方应该就是他们的目的地了，至少四周杂乱的痕迹和不时冒出的浓烟可以显示，这里是有人类在活动的。

在更远处，是沙漠和荒芜的戈壁，除了穿行的铁路和修建铁路的中国工人，没人会无缘无故地进入沙漠，除非去执行一些必须完成的任务，而执行者在进入沙漠之前，都需要在这里停留补给。

末日镇就是沙漠与绿洲之间的分界线。

脚下丛生的杂草下面，是被遮掩的已经破败的水泥路面，草丛挣扎着从黑黢黢的裂缝冒出头来，用它们的坚韧破坏着曾经的一切辉煌和伟大。内比亚内战十年，已经有无数人死于战争，而能在这片土地上坚持生存下来的人，早已经养成了处变不惊的性格。

这并不是优点。实际上，带给外人的更多的是恐怖。他们可以在你濒死时，肆无忌惮地抢走你身上的东西甚至是衣物，临走时顺便为你的伤口撒上一把沙子；他们也可以伪装得很弱小，在你大意的时候拉响手榴弹与你同归于尽。他们不可恨，只是可怜，如果有和平的生活他们未必如此。可恨的是那些打着民主的旗号发动战争的家伙，号召大家去建立民主和文明，却忽略了他们的行动是建立在血腥之上的。当然，血是别人的血。

"今天我们就睡在这里？"看着远处的镇子，炸点一脸无所谓地问道，炸点来到内比亚的时间不长,根本不知道末日镇的传闻,自然也看不出这里的可怕和恐怖。雷神和陈默是老手了,心里的弦一直绷着,因为任何疏忽都可能导致万劫不复。

"小心一点儿,什么时候都可以睡,唯独今晚不可以。我们恐怕要熬夜了!"陈默看着前方,摇了摇头,随后带着众人向下走去。

"车子做好伪装,不能开进镇子,把东西都藏起来,不要暴露身份!"雷神点点头,跟着陈默向下走去,临走时,扔下一句话。

"这是规矩吗?"炸点一脸愕然,徒步在内比亚可不是个好选择。

"这不是规矩,是习惯!"身边,电门看了他一眼,笑着拍了拍炸点的头,"你对这里了解得太少了,坐在车里,一枚RPG就足以报销我们!"电门说着快步追了上去。炸点一脸愕然,当他准备回头抱怨时,机械师已经拽出沙漠迷彩伪装网,利落地扣在车子周围。

"小心,别多嘴,注意观察四周!"机械师一边说着,一边利落地整理着。

炸点知趣地闭上了嘴巴,努力帮助机械师整理伪装网,内心却对此不屑一顾,毫无危险意识。但现实很快就给他上了一课。

"钱,衣服,都他妈交出来!"就在雷神几个人刚刚走到镇子边缘的时候,原本空旷的街道忽然被一群人填满。衣衫褴褛的他们仿佛魔术师手里的道具一样,忽然出现,然后将五个人包围起来。一些人贪婪地打量着四周,另外一些人则大声叫嚣着,手里的武器则炫耀地指点着陈默几个人。

"这是……抢劫……"看了周围拿着各种农具一般武器的家伙们,陈默努力咽了口唾沫,生硬地说道。眼前应该是一群暴民,虽然在内比亚AK如同农具一样普遍,但三十美元的价格仍然是穷人望尘莫及的,所以,更多的时候很多人打劫的方式仍然是狗腿刀等冷兵器。

"怎么办?"雷神看着迅速围拢上来的众人,犹豫地问道。对于这些人,显然不是开一枪就能解决的。况且,对于众人来说,骨子里不愿意对这些平民开枪。

"女人,还有那个女人,留下!"就在众人犹豫的时候,喊声再次传来。身后,电门婀娜的身材暴露了她的性别,引来人群中一些男人的注意,有人更是舔着嘴唇大喊道。

如果是别的女人,恐怕此刻会恐惧地尖叫、躲闪,甚至逃跑,但电门是例外。

临进镇子之前,因为雷神不想无故惹麻烦,所以武器已经被收在行囊或枪套里。不过当麻烦找上来的时候,电门瞬间选择忽略雷神的规矩。

大号柯尔特左轮被掏出来,利落地顶在一个试图过来拉扯她的男人的头顶,击锤在同时被拨起。

"把你的脏手拿开,记得,要慢,要优美一点儿,要让我满意!虽然你妈妈养了你几十年,但我可以一分钟让你变成垃圾!"电门的态度很清楚,对方如果再有一个动作，她的手指就会立刻让他重新做人。

电门掏出的手枪让众人一愣，这群暴民显然没有料到这些人是武装的佣兵。作为依附于末日镇生活的他们，日常生活就是做些拾人牙慧的事情，恃强凌弱，欺软怕硬。弱小的平民如果误入这里，或许会被洗劫一空，甚至死无全尸；当遇到强者时，这些人体内的懦弱本性则会在瞬间被激发出来。

叫声中，人群瞬间走了个一干二净，而被手枪指着头的男子，更是直截了当地软瘫在地上，用土语叽叽呱呱地哀求着，甚至连尿液都从裤子里流淌出来，瞬间打湿了地面。

呸！电门看到这一幕，重重地吐了口唾沫，缓缓地收起手枪，随后转身向前走去。可就在她刚刚转身的瞬间，一直站着不动的陈默忽然冲了过来，重重地一脚踢在倒地男子的头上，巨大的冲击力让对方瞬间昏了过去。

陈默的举动让其他人一脸愕然，他却丝毫没有解释的意思，只是走过去随意翻看了一下，在将对方别在怀里的一把匕首扔掉，并确认没有其他武器之后，才抬头看向电门。

"这里没有一个人是无辜的，所以，最好收起你的怜悯！"陈默说完，向雷神招呼了一下，两人领头向镇子走去。

脚下，暴民哀嚎着爬走，地上只留下了尿渍和匕首，原本他以为自己可以胁迫电门勒索点什么，却被人轻易识破，这让他的底线瞬间降低到保住自己的小命。

不过没人在乎他的想法，电门甚至连杀死他的欲望都没有，此刻她所有的疑问都因陈默而生起。

目送着陈默向前走去，电门愣了好久："如果我没记错，他加入小队也只有一天的时间吧，怎么感觉他不像我的战友，更像我的长官呢？"

听到电门的询问，炸点无所谓地耸了耸肩膀："态度问题，不过至少他是对的！"

身边，机械师点了点头，招呼着让人快步向前追去。

三人快步跟上陈默两人，向镇子走去。

走进镇子，给众人的感觉首先竟然是人多，其次是破败。

街道上，路边的路灯已经被拆得七零八落了，钢铁的柱子大部分被拿走打造成了武器。四周的商场此刻唯一剩下的就只有破败的空架子，里面的货物无一例外地被人抢了个干净。

这里曾经热闹过，或者说，"热闹"这个词的书本定义，与眼前的一切有点不符。镇子里的人虽然不少，但和热闹无缘。没有人闲聊交谈，没有人随意游荡，有的只是谨慎，感觉周围全是四处打量的眼神。

尤其在看到新来的一群陌生人出现之后，很多人甚至毫不遮掩地显示出戒备的表情，同时纷纷拿起放在一旁的武器。

相比镇子口的那些暴民，能在镇子里有一席之地的人自然没有那么穷困潦倒，身边的武器也多是 AK 和 M4 之类的轻武器。当然，也有一些人刻意摆弄着 RPG 和榴弹发射器，不过在众人看来，他们招揽的意思显然多于戒备。

四周的房子内，一些警惕的目光更是从他们来到附近后就一直注视着，尤其他们身上鼓鼓囊囊的背包，更是引来带着一些敌意目光的觊觎。

四周不友好的气氛让大家也不禁警惕起来，电门更是索性掏出挂着的武器，张扬地扛在肩膀上。

有利的威慑可以减少不少麻烦。在看到电门的举动之后，炸弹也从口袋里拽出手枪，炫耀地在空中晃了晃。立刻，窗户后面的目光减少了不少。

对于镇子里人的戒备，陈默并不放在心上。人都是这样，在和平年代里，他们把戒备放在心里，而现在则放在手里的武器上。

陈默一行的目的地是镇子里中心的一家酒馆。这样的镇子有一座酒馆其实并没什么出奇。有人的地方就会有生意，这仿佛是一条定律一样。在众人的戒备下，陈默熟门熟路地走到镇子中心的那座酒馆门口，四下打量了一眼，在众人的注视下，走了进去。

酒馆的原址应该是一座银行，即便变成酒馆，很多银行的设施也依旧保留着。在曾经辉煌的大厅周围，一些人错落有致又分门别类地聚集在各个角落。有人在警惕地谈论着什么，有人则用张扬的目光打量着走进来的几人。

感受到众人的注视，电门有点不自然，看了看身边同样紧张的机械师一眼后，快步追上陈默。

"我们来这里干吗？"电门凑到陈默耳边，低声询问道。身体带来的香气让闻着各种气味的陈默有种微微的眩晕感。

"买张床！"陈默笑了笑，走到一处挂着小黑板的窗口前，轻轻敲了敲黑板。

"杂种，最好在我烦了之前，先说清楚你们想干吗！"窗口的挡板突然被拉开，迎接陈默的是一个黑洞洞的枪口。枪是锯短的猎枪，雷鸣登 870，近距离内，足够打死一头大象，被这种家伙顶着，显然不是什么愉快的经历。

"买张床！"陈默轻轻推开对方黑洞洞的枪口，微笑着说道。或许因为总也不笑的缘故，他的笑容看起来有点不自然。窗户内，枪口的主人冷静地打量了他一眼之后，轻轻收回武器，随后重重地将一个托盘摔在他面前。

"老规矩，买东西要有价！"有点肮脏的托盘被放在陈默面前，在甩了一句话之后，里面的老板就再也没有声音了。

陈默低头看了看托盘，又回头看了看众人。雷神会意，从口袋里掏出一卷卷得很整齐的美元，扔了进去。

窗户里，老板的态度丝毫没有因为钞票的出现而改变，在钱刚刚落在盘里的瞬间，就飞快地一把抓在手里。

"这点钱，只够买明天的床，今天，你们只能睡地板。"老板说完，重重地合上挡板，将陈默和雷神阻挡在外面。

"什么意思？你们到底在干吗？"一旁，一脸愕然的炸点终于忍不住凑过来询问道。看着仿佛听对口相声一样的交谈，炸点唯一的感觉就是一头雾水。

"有人确实要对我们下手，而且就在今晚。"陈默看着身后的众人，淡淡地说道。

"你这么确定？就凭他？一个脸都不敢露出来的家伙？他甚至不认识我们！"炸点愣了愣，随后指着身后的黑板惊讶地说道。在炸点看来，这一切已经超过了他的认知，他绝不相信一个藏在破败村落里的家伙，可以知道那么多事情。

"你说的这个家伙，是这座镇子里唯一的土著，经历过十几次屠杀和洗劫，至今仍然活得好好的。有人说每一座兵营和基地外都有他的人，这样才能保证他每一次都能躲过洗劫。还有人说，那十几次洗劫都是他事先贩卖的情报。你觉得，他们谁说的可信？"陈默看着炸点，又看了看其他人，表情平静地反问道。

情报贩子存在于任何有人的地方。对于他们来说，贩卖和收集情报是关系到他们生存的根本。为了生存，人是可以无所不用其极的。

无论是南联盟时击落的那架隐形战机，从机场到轰炸地区构筑的手机和无线电通信网络，还是每天守在军营门口，贩卖黄碟和书报的小男孩业余数战车的习惯，又或者是酒吧老板在客人酒醉后与他们的闲聊，都是情报贩子们搜集情报的地方。他们可以被质疑，但他们的情报来源不容被质疑。

迎接陈默回答的是鸦雀无声，没人能回答陈默的提问，因为这不是无关痛痒的身外之事，而是关系他们生死存亡的事。

"我相信！"机械师看着陈默，一字一句地说道，"阴谋总是存在的，或许对我们来说，来到这里就是最大的一个阴谋。"

"那我们今晚要怎么办？"电门看着机械师和陈默，最后将目光定在雷神身上。

"准备打仗吧！"雷神想了想，缓缓说道。

伏 击

雷神一直不知道该不该彻底相信陈默。他仔细回忆了与陈默相识之后所发生的事情，发觉自从这个家伙来到小队之后，各种事情就层出不穷。虽然对于安全承包商来说，发生事情本身就是日常生活的一部分，但陈默所带来的变故却远远超过了之前事件的总和，甚至超过了曾经因为牺牲而导致的减员事件。

但仔细回忆，雷神又发现，所有这些事情似乎都和陈默没有什么太大的关系。甚至可以说，如果不是陈默，很多情况都可能会导致事件走向另外一个完全不同的方向，而陈默的存在几乎可以说数次挽救了小队。

如果真的有什么让人觉得不放心的地方，雷神觉得，应该是陈默的神秘。对方在内比亚生活过很长时间，有可能比他们在这里待的时间还要长，他对这里的熟悉程度，也必然比他们所有人都多。

现在只有一个问题，这个几乎是土著一样的家伙，他加入小队的目的到底是什么？

"你确定真的会有人想对我们下手吗？"走出酒馆的时候，雷神趁着大家不注意，低声向陈默询问道。

"是的，虽然不敢肯定，但他们的目标应该是我们。"陈默思索了片刻，点了点头。

"为什么？"雷神好奇地问道。作为内比亚地区活跃的安全承包商中很渺小的一个存在，铠甲自问并没有惹过其他人。而且在陈默到来之前，铠甲与其他安全承包商甚至雇佣兵之间的关系都可以说还不错。这个时候陈默说有人要对铠甲不利，让雷神在惊讶之余感到很奇怪。

"如果真的有理由，或许是因为我们是华人吧。"陈默看着几个人，平静地说道。

"华人"这个词让几个人听着有点陌生，但确实是此刻他们与其他人最大的不同。

雷神作为小队的负责人，曾经在国内当兵，后来移民到外国成立了铠甲公司。包括机械师在内的其他人，也都是雷神有意无意招聘来的一些华人。

可如果这是小队遭到袭击的原因，众人却依然有点不理解。

"有可能是嫁祸，有可能是灭口，有可能我们之前干过什么不上道的事。"陈默看着众人，露出一个意味深长的微笑。

剩下的事情就是大家用各种想象和推理补全中间缺失的逻辑了，但无论怎样不理解，接下来的问题依然要面对。如果真的有人袭击，那么第一手的情报就是先天优势，如何利用优势才是最大的问题。

"如果我是敌人，我一定会在这里设下伏击，因为这个地点太完美了。"此刻，众人回到车里，炸点指着面前地图上的一处山石和悬崖混合的位置，向他们保证道。

"他们怎么知道我们一定会去那里？"听到炸点的话，电门奇怪地反问道。敌人在哪里伏击或许是他们的自由，但他们去哪里，自由权则在小队自己手中。

"很简单，围三阙一，只要把我们可能逃脱的通道都堵住，剩下的就是必然要走的路。"陈默想了想，出人意料地附和了炸点的想法。

"他们伏击我们的目的是什么，是杀死我们还是抓住我们？"机械师看了看众人，缓缓开口道。这个问题或许无助于解决眼前的情况，但关系到对方对他们的处理方式。如果是活捉，众人自然多了筹码；如果只是干掉，那么只要知道他们前进的方向，然后几枚火箭弹就足够解决一切。

"没人知道。"陈默摇摇头,其他人也都沉默以对。机械师看到这一幕,叹了口气,低头再次看向地图。

"我们的弹药充足吗?"雷神思索了片刻,抬头向众人问道。

"还好,我手里的东西,对付一个班没有问题。"炸点回答道。

"机枪子弹还有四百发,不过是我们仅有的库存了。"机械师回头看了看皮卡,上面加挂机枪的柱子被磨得黝黑。

"我有六个弹夹,记得子弹应该还有两箱,我们带出来了。"电门拍了拍自己腰间的手枪,满不在乎地说道。

"我们应该不会有用光子弹的机会,"陈默抬头看向雷神说道,"如果布置得当。"

"希望如此,如果可以,我觉得我们应该先去镇子里搞几件红外夜视仪,任何代价我们都可以支付。"雷神点点头,起身再次向镇子走去。这一次,他没有藏起身上的武器,而是堂而皇之地背着肩上的八一杠,大步流星地向末日镇走去……

傍晚,夕阳如血。天际间被染成明亮的红色,红色洒在沙漠和绿洲之上,两者之间的界限渐趋模糊,最终浑然一体,归向黑暗。

镇子里,戒备的气氛却因为夕阳渐落而变得越发紧张起来。有些大门已经被关闭,门上更是赤裸裸地挂上了手雷。二楼的窗口,黑洞洞的机枪枪口肆意地对着街道和门前,仿佛谁打个喷嚏都会引来一梭子的子弹。

而就在此刻,一支小队张扬地出现在街道上,汽车的发动机轰鸣声肆意地响着,车上走下来一个嚼着劣质雪茄的大汉,瞬间让原本紧张的气氛更加紧张了。不过小队的指挥者却对此毫不在乎,在将车子停到酒馆门口之后,就大摇大摆地走了进去。

一阵喧嚣声后,酒馆里的人被驱赶出来,有人不满,有人咒骂,但在枪口的威慑下却无人敢反抗。

指挥者在酒馆里停留的时间并不长,很快再次走了出来。在招呼了众人一声之后车队再次发动,在一片轰鸣声中,向陈默等人离开的方向追去。

除了众多充满戒备的眼神,车队并没有感觉到什么不同。但他们并没有发现,在酒馆的入口处,一架悬挂在牌匾下面的无人机摄像头,将这一切都清晰地捕捉到了。

"他们出现了。"路边的设伏阵地上,炸点看着目标彻底消失在屏幕上之后,迅速向雷神报告。

"可以确定是他们吗?"雷神迅速反问道。

"应该可以,三个小时的时间里只有他们向我们所在的方向追过来。"炸点回答道。

"这不能证明什么。"雷神驳斥道。

"所以,这个可以吗?"炸点无所谓地耸耸肩,将手里的终端交给雷神,后者拿过来看向屏幕。之前一脸猥琐的酒馆老板此刻正站在那名雪茄男身边，低声叙述着什么。

炸点配合着将声音放大，嘈杂的声音中，众人听到的是足以证明一切将朝着最坏结果走下去的证据。

"他们离开了，知道你们要杀掉他们，不过你们如果加把劲，应该可以追得上，就在那个方向。"酒店老板说完，得到了一卷比雷神给的多得多的钞票，然后一脸献媚地笑着送对方离开。

"准备战斗！"雷神提起枪大喊道，伴随着喊声，所有人都迅速进入阵地，随后，寂静笼罩在四周，就仿佛这周围从来没有人出现过一样。

"你觉得这个国家还有正常人吗？"陈默看着周围，头也不回地问道。

"包括我在内，没有。"雷神想了想老实地回答道，"不过你最不正常。"

"是啊，否则也不会这么干。"陈默说着，忽然潜下头，"他们来了。"

伴随着陈默的喊声，前方一个车队忽然出现。伴随着汽车的颠簸，灯光上下剧烈晃动着。

"靠，至少四十个人！"看到蜿蜒而来的车队，机械师惊讶地说道，"四十个人，我们需要一个人对付至少八个！这不可能！我们打不过他们！"

"是的，一个人对付八个，确实有点费劲。"陈默点点头，随后在机械师惊讶的目光中，按下了起爆器。

"等等！"雷神的喊声甚至惊动了前方的车队，不过也仅仅如此。陈默压根就没打算隐藏。

战争取胜之道，最关键的一点就是如何发现敌人。两军对垒，排兵布阵是战国以前才有的战法。当然，欧洲在十五世纪以前也一直在这么做。

对于现代战争来说，杀伤力强大的武器之所以能够普及，是因为如何隐藏自己远比如何战胜敌人更重要。只有解决这个问题，才能谈论如何去与敌人作战。只有如此，你才有资格站在对手面前，否则，在你的行动被敌人洞悉的同时，也意味着对方有一百种方法可以玩死你。

IED，全称 Improvised Explosive Devices，中文的意思就是路边炸弹，是反恐战争中杀伤力最大的武器之一。美国人入侵伊拉克在战场上只死亡了区区几十人，但被路边炸弹炸死的士兵超过千人。

原因很简单，路边炸弹的制作极其简单，威力却大得令人咋舌，最重要的是，它对袭击者毫无危险可言。

为了伏击防弹装甲车甚至坦克，恐怖组织制作的路边炸弹通常是四枚 152 榴弹炮的炮弹为主体，利用电雷管引爆。而即便是 M1A1 主战坦克，被一枚 152 榴弹命中，都毫无意外地会变成零件状态，如此巨大的威力，足以让任何人忌惮。

更重要的是，这种威力巨大的武器，制作起来极其简单，它的简单和威力巨大，构成了不对称战争的主体。

铠甲小队自然也知道这点，雷神之所以叫雷神，就是因为他无论是排雷还是布雷，都无愧于这个称号。作为新兵的炸点，只不过是雷神简陋的模仿者而已。

这一次，当陈默提出要伏击对方的时候，雷神虽然感觉到疯狂，但第一时间想到的就是 IED。于是在陈默的帮助下，他在对方的必经之路上，布置了两枚 IED，而就在刚刚，其中一枚被陈默引爆。

虽然没有使用夸张的 152 榴弹，只使用了两枚可以找到的 120 毫米的迫击炮弹，可即便如此，这样的威力也绝不是普通的皮卡车和悍马车所能承受的。

在爆炸瞬间，整辆装甲车被炸到半空中，随后在火光中翻滚到路边，猛烈的火焰瞬间吞噬掉车内众人。

巨大的冲击波，让周围的车辆或翻滚，或倾斜，瞬间失去了方向性。而就在此刻，陈默按下了第二枚炸弹的起爆器。

爆炸延迟了一秒钟，然后，是剧烈的震动和刺眼的光芒。

第二枚炸弹布置在距离道路不远的地方，刚刚从车上撤下来的一部分雇佣兵瞬间被爆炸波及。

混乱，嚎叫，虽然距离很远，但两人依然能切身感受到被伏击者的慌乱和恐惧。

但他们能做的也仅仅如此，因为，下一秒钟，陈默开火了。

依然是 63 步枪，依然是精确的三发点射，子弹在扳机的催促下，迫不及待地从枪口射出。

前方，被伏击的敌人显然没料到袭击者竟然还设有伏兵，在慌乱中，举枪四下扫射着，而就在他们一边互相催促着，寻找目标的时候，雷神也发起了攻击。

与 63 步枪相比，八一杠无论在精确度还是火力上都毫不逊色，或许射程稍有不如，但在雷神的操纵下，这点缺憾也被迅速弥补。

两支步枪交替扫射着前方的敌人，枪声中，时不时有一两个人被命中倒在地上，其他人则纷纷叫喊着卧倒隐蔽。

作为合格的雇佣兵，这种被动挨打的情况并没有持续多长时间。陈默两人的优势也仅仅持续了不到几分钟，就被反应过来的对方迅速发现。

人数的优势在此刻暴露出来，在十几支步枪的轮番压制下，陈默和雷神顿时被压得抬不起头来。

"撤吧！"当又一串子弹打在陈默藏身的掩体上时，他大声对雷神喊道。

"好！"雷神无比赞同陈默的意见，对方刚说完，他举起枪盲目地扫了一圈，就猫腰向身后跑去。

按照规划好的路线，两人的撤退根本毫无意外。在对方如同送行一般的枪声中，两人完好无损地回到藏身地。

"情况怎么样？"当陈默两人对上暗号并回到预定地点时，炸点立刻凑过来问道。

"至少干掉了十个人！"雷神想了想说道。

"十二个！第一辆车里至少四个人！"陈默想了想，补充了一句。

"好家伙！"炸点听到，肾上腺素飙升，血脉贲张。可就在他刚要继续说下去的时候，枪声响了！

子弹是从一个刁钻的角度射来的。枪声响起的瞬间，炸点的身体向前一扑，然后整个人倒在陈默的怀里，鲜血也在这一瞬间喷涌而出。

有伏击！

喊声中，两人同时卧倒，然后，子弹如雨！

偷袭者

小队之间的厮杀永远是最残酷和血腥的，因为它已经完全脱离对战略要地的争夺，更多的倾向于对敌人有生力量的围剿与歼灭。

这种从中国战略战术的理论上脱胎而来的作战思想，在经过世界各国军事家的思考和改良后，成为一种另类的残酷搏杀。作战双方之间的目的变得很简单，以杀掉对方为主，简单来说，就是消灭敌人，保存自己。

在这样一个共同的大目标前，战斗场面顿时变得异常血腥。

陈默等人从来没想过他们竟然会被设伏，但从未想过的事情与从未发生是两个截然不同的概念。

就在他们刚刚完成对追敌的设伏和阻击时，身后响起了偷袭的枪声，炸点第一时间被击中，陈默拼命将对方拖离阵地。

身后，子弹玩命地追打着两人，直到两人躲藏到岩石后面，才算躲开死神那一瞬间的凝视。

但死神还在。

在猛烈的交替压制下，作为黄雀的偷袭者迅速接近着，陈默此刻没工夫理会他们。在一把将炸点放倒之后，他拽出纱布，不过炸点一把抓起纱布捂住自己肩膀的伤口，然后利落地坐起了身。

"小伤。到底怎么回事？"炸点擦了擦肩膀的小伤口，随手扔掉沾染鲜血的纱布，一脸疑惑地问道。

"应该不止一支佣兵小队接了干掉我们的任务，情报贩子恐怕也将我们的情报卖给了不止一家。"陈默回答炸点疑问的同时，探头看了一眼。身影摇曳中，一连串子弹打来，压制住了他的窥探。

"那怎么办？"炸点惊慌，连忙问道。

"保持呼吸，别死掉。"陈默抓起一枚烟雾弹，顺着藏身地投出去，呲呲的声音中烟雾弥漫。

在陈默等人遭到袭击的同时，远处隐蔽的电门也在同一时间遭到袭击。丘陵中，一阵隐约的脚步声有节奏地传来。电门听到声音后，仿佛追逐猎物的雌豹一样，迅速摆出战斗姿势。她猛地蜷缩起来，迅速将自己隐藏在石头后面，随后拽出手枪，将枪口对准前方。

努力平抑着呼吸，电门拿起无线电送话器，轻轻地敲打了几下，发出特殊的暗码，但并没有如愿收到回音，这显然只有一种可能，对方是敌人！

心中不由自主地泛起紧张与冲动，电门很清楚这意味着什么，她放低自己的动作，小心地将武器架在树的枝丫间，等待着那个发出声音的目标的出现。

如无意外，周围应该有敌人，确定这一点的电门，情绪瞬间紧张起来，在肾上腺素的作用下，她甚至感觉连周围的时间都骤然变慢了。

随着轻微的树叶振动声，她很清楚敌人已经离自己很近了。在等待了很长时间之后，她才能从前方的草丛里，隐约看到几个匍匐前进的身影，这种感觉并不好，就仿佛预料的厄运如愿降临一样。看到这一切，电门在努力地平息心中的一阵悸动，摸索着掏出腰里别着的进攻型手雷，轻轻地打开保险，等待着对方接近。

敌人虽然爬行得很缓慢，却仍然有到达的那一刻。当之前的那片色彩接近到射程之内的瞬间，电门猛然抬起手，将早已经准备好的手雷投掷到半空，随后抬起枪口发疯一般地用长点射向敌人覆盖过去。

黑暗中，在爆炸的光芒映衬下，只能隐约地看到一个人倒在地上，然后电门的幸运之神就悄然离开。

一阵低沉的吼声响起，电门迅速回头，看到让她撕心裂肺的一幕。黑暗中，机械师的身体忽然跌倒，随后在一片厮打声中消失不见。电门想要冲上去，但随后，另外一道人影从另外一侧冲了过来。

巨大的冲击力让电门仿佛被一辆卡车猛地撞了一下，她原本单薄的身体一下子飞了出去。

电门挣扎着想要起来，但对方根本没有给她这个机会。就在电门刚刚起身的时候，一只穿着军靴的大脚用力踢在她的肚子上。

剧烈的疼痛让电门翻滚着倒在地上，然后如同坦克一样的袭击者重重地压在她的身上。

冰凉是唯一的感觉，对方的军刀几乎贴着电门的脸插了下来。若非在最后时刻电门奋力挣扎着一偏头，此刻，她恐怕已经是一具尸体了。

对方一刀插偏，另外一只手已经顺势抓住了电门的脖子。修长的脖子被一把抓住，血液仿佛一下子失去了流淌的动力，电门只觉得在这一瞬间，意识都变得模糊了。

对于她来说，剩下的时间已经按秒来计算了，电门迷离着双眼看向对方，忽然放开抓住对方的手，猛地一把向对方的眼睛抓去。

指甲在最后帮了她一个忙，食指仿佛插进一股温暖的水中一样，随后是凄厉的惨叫声。

对方捂着失明的眼睛向后倒去，电门几乎没有给对方任何机会，抽出别在腰间的手枪，对准他的额头扣动扳机。

沉闷的枪声过后，敌人的尸体无助地倒了下去。

直到此刻，电门才清醒过来，在用力咳嗽了几下之后，她挣扎着起身，向草丛深处匍匐而去。

到底发生了什么事，雷神不知道。此刻的他唯一能做的就是用力向前奔跑。

身后，烟雾蒸腾，陈默和炸点猛地从烟雾中跳出来，雷神几乎要开枪，却被陈默一把拉住。

"跑！"回应雷神的，是陈默的一声吼叫，然后在炸点的拉扯下，雷神快步向后撤去。

临走时，陈默抢过雷神手里的八一杠，为了掩护他离开，陈默破天荒地接过八一杠，用毫不逊色于雷神的操作阻挡着周围冲过来的袭击者。

雷神唯一能做的就是不浪费陈默给他创造的机会，在心中祈祷着他不要死掉。

至于陈默是不是会死掉，只有天和他自己知道。

陈默觉得自己不会死，因为他还没做完需要自己做完的事情，在此之前，他不会允许自己死掉。

在用眼角的余光看到雷神扛着炸点离开之后，他打空剩余的半个弹夹，利落地为自己换上新弹夹，准备完成一次突围。可就在他刚刚转身准备撤离的时候，一道暗红色的身影忽然出现。

两人几乎是在猝不及防的瞬间交会在一起，然后一股巨大的力量将陈默撞倒，随后一支M4已经顶在他的额头上。

"你应该在十个小时之前联络我！"枪的主人将手指放在扳机上，玩味地对陈默说道。

"我没时间！我在逃亡！"陈默看着对方，没好气地起身。对方忽然再次一脚将陈默踹倒。

"这不是理由，按照规定，你该在十个小时前联络我，你最好弄清楚，是谁把你从监狱里弄出来的。如果不是我，你现在还是恐怖分子。"对方有点不满陈默的态度，用枪口使劲顶了顶陈默的胸口。

"只是嫌疑人，你知道那些事情不是我做的！"陈默看了她一眼，无奈地冷笑了一声。

"我知道没有意义，你需要证明这一切，而且你最好明白，你的任务是什么。有人想破坏内比亚与中国的关系，或许你不在意，但这是我的国家，我比谁都热爱她！"枪的主人最终选择放下武器，从阴影里走了出来，将陈默熟悉的面孔暴露在空气中。

与曾经的那个面孔有着相似的眼睛与皮肤，但相比安娜柔和的面孔，这个面孔的神色却凌厉很多。

"红！这是你的国家，但我最心爱的人留在了这里！"看着对方，陈默不由得想起了安娜。作为安娜的远亲，红很清楚他和安娜的事情，虽然身居内比亚政府机构，但对于远方表姐的死，她也无能为力。

"这正是我相信你的最主要原因，你有能力查明白这一切，但你更应该清楚，你的任务不仅仅如此。连续七次两族会议，全都遭到破坏，他们仍然在挑动两族之间的矛盾。如果一直持续下去，我们恐怕支持不了多长时间了，如果不弄清楚这一切，内比亚将会彻底陷入混乱之中。"红看着陈默，动情地说道。

"这正是你找我的原因，我也一直在这么做！"陈默点点头，目光看向远处，道路尽头，红的雇佣兵正在努力追逐着雷神等人。

"但不够快，很多疑点都在这支安全承包商的武装小队身上，你需要查清楚，到底发生了什么事！"红看着一脸阴郁的陈默，急迫地说道。

"这就是你让我把他们带到末日镇的理由？"陈默回头看向红，冷冷地问道。

"是的，如果你做不到，我会把他们干掉。对我来说，与其从十个核桃里挑出哪个是坏的，倒不如直接砸烂所有的核桃，我代表的是一个国家，用最小的成本解决最大的问题才是目的所在。"红针锋相对地看着陈默，表情冷静而淡定，仿佛谈论的不是几个人的生死，而是一次势在必得的决定一样。

"你雇用了这么多雇佣兵，就是为了干掉我们？"陈默看了看周围。远处，仍然冒着火光的步兵战车冒出滚滚浓烟，甚至依稀能闻到肉体烧焦的味道。

"你的调查对象不值得我付出这么多，雇用他们，是为了让他们自相残杀，毕竟消灭他们也是我的任务之一。"红缓缓收起M4，伸手将陈默拉了起来。

陈默终于可以摆脱之前的尴尬姿势，顺势坐在草地上。

"雇用你们只需要极少的钱，然后在互相残杀中看你们消灭自己。你或许觉得很残忍，但你有没有考虑过，他们每个人的手上都沾满了我们内比亚人的鲜血，他们每个人都不是无辜的，甚至是充满罪恶的。当他们肆意屠杀我们的人民时，就该考虑到会有这么一天！"红的声音忽然放大了几倍，隐约在周围回荡着。

"你是在打消我内心的罪恶感吗？"陈默玩味地看了她一眼，苦笑着问道。

"不是，我是在提醒你，你作为政府雇员，有责任执行内比亚合法政府的命令，并且你有义务这么做。当然我更希望你明白的是，我已经没什么耐心等下去了。如果你不这么做，我会抓住他们几个，用各种方法问出他们知道的事，或者说，干脆一劳永逸地干掉他们！"红看着陈默，恶狠狠地说道。

"谢谢你的提醒，我懂了！"陈默苦笑着点点头。红一脚踢起脚下陈默的步枪，随后，重新背起自己的武器。

"我不是在提醒你，我是在帮助你！如果你需要用感情打动他们，时间不允许。所以，我策划了这次战斗，让他们明白，你才是他们的救星！"红看着陈默，冷冰冰地说道。

"所以，你开始利用感情了吗？"陈默看着对方，心里不由得突然一颤。

"至少我不是在利用你。我信任你，不是因为安娜，而是因为你是我的姐夫，希望你下次不要让我失望！现在，去当你的救世主吧，救救你的队员，得到他们的信任，然后完成你的任务，不要浪费这次难得的和昂贵的机会。"红说完，转身消失在丛林中，目送着对方离开，陈默自嘲地摇摇头，随后拿起武器向雷神消失的方向追去。

拯救者

"机械师，机械师，你在哪里？"电门不断地低声呼喊着，拽着武器小心地向前挪动着。可惜，送话器里，并没有如愿传来机械师的回答。四周，低沉而突兀的枪声时不时地传来，如同拽着她的心脏，不断地疼痛抽动着一般。

之前敌人突如其来的伏击，瞬间切开了战友之间的联系。随后，敌人仿佛在电门身上放了眼睛一样，不断追逐着她。通信频道里，她只听到机械师不断重复地鼓励她坚持。随后，一阵爆炸和密集的枪声过后，就再也没有任何联系了。

好不容易从生死搏斗中逃脱出来，电门此刻最迫切的想法是找到同伴，机械师、陈默，哪怕是炸点也行。可是，黑暗的丛林中，一切都不可见，隐蔽在周围的敌人更是随时都可能出来轻而易举地撕掉她，电门有点害怕，但她只能忍耐。

电门一边小心地搜索着四周，一边摸索着向前，身上的迷彩可以帮助她隐蔽起自己的身形。但是，如果对方拥有步兵雷达，那么她一样会暴露。此刻她只希望能找到机械师，哪怕是对方的尸体也行。在这个念头的驱使下，她按照自己设想的方向，缓慢地向前爬着。

望远镜里，陈默清晰地看到电门的一举一动。此刻，他正在努力考虑着，自己要不要过去帮忙。

这原本不应该是个问题。作为铠甲小队的成员，帮助战友本是责无旁贷，但此刻的陈默不得不提醒自己本来的身份。

是的，他是一名卧底！

作为联合国蓝盔曾经雇用的司机，陈默在内比亚生活了很长时间。那段时间里，他甚至认为自己可能会一辈子待在这儿，毕竟这里有自己心爱的人，和一群与自己一样坦诚的朋友。

直到联合国人道主义救援车队遭袭，他的恋人安娜被杀，这幸福的一切才如幻影一般被终结。

陈默至今仍然记得那一天，记得每一个相熟的朋友和同事的死亡瞬间。他甚至在每次的午夜梦回中，仿佛又重新回到了那一刻，脑海中每一幕每一帧都如此真实，如此清晰，看着每一个人倒下，死亡，倒下，死亡……

片段的重复，让时间仿佛定格在那一刻，或者说，陈默一直都无法走出那一刻。

他是唯一的幸存者。即使是在袭击者的搜索下，他仍然靠着极大的运气，和防弹衣的坚固，躲过补枪，躲过检查。

但对于陈默来说，这一切并不美好。如果让他选择，他宁愿在那一刻和大家一起死掉。无论是不是真的有来世，无论是不是可以和其他人结伴同行，都不重要，重要的是，他可以不再经历那些噩梦一般的生死离别。

他需要一个解释和一个答案，他需要一个理由，他想要弄清楚这一切到底是谁做的，为什么？如果可以，他希望能卡住对方的脖子，大声质问对方，然后用自己的拳头，将这个讨厌的脑袋砸成谁都不认识的形状。

这是支撑着陈默一直活到现在的唯一理由。他不知道什么叫战场综合征，他也不知道自己到底是在冒险，还是在求死；他只知道，自己需要做一些事情，需要弄清楚问题的所在。

这个念头如同野草一样滋生，如同藤蔓一般缠绕着，最终驱使着他再次来到这片土地。红的出现，让他有了合法的身份。虽然之前红说的现实很冷酷，但实际上，在对方提出这个要求的瞬间，陈默就选择了答应。

于是在内比亚内政部反恐事务局官方电脑的绝密文件夹中，他的身份由平民变成了卧底。他不仅有义务和责任在关键时刻提供情报和进行自我防卫，而且必须完成一个任务，调查这次袭击事件。

而牵扯进这一次任务的嫌疑人，就是眼前这群正在遭受攻击的"战友"。

实际上，在袭击事件中，除了他之外，一支被临时雇用的安全承包商也阴错阳差地逃脱了厄运。而这支承包商队伍，就是铠甲安防。

按照当时的官方记录，铠甲小队的车辆因为故障，并没有按时到达预定的会合地点，所以也没有随同前往执行下一步的任务。

有些时候逃脱厄运，并不代表幸运。这背后，更多的可能是出卖和阴谋，没人愿意相信这个小队的幸运真的源于幸运。至少在内比亚这片土地上，幸运是不存在的，存在的永远是不幸，是死亡，是随时随地且如影随形的恐惧。

在这种情况下，铠甲安防被当作嫌疑人是再合理不过的事情了。

于是陈默自然而然地进入了这支小队，去充当卧底。

当然，更重要的是，陈默是华人。作为一支完全由华人组成的小队，他的进入有着先天的优势——据说这个小队从来不招收其他种族，只选择华人。

通过国内老班长的连线，他成功应聘进入小队。

红说得没错，对于国家机器来说，他们需要的只是怀疑。如果确认铠甲安防确实有嫌疑，那么他们只要逮捕这些人轮番审讯就足够了，甚至想要简单一点儿，费效比高一点儿，直接雇用雇佣兵干掉这支小队就行。

但问题是，这一切并不能依靠简单的消灭来解决。如果这一切的背后真的有阴谋和诡计存在，那么对方的目的是什么，他们为什么这么做，才是目前首先需要弄清楚的问题。

毕竟对于内比亚这个国家来说，和平才是唯一的目标。

红给出的证据，佐证了一些猜测，但还不够，所以需要陈默来侦查清楚这一切。对于陈默来说，这也是他一直想做的事情。

他想做的只会更狠。他想抓住始作俑者，把他放在电椅上，启动所有的电源开关，折磨他，让他生不如死，尽其所能探查所有的答案。陈默承认，他能活下来完全是靠着复仇的欲望支撑着。他这么做，是为了曾经的战友，也是为了他的最爱——安娜。这一切，唯一的线索就是铠甲小队。

想到这里，陈默似乎清醒了一些。当看到电门即将再次陷入危险时，陈默终于动手了。

电门真的以为自己要死掉了，甚至恍惚间看到一片光芒从天空泼洒下来，想要放弃抵抗，迎接这片光芒。可就在她刚刚伸手的瞬间，一只大手一把抓住她的手腕，将她拽了起来。随后，现场发生的一切如同行云流水一般，一气呵成，电门有幸成为唯一观众。

她发誓，她所看到的一切似乎只能用疯狂来形容。7.62毫米弹头如雨般地泼向敌人，子弹带着呼啸声飞驰过去，轻松穿透对方头上的凯夫拉头盔，带出一片血肉和白色的脑浆。紧接着，两声低沉的砰砰声过后，冒着烟的两发榴弹滚落在正在疯狂射击的机枪手身边，随后，两声低沉的爆炸声响起，机枪手在爆炸的瞬间感受到自己整个身体高高飞上半空。

有那么一瞬间，他发誓看到了远处的袭击者，他甚至恍惚看到这人对着他打出鄙夷的手势。射手在失去意识的瞬间，本能地抬了抬胳膊，随后重重地落在地上。

机枪哑了，偷袭者瞬间失去了一块巨大的优势。陈默的武器并不出色，但完美的精准中距离压制，让对方手里的突击步枪无法起到应有的作用。

之前选择63最大的目的，并不仅仅因为它是一支可靠的老枪，更是因为，63虽然在当时的年代落伍，但在新时期的小队对抗中，无论在射速上、火力压制上，还是距离上，都更符合"中口径精确射手步枪"的概念。

陈默是军人出身，不喜欢耍酷，专业知识对于他来说是保命的根本。只是很多人似乎忽略了这个问题。

领头的偷袭者回头看了看身后的属下，这些为钱而卖命的家伙已经成了他的心病。刚刚第一队发来信息告诉他们遭到了袭击，让他们提前出击抓住敌人。按照一小队的情报显示，敌人应该在五六人之间，以自己两个小队的兵力完全可以将对方吃掉。

可惜，身后几个新兵，却总是无法按照要求展开队形，火力支撑点到现在也没办法架设。刚刚敌人忽然爆发出来的强力反击，更是让他损失了一辆皮卡车和车上的一名老兵。现在他唯一能指望的只有身边的几名老兵了。

头领一边通过观察确定着陈默的位置，一边低声和身边的人交谈，满心希望同伴能潜伏到敌人的退路方向设下陷阱，然后在他将对方赶过去的时候，一口吃掉敌人。

"我们这次的生意赔了，佣金恐怕连杰克那家伙的抚恤金都不够！"身边，听到他计划的一名战友摇头叹息地说道。

"可如果不干，这笔钱就要我自己来掏腰包！"头领愤怒地说道。听到他的话，其他几个人交换了个眼神，随后纷纷点头。

"靠你们了，把这帮杂碎抓住，碾死！"看着几个人猫腰离开的背影，头领恶狠狠地说道。

砰砰！似乎是在回应他的诅咒，对面的枪手再次开枪，几发子弹贴着头领的头盔飞过，打在身后不远的树木上。头领本能地缩了一下脖子，然后再次看向身后那几名瑟缩不前的新兵。

"该死，再快一点儿，你们这帮家伙，你们知不知道，如果敌人再多潜伏一会儿，很可能会逃走，到时候，我们说不定会从猎手变成猎物。"头领愤怒地咒骂了两句，新兵们瑟缩着前进了两步，但毫无作用，动作幅度小到都无法引来敌人的火力光顾。

"该死，好了，听我命令，停下，你当尖兵，其他人立刻准备埋设地雷，建立火力点。听到没有？！"头领生气地低吼道。听到命令，其他人开始手忙脚乱地准备武器，可是尖兵仍然匍匐在地上没有任何挪动的意思。

"你个混蛋，我让你动一动，如果你再不动，小心我一毛钱也不会给你！"头领终于按捺不住愤怒,快速爬过去,一把抓起尖兵。可是,刚碰到对方,一股黏滑的湿热的带着浓重腥气的液体就沾了他一手。他本能地低头看去,入眼一片血红。

"该死!"头领低吼了一声。可是,他忽然发现,之前的红色不断延伸,随后将眼前的一切都染成同样的颜色。

一股鲜血通过狭小的地方汩汩地冒出来,特有的嘶嘶声逐渐清晰起来。头领摸了摸自己的喉咙,顿时感到灼热的血液顺着自己的胳膊流淌下去。他不敢相信地低头看了看,又回头看向身后,终于发现,一张狰狞的面孔正狞笑着看着他,同时,他的胸口再次遭到匕首的穿刺。

头领无力地阻挡了一下。在倒下去的瞬间,他清晰地看到,几名属下在袭击者的疯狂厮杀下,不断地颤抖着、蠕动着、挣扎着,随后寂静下来。

"妈的,怎么回事,为什么没发现他们?"头领在迷惑中,渐渐跌入黑暗。

身边,树上,机械师的身影在头领的身体倒下之后,缓缓出现,特大号的狗腿刀在机械师的操作下舞了个刀花被重新放回刀鞘,在重重踢了对方的尸体一脚后,机械师带着武器再次潜入到丛林中。

下一步

当设伏者仍然在等待着陈默等人进入陷阱时,他们已经走在撤退的路上。准确地说,不是撤退,逃跑或许更加合理一点儿。尤其是在袭击完对方之后,又遭到别人的袭击,这种战略大逃亡特别值得理解。

但这并不妨碍大家的兴奋,除了战场上因为厮杀而导致的肾上腺素分泌过多之外,还因为,他们没有什么伤亡。

最重要的是,五个人都活着,尤其是在这样一场偷袭战中。如果彩票中大奖是奇迹,那么在战场上,这就等同彩票中了大奖,不止一次,而且是五次。

陈默默不作声地跟着大家。车内,炸点仔细留意着他的肩膀,虽然那里早已经结痂,而雷神则揉着被子弹打穿的腰侧,子弹是擦过的,穿过了防弹衣的边缘,将下腰部打掉了一块肉。电门胡乱给他缝了两针,让他的伤口看起来像个蹩脚的破布。

但这并没有妨碍雷神放肆地大笑,即便炸点讲的笑话并不好笑。

陈默很能理解他们,这种紧张过后的放松,是可以避免人疯掉的最好调剂。

当然,更好的调剂方式是他没有告诉这些人,之前之后的袭击,其实都是他和红策划好的,或者说,他是策划参与者之一。

红在之前对他布置任务的时候,就已经明确说过,最快最好融入小队的唯一办法,就是与他们成为生死相依的兄弟,而成为兄弟最好的手段,就是共同战斗。

血腥的战斗中,人品的好坏暴露无遗,任何经历战火检验的友情都必然坚不可摧。

红是个心理学高手，所以才会针对这些厮杀设置了这样的手段。当然，同时也帮助她达到另外一个目的，消灭这些让她无比厌恶的雇佣兵。

对陈默来说，这一切都让他感到极其不安。欺骗的感觉仿佛随风飘逸的外衣下的裸体，你需要小心应对着，否则就会彻底曝光。

被人看见屁股是羞涩的，可被人发现是欺骗，那结局一定不仅仅是羞涩。

所以，陈默只能拼命压抑着，用尽全力在心里告诫着自己，这一切都是真的，自己真的是一个拯救了整个铠甲小队的英雄。

"嘿！"忽然一个喊声，打断了陈默的思绪，电门随手递来已经磨掉了商标的啤酒。

"喝一杯！谢谢你救了我！"电门举起手里的瓶子，笑着说道。

"还有我！"炸点一脸灿烂。

"还有我！"机械师从后视镜里看了他一眼。

"还有我！"雷神回头看着陈默，挥了挥手，这一刻，他的表情很正经，一点儿笑容都没有。

"其实……我不太会喝酒。"看着众人，陈默有点赧然，犹豫好半天，冒出了一句话。随后，是一片针对他的中指。

庆祝之后，要做的是完成解谜，大家需要知道这一切的幕后主使是谁。虽然陈默知道后来的黄雀是红，但之前的螳螂是谁？作为蝉的他们是要弄清楚的。

奔叔叔在喷漆罐的装扮下，变成了一辆迷彩轿车，皮卡和物资则早已经被隐藏妥当。剩下的，就是几个人坐着老旧的奔叔叔再次回到了末日镇。

仍然是上次那个酒馆门口。

依旧是那个一脸猥琐的老板，依旧是套路一样的开场白，不过这一次，陈默放在桌子上的不再是美元，而是自己的步枪。

"帮我换根枪管，要好的！"陈默毫不在意对方的警惕，走过去，将背着的63重重放在对方的柜台上。

老板低头看了一眼，又抬头反复打量了几个人好几遍之后，才略微放心地点点头。

"正好有，越南货，全新的，80美金！"老板刻意将目光在电门的身上停留了片刻，脸上流露出明显的鄙夷神色。

"最多30！"感受到对方的歧视，电门迎着对方的目光走过来，伸出三个手指。

"绝不可能！"老板仿佛被侮辱了一样，愤怒地摆手说道，样子倒不像是在拒绝，更像是要把电门赶走一样。

"我只能给你25，而且你必须要答应。"看到对方厌恶的表情，电门索性凑了过来，眼神轻浮地说道。

"走开，这里不欢迎女人！"老板放弃了根本不存在的掩饰，直截了当地说道。

"我知道。如果你不答应，我就走到你店面的门口，脱光所有的衣服，那样，你恐怕会马上从这里卷铺盖滚蛋。15，答不答应！"电门是杀价的老手，听到店老板的话之后，更加嚣张地质问道。

在内亚族，女人的地位极其低下，这是人所共知的事情。女人的抛头露面对于传统的内亚族男人来说是绝对不能接受的。不过用这个办法讲价，却是陈默想都想不到的。当然，他从心底里，倒很希望老板拒绝。

老板确实是在挣扎，如果真的任由对方脱掉衣服站在门口，那么，第二天他就会成为镇子上所有人的笑柄，只是老板不确定，这个女人是不是真的敢这么做。

可就在他犹豫的时候，电门已经轻轻地解开了衣服上的一个扣子。

"弄好了之后，你们马上滚！"老板不想用自己的名誉与下贱的女人对赌。在电门刚刚准备动手的瞬间，就选择了屈服。不过，陈默随后挥了挥手。

"这只是个玩笑，八十块我们有！"陈默说着，从口袋里掏出六张一百元的人民币，"人民币，硬通货，不过要买你一个消息。"

"你想知道什么？"红彤彤的钞票让老板的眼神柔和了很多。

"之前我看到一伙人出城了，他们想干吗？"陈默随手将钞票扔在柜台上，然后眼睛死盯着老板问道。

"我只是个卖东西的。"老板低头看着面前的钞票，一脸玩味。

"卖这些东西，在这里，你活不下去，除非你对别人有更大的用处。"陈默眼神闪过一丝戏谑，语气却变得冰冷。

"是谁让你们来找我的？"老板再次打量了几人一眼，仿佛直到此刻才重新认识了众人一般。

"这个问题收不收费？"陈默笑着反问道。

老板脸上没了笑容。

等待片刻，一旁的房门被打开，众人对视了一眼之后，陈默率先走进房间。

"是酋长，在内亚族的两位长老之外，还有一位酋长的存在，他下达了追杀命令。"老板看到众人之后，率先开口说道。

"您在开玩笑吗？我们不认识什么酋长，而且，我从来没听说过什么酋长之类的人物。"炸点第一个忍不住驳斥道。

"你们可以选择相信我，也可以选择离开，这份情报不收费，但关系到你们的安危，我知道的情况是，有人想要拿你们当替罪羊。"老板不耐烦地白了炸点一眼，随后看着雷神和陈默说道。

"我们不是什么替罪羊，长老的死和我们无关！"雷神愤怒地说道。

"不要和我解释，我相信你们没有什么用，我不想要你们的命。"老板摆手说道。

"酋长为什么要追杀我们？"陈默冷静地反问道。

"不知道，或许只是喜欢吧。或许还因为别的，但你们必须要承认，你们不该活着，长老死了，你们活着，如果是我……"老板没有继续说下去，众人也没有继续问，但所有人都很清楚这点，他们最大的错误是他们依旧活着。

这是个大问题！

再次离开的时候，众人的表情冰冷了很多，尤其在得知那群袭击者背后的真凶时，每个人刚刚因为逃脱袭击而兴奋的心情也随之低落了很多。

"离开这里吧！"看着夜色中凄冷的街道，和街道上并不多的几盏灯光，雷神缓缓开口道。夜晚，寒冷忽然而至，事前没有任何征兆，就仿佛将所有人扔进了北冰洋。

所有人都听出了雷神语气中的落寞，还带有一点点的绝望。

是的，当得知雇用者是内亚族的酋长时，没人有说话的欲望。

"你不想知道他为什么这么做吗？"这个国家，内亚族占据了三分之二的人口。相比之下，处于统治阶级的果刚族，却把持着国家的政权。但无论怎样，得罪了统治着三分之二人口的内亚族酋长，对于任何人来说，都不是一件值得庆幸的事情。

"那个长老的死，和我们无关！"陈默这边刚说完，一旁的炸点就不服气地说道。

"和我们有关，我们没有保护好他。"雷神摇摇头，执拗地说道，"而且我们没有完成嘱托，他的孙女还在袭击者手里。"

"如果真是这样，我们恐怕走不了！"一旁，机械师看了看炸点和雷神，沉闷地说道。

"是的，走不了，如果他真想对付我们。但问题是，如果他真想干掉我们，可以用更好的办法，而不是花钱找一群笨蛋。"陈默想了想，看着雷神说道。

听到陈默的话，所有人都下意识地点点头。是的，陈默说得没错。如果真的是酋长想要他们的命，那么会有无数人心甘情愿地出手。即便是离开内比亚，只要酋长愿意，相信也没有哪个国家会为了他们拒绝酋长的要求。

"所以，你认为这背后有其他原因？"雷神看着陈默，思索着。陈默的意思他已经明白了，如果这点经不起推敲，那么只能意味着，背后另有其人。这个人假借酋长的名义来针对他们，那他这么做的目的，就值得思考了。

"去看看不就好了！"陈默说着，向众人摆摆手，然后第一个跳上奔叔叔。

老迈的发动机发出低沉浑厚的声音，轻微的震动之后，车子轻轻滑过街道，很快消失在远处的黑暗里。

目送着车子离开，两个人影缓缓地从黑暗中走了出来。

"你确定这么做不是在冒险？"老迈的身影看着身边俏丽的身影，不安地询问道。

"我能确定的是，他们见到酋长肯定会大吃一惊！"俏丽身影看着奔叔叔一闪一闪的尾灯，幽幽地说道。

"那又怎样？他只是酋长，决定不了什么的。"老者有点不甘心地低声说道。

"我不在乎，只要多一分努力，和平就多一分降临的可能。再说了，我们俩不是也在和平共处吗？"俏丽身影回头看着老者，淡淡的灯光照耀下，红的面孔暴露出来。

"那是因为你父亲，不是因为你，你是个女人！"老者愤怒地说道。

"脱衣服我也会哦！"听到老者的话，红不以为意，相反却露出一丝色色的笑容。

"哼！"没有回答她，老者索性转身向枪店的方向走去。

"这个老顽固。不过，和平总归是要到来的吧！他们不是说过，在和平的条件下，一切都可以谈吗？陈默如果知道目的，应该会原谅骗他去内亚族这件事吧？"红皱了皱眉头，目光再次看向远方，那里，奔叔叔的身影已经彻底消失不见。

危 机

坐在车里，这段短短时间所经历的一切，如同电影一样让人感到意外和不可置信，但车内每一个人仔细回忆，都发现，细节真实得可怕。

无论是陈默忽然狙击干掉的自爆卡车，还是老芭比那扭曲的尸体，以及他们在保护长老时面临的枪林弹雨，都无限拉长了时间的宽度，让小队每一个人的人生都骤然变得无比"充实"。

不过恐怕没人喜欢这种另类的"充实感"，毕竟稍不注意，就有可能在体会中变成一具尸体。

车内，众人沉默着，这种环境似乎很不适合被打破，所以陈默也知趣地靠在座位上，随着车子颠簸。

此刻，他正在思索着红的计划。按照对方的意思，队伍内应该至少有一名内奸，泄露了维和部队的行踪，导致那次袭击事件的发生。但对于袭击者要对维和部队下手的原因，陈默一无所知。

他曾经问过红，但后者表示，这也是他们调查的目的之一。虽然对方说得肯定，但陈默总能感觉到一丝不安。

原因很简单，红的目的性太强了，无论是计划还是行动，指向性都极其明显。更重要的是，她每一步，似乎都在逼迫铠甲做出选择，或者是离开，或者是留下，或者是弄清楚，或者是逃亡。

陈默也曾经自问过，如果真的任由红将所有人抓起来，然后严刑拷问，是否能真的问出内幕？

可直到再次与红见面，他才惊觉，这才是红一直试图隐瞒的事情。

是的，红或许知道有内奸存在，却并不知道内奸是谁。更重要的是，这件事本身就是单向透明的问题。只有袭击者才知道他们的目的是什么，而对于红来说，找到目的远比抓住几个人要重要得多。

陈默甚至可以肯定，红也不清楚铠甲小队充当了什么角色，在那次袭击中介入多深，处于什么样的位置，以及以后要做什么。

而这才是她要求陈默做的事情。红不想打草惊蛇，她想一劳永逸。

陈默也想，但他很清楚，事情绝对没有那么简单。

到底发生了什么？他们的目的是什么？汽车颠簸时，轻微的撞击和疼痛，提醒他查明这件事，才是真正的任务所在。

这是一个只有两个种族的国家，但造成的动乱是那些拥有众多种族的国家所不能比拟的。

作为亲历者，陈默很清楚这里面的问题和矛盾，而总结起来，永远都是权力和欲望。

是的，每个国家都有野心家，内比亚也一样。果刚族因为肤色与白人的肤色比较接近，西方殖民者引为同类，并帮助他们成为统治者。而作为拥有这个国家绝大多数人口的内亚族却成为被统治者，仅仅因为与亚洲人拥有相似的肤色与瞳孔。

作为由部族和长老们统治的国度，平民们并不关心远在天边的总统或国王是谁，他们更关心的是明天的玉米粒和土豆饼能不能填饱孩子们的肚子。事实上，果刚族也并没有因此将内亚族当作敌人。

直到这里被发现有石油那一刻，形势急转直下。这种如同恶魔血液一样的黑色液体，瞬间点燃了人类体内的贪婪。面对这种随时可以变成财富，或者说本身就是财富的东西，战争爆发也就顺理成章了。

贪婪总是激发战争最好的导火索，尤其对于内亚族和果刚族来说。

而最让陈默感到可笑的是，根据现代生物学的研究，无论是黑发黑眼的内亚族，还是金发碧眼的果刚族，其实都源于同一祖先，只是在漫长的进化中，有了不同的外表而已。

但生物学理论如此苍白，人心带着本性的贪婪。在某些势力的怂恿下，战争爆发了。

最先开始的原因，已经无从谈起，无非是势力范围的划分，以及被人为改变的边界线。随后，双方为那片曾经荒芜的只有牛羊和野兽光顾的土地明争暗斗，流血死人。周围国家更是推波助澜，这两个种族用石油换来大量的武器，战火频仍，逐渐蔓延到整个国家。

果刚族依旧控制着国家的政权，但仅此而已。国家的权力和命令只能在首都圈内实施。而内亚族也并没有因此团结，部族和部族之间依然为势力范围的划分而争吵。名义上，这还是一个大一统的国家，而实际上，各方势力不断介入，不仅边界线被更改，国家也早已四分五裂。

果刚族和内亚族的领导人决定放下战争，讨论一下是否可以换个方式解决两族的争端。毕竟多年的战争除了死亡和贫穷，并没有得到什么更好的结果，意识形态无法填补肚子的空虚。

就在这个时候，一群仿佛忽然从地下冒出来的极端派别，发起了让所有人意外和惊诧的攻击。

战火就在所有人的愤怒和惊讶中重新点燃了！

想到这里，陈默忽然睁开眼睛。身边，开车的人已经换成了炸点，他一边打着哈欠，一边仔细搜索着四周。陈默本想和他说点什么，但犹豫中，还是决定继续睡一会儿。

可是颠簸让他睡一会儿的想法根本无法实现，脑子里的各种念头和回忆频繁登场。

安娜，红，死亡……

红说过，与中国的一带一路合作计划要持续进行下去，不能因为破坏而中止。否则，内比亚将继续遭受一百年的战乱，她的国家和人民不允许这样的战乱继续下去。

安娜告诉陈默，她希望自己的国家能和中国一样和平，富足，哪怕有一点点这样或那样的不完美都可以，只要不是战争和贫穷。

红说，一切的一切，都在眼前这个小队身上。他们身上隐藏着一个秘密，除非陈默把它找出来，否则，她会亲手把陈默送回监狱。

……

陈默强迫自己再次睁开眼睛，然后就势坐直身子，炸点回头看了他一眼，露出一个疲惫的微笑。

"你醒啦？有没有兴趣开一下车？"炸点指了指方向盘，诱惑地说道。

"我不会开车。"陈默想了想，回答道。

"你说什么？"炸点一脸不可置信，仿佛听到一个天大的笑话。

"我不会开车，否则我早就死掉了。"陈默想了想，老实地回答道。

"我通常听到的都和你说的恰恰相反，你的经历够奇葩的。"炸点看着陈默，笑着摇摇头。

"说说你吧，为什么来这里？我不信你是为了帮弟弟还债。"陈默微笑着转移了话题。听到他的话，炸点笑容僵硬了一下，然后就从嘴角消失不见。

"为了我妈妈！"炸点仿佛被拖进回忆之中，眼神有点迷茫。

"不意外，我曾经想过，牺牲能赔偿几百万的话，我不如就干脆死在这里算了！"陈默说的是实话，不过不是他自己说的，是巴西人说的。后来，巴西人如愿以偿。

"其实我不是在国内长大的，而是在唐人街。"犹豫了好一会儿，炸点小声说出自己的出身，并忐忑地看向陈默。当发现对方没有任何意外时，他明显地松了口气，仿佛说出了心中背负很久的负担一样。

"包括队长在内，你们没有人是从国内出来的。"陈默想了想，淡淡地说道。随后炸点脸上的平静顿时被惊讶代替。

"你早就知道了？"炸点一脸惊讶地看着陈默，差点因此忽略了路上的一个弹坑。

"因为我也不是。"陈默看着对方，再次吐露出一个让人惊讶的事实。

"我来小队之前，一直被关在内比亚的监狱里。"陈默借着后视镜看了一眼坐在后座的电门，后者依然沉沉睡着。

"你犯了什么罪？"炸点好奇地追问道。

"杀人！我杀了我的仇人！"陈默的目光延伸过去。在车后面，雷神和机械师的车子正缓慢跟随着，隐约的灯光仿佛黑夜中的两只眼睛。

"在这个国家杀一个人并不是什么大不了的事情。"炸点想了想，回应了一句。

"我杀的是一名果刚族的政府官员。"陈默补充了一句。

"好吧，这可不是小事，或者说，你可能方法不对，如果偷偷地……"炸点仍然在为自己的理论辩护，不过陈默打断了他。

"我是在议会门口杀的他，很多人都可以证实这件事。"陈默最后的一句话，彻底让炸点闭上了嘴巴，但谈论却并没有就此结束。在另外一辆车上，听到这一切的机械师和雷神，却似乎表现出了少有的分歧。

"他在说谎。"机械师微微调低了声音，随后对身边的雷神说道。虽然他很清楚，前面的人根本听不到他们的对话。

"这件事很简单就可以证明，我们想弄清楚的是，他为什么加入我们，他的目的是什么。"雷神看着前方的车子，语气充满了忧虑和担心。

"自从他来了，我们就一直在出事，老芭比死了，任务失败，我们被赶出基地，然后就是遭遇袭击。他甚至策划了一次主动的行动，这在以前是根本不可能的，而最大的问题是，他是个新人，这里不该由他说了算！"机械师愤愤地说道。

"老芭比的死，不怪他。"雷神想了想，摇了摇头说道。

"他先开的枪，否则不会有后续的事！"机械师不甘心地说。

"如果他不开枪，我们都要死，你应该看到那枚自杀炸弹的威力了，我们逃不掉！"雷神摇摇头，神态变得坚决。作为战场上的老人，他很清楚，一枚汽车炸弹的威力有多大，一发 152 毫米榴弹炮的炮弹，威力是半径 60 米的一个圆圈，而恐怖分子通常会在车里装上四发，那足以囊括方圆 200 米范围内所有人的生命。

"那任务失败呢？除了我们，只有他是外人！"机械师不甘心地说道。

"如果没有证据证明，我们只能相信他是清白的。"雷神想了想摇摇头。

"天啊，你疯了吗？我们需要证据吗？我们只要怀疑就足够了，这里是地狱，不是法庭！"机械师听到雷神的话，一脸惊诧地说道。

"你在怀疑他，事实上，他救了我们很多次！你为什么怀疑他？"雷神看着机械师，表情变得怪异起来。

"说不上，我不喜欢他！而且他一直带着我们在靠近危险！"机械师冷静下来，思索片刻后摇了摇头。

"问题是，危险就在我们周围，这个国家没有哪里是安全的，你很清楚这一点！"雷神看着机械师，一字一句地提醒道。

"那我们到底要干吗？我是说，现在，我们到底要去哪里？"机械师看着雷神，最终，目光逐渐软化下来，但口气中依然带着不甘心。

"弄清楚这一切，弄清楚到底发生了什么。如果我们还想继续留在这里拼命赚钱，如果你还想继续拿钱供养你的老婆和孩子，就需要彻底搞清楚，到底发生了什么！"雷神的目光重新转向前方，灯光照耀下，天空越发地黑暗了。

"跟着他就能搞清楚吗？我不信！"机械师继续开着车，动作却充满了怒气。

"一直有人在针对我们，弄清楚问题的根本，是解决问题的关键！"雷神用肯定的语气说道。

第四章 守经者

我们是来杀人的

内亚族和果刚族的分界线并不明显，原本他们都是根据河流山脉的走向划分草场。后来，有人将这条线拉直了，于是有了战争。再后来，联合国在双方的交战区域划分出一块由联合国控制的战争区，也是众多雇佣兵活跃的地方。交战区分割了果刚族和内亚族，让两族之间在隔离状态下重新回到了和平状态中，但战争并没有被消弭。相反，在交战区，战争变得更加频繁和血腥，直到中国人修筑的铁路，将这三个区域重新连通在一起，和平的希望才彻底降临。

至于在交战区两族之间的实际控制区内，并不存在什么哨卡和铁丝网之类的屏障，当然，除了一些关键的位置之外。

"别看这里只是个村子，但拥有一条通往内亚族腹地的道路。不过因为道路崎岖，无法通过大型机械化部队，所以一般不被人重视，我们也是通过朋友才知道的。"车子驶近，炸点指着前方隐藏在山坡中并不起眼的村落说道。

"如果不从这里走，我们就要绕过一大片丛林和沼泽，相信我，荒原狼都不喜欢那里！"炸点说着，用力拐了个弯，车子上了一条看起来只有山羊能走的道路，然后顺着峭壁向上攀了过去。

道路对内比亚来说很重要，这个遍布沼泽与荒漠的国家最缺少的就是道路。人们因为交通被困在一处处聚居地内，很多地方甚至连骆驼都无法通过。

也正是因为这点，内比亚才会如此看重中国人修筑的铁路，甚至因此而放弃双方之间的战争。

不过眼前这一切和在这片土地上战斗的人无关。作为安全承包商和雇佣兵，他们并不认为即将建成通车的铁路对于他们能起到什么正面的作用。相反这些秘密的道路和村落，对他们来说才是自由的天堂。

车子到达村落的时候，天空已经泛起鱼肚白，太阳欲拒还迎地藏在地平线下面，似乎等待着谁能拉它一把。

众人哈欠连天地开车进入村落，不过迎接他们的人却让大家没兴趣把下一个哈欠打出来。

至少二十个全副武装的农民用黑洞洞的枪口瞄准他们，领头的那个人则嚣张地走过来重重拍打他们的车窗。

"他让我们下去，怎么办？"看着对方张扬的动作，炸点不安地问道。

"那就下去，他们有二十个人，我们打不过的。"数字在这里通常具备着绝对的意义，不要认为自己是超人，以一当百只是《三国演义》里的故事。那时候，他们用的是青龙偃月刀。

听到陈默的话，炸点犹豫了一下，然后推开门走下车，陈默也跟着老实地走下车。至于电门，她甚至知趣地掏出一块沙丽，胡乱罩在头上，看起来有点滑稽。

陈默刚走出车门，就被对方粗鲁地一把按在车身上，随后一双粗糙的大手胡乱摸索着，直到摸到手枪，才不客气地抽出来放进自己怀里。

"你们是从哪里来的？"再次把陈默翻过来之后，对方恶狠狠地问道。

"末日镇。"陈默看着顶在自己下巴上的AK短突，老实地说道。

"哦，从那个鬼地方来，那来我们这里做什么？"对方挑衅地看着陈默，继续问道。

"我们……想去那边。"陈默指了指远处，那里是内亚族的控制区。

"嘿，你应该懂规矩，交战区的人不能过去。"领头的大汉指着陈默来的方向说道。

"这里有什么规矩，这里我走过很多次。"陈默看着对方，一脸疑惑。实际上，他是第一次听说这里有所谓的规矩，更不明白规矩从何而来。

"我说什么就是什么。这里有规矩，你听懂了吗？！"大汉的枪口用力顶在陈默的下颌上，大声质问道。

"好吧，说出你的规矩吧！"陈默努力看着对方，一字一句地说道。

"现在的规矩是，我很不满意，带他们走！"大汉招招手，立刻有人将五个人拖拉着向村子里走去。

炸点想挣扎，但随后，有个人毫不留情地一拳打晕了他，如同拖死狗一样快步离开。

陈默决定放弃挣扎，因为这毫无用处。

但他很快后悔了，尤其当第一条铁链绑在他身上的时候……

"说说，为什么来这里？你又是谁？"当陈默被固定在椅子上时，大汉一边用狗腿刀敲打着自己的膝盖，一边坐在他面前问道。陈默利用难得的闲暇打量了一下四周，发现这里应该是一处专门设置的审讯室，虽然简陋，但设施完备。

"快点说！"对方显然有点不耐烦，抓住陈默的下巴质问道。陈默的目光越过对方的肩膀，看向身后，墙壁上，挂着暗红色的喷射状血迹，应该是动脉被切开后在心脏压力下喷出去的。

"安全承包商！"陈默忍着对方嘴里难闻的水烟味道，艰难地回答道。

"不错，一个良好的开端，现在，最好是我问你什么，你回答什么。"大汉满意地点了点头。下一秒钟，陈默忽然感到胃部一阵剧痛。

大汉的拳头仿佛石头一样顶在陈默的胃部。整个胃翻江倒海一样搅动着，神经仿佛在火焰上跳舞，剧烈的电脉冲同时提醒着陈默它的存在。

忍耐不住的陈默终于一口吐了出来，喷射状的呕吐用不逊色于动脉血液的高度飙出很远。整个人也如同虾子一样，弯曲地挂在绳索上。

"下一个问题，你们来这里干吗？"大汉抓住陈默的头发，凑在他耳边问道。

"只是路过。"陈默低声说道，生怕提气刺激到痉挛的胃部。

"这个答案我不满意！"大汉微笑了一下，再次挥拳，一点儿也不担心刺激到陈默的胃。

疼痛再次袭来，陈默抽动，干呕，却已经吐无可吐。

"告诉我，你们想干吗？"对方再次凑过来，带着难闻的水烟味。

"路过，他妈的，我们只是路过！"莫名的愤怒驱使着陈默大喊道。大汉揉了揉被刺激到的耳朵，无所谓地耸耸肩。

"我并不在乎你干吗，但我很不满意你的态度。看来我们需要用一种好的方式让你明白，尊敬和谦卑有多么重要！"大汉说完，转身走到台子前，熟练地组装起一个框架。

陈默看着对方，不明所以，但这种感觉却如同放大器一样，不断放大着内心对未知的恐惧。

"这个是用来矫正什么玩意儿的，医生很擅长，谁知道呢。后来有个天才觉得这东西很适合我们，于是……"大汉再次转过来的时候，小心翼翼地拿着一副框架，样子如同一个四方盒子，只不过都是由螺丝和连杆构成的，而在最前端，是两根尖利的尖刺。

大汉谨慎地将东西戴在陈默的头上，拧紧了螺丝，两根尖利的刺立刻对准了他的双眼。

"这个东西很有意思，只要开动这个，这两根东西就会一直向前，转啊转啊，一毫米一毫米的，谁也阻止不了。如果我不按动开关，它就会刺穿你的脑袋，然后把你杀了！"大汉一脸兴奋地说道。

"你想知道什么？"陈默看着眼前的两根尖刺，试图躲避，但固定的螺丝和连杆让他无从躲避。

"或许我什么也不想知道呢，或许，你可以说一些我不知道的事情，和我感兴趣的事。"大汉看着陈默，笑着按下开关。

"或者，我们可以想一想！"伴随着开关按动，齿轮带动连杆转动，两根尖刺缓缓地，却直直地向陈默的眼睛刺来。

"你他妈想知道什么？"没人能抵挡这种恐惧，尤其当看到细长的锥子一样的东西向你眼前扎过来的时候，你甚至连躲避的可能都没有。不得不说，设计这套刑具的家伙绝对是个深谙人性的天才，他很清楚恐惧什么时候出现，什么时候达到最高。

现在的陈默只想拒绝这一切，更想知道，对方想要知道什么。

"告诉我，你们干吗来了！"对方看着陈默，一字一句地问道。

"我们只是路过，我说过了！"陈默回答道。

"路过之后呢？"对方继续问道，手指放在开关上的样子，像极了恶魔。

"杀人，我们去杀人！"陈默的身体努力地想要挣脱铁链，但毫无作用，他根本无法躲避缓缓前进的尖刺和不断响动的电机。

"杀谁？"

"谁陷害我们，我们就干掉谁！"陈默挣扎躲避着，即便毫无作用，他只是在尽可能躲开这种恐惧感，哪怕慢下来一秒也行。

"我就知道，被你们发现了，好吧，我承认，我和他们是一伙的，现在，我需要你帮个忙。在这些同伙中，让你选择，先干掉谁？"对方的手指放在开关上，只要一按，一切就都结束了。而此刻，他在诱惑陈默。

陈默忽然懂了。

"干掉你，我选择，把你塞回到你妈的屁眼儿里！"陈默趁着对方凑过来，重重地啐了对方一口，然后恶狠狠地说道。

"好吧，去死吧！"对方擦了擦脸上的唾液，重重按下开关。

尖刺骤然向前刺来，陈默闭上了眼睛。

然后……什么也没发生！

不，发生了，突如其来的掌声！房门被推开，一群人冲了进来，脸上都挂着微笑。

"机械师建议的，他说要试试你。"

"汉尼是我们的好朋友，虽然长得像凶神恶煞，不过人真的很好。"

"你是说你那次被我吓得尿裤子了吗？"

"嘿，我说，你没事吧？我知道他们这么做对你不公平，你知道，每个人都经历过的。"

"嘿，电门，你经历过吗？我怎么不知道？"

"电门例外，你上次差点砸掉了我的下巴。如果是电门，你觉得她会怎么做？"

"好了，好了，这事怪我！"

众人七嘴八舌地走过来，帮着陈默解开身上的绳子。之前一脸凶神恶煞的汉尼，此刻笑得异常腼腆，好像准备和女孩子拉手的处男。

"我是汉尼,别怪他们,这是你们小队的传统,每个新人都要经历的。"汉尼小心地摘下陈默头顶的刑具,又帮着解开铁链。

"你是说,炸点差点砸掉了你的下巴,是吗?"陈默揉了揉被绑得发红的手腕,看着雷神的下巴问道。

"嘿,我只是说说,这事你要找机械师,他才是出主意的那个!"雷神连忙后退,指着身边的机械师说道。

"我不会放过任何一个人的,就先从你开始吧!"在众人还没反应过来的时候,陈默忽然扑过去,一把搂住电门,下一秒钟,重重地吻在对方的嘴唇上。

"我以为你会动手,你他妈只是动动嘴!"一旁,炸点惋惜地说道。

"其他的记在账上!"陈默用力推开电门,看着雷神和机械师笑着说道。此刻的他,最想做的就是离开。他很清楚,如果汉尼再多坚持一秒钟,自己就会毫不犹豫地把卧底的事情说出来。

身后,众人都是一脸笑容和不设防,而在前面,陈默内心深处满是警惕和悲伤。

你们疯了

当众人再次聚集在一起的时候,周围已经没有了刑具和鲜血,有的只是晴朗的天空和滋滋流油的烤肉。

"知道吗?我们这里曾经很危险,因为很多人都知道这里能通往内亚族,尤其那些不要命的雇佣兵,你总不能指望他们讲道理吧?"汉尼用刀子利落地削出一根根筷子,递给众人后,才熟练地将烤着的山羊翻了个面。跳动的火焰照耀着他的面孔,那面孔变得越发生动起来。

"所以你们一直被人欺负,是吗?"陈默接过筷子,红柳散发出的特别的香气配着烤肉的味道让人垂涎欲滴。

"是的,一直是这样,他们有枪,我们没办法。不过,幸好他们来了!"汉尼说着,用力捶了一下身边的雷神,后者回应了一个微笑。

"这些都是你帮他们弄的?"陈默指了指周围站岗放哨的村民。

"一部分,我们弄到一些武器给他们,告诉他们怎么用,现在他们的生活很安宁。"雷神显得很谦虚,但陈默很清楚,帮助一个村庄成立一支武装需要投入多大的精力。

"那个房子呢?也是你们弄的?"思索片刻之后,陈默再次看向雷神。这次,对方脸上没有了笑容。

"以前就有,我们只是继承了而已。"

"用过吗?"陈默追问。

"有时候，谁都有仇人，和需要打听的秘密。"机械师开口说道。

"那玩意是谁发明的？"陈默回想着那个差点把自己的脑袋钻出两个洞的机器，心有余悸地问道。

"我！那个东西没用过，只是吓唬吓唬人罢了。"机械师连忙举手坦白。

"是没等到用，就被吓尿了吧？"陈默没好气地白了对方一眼。

"你知道吗，炸点被那个东西吓得连告别处男那个晚上的细节都说出来了！"身边，电门凑过来，低声说道，但声音却没有低到不被炸点听见的地步。

"嘿，你发誓不说的！"炸点生气地说道。

"不要相信女人的话，你妈妈没告诉过你吗？"电门摸过一瓶啤酒，重重地喝了一口。

"好吧，看来我不是最丢人的那个。"陈默无所谓地耸耸肩膀，迎着电门的啤酒瓶碰了一下。

"欢迎你加入铠甲！"雷神忽然举起手里的酒瓶向陈默晃了晃，随后是机械师，然后是炸点和电门。直到此刻，陈默才终于确定，自己赢得了这个队伍的信任。

"下一步怎么办？要我说，干他娘的！"炸点端着自己的酒和肉，看着周围，信心满满地说道。听到他的话，雷神只是微笑，机械师则摇头不语。人站在高处很容易让自己的心情变得开朗起来，尤其对于不能控制荷尔蒙的年轻人来说。

"我们不会那么容易见到酋长，所以肯定要想个办法。"既然谈到了这个话题，陈默自然不想错过，索性接着说道。

"我们无法确定的是，见到酋长能改变现在的状况吗？"电门看着众人，好奇地问道，"或许，这次遭遇是在提醒我们，该离开这里了。"

"离开，能去哪里？"机械师看着电门，"我已经五十岁了，谁会雇用一个五十岁的人，并且每年给他至少二十万美金的佣金？一旦死掉，还会有五十万美金的赔偿？"

机械师的话让电门闭上了嘴巴。所有人都清楚，钱是每一个雇佣兵和安全承包商绕不过去的坎。每个人冒着生命危险来到这里，都是为了钱，而在他们身后，都有着各种各样需要钱的理由。

"我的两个女儿学习很好，但教育的费用太高了，一本书要几百美金。如果不想让她们去公立学校，我就需要努力赚钱，所以，我不能离开！"机械师用力喝光罐子里的啤酒，随后将罐子远远地扔了出去。

"铠甲到我这里，已经是第二代了。在接近八年的时间里，我们牺牲了六位兄弟，他们的赡养费，需要我们来提供。"雷神看了看电门，又看了看其他人，最后目光落在陈默身上，"我走不了！"

"我无所谓啊，你们在，我就留下，大不了，一起……"电门没继续说下去，但所有人都明白她的意思。

"我坐过牢，已经六年没有回国了，听说国家已经变了很多，我不知道回去还能不能适应，不过带点钱回去，总是好的。"陈默用力让自己的笑容自然一点儿，虽然他心里很清楚，自己在撒谎。

"所以，大家一起干吧！这里不行，我们就去其他国家！"身后，炸点再次凑过来，搂着大家说道。酒精的刺激让他显得格外兴奋。

但陈默很清楚，炸点的话只是说说而已。承包商的工作就如同耕地一样，只有播种才会有收获。在一片土地扎根久了，才会被人信任，才会慢慢有生意，到了其他地方，一切都要从头再来，这也是大家不愿意离开的原因。

"如果你们去找酋长，我建议你们最好小心一点儿。"一旁，看着统一意见的众人，汉尼小声提醒了一句。

"怎么了，他很神秘吗？"炸点好奇地凑过去问道。

"不，不是神秘，实际上，酋长人很不错，"汉尼想了想说道，"不过这就是问题所在，没人会害怕一个脾气不错的人。"

汉尼说到这里，欲言又止，手中的红柳毫无意义地在炭灰上胡乱拨动着。

"汉尼，你是不是得到什么消息了？"雷神神色变得慎重起来，转头询问道。

"是，也不是！"汉尼看着雷神，吞吞吐吐。

"如果有什么事，你一定要告诉我！"雷神抓住汉尼的肩膀询问道，但汉尼的眼神依然躲避着。

"我们是去拼命，不是去玩乐，如果你真的希望我们去送死，你可以不说。"雷神凝视了汉尼好一会儿，最终放下手说道。

"不，我不希望你们去死，但这……"汉尼犹豫着，再次停顿下来。

"是和你的部族有关吗？"陈默看着汉尼，忽然开口问道。听到他的询问，汉尼一愣，但随后点头证实了陈默的猜测。

"部族？什么部族？他不是内亚族吗？"电门好奇地问道。

"内亚族其实分为两个派别，一个是希望开放的世俗派，另外一个是保守派。如果我没猜错，汉尼应该是保守派的人。"陈默看了看周围，天气晴好，已经有村民三三两两地走出来，每个人走过他们身边，都会好奇地将目光投射过来。

"汉尼是保守派，原因很简单，保守派认为女人是私产。"陈默指了指周围，"你看到有女人出现了吗？一个都没有，因为我们是外人，他们的传统是不会将女人暴露在陌生人眼前的。"

"所以，是保守派要动手了吗？"雷神听到陈默的话，再次看向汉尼。汉尼犹豫了好久，用轻微的点头证实了陈默的猜测。

"为什么？"

"因为长老死了！"

汉尼的下一句话，让所有人都一脸意外，包括陈默在内，谁也没有想到竟然是这个原因。保守派和世俗派一直在果刚族的压力下和平共处，作为拥有共同敌人的双方，在某种意义上已经达成了共识，可如果汉尼的消息是真的，那么就意味着内比亚要变天了。

"什么意思？"

"他们认为，这件事和极端派别有关系，你懂的。一直有人对长老不满，认为他们对果刚族太温和了，而一直反对武力解决问题的，就是长老大人。现在，长老死了！"汉尼想了想，索性将所有的事情一口气说了出来。

"所以，他们要对另外一位长老动手，是吗？"雷神连忙追问道。如果这个消息坐实，那么现在他们去那里就等于送死。

"我不知道，我只是个小角色，这些事情轮不到我知道。不过，最近很多事情都很怪异，我们得到命令，要开放这里，让一些人过去，但那些人看起来都很……怎么说呢，好斗！要不是你们为我们提供了武装，恐怕他们会先从我们的尸体上踩过去。本来，我并没有想到这些，你知道的，雇佣兵哪里都有，他们总是去各个地方，要么杀人要么等着被杀。但这一次不一样，我们得到命令，要协助他们，帮他们提供给养，还要放他们通行。"汉尼说着，那种担心在脸上表现得一览无余。

"这消息确定吗？"雷神再次思索了好久，才抬头询问道。陈默很清楚他的意思，汉尼的猜测并不准确，但恐怕八九不离十。如果这一切坐实，那么就意味着他们此行等于自投罗网。

"我不知道，不过在你们之前，已经过去至少四伙人，大概两百个人了！"汉尼想了想说道。

"他们的目的都是一样的？"陈默追问道。

"他们没说目的是什么，不过他们都带了很多家伙，相反给养却很少。我们得到的命令是，为他们提供补充，村子里的羊被他们吃了十几头。"汉尼老实回答道。

听到他的话，陈默和雷神同时交换了个眼神。汉尼的回答已经很明显了，一支小规模的雇佣兵组织已经集结到内亚族的控制区内。而这仅仅只是一个通行据点，如果这一切可以确定，那么加上其他据点，聚集的雇佣兵将不少于一千人。

这么庞大的力量意味着什么，在场的每一个人都很清楚。不管以何种算法去估测局势，都可以推算出这股力量足以左右内比亚的局势，至少是内亚族的局势。

"快走吧，我去看看汽车。汉尼，你这里还有多余的汽油吗？回到交战区的路上，我们可能找不到补充汽油的地方。炸点，过来帮我个忙。"机械师第一个起身，向车子走去，他的行动也表明了他的态度。

"天要变了！"炸点起身跟着机械师去做准备。看到两人离开，陈默看向雷神，后者仍然沉思着，没有说话。

"如果真的打起来，去那里肯定是愚蠢的。"陈默没有继续询问汉尼，而是看着雷神说道，"可如果这一切只是猜测呢？"

"你想说什么？"雷神忽然抬起头看向陈默，对于这个刚刚真正加入队伍的同伴，他有时候仍然弄不清对方的想法。

"总要选边站，如果我们得罪了保守派，那么我们肯定就站在世俗派这一边了。你觉得，保守派会原谅我们吗？"陈默看着对方，一字一句地说道。

陈默的话是用中文说的，汉尼不明所以。听到这段话的只有电门，此刻她脸上的表情已经说明了她的惊讶。

"你想继续走下去？"雷神看着陈默，眼睛死盯着对方问道。

"富贵险中求，这一切都是汉尼的猜测。如果是错的，我们过去自然没有问题；如果猜测是对的呢，把这个消息告诉酋长……"陈默没有继续说下去，但在场三人都明白了他的意思。

"有时候，我宁愿没有认识你，因为，你的想法真的像个疯子。"雷神凝视陈默良久，似乎希望能从对方的眼神中找到破绽和谎言，但什么都没有。他看到的只是一脸的热切。

"不如说更像赌徒！"陈默说着，微笑着起身看向远处。

村子的位置处于山隘口，在高山之间，远远望去，是一片巨大的黄绿色平原。

又见黄雀

"你们简直是疯了！"当听到雷神的决定时，汉尼几乎不敢相信自己的耳朵。虽然他说得吞吞吐吐，但已经八九不离十。战争即将爆发了，长老的死是保守派和世俗派决裂的导火索。温和的酋长已经让保守派很多大佬不满。对于他们来说，这个国家的事物应该是由内亚族决定的，而不是那些金发碧眼的果刚族。

所以，当听到雷神他们竟然要前往战争腹地时，汉尼这样认为也就不足为奇了。

"总要有人去看看，我们好奇心很重的。"雷神拍了拍汉尼的肩膀，向机械师和炸点走去。他现在要做的就是说服两人，不过相比汉尼，说服他们要简单很多。

"你真的觉得我们不是在冒险吗？"看着雷神向机械师走去，电门看着陈默，不安地询问道。

"不如说是赌博更贴切。如果我们不去争取这个机会，那么意味着我们将没有任何机会，长老因我们保护不力而死。你觉得，如果保守派上台，会对我们有什么好处吗？"陈默看着电门。山口的微风吹动着她的头发，微微起伏中，让她多了一丝女性的柔美。

"他们会为我们准备最好的吊索，质量最结实的那种！"电门想了想，耸耸肩说道。

"其实你可以离开这里的，我们是为了钱，但你肯定不在此列。"看着电门，陈默忽然开口说道。

"你怎么知道我不是为了钱？我喜欢赌博，还喜欢玩男人，这两样都是要钱的。"电门装出一副老道的样子，但配着她的容貌，却多了几分俏皮。

"好吧，我真没想到，你找男人竟然也需要花钱。如果你需要男人，有很多人其实是愿意免费服务的。"陈默无奈地摊摊手，他俩的对话让他感觉自己的回应有点吃紧。

"很多人里，包括你吗？"看着有点尴尬的陈默，电门忽然饶有兴趣地追问道。

"呃，也许吧。我去那边看看，我觉得机械师需要我的帮助！"陈默觉得自己没法继续下去了，在编了个蹩脚的借口之后，转身准备离开。

"嘿，不试试怎么知道？"电门在后面大声说道。

陈默加快了脚步。

事实证明，说服炸点和机械师不需要浪费太多的口舌，雷神最多只用了五分钟时间就搞定了两人。当看着机械师摊手表示同意时，陈默知道，他应该去进行下一步了。

和众人打了个招呼之后，他快步向山上走去。荒凉的山头和碎石让上山的路途有点艰难，但对于陈默来说，并不是什么大问题，在付出了裤子破了一个洞的代价之后，他终于来到山顶。

纵目向下望去，山洼里，雷神众人正在忙碌地检修车辆，村子里的其他人正三三两两地围观，这对陈默来说是个好机会。

在细致地观察了四周之后，陈默从背包里掏出包裹得完好的几个盒子。盒子看起来黑乎乎的，并不起眼，但在他熟练地组装之后，很快变成了一部卫星电话。

这是一部北斗卫星电话，相比海事卫星电话小巧了很多，也方便了很多。不过对于陈默来说，这个东西需要小心隐藏起来——没人会认为贫穷的雇佣兵会需要或用得起这种高档货。

不过红认为他需要，所以执意为他带上一部，可惜因为他一直不联系，红只能找上门来。

看着蓝色的屏幕闪过熟悉的画面，陈默拨通了上面唯一的号码。在短暂的等待后，红的声音从那边传来。

"有什么好消息吗？"红的声音一如既往地干练。

"恰恰相反，是坏消息，保守派要对世俗派下手了！"陈默直截了当地说道。

"我需要证据，不是猜测！"红并没有惊讶，声音清凉透彻得没有一丝波澜，一如既往地冷静。

"我只有猜测，没有证据。如果你非要证据，就查一下我所在位置周边的卫星图片，确定是不是有几拨雇佣兵从这里进入内亚族控制区。如果属实，你恐怕就要小心了！"陈默不喜欢冷静的女人，比如红这个女人，一直冷静得可怕，比男人还沉得住气。虽然他承认，女人一旦冷静起来，后果是很恐怖的。

"我会这么做的，不过你借口改变计划的话，我不同意！"红回应之后，又补充了一句。

"我想去看看！"陈默说完，啪的一声挂断了电话。

下山的路比上山忐忑，不只是因为崎岖难走，更多的是因为陈默刚刚做了某种意义上的告密者。

内亚族的保守派和世俗派并不知道，他们的秘密刚刚被一个与他们无关的局外人，透露给了他们的对手果刚族。

陈默无法定义自己的行为。但作为典型的中国人，他对自己的行为充满了排斥。告密带给他的不是成就感，而是一种让人厌恶的不安全感。此刻，陈默只觉得自己距离死亡更近了一步。

"你去哪里了？头儿在找你。"刚下山，电门就迎了过来，看着一脸汗水的陈默，好奇地问道。

"上山顶看看，不瞅一眼不放心。"陈默胡乱回答了一句。

"看到什么了，让你这么放心？"电门好奇地问道。

"什么都没看到，所以我很放心。"陈默说完，快步向雷神跑了过去。

车子旁边，雷神和机械师正在组装重机枪。权衡了很久后，两人决定还是将它安上比较放心。毕竟即将进入的内亚族控制区并不比交战区安全，相反，那里因为没有联合国维和部队的存在，会变得更加混乱。在这种局面下，有限度的威慑能解决很多问题，虽然也会带来更多问题。

"一个人两个小时，四个人轮流重复。"雷神看到陈默回来，立刻开口说道，"你会用这个吧？"

陈默很清楚他的意思，重机枪手如果只靠一个人来值守并不公平，强烈的颠簸会让他很快失去战斗力。

"会，我以前三门抱！"陈默点了点头。雷神的问题很实际，并不是每一名从部队退伍的人都具备所有的作战技能，电影里常常看到的那些全能型的士兵，只是热血贲张的假象而已。真正的士兵，只对自己的专业熟稔。

因此，雷神才会询问陈默。当然如果陈默不会，他会用最短的时间教会陈默。

陈默的回答让他很满意,三门抱意味着陈默会使用自动步枪、重机枪和反坦克武器,这也是中国军队训练标兵的标准。

"我们确定要去是吗?"看了看已经被雷神和机械师修整完毕的重机枪,陈默开口询问道。

"总要去看看,弄清楚,我们到底得罪了哪位大神。"雷神回答道。

陈默点点头,不再继续询问,而是从驾驶室内拿出自己的63步枪,走到一旁认真擦拭起来。重新更换的枪管,钢制很好,不是什么普通小作坊的产品,应该是制式武器的配套部件。陈默利落地推弹上膛,瞄准,射击,枪声在小村落上空回荡起来。山洼远处,子弹在飞行一段距离后,命中地面,炸出一片小小的尘埃,但很快就被荒漠消弭,变得无法辨认,只有空荡荡的枪声还在不断回荡着。

众人忙碌时,汉尼带着一群孩子站在远处看着。这个外表凶神恶煞的家伙,其实是个不折不扣的庄稼汉。雷神只是帮助他们制作了一套伪装,保证他们不受欺负而已。如果面对真正的对手,这种伪装只会带来更大的伤害。

陈默有心想提醒他们,但自觉有点多余,在这个国家,又有什么地方是真的安全呢?

大家很快完成了出发准备,廉价的汽油让他们即便在山村也有方便的补给。当车辆的发动机再次发出轰鸣声时,村子里所有男人都出现在各自的家门口。

雷神向众人招了招手,并在众人的回应中,踩下油门。车子骤然驰下山坡,向前方广袤的平原冲去。

皮卡车上,陈默拽着机枪,警惕地监视着四周。雷神有一句话说得没有错,这里并不会因为不是交战区而更加安全,相反会变得更加危险。

但人总是这样,对于潜在的危险除了不安之外,还会被短暂的平静麻痹。即使双眼在逡巡着四周,陈默仍然不自觉地陷入到回忆之中。

他想到了安娜,想到了长老,又想到了小安娜,然后就是一连串的战斗。敌人依然在暗处,面孔始终是模糊的,仿佛鬼魂一样。

他们到底想干吗?袭击联合国车队,然后是袭击长老,然后是他们小队。

陈默努力想在三者之间找到关联,奈何却根本找不到,三者之间完全没有任何关联。如果没有逻辑上的联系,那么只能说,这些人是疯子,或者,根本不是一伙的。

这样的答案不是陈默想要的,估计也不是红想要的。

车子的颠簸将陈默从思绪中骤然拽了出来。前方,太阳已经逐渐西落,车子也放缓速度直到停止。

驾驶室里,雷神跳下车向陈默招了招手,随后利落地跳上后车厢。陈默抖了抖已经站得有点发麻的双腿,将重机枪交给雷神。

"晚上,我们可能要在荒野休息了。"雷神看了看在落日的照耀下有点发红的荒野，意味深长地说道。陈默当然清楚对方的意思。进入内亚族控制区内，意味着没有了真正的安全地带，即便是联合国蓝盔进入，都不能保证绝对的安全，更何况他们这群毫无依靠的安全承包商。

"至少从外表来说，我们和他们差不多。"陈默笑着说道。然后，枪响了。

子弹是从远处射来的，雷神的胸口绽放出一团美丽的红色，随后整个人如同被人推了一把一样，无力地向前倒下。

陈默几乎是本能地一把扶住雷神，下意识的行动，救了他一命。第二发子弹贴着他的身体打在他之前站立的位置。

坚固的车厢钢板被轻松地钻出一个弹孔，散发着炽热和油漆烧灼的味道。

"快开车！"陈默用脚踢打着车厢，身下的车子在迟疑了一下之后，猛地发动起来，如同斗牛一样，向前冲去。

射手并没有就此放过他们，随后一连串的射击仿佛鬼魅一样追逐着他们。伴随着枪声，子弹一发发打在车子的前后左右，每一发都提醒着他们正在逼近死亡。

"蛇形机动！"陈默再次大喊后，伸手从怀里掏出急救包，用力扯开，胡乱地掏出一大卷纱布，用力按在雷神鲜血汩汩而出的伤口上。

车子迅速响应着陈默的要求，不断左右规避着。

枪声逐渐被拉长，最终变得稀疏，直到射击停止。

车子在一处大石头旁边被陈默叫停，在将两辆车摆成防御角度之后，所有人都跳下车冲了过来。

车厢内，雷神不断咳嗽着，鲜血从他的口中喷射而出，带着一些不知道是什么的碎片和血沫。

"我他妈是不是要死了？"看到所有人都围拢过来，雷神目光迷茫地看着众人，缓缓问道。

"少说话，多想想好的事情，别整天想着死。"陈默扔掉已经被鲜血湿透的纱布，重新换了一块按在伤口上。

有点鲁莽的动作让雷神压抑地呻吟了一下，随后无力地摆了摆手。

"算了吧，如果我死了，就埋在这里吧。银行的密码电门知道，如果可以，帮我把里面一半的现金转给牺牲兄弟的家人。剩下的，你们分了吧！"雷神拍了拍陈默的胳膊，鲜血在陈默的胳膊上留下鲜红的印迹。

"头儿，放心，我们会修好你的！"炸点脸色苍白地握住雷神的手，故作轻松地说出一句连自己也不相信的安慰。

"伤到肺叶了，除非能找到医院，否则……"在陈默和机械师的协助下，电门迅速检查了雷神的伤口，原本严肃的表情变得越发严峻。

"否则会怎么样？"身边，机械师不安地问道。

"他会因失血过多而死。当然，死之前，他会窒息，被自己的鲜血呛死。"电门看着机械师，用只有三人能听到的声音说道。

"那就去找医院！"陈默看了看周围，远处，一座有点高度的山坡吸引了他。

"你在开玩笑吗？这里是内亚族的控制区，我们对这里一点儿都不熟悉，最近的交战区医院离我们至少十个小时的车程，除非你能呼叫来直升机，不过即便那样，恐怕也很难及时……"电门没有继续说下去，但所有人都明白她的意思。现代伤员的护送并不属于他们这群无依无靠的商业士兵，即便真有人能做到这点，漫长的等待也是个无形的杀手，会一点点消磨掉雷神本就所剩无几的生命。

"放弃吧，让我安静躺一会儿……"车厢上，雷神目光迷离地看着头顶，伴随着阳光落下，天空开始出现斑驳的星光。

"闭嘴，省一点儿力气，知道我不信什么吗？"陈默回过头，看着雷神，露出一个少见的微笑，"我什么都信，就是不信邪！"

陈默说完，猛地跳下车，随后从口袋里拿出卫星电话迅速组装起来。当走到足够高的那块石头上的时候，看着满格的信号，陈默按下红的电话号码。

随着通话被接通，红干练的声音再次传来。

"给我一个医院的地址，我的人受伤了！"陈默没空问候，直截了当地要求道。

"你的人？他们是你的调查对象，什么时候成了你的人了？"听到陈默的要求，红冷笑着揶揄道。

"你最好马上答应我的要求！"陈默的声音变得越发冰冷。

"你是在威胁我吗？"红针锋相对地问道。

"是！"

电话那边，沉默了好久。

"没有，你周围一百公里范围内，没有医院，我不知道你的人伤得有多重，不过即便是可以治疗感冒的诊所也没有！内亚族的控制区太荒凉了！"陈默清晰地听到了键盘的敲打声，不过却不能让他接受红的回答。

"那就告诉我医疗点在哪里，最近的！"陈默执拗地追问道。

"你应该很清楚，那是非法的！按照要求，我们不能把援外医生的情况透露出去！"听到陈默的要求，红大声拒绝道。

"我的存在，本身就是非法的！现在要不你马上告诉我医生在哪里，要不我用我的方法找到他们！"陈默的声音大到几乎可以被身后的众人听到。而电话那边，红思索良久，终于轻轻叹了口气。

"姐姐说得没错，你就是个蠢货！"红说完，挂断了电话。

一秒钟后，一个坐标显示在手机屏幕上。

"把雷神搬到驾驶室去，记得，尽量不要颠簸，我们还有很长的路要走！"陈默默默记住坐标，随后收起卫星电话，大声对众人命令道。

在他的喊声中，车子迅速发动，很快消失在逐渐暗淡的黑夜之中。

援外医生

在内比亚官方机构的电脑里，有一张被列为绝密的地图。这张地图上并没有标明武器和基地的位置，更不是恐怖分子的藏身地，相反，却是由近百个加号组成的医院的地图。

这些医院与传统意义上的医院相差太远，实际上更多的只是些简陋的医疗点。可能一顶帐篷，两张病床，就构成了整个医院的全部。

而能在这里坚守的医生，大部分都不是本地人，而是外国人。这些外国人之中，绝大多数是自愿前来的中国援助医生。

为了保证他们的安全，内比亚不会在官方机构和地图上透露出他们的位置。而当地受到医疗救助的平民，也会自发地保守他们存在的秘密。

或者说，他们的存在并不是什么真正的绝密，而是因为无论作战哪一方，都会本能地选择保护他们，至少是忽略他们。这也让他们的安全能在战乱之中得以保证。

陈默要求红给予的就是这样一个医疗点的位置。现在，能救雷神的，也只有这样的地方了。在前往那里的路上，陈默满心期望地祈祷医疗点上的医生能帮助雷神。

一顶帐篷的大门洞开，荧荧的灯光那么温暖。陈默一行的祈祷奏效了，雷神有救了。可看到医生的时候，陈默总觉得有点别扭。

出来迎接他们的医生是一个帅哥，是的，典型意义上的帅哥。如果能将发型弄得整洁一点儿，胡子刮掉，身上已经皱得发黑的衣服洗得干净一点儿，或许可以在直播视频上当一个不错的小鲜肉。

不过当听到他说话的那一刻，陈默心中的祈祷瞬间成为负数。

"贯通伤吗？应该还有救，把他搬到这边来！"声音与外貌极其不相符，略带沙哑的重低音，听着让人觉得分外别扭。

不过现在已经没有陈默挑选的余地了，这里已经是最近的医疗点了。如果再去找下一个，还需要至少四个小时的车程。在医生的催促下，众人将雷神搬到帐篷里。

医生胡乱地将帐篷中间唯一一张台子上的东西扔到地上，就指挥着众人将雷神放在上面。

看了看扔在地上的杯子和乱七八糟的书本、衣服，以及被扔在角落的胸罩，陈默忽然觉得，自己似乎已经能看到雷神的未来。对于这个私生活显然很混乱的医生，他已经不抱有任何希望了。

"剪刀！"医生一边说着，一边命令道。身边，拿着一把明显是裁缝才会用到的大剪刀的电门，一脸愕然地看着对方，却很难将对方的命令和手里的物品结合到一起。

"哦，对了，我忘了消毒！"医生看着愕然的电门，仿佛忽然明白了什么，随手从台子底下拿出一瓶伏特加，喝了一口之后，用力向四周喷出去。

顿时整个帐篷被笼罩在一片酒雾之中。

"伏特加，71度，比医用酒精高一度。"医生贪婪地擦了擦嘴角，然后抓过电门的剪刀，轻松惬意地剪开雷神的衣服。

"你学过战场急救，是吗？你留下，其他人出去！"在准备动手的瞬间，医生看了一眼站在身边的电门，随后对周围的三个人不耐烦地挥了挥手。

炸点求助地看了一眼陈默。陈默思索了一下，挥了挥手，三人无奈地转身离开。就在他们刚走出帐篷的刹那，一阵凌乱的器械碰撞声就从身后传来。

"这个家伙靠得住吧？"坐在车内，机械师不知道从哪里摸出来半支烟挂在自己嘴上。

"不知道，不过现在只能靠他了。"陈默回头看了一眼，帐篷里已经亮起灯光，不知道用什么做光源的光芒照得帐篷像一座巨大的火堆。

"怎么还会有人袭击我们？"身边，炸点看了看机械师和陈默，忽然开口问道。听到他的询问，两人都是一愣。

是的，为什么会有人袭击他们？这似乎是个很关键的问题。

被提醒的陈默连忙走到车子旁边，在车厢上找到了那个弹孔。

带着一丝血迹的弹孔保持着最初的形态，子弹的倾斜角度显示对方在射击时有一个不大的高度差。身后，机械师也跟着走过来，仔细检查着弹孔。

"和你们上次被袭击时的弹孔很像！"机械师摩挲了一下后，不确定地说道。

"是一种枪吗？"陈默回头看了机械师一眼，低声问道。

"可以确定是一种枪，但不能确定是不是同一支。"机械师点点头。

"足够了！"陈默起身。

"什么意思？"身边，机械师问道。

"我去打个电话！"陈默快步离开，很快整个人就消失在黑暗之中。

"他怎么神秘兮兮的？"炸点凑过来，小声说道。

"他既然通过了测试，我们就要相信他，毕竟每个人都要有点自己的秘密。"机械师说完，转身回到车厢。炸点看着陈默消失的位置，沉思良久。

陈默再次拨通了红的电话，在响铃的瞬间，后者迅速接通。

"怎么样了？"红询问道。

"不知道，还在手术！"陈默回答道。

"还有其他的事吗？"听出陈默口气中的冷漠，红开口询问道。

"是谁把我们的消息透露出去的？"陈默犹豫了一下，开口询问道。

"什么？"红惊讶地问道，丝毫没有伪装的感觉。

"除了你，没人知道我们要去内亚族，为什么我们会遭到伏击？"陈默平静地问道。

"你怀疑我泄露了你们的行踪？"红反问道，"你应该清楚，是谁让你执行这次任务的！"

"你能保证你的忠诚，但你能保证所有人的忠诚吗？我不知道你将消息透露给了谁，但可以肯定的是，有人不希望你达成目的。"陈默说完，挂断了电话。

一切仍然处于迷雾之中。为什么有人会袭击他们？为什么红如此确定铠甲与之前的袭击事件有联系？红又为什么执意调查那次袭击事件？所有的一切，都如同一张蜘蛛网一样落在陈默身上，他有心撕扯，却怎么也撕扯不开。千丝万缕，纠缠到一起，如何找到头绪？

远处，帐篷里仍然闪烁着明亮的灯光，手术似乎并没有结束的意思。对于雷神的生死，陈默已经能稍微放下了，生死由命在内比亚几乎可以解释一切无常事件的发生。

之前发生的种种，仿佛电影一样在陈默眼前闪过，他努力地想从所发生的一切中寻找线索和逻辑，却始终无法找到。

一切仿佛毫无头绪，又仿佛有着一丝莫名的牵连。这种感觉压抑得人想要大吼出来。但最终，陈默还是收拾心情，起身向帐篷走去。

一直到天完全黑下来，帐篷里的灯光才骤然转暗，医生依旧穿着他的破大褂走出来，将橡皮手套脱掉，向三人招了招手。

"缝合很成功，不过要休养一阵。还有，去给你们的同伴补充一点儿糖分，她好像不太适合当医生。"医生说完，转身离开。三人麻利地冲进帐篷，看到的是已经歪倒在一边的电门，和躺在床上的雷神。

"怎么样？"陈默走过去，看着雷神问道。

"不怎么样？那个家伙当着我的面，议论我的伤口，还说我的肺叶有点发黑，让我少抽一点儿烟。"雷神看着头顶上毫无特征的篷布，生气地说道，"为了节省麻醉药，这个家伙没有麻醉我的脑袋。"

"等你好了，可以教训他。"炸点无奈地摇摇头，转头看向电门。电门脸色苍白，仿佛被吓到了一样，瑟缩在墙角。

"怎么了？"机械师走过去，伸手扶起电门。她在起身的瞬间摇晃了一下。

"谢谢你，电门，我欠你个人情！"手术台上，雷神对电门说道。

"队长，谈不上人情，如果我躺在那里，你也会这么做的。"机械师扶着电门向外走。陈默看到在电门雪白的胳膊上，有一个清晰的针孔。

"好了，谁把费用结一下，这里除了手术是免费的，其他都是收费的。我需要你们留下五公斤汽油，如果有吃的或者是其他的生活用品也可以抵账。唯一不收的就是现金，我不需要这个。"门口，换好衣服的医生再次出现，向众人说道。

听到他的话，陈默努了努嘴，炸点走了过去。

"跟我来吧，我肯定有你想要的。"炸点搂住医生的脖子，医生罕见地露出一丝羞涩。在炸点的半强迫下，医生走出帐篷。整个帐篷里，只剩下陈默和雷神。

"有什么想跟我说的吗？"雷神看着一旁站着的陈默，犹豫了一下问道。

"嗯，我想继续。"陈默看着雷神，想了想说道。

"你确定吗？如果这次的埋伏是针对我们的，那么他们肯定已经准备好了。"雷神很明白陈默的意思，不无担心地问道。

"现在他们已经知道你受伤了，肯定会以为我们被吓跑了，这对我们来说，或许是个机会。"陈默想了想说道。

"我一直以为自己很执着，但没想到，你更执着。"雷神看着陈默，微微摇了摇头，叹口气说道。

"你肯定也不是为了能继续留在这里才冒险的吧？"陈默看着雷神，试探着问道。

"当然，留在这里就能继续赚钱，否则干吗留在这儿，而且……"

"而且为了荣誉。输了那一次，挺不甘心的！"陈默还没等雷神说完，就打断他说道。

"如果可以，帮我找到安娜，那样至少我们的任务没完全失败。在这里八年了，这是唯一的一次失败！"雷神的目光继续看向篷布，眼神中有点迷离和失望。

陈默有心想问一下关于那次维和部队车队遭袭的事情，但最终话到嘴边还是打住了。

酋长阁下

当引擎再次发动的时候，车上只剩下了三人，炸点、陈默和机械师。电门因为给雷神输血，被陈默留在医疗点，顺便能照顾和保护雷神。

医生认为雷神的伤口至少要休息半个月的时间，而且之后不太可能参加高强度的作战任务。这些话陈默并没有告诉雷神，至少他不想让对方在这个时候失望。

"我给了他一张行军床，两桶汽油，所以，我们现在只能开奔叔叔了。"炸点指着已经没油的皮卡，向机械师和陈默说道。

"不过好消息是，我要了两套沙丽，你们俩谁有兴趣穿上？"炸点指着车后座上放着的两套半新不旧的衣服，对两人说道。

迎接他的是两人的白眼，随后车子发动，趁着夜色向他们的目的地驰去。

陈默去过包括首都圈在内的很多内比亚城市，这些城市都有着相似的特征——残破的土房，与周围颜色融为一体的建筑，住在里面的人大多衣衫褴褛。

此刻他们到达的赞亚城也是如此，内亚族人一直自豪地称其为首都，实际上，无论从建筑风格还是水平上，连中国的中小城镇都不如。

当天空泛起鱼肚白的时候，车子已经到达赞亚的边缘。道路上，也多了一些三三两两走在路上的居民。

很多人看到车子出现，并没有流露出过多的好奇和惊讶。只有一些早起的小孩子揉着惺忪的睡眼，盯着缓缓行驶的车子。

酋长就生活在这里。作为一个种族的领袖，这个家伙肯定是被重重包围，并保护着的。如何见到酋长，他们一点儿头绪都没有。陈默可不认为自己随便在街头上打听一下，就会有热心的向导过来帮忙。

就在他们为这个问题发愁的时候，号角声骤然响起，一阵阵沉闷的音乐声传来，整条道路忽然弥漫上庄严和肃穆的气氛。原本走在路上的众人，纷纷低头蹲在路边；原本已经很突出的汽车，在人群退让之后，越发变得惹眼起来。

机械师试图把车开到不显眼的地方，原因无他，在马路对面，两匹被打扮得花枝招展的骆驼正向他走过来。

"今天是什么日子，我们的幸运日吗？"坐在车里，炸点看着周围越来越混乱的场面，苦笑着问道。

"如果真是这样，我希望他们换一天。"陈默看着周围，在他的指挥下，车子终于在骆驼即将到来的瞬间，让开了道路。

车旁，一群平民跪在地上，大声祈祷着，叫喊着。陈默有心询问，但最终还是打消了这个念头。

一直到骆驼离开，人们才纷纷起身。按捺不住好奇的炸点，直接掏出十块钱拉住一个准备离开的妇女。

"今天是什么日子？"炸点晃了晃手里的钞票。

"今天是内亚族的洗牲节！"妇女用最快的速度将十块钱抢走，丢下一句话之后，头也不回地离开。

"洗牲节，我记得我听说过！"炸点想了想，努力回忆着。

"确实听说过，你说得没错，今天是我们的幸运日。"陈默用力摇上车窗，指了指前面。

"是的，洗牲节！"机械师点点头，操纵汽车向前方驶去。

洗牲节是内比亚的三大节日之一，内亚族和果刚族在传统节日的庆祝上大同小异。

作为游牧和农耕民族的混合体,洗牲节对于内比亚来说如同汉族的春节一样重要。

每到洗牲节,部族的长老和酋长就会出现,与族人共同庆祝节日的到来。酋长会为祭祀的羊羔舀起第一碗水,庆祝洗牲节的到来。

酋长必然会在清晨出现在城市中心的广场。这对于三人来说,是个最好的机会。炸点说得没错,今天是他们的幸运日。

车子在公路上以与它的年龄不相称的速度飞快向城内飞驰。

"我们要怎么做?走过去告诉他们吗?"机械师在努力躲过一辆驴车之后,忽然开口说道。

"我不知道,不过,肯定不是通常的方式。"陈默将目光从驴车上坐着的老汉和装载的农产品上收了回来,看着机械师说道。

"好吧,我想,你应该总会有出人意料的办法。"机械师无所谓地耸耸肩,操纵汽车继续向前驰去。

车子在经过一个转弯后,很快到达广场。不大的广场上,已经挤满骆驼和各种牲畜,挂着各种颜色条纹布的动物们,兴高采烈地吃着平时吃不到的饲料。在一浪高过一浪的激昂叫声中,把粪便肆意排泄在地面上。

远处不大的观景台上,一处被帷幔遮蔽的地方显得醒目而刺眼。在建筑物下面,几名拿着武器的士兵正目光懒散地看着周围。

陈默迅速跳下车,快步向观景台走去。没人注意到他的到来,而这也给了他足够的机会。

穿过密集的人群,走到距离观景台入口不远的地方,陈默伸手摸向怀里,那里揣着一把格鲁克手枪。枪的主人是电门,不过这把武器很适合现在使用。

在走向警卫的第一时间,陈默抽出手枪。身边,没人注意到他这个危险的动作。

一位统领着内亚族的酋长,却只有区区几名警卫在保护?这不可能,最拙劣的玩笑也不会这么开。是的,眼前这一切太平淡了,太普通了,普通得不像一位尊贵的酋长该拥有的排场。除非,这一切是陷阱。

陈默忽然觉得自己的猜测是正确的,酋长可能根本就不在这里,这里只是个构陷他们的陷阱。

既然是陷阱,那就要揭破它。

下一秒钟,枪声响了!人群骤然四散,所有人本能地远离陈默。整个场地瞬间被清出一个圆形,懒散的警卫们先是一愣,随后看向这边。当看到陈默手里的武器时,几个人第一反应是愣住了。

"带我去见酋长!快点!"陈默瞄准几个人,一秒钟后,他举起枪,做出投降的姿态,失去威胁的警卫们醒悟过来,纷纷冲过来抢走他的武器,然后推搡着将他带走。

"这就是他说的办法?"远处,作为目击者的机械师和炸点愕然地看着这一切,互相从对方的眼神中看出惊讶和不敢相信。两个人此刻有着惊人统一的想法，这个家伙疯了！

不过可惜的是，他并没有如愿被带去见酋长，警卫们推搡着他进入建筑后，迎接他的是一个大腹便便的家伙。这个人看了陈默好一会儿之后，才冷哼一声，这是开场白吗？

"你不是内亚人，如果你想捣乱，我们会让你不好受的！"大胖子看着陈默，打着官腔说道。

"你不想死的话，最好带我去见酋长！"陈默看着对方的肚子，直截了当地说道。胖子一双胖手在肚子上来回晃动着，手上戴着的戒指闪耀的光芒很刺眼。

"小子，你是想挨揍吗？如果你想惹事，恐怕找错了地方！"胖子不满陈默的眼神和口气，努力弯下腰，恨恨地说道。

"你最好听清楚我在说什么。有情报确定，截止到十二个小时前，已经有至少一千名雇佣兵进入内亚族控制区，他们的目标就是今天的洗牲节和洗牲节上的酋长。如果我说的你都能听懂，你最好快一点儿去通知酋长；如果听不懂，我不介意换一种方式！"陈默看着胖子，忽然窜过去，抓住对方的胖脸大声说道。

突如其来的动作让所有人都没有防备。当警卫醒悟过来准备制止的时候，陈默已经重重甩开那张油腻腻的胖脸，重新坐回到自己的位置上。

"你……你是什么人，我们凭什么相信你？"胖子揉着已经被掐出红印的大脸，不甘心地质问道。

"凭的是我刚才没有掐你的脖子，哼！"陈默看着身边两名干瘪的警卫，口气中充满了自信。

"等等，我要考虑考虑你说的话！"胖子说着，匆忙起身，仿佛一个球一样滚出房间。很快，房间里只剩下警卫和陈默，而当陈默看向两人时，其中一人紧紧抓住武器，另外一个人则不自觉地摸了摸自己的脖子。

事实证明，全世界的胖子都是怕死的家伙！

在陈默以为还要多等一段时间的时候，房门再次被打开，胖子站在门口向陈默招呼。

"嘿，你过来，酋长要见你！"胖子不满地看着陈默说道。

在陈默走过门口的瞬间，那两个警卫立刻松了口气。

在胖子的带领下，两人穿过走廊，很快来到尽头的一处房间。房门上，挂着多彩的条纹布。胖子揉了揉脸，换上一副恭敬的面孔，轻轻地敲响了房门。

"进来吧！"一个稚嫩的声音传来，门打开后，陈默看到的是一个年纪只有十四五岁的少年。

"你就是酋长？"陈默愕然，身后，胖子忽然爆发出一种少有的威严。

"这就是我们内亚族最伟大的神的儿子，守经者阁下！"胖子气愤地介绍道，仿佛陈默如果不表现得尊敬一点，他分分钟就要和他拼命一样。

"是的！你看着我不像吗？"相比之下，少年从容了很多，指了指面前的坐垫，示意陈默坐下。

"我终于明白，问题出在什么地方了！"陈默听从对方的意思，走过去坐了下来。此时此刻，他心中冒出一个奇怪的念头。

突然降临

"实际上，酋长的称谓只是个玩笑，那是很久以前的事情了，我的任务是看守和阅读这些典籍，然后在需要的时候出现，为长老们找到典籍证明他们的权力。当然，最主要的是阅读经文。"看着陈默，酋长一脸赧然地解释着自己的职责和权力，样子就仿佛一个向老师汇报的学生。

"所以，你不相信有人要阴谋刺杀你？"陈默看着对方，不放心地问道。

"不是不相信，而是，没有任何意义，您懂吗？如果我死掉了，部族再推举一名新的人选就可以了。"少年看着陈默，一脸坦然地说道。

看着少年认真的表情，陈默似乎能明白点儿了："你的意思是说，你只是内亚族的吉祥物，是吗？"

"混蛋，你在侮辱我们尊贵的阁下吗？！"一直站着的胖子听到陈默的话，立刻大声怒吼道。如果单听声音，陈默简直觉得对方想要和自己同归于尽。

"虽然听着不舒服，但事实就是这样。守经者的职责就是看护法典和契约。在漫长的历史中，我们的身份逐渐转变，现在仅是一个毫无实权的精神意义上的象征性职务。"少年说着，指了指周围的书籍，向陈默解释道。

"一个具有吉祥物精神的图书馆管理员？"陈默总结了对方的解释，少年略显尴尬地点头。

"杀你确实没有必要。那你也应该不会雇人去干掉你看着不顺眼的家伙吧？"陈默看着酋长，再次询问道。如果这个少年吉祥物说的是真的，那么意味着红那边的消息是假的。

"为什么要杀人？"少年看着陈默，好奇地问道。

"好吧，我懂了。这一切，其实和你无关！"陈默终于明白过来。显然，他们最初就陷进了一个先入为主的想法之中，所谓的有人以酋长的名义雇用杀手干掉他们，这个消息是假的。实际上酋长根本不会这么做，他甚至没有能力也没有欲望去做这件事，甚至连他的称谓都是一个古老的笑话。

"是我们走错了方向，也认错了人，我们得到的情报是不准确的。非常抱歉给您带来麻烦。"陈默看着酋长，带着歉意地说道。

"我不知道是谁让你们来的。事实上，我除了洗牲节，什么也帮不了你们。"少年摊了摊手，一脸无辜地说道。

陈默觉得，自己没有必要在这里继续浪费时间了。他起身向外走去，在出门的瞬间，顺便捏了捏胖子的脸。

走过走廊，走过楼梯，穿过胆怯的警卫，陈默已经明白了少年所说的是真的，没有哪个国家高贵的酋长会如此容易地被接近，更不会有人想要去杀一个毫无实权的家伙。

那，问题到底出在哪里呢？

走出建筑，远处，机械师和炸点正等着他，看到陈默出来，两人立刻好奇地迎上来，不过回应他们的，只是陈默的一句话。

"我们被骗了！"陈默看着两人说道。

"怎么回事？"机械师好奇地问道。

"我们……"

轰！爆炸是突然响起的，如同出现在身边一样，陈默只觉得整个人仿佛撞在了一堵墙上，有人关闭了声音。

天和地换了个位置，整个天地都被硝烟弥漫。地面上所有的东西都脱离了原来的位置，飘到了天上。

陈默努力挣扎着想要起来，却被一只脚无情地踢倒。他再次挣扎着起来，看到广场上的人都在慌乱中奔跑着，喊叫声响彻四方。燃烧的汽车喷薄着火焰，让人触目惊心。地上一个人扭曲地爬行着，他的身体逐渐烧成了干瘦的黑炭。

一群士兵从远处跑过来，一边叫喊着，一边冲向酋长所在的建筑。门口，两名守卫还未做出反应，就被子弹打成筛子。一群人如同饿狼一般，扑向酋长所在的建筑。

炸点蜷缩在远处，身上斑斑血痕，不过情况似乎并不是太坏；机械师躲藏在角落，用力拍打着不远处倒在血泊里的孩子的面孔。

陈默可以清晰地听到他在呼唤孩子，孩子半闭的眼睛昭示着生命体征已经变得微弱。

不能让他们得逞！这是陈默唯一的念头。他从车厢里拽出63，用力推弹上膛，迎着火焰冲了过去。

广场早已经一片混乱，骤然降临的战事让所有人都成为灾难的承受者。一群不知从哪里冒出来的雇佣兵们，端着武器四下扫射，将任何怀疑的、危险的、可疑的，甚至是看不顺眼的人变成尸体。

陈默冲到广场角落，在目睹了两名平民被雇佣兵的子弹变成尸体之后，迅速举起枪，瞄准他们扣下扳机。

中距离内的射击，对于63来说毫无压力，7.62毫米的子弹轻而易举地撕开对方的防弹插板，然后将对方变成濒死状态的血肉混合物。

混乱中，没人发现陈默的存在。或者说，他本身的打扮成了一种伪装，被当作了雇佣兵。这让陈默在有惊无险中接近到酋长所在的建筑。

房门早已经破烂不堪，门边上，刚刚还活着的两名哨兵此刻已经变成了两具尸体，鲜血顺着伤口汩汩而出，在楼梯上蜿蜒成一条自由的曲线。

陈默小心地跨过台阶，向楼上走去，63步枪的长度不适合在狭小范围内进行作战。他索性将步枪背起来，将刺刀拿在手中——铁匠铺老板在帮他更换枪管的同时，也帮了他一个小忙，将原本只能折叠的刺刀变成了可拆卸的，这让陈默用起来方便了很多。

继承五六半自动步枪的三棱刺刀，在幽暗的房间内带着一丝惨白的光芒。虽然被网络上的喷子喷成了毫无用处的废品，但依然不能否定它作为单一功能格斗机械的优势。

走廊里，几具尸体横七竖八地躺在地上，大多数没有武器。墙上，不均匀地分布着弹孔，显然这里刚刚发生了一场短促的战斗。一名伤者正捂着自己的伤口呻吟着，向陈默无助地伸出沾着鲜血的手，祈求他的帮助。

陈默看了对方一眼，默默地跨过他，继续向前走。陈默按照刚才进来的路线迅速找到酋长所在的房间，里面正隐约传来咒骂声。

"它在哪里？"质问声从关着的房门里传出来。陈默小心地凑过去，站在房门侧面，用刺刀推开一丝缝隙。

房间里，胖子正坐在墙角抽搐，其他几个人在房间里胡乱翻找着，在少年酋长的对面，一副狰狞的面孔正凶神恶煞地死死盯着他。

少年努力让自己保持应有的平静，但手臂的颤抖显露出他内心的恐惧。

"那只是传说，《诺斯比莫》法典是不存在的，我从来没有见过！"少年大声争辩道。回应他的，是一记重重的耳光。

其他人仍然在翻找着，但什么都没有发现，随后所有人都聚集到少年的周围。

"他们需要这个东西，否则我们不会在这里吓唬孩子了。"一个人开口道。

"现在只能把这个家伙带走了，至少我们完成了任务。"另外一个人说道。

"带他走！"有人说了一句。其他人点点头，随后有人抽出两根尼龙扎带将少年捆住，然后快步向外走来。

陈默不认为自己是超人，不会主动去挑衅这么多人。在对方开门离开的时候，他小心地将自己隐藏在阴影中。

少年被一个人扛着走出门。而当最后一个人站在门口准备掏出手雷清理现场的时候，陈默一把捂住对方的嘴巴，打掉手雷，将对方拉入黑暗之中。

三棱刺刀顺着对方防弹衣的缝隙插进去，无声无息。

陈默一直等到对方失去挣扎能力才抽出刺刀快步离开。队伍的最后一名，成为他的下一个目标。

狭窄而曲折的走廊为他提供了便利，四处横躺的尸体延缓了敌人撤退的速度。在地利的帮助下，陈默很快消灭掉三个人。当他的目光锁定第四个人的时候，好运气戛然而止了。

仅剩的三个人中，一个人无意识地回了下头，然后他看到了令他肝胆俱裂的一幕，陈默如同死神一样，拿着刺刀冲他们扑来，慌乱中，他大喊了一声，随后举起手里的步枪。

陈默没有给对方扫射的机会，手里的刺刀迅即脱手，翻滚的刺刀准确命中了对方。

其他两人在喊声中醒悟过来，连忙向陈默扑去。空间狭小，即使他们数量上占到优势也于事无补。

陈默被对方扑了个趔趄。就在他挣扎着要起来的时候，对方的拳头骤然在眼前放大，在沉闷的撞击声中，陈默眼前闪烁起光谱内所有的颜色。

不过此刻没人在乎这个。与生命相比，所有的一切都可以舍弃，陈默几乎是迎着对方的拳头，用力抓住对方的喉咙，然后用尽所有力气合拢自己的手指。

对方挣扎着，用力厮打着，缺氧和缺血让他陷入濒死的恐惧中。无论他如何厮打，陈默丝毫没有放手的意思。

"干掉他了吗？"扛着少年的雇佣兵慌忙放下少年，端起步枪冲过来，映入眼帘的是无力挥舞的手臂。

"让开，让我来！"男子用力拉开同伴，可还没等他重新端起步枪，一支黑洞洞的枪口已经闪过一抹光芒。

男子听到的最后的声音，是枪针撞击底火的声音，然后子弹射入他的头颅，将整个思维变成无法组合的碎片。

无力地放下手里的手枪，陈默努力喘息着，并且尽量不让自己回忆刚刚发生的一切。在蹒跚地站起身之后，他走到少年酋长身边，用三棱刺刀挑开对方手上的扎带。

"能走吗？我们走！"陈默拉起对方向外走去，少年默默跟上。

外面，依旧一片凌乱。不知道从哪里来的武装人员正在与冲入城市的雇佣兵交火，飞来的子弹发出啾啾的尖叫声。陈默一把搂住少年，将他带到汽车旁边，不远处，隐藏在角落的炸点和机械师看到陈默过来，立刻跑上来迎接。

"发生了什么事？"炸点和机械师在袭击发生之后，就已经持枪据守在附近，若非担心陈默的安全，他们早就已经冲进去了，直到看到陈默跑出来，两人才迅速掩护他来到车边。

"介绍一下，这就是那个酋长，好了，我们走！"陈默一边说着，一边将少年塞进车内。

两人绝对不会想到,只是去找酋长谈谈的陈默,竟然会将酋长绑架回来,这个战果明显超过预期,但绝不是众人想要的,不过现在可不是询问和反对的好时机,在陈默的催促下,三人迅速发动汽车准备离开。

就在机械师即将发动汽车离开的时候,一个庞大的身影忽然出现在车前。看到机械师准备扣动扳机,陈默立刻制止了他。胖子用生硬的口吻表示自己的忠诚,掩盖着真实的恐惧。为了节省时间,陈默只能在后座上给他留出一半位置,胖子挣扎着坐进车内,随后车子飞驰而去。

第五章 《诺斯比莫》

他们的目的

车子离开城市并不容易，对方的布置显然是势在必得。在出城的道路上，不断有各种皮卡和步战车运送着雇佣军，交火声更是在城市每一个角落回荡着。

不得不说，炸点准备的两套沙丽起到了作用。陈默不由分说地给酋长和炸点套上了衣服，这让他们一行人看起来更像是逃难的地主和他的妻子以及保镖们。

在有惊无险中，众人很快离开了城市。

下一个目标，是医疗点。他们需要找个地方休整一下，然后弄清楚这个少年酋长身上隐藏的秘密。

奔叔叔的破旧和可靠形成了鲜明的反差。一路上，车子除了发出一声艰难的哮喘之外，无惊无险地到达了医疗点。

对于几个人如此迅速的返回，电门并不意外，雷神也并不意外。至于那个破破烂烂的医生，此刻正忙碌地照顾着一群不知道从哪里出现的孕妇。

"好了，现在请说明白他们为什么找你！"在将少年安顿在一张破凳子上之后，陈默迫不及待地询问道。

"我不知道，他们并不是在找我，而是在找其他的东西。"围拢上来的电门、炸点和机械师，让他感觉到一丝丝不安。跟随而来的胖子无力地争辩了几句，就在炸点的威胁下，躲到了远处。

"你知道我们为什么会找你吗？因为有人说，你雇用了一群杀手要杀掉我们！而事实上，这些人真的这么做了。如果不是我们运气好，现在我们已经是五具尸体了！所以，我希望你最好不要有什么隐瞒，我想知道事情的真相。"陈默看着少年酋长，认真地说道。

"我说过，酋长并不是你们想的那样，就像你说的，只是个吉祥物和图书馆管理员。如果需要，他们可以换一个！"少年看着众人，开口辩驳道，但无法让这些人信服。

"那群家伙，不至于铤而走险到内亚族的腹地发起攻击，就只是为了找一个图书馆管理员。据我所知，他们也不缺吉祥物。所以，你最好告诉我实话，否则……"陈默停顿了一下，"我虽然不会杀你，但我可以把你送还给他们，至少还能换一笔钱！"

"他们不是在找我，他们是在找《诺斯比莫》法典！"少年犹豫了一下，缓缓说道。

"那个什么莫的在哪里？是做什么的？"炸点连忙追问道。

"《诺斯比莫》是一件文物，但它不存在了。在殖民地时期，被英国人拿走了！"少年摆手说道。

"你是说，这群人是文物贩子？他们在找文物，那个文物值多少钱？"电门凑过来，一脸不相信地问道。诚然，在内比亚确实有文物贩子的存在，但像这种全副武装的，众人还是第一次见。

"或许是吧，没人知道，但《诺斯比莫》是找不到的，那是一件传说中拥有魔法的东西！"少年说得认真，得到的却是众人的嗤之以鼻。

"好吧，我们找回来了一个傻蛋，或许他是吉祥物，但毫无作用！"机械师最先摆手，随后得到众人的响应。眼前这个酋长似乎只是一个无知的少年。所谓的酋长头衔，或许真的如同他所说的那样，只是图书馆管理员的代名词。

等到所有人都离开了，陈默却依然站在那里。少年酋长似乎毫无惧色，迎着陈默的目光看过来。

"我有一个非常好的朋友，她一直希望和平能降临在内比亚。"陈默看着少年，平静地说道。

"后来呢？"少年询问道。

陈默微笑了一下，起身离开。

"他们很希望能得到《诺斯比莫》，而且，他们应该已经知道那个东西是存在的了！"少年在陈默身后喊道。

"好好照顾你自己吧，好好休息。找个时间，我们会把你送到一个安全的地方去。"陈默摆了摆手，快步离开。

"你应该相信他的话！"刚刚拐过帐篷，医生就站在角落看着他，流利的汉语带着一丝熟悉的乡音。

"你是中国人吗？"陈默好奇地问道。

"这里的援外医生大部分都是同胞，我们一直在努力控制着可能出现的传染病。你也知道，战争太多了！"医生撇了撇嘴说道。

"离开了，才知道和平的可贵。对了，《诺斯比莫》是什么？"陈默不禁问道，转过头却看到胖子正凑过去安慰少年酋长。

"不知道，不过他不像是在撒谎。"医生笑了笑，可就在他准备说点什么的时候，喊声忽然打断了两人的交谈。

"医生，医生，我的妻子快生了！"一个内亚族男人快步跑过来说道。

"好的，我马上过去！"医生点点头，向陈默微笑了一下之后，快步跑开。

"《诺斯比莫》！"陈默想了想，在搜索引擎上找了一下，却一无所有。

医疗点在陈默到来之后，扩大了三倍。不知道什么原因，周围的孕妇都被集中在了这里。

整天看着各种各样的大肚子在周围游走，似乎可以给人带来很多平和与安详。连带着，本该一直在床上躺着的雷神，也在炸点的搀扶下，蹒跚下床。

"怎么样？弄清楚了吗？"雷神看着陈默，笑着问道。

"没有，我觉得我们好像成了被扔进迷宫的老鼠，一直在毫无头绪地跑着。"陈默摇了摇头，几天的时间过去了，众人却依旧没有弄清事情的原委。

"我们一直弄不清楚这帮家伙的目的，甚至连他们是谁都不知道。这确实是个麻烦事，不过幸好，我们还活着。"雷神拍了拍陈默的肩膀，笑着安慰道。

"也仅此而已了。我宁愿'朝闻道，夕死可矣'，至少死个明白！"陈默摇了摇头。

"童言无忌，小狗放屁，咱们这行是有忌讳的，不能什么话都说！"雷神说着，吃力地在地上拍了三下。

"你还信这个？"陈默笑着摇头。

"当然，第一个信天地良心，第二个信契约精神。"雷神说这话的时候，一本正经，"知道我为什么想要把事情弄明白吗？因为咱们那次输得不明不白。"

陈默看了雷神好一会儿，心里忽然涌出一个不可抑制的念头——他想问，到底三年前的那次行动，铠甲为什么会成为唯一幸存的队伍。可话已经到了嘴边，却最终因为电门的到来而被硬生生地咽了回去。

"头儿，可以了，你这身体，应该有点自知之明！"电门伸手搀住雷神。雷神无奈地摇摇头，在电门的搀扶下，蹒跚离开。

"知道吗，我发现了秘密！"趁着雷神走开，炸点凑了过来神秘兮兮地说道。

"什么秘密？"陈默看着炸点兴致勃勃的样子，不忍心让他失望，于是毫无诚意地问道。

"医生是个女的！"

"胡说！"

"我看到她换衣服了！"炸点一本正经地说道。

事实证明，炸点说的是真的，包括陈默在内的所有人，都被医生骗了。医生确实是女人，当然，嘴巴上的胡子也是假的。

"我不能穿着沙丽工作，打扮成男的要好一些。"当炸点嘴欠地说出秘密之后，医生毫不在意地说出女扮男装的理由。

"男人在这里确实会方便一些。"电门举手表示赞成。

"你是在暗示我们，不应该歧视女性吗？"一旁，炸点机敏地反问道。

"这是不争的事实，知道最近为什么孕妇这么多吗？因为附近的镇子已经被很多雇佣兵占领了。"医生摆了摆手，向众人提醒道。

"怎么回事？"陈默一愣，反问道。

"这该问你们不是吗？你们来这里要干吗？"医生看着几个人，眼神中充满了戒备和警惕。

"我们？我们和他们不一样。"机械师看了看左右，苍白地解释了一句。

"抱歉，我没看出来。"医生揶揄了一句，随后转身离开。

"这几天发生了什么？"陈默看了看众人，没人能回答他的问题。显然，大家知道的都一样多。

"他们占领了赞亚，准备向肯吉进发。你知道，那里是世俗派的大本营。"就在大家一头雾水的时候，胖子走过来解释道。

"谁？为什么？"机械师回头问道。

"世俗派的长老死了，所有人都认为是果刚族下的手。有人认为应该团结在一起，向果刚族宣战。"胖子说这番话的时候，看向了陈默。

"这和我们没关系，我们有我们自己的事。"陈默看着胖子，直截了当地将他想要提出的要求怼了回去。

"恐怕不是这样。伟大的酋长认为，如果想找到《诺斯比莫》，就一定要去肯吉。"胖子看着陈默，果断地抛出杀手锏。

"我说了，这和我们没关系，我们甚至连什么是《诺斯比莫》都不知道。如果只是个破文物，那就让他找到吧！"陈默说着一把将胖子推出帐篷。胖子进帐篷前原本一副胸有成竹的样子，结果却失算了。

"你们会后悔的，伟人的《诺斯比莫》是具有让内比亚再次伟大起来的魔法的！"胖子的声音在外面回荡着，而帐篷内，众人毫不在意。

"酋长阁下，他们不想去肯吉。"胖子回到少年酋长身边，委屈地说道。

"他们会去的，那里有他们要找的东西！"少年信心十足地说道。

看着自己眼前年轻的顶头上司，胖子最终还是叹了口气，默默地坐在对方身边。

陈默没兴趣继续讨论酋长的故作高深，在与众人讨论一番无果之后，陈默最终决定去联络红。

找到一个僻静的角落，陈默拨通了红的电话，可还没等他开口，一阵猛烈的爆炸声就从电话里传了出来。

"有话快说，你只有五分钟时间！"红气喘吁吁地说道。

"发生了什么事？"陈默惊讶地问道。

"市区发生了恐怖袭击，应该是那帮内亚族的杂碎干的。我们正在努力平息混乱。"红说话的时候，激烈的枪声，证明着她平叛的努力。

"为什么会这样？"陈默惊讶地追问。

"这应该是我问你，长老的死到底和你们有没有关系？内亚族认为长老是被谋杀的，我们是凶手，而你们才是保护他们的保镖。"红说着，用力掀开被炸烂的牌匾，快步走到路边。一辆装甲车迅速开过来，车门打开，全副武装的士兵将她一把拽上车。

"我们是无辜的！"陈默辩解道。

"这说服不了我。好了，你到底有什么事？如果只是表示无辜，那么我知道了！"红看着车内的众人，语气越发冰冷。

"《诺斯比莫》是什么？"陈默想了想，迅速询问道。

"一件文物，《诺斯比莫》法典，据说是果刚族和内亚族签订的契约，上面记载了两族很多历史。仅此而已！"红想了想回答道。

"有人在找它，他们试图绑架酋长，但被我们阻止了。"陈默想了想说道。

"干得不错，小伙子。这样的好人好事，下次不要做了！你们找不到《诺斯比莫》。即便找到它也毫无作用，你懂我说的吗？一部失踪很久且毫无作用的法典，对于现在的内比亚毫无意义。即便是找到了约柜或者权杖也毫无作用。相比远在天边的东西，人们更在乎他们下一顿吃什么！"红说着，一连串子弹打在车厢上，车子晃动了两下。

"如果我们找到了呢？"陈默迅速询问道。

"找到了，它或许有用，但更大的可能是，毫无用处！"红说完，挂断了电话。

"《诺斯比莫》会带来和平的。"就在陈默挂断电话的时候，少年酋长不知道什么时候出现在他身边，一脸神圣地向他说道。

"那又怎么样？"陈默反问道。

"你能带我去肯吉吗？那里的长老与我很熟悉，他或许有找到《诺斯比莫》法典的办法。"少年看着陈默，继续追问道。

"那要看你有没有钱！"陈默看着少年稚嫩的面孔，决定让他早一点儿熟悉成人世界的残酷。

"没问题！你出个价！"让人意外的是，少年的回答极其老练。

"我们需要预付！"陈默认真地看着这个"图书馆管理员"，努力寻找着对方成为吉祥物的潜质。

"人民币，美元，或者两者都要？"少年从自己的口袋里掏出一把钞票，递给陈默。

"你是不是该好好想想，或者打电话给你的父母，向他们请教一下？"陈默再次认真地看着少年，他发觉自己有点看不明白对方。

"我是守经者，看护典籍是我的责任。我一直在思考，那些人为什么会找到我。他们认为这是我的责任，但我却并没有尽责，所以，我想找到它。"少年看着陈默，平静地说道。

"成交！"陈默想了想，一把将钞票抢过来，动作有点粗鲁，但让少年满意。

"你是个好人！"少年说道。

"那和我无关。不过，我很在乎他们为什么要找这东西。"陈默起身，拍了拍对方的肩膀，向帐篷区走去。

下一步做什么，他已经想明白了。首先，要让那帮家伙失望，只要是能让他们失望的事情，陈默觉得自己都喜欢去做。

看来，去肯吉也不错！

做个选择，好的或坏的

"好吧，其实我想劝你，你的决定未必是个好选择，我们只是安全承包商，是提供安全警卫服务，并不是去作战的雇佣兵。更何况，那个《诺斯比莫》是什么东西，其实和我们没多大关系。我们所有人都认为，找到这个东西，对于内比亚来说，毫无意义！"在听完陈默的建议后，电门第一个站出来反对。

"是《诺斯比莫》法典。"陈默纠正了一句，不过没人在乎。

"找到他们可以带来和平。"少年图书馆管理员举手争辩了一句，不过没有吸引到任何人的目光。

"你不是真的想找这个东西吧？"雷神看着陈默，开口询问道。

"难道你们不好奇，为什么他们想要找这个东西吗？如果这个东西真的毫无意义，他们又为什么费尽力气去找它？"陈默看着雷神。只要说服他，就意味着说服整个小队。

"是很奇怪，就好像他们如何说服那些人穿上自杀背心一样。不过我们没有必要去弄清楚这个问题，我们只需要在那些炸弹人出现时把他提前打爆就可以了！"雷神没有说话，炸点却插了一句，然后，得到了机械师和其他人的点头附和。

"可是我不想让他们得到，而且……"陈默看着众人，发现自己已经失去了说服他们的机会，可就在他准备最后努力一把的时候，不知道什么时候出现的医生，忽然打断了众人的交谈。

"而且现在已经很危险了，战乱已经波及了周围。在之前一个小时，我已经接下了三名伤员，有一名没有抢救过来。"医生推开帐篷门，摘下已经被鲜血染红的手套，看着众人说道。

没带口罩的医生，少了胡须的点缀，多了一些妩媚。即使头发蓬乱，还戴着帽子，也丝毫掩饰不了她的性别。

"怎么回事？"胖子担心地问道。

"没怎么回事，保守派和世俗派已经开始火并了，他们都在试图用枪说服对方，但倒霉的永远是平民。"医生看着众人，气馁地回答，然后从角落拽出箱子，找到大批药品。

"这里恐怕会变得很繁忙。如果你们有时间，可以帮忙；如果你们担心，可以离开；如果真的有和平的机会，我希望你们去努力！"医生抱着大包的药品看着众人，语气中多了一丝波澜。

"我去，我相信你！"炸点忽然举手，指着陈默说道。虽然陈默很清楚，这个家伙只是想在医生面前表现一下自己。

"好吧，现在我们有了不得不去的理由。"陈默幽幽地说道。机械师此时选择了推开帐篷门离开，他的行动决定了他的态度：不赞成陈默的提议。现在只剩下雷神和电门了。

"我可以去看看！"电门忽然举手，让陈默感到意外，"我只是好奇，如果那个什么莫斯比真的是文物，它会值多少钱。"看到众人诧异的目光，电门笑着说道。

"《诺斯比莫》！"图书馆管理员生气地解释道。

"我想今晚就出发！"陈默最后看了一眼雷神。他犹豫了好久，点了点头。

"你不应该答应他……因为毫无意义……就是在冒险……一旦出现伤亡怎么办？我们不是超人！"陈默断断续续地听到机械师对着雷神低吼。不得不说，机械师考虑问题很实际，但这却不能阻止他。

这一切无关好奇，只和仇恨有关。既然找到了线索，他就不能让自己错过。就这么简单。

电门调整了一下后视镜，车后座上，胖子被少年和炸点夹在中间，仿佛一只硕大无比的奥利奥。

"好了，系好安全带，我们要走了。"炸点幽默地说了一句，电门则发动了汽车。奔叔叔可靠地颤抖起来，车子顺着医疗点泥泞的道路向前方冲去。

夜晚的道路要比白天难走多了，正是如此，众人少了很多麻烦。在陈默的建议下，电门没有打开车灯，摸黑前进的车子只能开到三十公里的时速，但也能让众人看到很多原本被他们忽略的景象。

战争到来了！

医生说得没错。在离开医疗点的路上，周围的村落映入众人的眼帘。远远望去，原本应该被周围的色调同化的村落此刻却突兀地显示出来，为它们增加色系的，除了爆炸，就是红色的火焰。

行进的路上，时不时地可以看到横七竖八躺着的尸体。一群平民被雇佣兵拉出来，一排排的排枪声响起，随后就是一个个鲜活的生命的消亡，然后再来一拨，再次重复……

黑夜为他们提供了足够的伪装，即便有引擎声传来，那些恃强凌弱的雇佣兵也不敢贸然冲过来。或许会有冷枪打来，但毫无准头的射击，对众人来说，没有任何威胁。

"其实，你不应该来的。"电门全神贯注地开着车，陈默看了对方一眼，轻轻地说了一句。

"为什么？因为我是个女人？"电门回应了一个眼神，笑着问道。

"不是，你穿沙丽很好看。这次是一次毫无意义的冒险，我只是在满足自己的好奇心。"陈默回头看了看，身后的三人正在熟睡。

"我也是在满足自己。你知道，我欠你个人情。"电门指的是上次的营救。虽然陈默想说，那次的事，起因也是自己。

"那是我应该做的。"陈默回答道。

"这也是我应该做的。好了，我们别这么互相宽慰了。这让我觉得很别扭。"电门说完，连忙摆手，将陈默准备继续说的话打断。

"为什么干这个？"沉默了一会儿，陈默再次开口。

"为了钱！"电门夸张地说道。

"祝贺你，很好的生财之道。"陈默回了一句。对电门的回答，他一点儿也不信。

"好吧，不是为了钱，是为了个负心的男人。怎么样，听着是不是很老套？"电门看着陈默，笑着说道。但是这一次，陈默知道，对方的回答是认真的。

"一点儿也不！如果有人背叛了我，我也会找到他，至少要问清楚原因。"陈默说的是真的，因为他正在这么做。

"可能是我太放不下了，其实一切已经有结果了。我跑到这里来，只为寻找一个答案。不过也好，能认识你们。"电门看了看陈默，露出一个无奈的笑容。

陈默很清楚，这个笑容背后肯定是眼泪，不过既然对方努力压抑着，自己也没有理由揭穿。

摊　牌

好不容易在山坡后面的坡地上找到一处峭壁，陈默组装好卫星电话，让阳光尽情地为电池充了好一会儿电之后，才拨通了红的号码。

"最近你学乖了，开始主动联系我了，看来上次的说教还是很让人记忆深刻的。"红接通电话后，懒洋洋地说道。

"你那边的事情处理完了吗？"听声音，陈默就很清楚，对方此刻应该躺在床上，或许还……

"是的，首都圈的事只是一群内亚族杂碎搞出的恐怖袭击。虽然影响很大，但很容易处理。所以，我还有闲暇可以睡一觉。怎么样，要不要来？我的床永远为你留个位置。"红慵懒的声音中带着一丝挑逗，显然充足的睡眠让她心情很好。

"我觉得有必要先把一件事情搞清楚，你为什么骗我来这儿？"即便红的声音充满了挑逗，陈默内心却没有一丝涟漪，在耐心等待对方说完之后，他冷冷地问道。

"谈不上欺骗，最多只是情报失误罢了，而且你也知道，是内亚族人提供的情报，不是我们。"红随意地辩驳了一句，不过听语气，好像连她自己都不相信这种借口。

"是的，你们已经疏漏到连守经者和酋长都分不清楚了，让我对一个孩子下手！"陈默生气地说道，"不过幸好我的运气一直那么坏，所以正好遭遇到有人要对他做点什么。"

"你说什么？"陈默的话音刚落，红的声音就忽然变得严肃起来。

"是的，确实有人找到了守经者，逼问他，要求一件东西！"陈默迅速回答道。

"《诺斯比莫》，太搞笑了，完全没有用的东西，我一直以为那只是烟幕弹，你确定真有人去找了吗？"红不敢相信地追问道，如果《诺斯比莫》能带来和平，那么唐三彩就可以维护正义了，这简直就是神话一样。

"我亲眼看到的，他们在追问他，要求交出《诺斯比莫》法典。"

"这不可能，里面一定有阴谋，或者《诺斯比莫》只是个代号，或者那孩子知道一些我们不知道的东西，也有可能……"红的逻辑有点混乱，不断思索着给出各种猜测，但哪一种都不让人满意。

"问题是，现在内亚族控制区也发生了混乱！"陈默没有继续听红说下去的耐心。

"告诉我你的坐标方位，我立刻派直升机去带他回来！"红想了想，果断地命令道。

"去哪里？"陈默问道。

"当然是回首都圈，他们肯定是针对他的。内亚族已经死掉一位长老了，如果守经者再出事，那么整个内亚族会彻底乱掉。"红生气地回答道。

"不不，乱掉是你该操心的。我想问的是，我们去哪里？或者说，你到底还有什么事情瞒着我？"陈默耐心地听红说完之后，冷冷地询问道。

陈默觉得，没必要再和对方继续绕弯子了，有些事情，是需要摊开来说的，而眼前，就是一个很不错的机会。

"你在威胁我？"红反问道。

"是的，你可以这么理解。如果你不相信我，你可以说服我，让我将位置告诉你。"红如果希望得到守经者，她就需要作出选择或退让。

三年前，陈默依稀记得也是这个时候，红第一次找到他，为了让他弄清楚这次针对联合国医疗队的袭击事件。

陈默很清楚地记得，自己拒绝了红，但也从红那里得到了一些信息。

这件事，果刚族政府里有人泄露了消息。

陈默在朋友的帮助下，找到了那个泄露了联合国医疗车队行进路线的小官员，狠狠地教训并审问了他。

但可惜，对方除了说出有人用钱收买情报的事情之外，对其他事一无所知。甚至与他联系过的那个人，也无从查找。

原本，陈默想要杀死对方，但最终还是选择放过了他。就在他认为法律可以替他解决这个问题的时候，一颗子弹从窗外射来……

警察很快到来，陈默成了唯一的嫌疑犯。

当红再一次出现的时候，陈默正在监狱中等待审判。面对红再次提出的要求，陈默终于答应了，并不是因为对方的许诺，更和金钱无关。当红从脖子上摘下她与安娜的合影时，陈默觉得，自己没有拒绝的理由。

然后是漫长的三年调查时间，他在暗处，红在明处，但毫无进展。有那么一刻，陈默甚至准备放弃了。直到有一天，红告诉他，根据确切的情报，推测这一切与铠甲小队有关，陈默才又燃起希望。

红提供的资料显示，铠甲小队在袭击事件发生之前，曾经接下了联合国医疗车队委托安保的工作。在事发当天，这支小队却无故缺席，然后，一切就发生了。

之前那名官员确实泄露了车队的行动和目的地，但对于具体的行动路线，只有负责安保的人员知道。如果行动被列为机密，那么行动路线则是绝密，这就如同之前保护长老的那件事一样，保密永远是安防工作最重要的要素。如果任由机密被泄露，等待防卫者的只能是失败。

但随着与小队队员的接触，真相却并没有如想象般浮出水面。实际上，伴随着调查的深入，越来越多的头绪和情况不断出现。陈默发现，自己已经不是在调查一个案子，而是在调查整个内亚族与果刚族的矛盾。可最让他气馁的是，对这一切，他却毫无办法。

无论是长老，还是红，对这些事情都是一副讳莫如深的态度。长老的欲言又止，和红的故意隐瞒，让他陷入一团迷雾之中。

现在，陈默觉得，是该拒绝这一切了。他不想成为工具，他想做知情者，而现在是最好的时刻。

"瞒着你？我们已经一起调查三年了，你确定要怀疑我吗？"红一愣，好一会儿才开口问道。

"是的,三年了,我对你很了解。如果你真的问心无愧,你会生气,会愤怒。只有在你隐瞒我时,你才会表现得很感性。"陈默想了想,开口说道。

电话那边,红沉默了,良久,才缓缓开口。

"这个国家是我的,我有责任和义务保护它,这无关我的职务,而是因为我希望我的家人,我的朋友,我的后代,能安安稳稳地生活在这里,不用为路边的炸弹操心,不用为贫穷烦恼,不用为随时降临的死亡而提心吊胆!最重要的是,我很清楚我在做什么!"红变得平静而充满理智,但陈默却感受到了明显的情绪。

"我不想做工具,我只想知道到底是怎么回事,无论是内亚族,还是你们果刚族,到底是谁在战斗,谁在破坏和平?我们的敌人到底是谁?问题到底出在哪里?"陈默说出自己的要求。他并不想为难红,只希望知道自己到底在做什么。

"你想知道什么?"红终于彻底恢复了冷静,冷冷地询问道。

"内亚族的极端组织!"陈默迅速回答道。

"我不知道,当时我的年纪并不大,不过我听我的上司说过,极端组织大约是十年前出现的。在这之前,两族虽然因为历史问题而互相隔阂,但也仅限于隔阂。果刚族对于血统的看法和内亚族对于血统的看法其实并没有什么不同,两族人都认为自己的血统高贵。对于两族之间禁止通婚的事情并不在意,双方的矛盾也仅限于对传统领地之间的争执,而这种争执通常在国会上就可以解决,或者说暂时搁置。直到十年前的一天……"红不断回忆着,将上司对自己说过的话,原原本本地告诉给陈默。

"十年前发生了什么事?"陈默连忙追问道。

"一名内亚族的男子强奸了一个果刚族女孩。人们要求吊死那个男人,战争就此爆发了!"红看向自己房间里挂在最上面的那张简报道。上面,刊登着一张男孩被吊死的照片,黑白色,模糊不可辨认,作为双方冲突的爆发点,却刻在所有人的记忆里。

"内亚族的极端派别就是在那个时刻出现的?"陈默继续追问。

"是的,因为当时在果刚族内部,有人叫嚣着要对内亚族人进行必要的管理和囚禁。与此同时,内亚族的极端派别迅速宣告成立,之后的事情你都知道了。"红回答道。

后续的事情就是战争。陈默在这里待了六年的时间,自然清楚,持续多年的战争。在双方交界的地方接连不断地爆发。无数生命被毁灭,双方却始终不知道他们争夺的到底是什么。

"我们需要和平。中国人来了,带着诚意和钱。最重要的,他们的铁路已经贯穿了内比亚全境,从内亚族到果刚族,甚至包括交战区。这对我们来说,是个机会。我们不允许这个机会再次被浪费,否则内比亚的战乱还将持续十年,甚至更久!我们需要和平,为了这个国家!"红恳切地说道。

"联合国车队为什么会遭到袭击?告诉我你知道的一切!"陈默现在需要知道,

为什么他和安娜会成为那次袭击的牺牲品，或者说，联合国车队到底有什么吸引对方的地方。

"袭击什么的并不重要。重要的是，你们是联合国车队，内亚族人希望能制造一次轰动，所以你们成为最好的选择。而我们要调查的是据说策划并参与这次袭击事件的人，揪出这一切的始作俑者。只要找到他，我们就有能力解决这一切。中内铁路马上就要通车，我们的时间不多了！"红似乎已经放弃向陈默隐瞒了，有问必答。她的答案也让陈默的眼前清晰了很多。

"我们在医疗点，你来的话，我希望你能带一些药品或者其他的急救物品，这里伤员很多。"陈默想了想，痛快地说出地点。电话那边，立刻传来红穿衣服的声音。

"我马上就到，在我到来前，记得保护好他！"红说完，挂断了电话。

收起电话，陈默站起身来。山坳里，人们依旧在忙碌着，伤员在帐篷里进进出出。偶尔，医生的喊声会顺着山风传来，若隐若现。

弄清楚了好多事情之后，陈默却不知道自己下一步要做什么。现在看来，需要做的就是弄清楚铠甲小队与三年前一切的关系，但这也是最大的问题。

虽然相处的时间不长，但经过战火的洗礼，陈默与众人已经有了感情和默契。这个时候与大家摊牌让陈默感到不舒服，而他卧底的身份，也意味着对大家的背叛和出卖。

"总有其他的办法可以解决吧？"陈默想了想，将念头再次压下去，然后揉了揉被山风吹得有点发麻的脸，快步向山坳走去。

首都圈

车子又奔驰了几个小时之后，才到达村落，远远看去，建在山隘口的村子依旧平静，几只瘦巴巴的山羊在用力掘着土坡上不多的草根，看到车子驰来，只是迟缓地抬抬头，然后继续对着草根用力。

电门操纵着车子一路前行，很快爬上山坡，但当车子刚刚进入村子，电门就一脚刹车将车子停在入口处。

陈默是第一个下车的，他在看了一眼眼前的一幕后，转身制止了炸点的车子继续前进。

"发生了什么事？"机械师快步走来，可看到眼前的一幕，立刻停止了询问。然后是炸点，然后是蹒跚的雷神。

所有人都站在那儿，他们看到的是同样的一幕——死人！

整个村子的人都死掉了，没有例外，尸体横七竖八地躺在房子上、家门口、路上、山坡、墙上、篱笆旁。

没人相信他们看到的是真实的，但事实上这一切真的发生了。

"肯定还有人活着，大家快去找！"雷神压抑着喊声命令道，大家立刻向村子里走去。

每个人都知道雷神让他们在找谁。汉尼，那个和他们关系和睦、很传统的内亚族男人。这里之所以能作为铠甲的后院一般的存在，很大程度上，是因为汉尼对大家都好。

但大家又都不希望找到汉尼，因为他们担心，汉尼不会成为那个例外。

一座座房屋找去，并没有汉尼的身影。当陈默最终来到之前审讯他的那个房间时，房间的那张椅子上，一个熟悉的身影坐在上面。

是汉尼！

陈默小心地走过去，看了一眼，原本充满期待的心变得冰冷。

汉尼死了，死在酷刑之下！死因是被放干了最后一滴血。

显然，对方一直逼迫他说出点什么，他应该没有说，否则，至少不会死得这么凄惨。

很快，电门、炸点都纷纷集中过来。看到这一幕，大家沉默良久，然后只能转身离开，重新回到雷神身边。

"汉尼死了，有人想要问出点东西，但汉尼应该没说。"陈默故做轻松地说道。雷神默然点头，然后转身向车子的方向走去。

很多事情是不以人的意志为转移的。

比方说，敌人；比方说，一颗突如其来的子弹。

当枪声响起的时候，车队正在匀速前进。

"狙击手！"副驾驶座位上的陈默大喊道，同一时间，配合默契的车队开始无规则的曲线前进。

车子继续前进，无规律的规避动作，让之后的几分钟过得很平安。实际上，能狙击并命中一辆行进中的车辆，本身已经是王牌狙击手才能做到的事情了，而一直追着这辆车不断命中，恐怕只有神或导弹才能做到。

陈默觉得，自己还没伟大到让导弹消灭的地步，所以，车子在开出几公里后，终于恢复了正常的行驶。

车子驰骋了两个多小时，最终在一处检查站停了下来，全副武装的果刚族士兵拦住了车辆。之前，已经看到检查站的众人早就将武器藏了起来，虽然一旦被发现，会引起更大的麻烦。

不过，果刚族的士兵并没有刁难他们。车子在士兵的监视下，缓缓穿过哨卡，然后一条蜿蜒的铁路赫然出现在众人眼前。

铁路上，工人们在努力工作着，一条条铁轨被接合铺设；车上，包括少年在内的所有人都一脸期待地看着这一幕，直到车子离开，才依依不舍地收回目光。

这是一项伟大的工程，只有中国人敢于承接这项工程，他们把交战区和两族之间的控制区彻底连通起来，这条铁路将带来和平和富裕。当中国人提出倡议的时候，内亚族和果刚族这两族人空前一致地赞同，并决定全力支持他们，还为此达成了和平条款，派出军事力量保护这条铁路的安全。事实上，两族双方都遵守了和平契约，他们在守卫铁路。

不得不说，铁路的出现，人为地勾勒出一条和平的分界线。在这条路上，每隔一段距离就设置检查站，配备庞大的驻军，让周围的安全直升一个台阶，也让众人在穿过铁路之后，终于可以放松一直紧绷的神经。

铁路的终点是内比亚的首都，也是他们的目的地内比利亚。

活着的死人

安顿完之后，陈默和电门清闲下来。

"我觉得，我们可以随便走走。"车来车往的道路上，似乎能找到一丝和平时期的繁华。

"好吧！"电门想了想，跟着陈默向外走去。

坐在咖啡馆舒适的椅子上，陈默觉得，这应该是一次不错的约会。

那个人的身影是在陈默端起一杯印度红茶的时候忽然从眼前闪过的。对于陈默来说，虽然仅仅只是一闪，但仍然一下子激活了心底清晰的烙印。

陈默只是犹豫了一瞬，就猛地起身，随手掏出两张人民币扔在桌子上，然后快步追了上去。后边，电门意外地看了一眼，随后也跟着快步离开。

陈默一直记得这个人，因为他认识对方，准确地说，他亲手杀了他，并且看着他倒在地上，抽搐，痉挛，然后一动不动。

陈默也为此付出了代价，三年的牢狱之灾，虽然仅仅只在监狱里待了几个月，就被红以调查的名义带走，但几年的卧底生活，依然是这次杀人的代价。

所以，这个人必须死了，陈默才觉得是公平的。

可是就在刚刚，他看到这个家伙了！他需要搞清楚这件事！

陈默快步跟了上去，身后，电门也一并向前跑着。

"发生什么事了？"电门低声问道。

"前面那个家伙，应该是个死人，现在活了，你说好不好笑？"陈默用眼神瞟着正向一座建筑物内走去的男子，低声说道。

"希望不是一个愚人节玩笑。"电门冷哼了一声，跟着陈默向前追去。

两人在目标进入大厦之后，也跟着走过去，但在门口被两名持枪警卫拦了下来，而直到此刻，他们才知道，对方进入的地方，是内比亚内政部的办公大楼。

两人站在街角一直等着，但结果与他们期待的相反，直到夜幕降临，那个该死的家伙都没有出来。这种情况只有两种可能：第一，对方从其他的出口走了；第二，这家伙可能今晚不会出来了。

"罗伯还活着，我想知道为什么。"陈默拨通电话，直截了当地向红询问道。

"你喝醉了吗？罗伯已经死了，被你打死的。"电话那边，红懒洋洋地说道。

"我今天看到他了！"陈默继续说道。

"你眼花了，也可能是你看错了，战场综合征的后遗症让你们看谁都像敌人。"红的声音拖着长长的腔调。

"你回来了吗？我们可能需要见个面！"陈默追问道。

"你知道在哪里能找到我，我没搬家！"红说道，然后挂断了电话。

陈默想了想，最终还是快步离开医院，走向黑夜。这个问题如果不弄清楚，他不知道自己会做出什么事来。

夜晚的内比利亚失去了白天的繁华，变得冷清肃然，因为之前发生恐怖袭击的缘故，城市正在执行宵禁。街道上，一些巡逻车正在往来巡逻，为了躲避巡察，陈默只能绕小路向红的家里走去。

虽然红住的地方离医院并不远，但也耗费了好一会儿，陈默才来到这座戒备森严的大厦。

正门依然有守卫，不过按照两人以前的约定，侧面的一个公用洗手间的窗户是为陈默留的专用出入口。绕过大厦，陈默利落地爬上二楼，试着挪动那扇窗户，窗户如愿被打开，陈默钻了进去。

笃笃笃，来到顶楼，敲响了红的房门，在一阵懒洋洋的脚步声中，房门被打开，然后，陈默看到了一个全身赤裸的红。

"你进来，还是我出去？"如此惊心动魄的景象足够让陈默意外了，不过红毫不在意，在对视了好一会儿后，懒散地问道。

陈默只能进来。

"喝点什么？还是水？"红走到吧台，为自己倒了一杯朗姆，又指了指桌子上的瓶装水，然后一口喝干了杯子里的酒。

陈默努力不让自己的目光投向红丰满的屁股和曲线惊人的腰肢，径自走到一旁坐了下来。

"我看到他了，我确定是他，他还活着！"陈默说道。

"这不可能，他死掉了，被你打死的！我见过他的尸体！"红转过身，扭曲的身体让她的乳房变得越发惊心动魄，也让陈默越发不自然。

"我看见他进了内政部的大楼！"为了避免尴尬，陈默折叠双腿，但被红一眼看透，对方索性身子摇晃地走过来站在陈默面前，毫无保留地将自己的美好展现给他。

"你一定是看错了，亲爱的，我保证！"红弯下身子，任由丰满的乳房在陈默面前晃动，一字一句地说道。

"我没看错，他确实进了内政部的大楼，你可以调取那里的监控录像，如果他进去了，就一定会留下痕迹。"陈默死盯着红美丽的面孔，不为别的，只是因为他的眼睛没有别的地方可以放。

"好吧，我会去做的，大人，那么现在，怎么办？"红挥了挥手里的酒瓶，向陈默问道。

"什么怎么办？"陈默反问。

"是你留下陪我一起喝，还是我们直接上床？"红指了指床铺，分开双腿坐在陈默的身上。

"你喝醉了！"陈默拒绝道。

"我他妈的为什么不能喝醉？"红反问，"你知道我今天看到了什么吗？地狱！"红吼道，酒气冲天，"他们肢解了所有伤员的尸体，除了你的朋友，她只是被割开了喉咙，很多女人被强奸了，然后再被杀死！我根本忘不掉！"

红忽然痛哭起来，扔掉手里的杯子和酒瓶，抱住陈默。

陈默犹豫了好久，才轻轻搂住红，对方赤裸的肌肤如同天鹅绒一样光滑。

"他们都是人，都是同胞！"红抽噎着。

"总要有人为此付出代价！"陈默低声说道。

陈默一直抱着红，直到对方沉沉睡去，他才小心地将对方放在床上。看着对方熟睡的样子，陈默默默为她盖上被子，然后悄然离开房间。

在房门关闭的刹那，红睁开了眼睛，看向空无一物的天花板。

"你到底对他使了什么魔法，我的安娜姐姐？"红喃喃自语道。天花板上，安娜灿烂的笑容浮现出来，目光无邪地看着红。

最近一段时间，陈默明显感觉到，战争在蔓延，以前的战争，只局限于交战区，极端派别在交战区向果刚族的部队发动攻击，后者则反击，并搜捕对方。双方似乎都没有扩大战局的意思，并且一直维持着某种意义上的平衡。而这段时间，这种平衡却被打破了，首先，是内亚族控制区，接连发生的动乱和袭击，以及在袭击下死掉的长老。

而果刚族这边，之前红所经历的恐怖袭击，也预示着混乱在加剧。动乱的局势在扩大，但对于幕后的操纵者，却依然没有头绪。

陈默从来不相信那些所谓的极端派别的领袖发布在网络上的宣传和口号，他甚至怀疑，这些家伙自己恐怕都不相信他们所说的。

他想要弄清楚，在这一切背后，到底是谁在主使？他们的目的是什么？一切又因何而起，怎么结束？

当然更重要的是，他需要找一个为三年前那次事件负责的人。

各种头绪混杂在一起，让陈默身心充满混乱，所有线索仿佛一张巨大的蜘蛛网，套在他身上，让他无法挣脱，却又理不清头绪。

陈默努力挣扎着，直到被电门叫醒。

"你的电话响了！"电门指了指陈默的口袋，里面传来轻微的震动声，陈默愣了一下，慌忙掀开盖在他身上的衣服，衣服上带着一丝香气，显然是电门帮他盖上的。

走到角落，陈默接通电话，电话那边，红的声音传了过来。

"你说的是对的，他没死，他还活着！"红的话，让陈默骤然清醒。

第六章　文物贩子

边境小镇

三周后。

原本热闹的内比利亚，此刻已经满目疮痍。袭击已经在这个城市彻底蔓延开来，没人知道为什么会变成这样。人们只能看到，这座原本美丽的城市一点点变成不适宜人类居住的废墟。

残破的街道上，不断有车子载着行李向城外离去，更多的人则行色匆匆地沿着街道两边行走着。他们目光呆滞，形容枯槁，逡巡的目光简单而卑微，就是寻找一些可以让他们续命的吃食或是赚取钱财的机会。

公路上，暴乱的残骸仍然执着地燃烧着，噼啪声中，隐约可见一些尸体和血迹。没人在意这些。在这三周里，大家对这些景象从惊恐，到担心，再到司空见惯，就仿佛一切本来就该这样。

"啪"，机械师重重地关上电视机。电视里的嘈杂让他有点不满，已经习惯的场景在电视上重复上演，除了让人腻味之外，毫无意义。最主要的是巨大的噪声已经干扰到了他与女儿之间的通话，即便上演的是震惊世界的大新闻。

机械师拿着手机不管不顾地回到房间的沙发上坐下，再次开启视频，与女儿进行对话："这里很好，娜娜，是的，有骆驼，还有很多的骆驼草……"

那说话的声音奶萌奶萌的，那满脸的笑容春风拂面，完全就是慈父，和他的职业不匹配，和他的年龄也极端不匹配。看着这幕场景，谁能想到这是一名"机械师"？

对于他的这种行为举止，众人已经见怪不怪了。自从在这座边境小镇落脚，悠闲的时光已经把众人包围了，大家仿佛已经把战争抛到脑后，心满意足地享受着难得的闲暇与平静。

而这一切的始作俑者，就是那名少年守经者。经过长时间的接触，众人知道了他也有自己的名字——菲兹，听起来就像中文"痱子"。

在三个礼拜前，众人在菲兹的要求下，成了他的保镖，去帮助他寻找那本可以拯救世界的法典。

名义上是任务，实际上包括陈默在内的小队成员都成了他的玩偶。连这些成员自己都是这样想的。

"玩偶"这个词是炸点首次提出来的，却得到所有人的赞同——虽然菲兹一直以找到《诺斯比莫》法典为自己的终极任务，但大多数时间，众人在他的调遣中，一直游走与奔忙在各种传闻和谣言中。

没人认为能找到那个该死的《诺斯比莫》。所有被询问的人都表示，那个东西根本不存在，或者被人毁了，或者埋在哪个不为人知的地方，抑或有可能被英国人藏在他们的博物馆里。当然，更多的人说即便找到它也毫无用处，一个混乱的国家，仅仅凭借一本书，又怎么可能得到和平呢？

只有少年自己固执地认为，他已经离目标越来越近了，只要找到法典，内比亚的和平将指日可待。

事实上，在三周的时间里，整个内比亚已经乱成一团，无论是作为果刚族控制的首都圈，还是内亚族控制区。战火和硝烟不断蔓延，越来越多的人被煽动起来，果刚族和内亚族的全面冲突一触即发。

三天前，众人在菲兹的要求下来到这座边境小镇。

这个无名小镇在地图上根本没有任何标志，没人知道原本足不出户的少年为什么知道这里。对小组成员来说，那块钻石的酬金，足够驱使他们带他来这里。

当他们来到这座无名小镇时，映入眼帘的一切让他们大跌眼镜。

无名小镇地处内亚族和果刚族共同管理地带的中心，也可以说是三不管地带。众人以为小镇必然也会和这个国家其他的城镇一样，陷入混乱和恐慌。然而，他们为此所做出的周密准备和部署，毫无用武之地。

他们就像穿越到了一个新世界，一处世外桃花源。这里一派祥和，没有爆炸，没有混乱，完好的建筑，绿柳成荫，行人随意交谈着，路边有各种酒馆、便民商店。路边的店里摆着不甚丰富但足够廉价的商品。

内亚族和果刚族在这里完全没有任何膈膜和冲突，大家如同亲人和朋友一样生活在一起。这一切，简直不可思议。

众人在进入小镇的时候，受到了严格的盘查，所有武器都被妥善安置在镇子之外。对于众人来说，能来到这里享受难得的和平，这点代价简直可以忽略不计。

无名小镇引起了他们的好奇心。炸点认为他们莫名地进入了桃花源里，甚至对机械师充沛的手机信号和画面里的女儿都充耳不闻，执着地认为自己是正确的。

陈默真的去实地走访了小镇。这里的人显然没有戒心，如实地向他们陈述了一切。

陈默得到了想要的答案，旅馆负责人真是知无不言，言无不尽。

这一切，据说离不开一位叫欧尔佳的女镇长。对于她的来历，众说纷纭。有人说她是大人物的后代，有人说她是反对派的头领，但所有人都肯定地说，这个镇子，是女镇长带着一群和她志同道合的人建立起来的。

菲兹之所以来到这里，就是因为他认为这位女镇长可以帮他找到《诺斯比莫》。

"我不明白，能有什么重要的事情需要我们等这么长时间？"陈默看了看周围，旅馆外面，众人很悠闲，天空晴朗得没有一丝云彩。这样的天气似乎更适合休假，而不是去做一些打打杀杀的事情。

"他们说有，就真的有吧，毕竟这里和我们见过的其他地方都不大一样。"少年想了想说道。

"走吧，我们去见见你说的那位女镇长。"没人在意他们的对话，大家都已经沉迷在眼前的和平中。可这里的和平是一种假象，一种障眼法，是不正常的。

想到这里，陈默从松软的沙发中站起身，拎起正在看书的菲兹大步向外走去。他的声音如愿地引来众人的关注，但大家不以为意，很快又回到自己之前的状态之中。无名小镇太美好了，不仅舒适而且安全。

交谈在一个看起来并不严肃的地方开始——至少陈默觉得，街边咖啡馆并不适合谈论长辈的葬礼问题，尤其周围还挂着一些卡通样的装饰，这让这个话题怎么都严肃不起来。

"我是欧尔佳，博格长老是我的父亲，我来是想告诉你们，《诺斯比莫》离开这里了。前一天，有人取走了它。"欧尔佳巡视了众人一圈，定睛看向少年说道。

"有人取走了它？是昨天吗？真的是《诺斯比莫》吗？你确定？"少年听到这个消息，非常激动，接连不断地追问，焦急地想得到答案，包括陈默在内的所有人的注意力都被吸引过来了。一直以来，这个东西只是个传说，众人并不相信它的作用和价值。然而这所谓的传说不仅变成了现实，而且还与它擦肩而过，这个消息太让人激动了。

"是的，我们有专家辨认过，它是《诺斯比莫》，我们是在一次考古活动中发现的。其实我们并不是想找到它，但它就在那里。"女镇长想了想，一边回忆一边解释道。

"什么样子？你把它给了谁？我们怎么找到它？"菲兹有点焦急。如果欧尔佳是一桶水，他恐怕会一股脑儿将对方倒出来查看个究竟。

"一群文物贩子！他们出了一个价格，把它买走了。我猜测他们打算跨越国境线，然而感到意外的是，他们又原路返回了。"欧尔佳想了想，回答道，"它的样子很普通，只是一本很陈旧的书，用羊皮卷写的，上面都是一些模棱两可的话。"

"你这么确定它是《诺斯比莫》？我没别的意思，只是觉得你的年龄和你的'确定'有那么一点点差距。"陈默看着女镇长，冷冷地问道，对方的确定无疑值得怀疑，除非……

"我当然确定，我对它的每一个细节都了若指掌……"女镇长说道一半，就立刻醒悟过来，闭上了嘴巴。

"是的，你当然确定了，根本没有什么挖掘，也没有什么专家，它只是放在你手里，一直被你保存着，然后有人收购他，无论是出价还是威胁，你很轻易地就交了出去，不是这样吗？"陈默看着对方，直接戳破了对方的谎言。

女镇长有点慌乱。不过对此，陈默并不以为意，他只是需要一个离开这里的借口。正好，对方给他了。

"我们应该去找他们，如果我们动作快一点儿，一定可以找到他们！"少年连忙回头看着雷神，用眼神催促着众人，"它是属于内比亚的，我们必须找到它！"

"好了好了，孩子，放心，我们会找到它，然后把它交给你，不过你要冷静，可以吗？"机械师走过来，安慰地拍了拍他的肩膀，然后看向女镇长，"你可能不太喜欢我们。如果你希望我们快点离开，就告诉我们详细一点儿，比方说，他们向哪里走了，有多少人，有没有武器……"

贫民窟

虽然离开欧尔佳的镇子已经很长时间了，但是陈默没法让自己的情绪平静下来，此刻的他，感觉自己就像是一座随时都会喷发的火山，一有风吹草动，就会让他爆发出愤怒的火焰。

而这一切的始作俑者，是欧尔佳！

是的，这个博格长老的女儿，一个一直认为父亲不懂自己，扼杀了自己天赋的家伙，亲手毁掉了博格长老的想法以及对这个国家的期盼。

陈默觉得，这个世界，有些人的想法很可笑。可能是一个人，或者一小撮人，充其量是整个人类中的几十亿分之一，他们总认为自己才是绝对正确的，凡是与他或他们想法不同的人，都是错误的。他或他们打着为了和平安全、为了整个人类这样冠冕堂皇的理由，以此来出卖国家，出卖民族。实际上，他或他们都是利己主义者，是利欲熏心的。

不得不承认，那个小镇足够美丽、安全、宁静，拥有目前内比亚人所需要的一切，但唯一欠缺的就是信仰。

他们不信仰什么，或者说，他们只信仰可以舒适地活在自己圈子里的机会，并为此不择手段。

陈默并不认为自己是一名民族主义者，但实际上，民族的共性却是人类生存繁衍必不可少的需要和保留，你的个性即便再尖锐突出，即便再凌驾于一切之上，都不可以，也不可能去否定这种共性，这是人作为群体动物必须保有的东西。

欧尔佳出于什么样的目的将父亲交给她的《诺斯比莫》给了对方，或许是因为对方施加了威胁和影响，或许是给出了足够高的价格。陈默很清楚，从欧尔佳交出《诺斯比莫》的一刹那，她就已经背弃了她的民族，出卖了她的国家，更别提她的信仰了。

想到这一点，陈默忽然明白过来，少年菲兹为什么执着地去寻找《诺斯比莫》。对于他来说，那就是他的信仰，作为守经者的信仰。

而眼前，内比亚的混乱，何尝不是信仰的缺失呢？陈默不懂，但他很想弄清楚这个问题。

轻微的摩擦声打断了陈默的思绪。身边，开车的电门摆了摆手，为奔叔叔的老迈露出歉意的笑容。

作为已经三十多岁的老车，奔叔叔行驶的时候总是发出一些奇怪的响声。虽然机械师信誓旦旦地保证，他刚刚修理过它，可靠得很，但陈默总觉得它更破旧了。不过对此大家都浑不在意，陈默自然也不在乎了。

车上，电门一如既往地开着车，雷神和少年坐在后面。虽然雷神几次想要和少年交谈，但对方却一脸焦躁地看着前方，仿佛下一秒就可以发现他的目标一般。

"他说在什么地方来着？"陈默故意挑起话头问道。他本想安慰一下少年，但不知道该说什么。与自己一直苦苦追寻的目标失之交臂，本来就不是一个很舒服畅快的经历。

"贫民窟，我们查过地图的。如果他们要去贫民窟，只能走这条路，因为其他地方荒无人烟，他们没法补给。"听到询问之后，雷神开口回答道。

"贫民窟？那是什么地方？为什么会有这样的名字？"少年果然被两人的对话吸引，转头询问道，"你们确定可以追上他们吗？"

"那里住着一群真正的无产者。"雷神想了想说道。对外人来说，内比亚充满了奇怪和神秘感，而贫民窟的存在是这种奇怪和神秘感混杂的巅峰。就内比亚来说，几乎处处都是贫民窟，因为大部分地区都一样贫穷，但只有一个地方可以冠名"贫民窟"，因为那里贫穷的程度能被所有人认可。

而那里，就是他们现在要去的地方。

"他们真的会去那里吗？"少年不安地问道，从他忐忑的表情上，陈默可以清晰地看到他的内心，他在担心《诺斯比莫》。

"当然了，不要担心，我们会追上他的。"雷神安慰地拍了拍对方的肩膀。少年稍许安稳下来，但目光依然时不时地看向前方。那个贫民窟到底是什么地方，他不理解，只是担心。

"我奇怪的是,这帮家伙为什么会回去?那边就是边境,如果是我,我会直接越境离开,而不是带着东西回去。"前面,一直在开车的电门忽然开口,提出了心中的疑问。她的话提醒了陈默和雷神,两人纷纷思索起来。

"回去很冒险,但这帮人存在的意义就是冒险,就像我们一样,不过能让他们冒险的唯一原因,就是金钱。"雷神思索着说道。

"除非买主就在境内,否则,他们不会回去。"陈默接口道,同时忽然想起之前菲兹遭到袭击的那一刻。

"之前有一群人去找菲兹,他们的目的也是为了《诺斯比莫》,一定有人透露了《诺斯比莫》在他手里。"陈默忽然醒悟过来,那群雇佣兵威胁菲兹的目的,也是要得到《诺斯比莫》,可是他们为什么要找呢?或者说,背后主使者是谁?

"不,不只是透露,实际上,他是指挥我们,让我们去阻止这一切!"雷神看着陈默,忽然开口说道。

听到雷神的猜测,陈默猛地一愣,有种筋脉被打通的感觉,雷神的话或许是无意,但说出了实情。是的,谁透露的?如果透露者一开始就知道这件事,是不是意味着,这一切其实就是一个巨大的阴谋呢?

之前的一些疑问和猜测在这一刻被贯通,很多事情似乎也能说得清楚了,陈默阻止自己继续想下去,因为那是关于他自己的秘密,与其他人无关。

"好吧好吧,如果我是那帮家伙,为什么会选择贫民窟来当交易地点呢?"陈默压抑着兴奋,拿出电子地图和众人商议道。对于安全承包商来说,事情就是这样,你永远要将敌人所有的步骤都猜测出来,才能从容地选择出最可能的那一条来做出决定。

"如果是我,因为这里交通便利,方便进入,方便离开!"电门说了一句。

"是的,方便很重要,当然,还有安全,起码让对方不敢乱来。不过这条现在不太容易做到。"雷神想了想说道。

"不,很容易做到,那里是一群穷人,贫穷没有任何忠诚可言,只要有足够的实力就可以,人一般不容易乱来。"陈默想了想,补充了一句。

"所以,我们真的要去贫民窟吗?"电台里,忽然传来炸点的声音,"别介意,我只是问问,那里对我们来说,可不是一个好的选择。如果让我选,我宁愿选择在外面伏击他们。"

听到炸点的提醒,陈默和雷神对视了一眼,再次调出电子地图。在陈默的触碰下,一处未被标注的城镇被放大在屏幕中间。

贫民窟!

炸点的担心不无道理,虽然他们没有去过,但是去过的人都很清楚那里的规则——贫穷。当贫穷成为一个地区的规则,就意味着无序和丛林法则。准确地说,对少数人来说或许是幸福的,但对于大多数人来说在那里他们只能是被掠夺的对象。那里之所以叫贫民窟,也正是因为没有规矩,没有法律,盛行丛林法则,几乎遍地充斥着毒品、违禁品的交易和买卖。那里远离中心城市,又处于果刚族和内亚族交火线的中间,除了走投无路的人,没人会去那里。

但那里又是返回内陆的必经之地!

"贫民窟可不是个好的选择。"机械师在电台里说道,"我宁愿去末日镇,至少,那里的人很真诚。"

"你确定?"炸点反问道。

"确定什么?"机械师反问道。

"你确定末日镇真的是个真诚的地方吗?"炸点愕然地问道。

"当然,那里的人很真诚,他们如果想要杀死你,会表现出来的。而不像贫民窟,他们上一秒和你喝酒,下一秒就会拔枪干掉你。"机械师回答道。

不得不说,机械师的总结很中肯,而且也有足够的说服力。你不能指望从一群心理阴暗的人那里得到诚恳,他们有的只是狠辣和阴损。

"好吧,你说得对,那我们要不要去呢?"炸点询问道。

"去,我们就去那里!"还没等众人回答,少年开口说道。

这个世界总是由有钱的人来决定的,或者说,大部分是。好吧,至少在这辆车里是这样的。

听到少年的话,众人不再询问,电门更是直接提速,向贫民窟的方向开去。

无论是在和平时期,还是在战争时期,或者是在其他任何时期,社会总是有一群人活得很放肆和不负责任。他们不在乎社会的规则,并且随意地违反而不需要背负心理和道德的负担,这群人被称之为反社会人格,同时也是一群罪犯。

而当这群人聚集在一起的时候,这里就是他们最幸福的地方,当然,前提是没有人管束。贫民窟很适合这样的人存在,这也是众人担心的事情。根据佣兵之间的传闻,曾经有不止一队的佣兵陷落在这里,也正因为如此,这里才成为大家心中的禁忌之地。

"如果有人管束,那就是监狱。"雷神想了想总结道。

车子很快就到了贫民窟境内。一排排路障和各种各样的垃圾出现在众人眼前。肮脏,破旧,是贫民窟留给所有人的第一印象。当然,对于这群不负责任的人来说,这些都不该是他们考虑的问题。

车子小心地在勉强算是路的道路上行驶着,各种各样的残骸和垃圾指引着他们一直向前。直到第一个真正意义上的路障出现,车子才在前方警卫的摆手下,缓缓停了下来。

这里有警卫,让人感到很意外,虽然对方只是拿着一把破旧的AK,但如此巨大的反差仍然让人觉得不可思议。

这里已经是最贫穷的地方了，他们还需要守卫吗？或者说，他们要守卫什么呢？

"我觉得有可能是个陷阱，拿好武器，不要相信他们，如果有什么事情，可以开枪！"车子里，雷神拽出格洛克，利落地打开保险放在腿上，其他人见状，也纷纷效仿。菲兹则警惕地缩了缩身子，以便在发生交火时，让自己的目标尽量小一点儿。

电门操纵着车子缓缓滑行到对方面前。警卫端着武器走了过来，样子散漫，仿佛在遛弯。不过当看到电门之后，表情立刻变得精彩起来，原本端着的枪也被端正地背好。

"小姐，欢迎来到贫民窟，请问有什么需要我帮你的吗？"警卫扫了一眼众人，目光再次回到电门身上，赤裸裸地盯着她的胸口。

"躲开一点儿就好！"电门勉强挤出一个笑容，冷冷地回答道。

"好吧，好吧，你可以进去了！"警卫无所谓地耸耸肩膀，然后大度地站在一旁，让出一条路，电门看了看陈默，后者点点头，车子加速向前驰去。

后面，皮卡车里，机械师直接端起步枪，架在车门上，直到奔叔叔走到足够远，才缓缓开车离开。

"小姐，很期待能再见到你！"警卫并不在乎众人的警惕和威胁，在车子离开好远后，依然用力地挥挥手，热情满满地喊道。

"我不喜欢这里！"电门听到喊声，却没有任何表情，只是平静地告诉陈默。陈默耸耸肩，赞同了对方的意见。没人会喜欢这里，除非是和他们相同的那群人。

"我听说过很多关于这里的传闻，如果能让我选择，我绝对不会来。如果需要我的忠告，我可以告诉你们，这里除了空气，不要沾他们的任何东西。"雷神想了想，向众人告诫道。陈默诧异地从后视镜里看了雷神一眼，看到对方慎重的表情，他的疑问在嘴里徘徊了一圈之后，又咽了回去。

每个人都有自己的秘密，虽然陈默的目的是探听，但现在却不是一个揭开秘密的好时机。

进入哨卡之后，环境变得好了很多，至少，满地的垃圾已经不见了踪影，道路也在无数车辙的碾压下清晰平整了很多。

车子再次拐弯，破败的建筑构成的镇子才终于出现在众人面前。

远远看去，这里和其他所见的镇子并没有什么不同，破败的建筑，昏黄的色调，仿佛被掰碎的饼干胡乱地丢弃在地上。但在这普通之中，又有很多与其他地方格格不入甚至迥异的细节，让人很难捕捉，却又那么醒目。

建筑周围，一些人躺在只有一条破毯子的床铺上，探头张望着，似乎在确定来人能给他们带来什么。更多的人则毫不在意他们的到来，依然躺在唯一的家当上熟睡着。

众人警惕地观察着，目光转向每一个会动或不会动的人和物体，以便为自己寻找开枪的借口。少年也在好奇地打量着四周,但很快就看到一个物体,然后眼睛再也挪不动了。

"天啊,那上面挂着的是个骷髅吗?"少年喊了出来,指了指一根杆子上挂着的骷髅,或许因为时间还不太长,骷髅上的头发还完好地保存着,混乱的长发在微风中带着一丝杂乱。

雷神看了一眼,一把将少年从车窗处拉到身边。菲兹乖巧地没有挣扎,但目光却依旧探向窗外,仔细看着每一个路过的物体。

车子继续前进。人们注意,然后不在意,然后继续注意,又忽略。直到看到一处破旧的建筑,以及门前的那个巨大的杆子和杆子上挂着的水桶,雷神才示意电门停车。

"那是家酒馆,我们可以进去看看,如果想打听消息。"雷神说道。陈默点头,推开车门下车,在警惕地注视了一下四周之后,回到驾驶室门口。

"留在车上,记得,有什么不对就开枪!"嘱咐了电门一句,陈默跟雷神走了。身后,炸点从车上跳下来,背着枪站在车子旁,警惕地注视着每一个人。

陈默和雷神走进酒馆,里面灯光并不明亮,房间幽暗,简陋破败,发电机发出的低沉的轰鸣声提醒着这里灯光的昂贵和它暗淡的原因。

在灯光下面,一个简陋到只有几块板子拼凑的吧台旁边,站着一个身躯佝偻的男子。而在吧台周围,摆着几张桌子,桌子旁边,包装箱和其他什么东西被当作残破的椅子围在周围,上面,坐着一群精神颓废的家伙。

"想要点什么?"佝偻的男子看到陈默两人进来,大声问道。声音引来一些人的注意,但很快他们就对两人失去了兴趣,继续交谈着自己的事情。

"你这里除了消息没什么我需要的,我想打听点事,如果你知道,我可以付钱。"雷神走过去,看着对方,掏出几张美元,在对方面前晃了晃,然后扔在吧台桌子上。

"我不知道!"佝偻男子看着雷神,忽然笑着说道,"我不是卖消息的掮客,我只是个酒馆老板,虽然有时候也兼职其他的,比方说,劫匪。"

"他们在哪里?"雷神不想废话,再次询问道。

佝偻男子忽然挥了挥手:"嘿,谁能干掉他们,这瓶酒就是你们的!"

喊声中,之前坐在周围,对一切充耳不闻的酒客们,纷纷站起身来,原本光秃秃的手上,也多出来各式各样的武器。

早已经有所准备的陈默和雷神快速动起来,重重地几脚踢晕了几个家伙,然后冲到老板身边,一把将对方抓了起来。

"好了,现在告诉我,你到底知不知道?如果不知道,我就把你的脑袋塞进你妈的屁股里。"雷神抓着对方的脖子,大声质问道。酒吧老板茫然地四下摸索着,仿佛想要抓住什么当作依靠一般。

"我不知道,我只是个酒馆老板,这些事,你需要去那边打听,广场那边,所有的交易都在那里，他们信不过别的地方！"老板恐惧地尖叫。雷神手指卡住了对方的动脉，眩晕的感觉让对方瞬间体会到了死亡，老板放弃了威胁和负隅顽抗的想法，态度也因此变得顺从起来。

门外，炸点看到陈默等人完好无损地走出来之后，如释重负地放下手里的武器。

"怎么样？"炸点问道。

"还不错，我们很适合当抢劫犯。"雷神挥了挥手里的钞票，对炸点炫耀道。

往　事

酒馆老板说的广场，距离这里大概一百米远，说它是广场，明显是赞扬，这里只是建筑物中间的一块空地。

唯一不同的是，在这块空地周围，没有什么可以隐藏和躲避的地方，视野开阔，360°无死角，也充分满足了这些人互相不信任的特性。

"这里很适合交易，我说的不是环境，是人！"雷神看了看周围，对身边的炸点和陈默说道。

"人？这是一群可以被任何利益和恫吓收买的家伙，你确定吗？"炸点听到雷神的话，惊讶地说道。

"纠正你一下，对所有人来说都是这样，每个人都知道。对于交易双方来说，都是公平的，他们没有忠诚，就一定会背叛，那么就无所谓保密。"听到炸点的询问，陈默在一旁解释道。

"所以，这就是公平吗？或者没人收买他们，或者，都去收买他们？"炸点若有所思地说道。

"是的，不过这和我们没关系，我们不是交易者。"雷神说完，看了看周围，很快找到附近的一棵小树。

"炸点，接下来的几天，我们就监控这里吧！"雷神对身后的炸点说道。后者打了个没问题的手势，随后大家向车子的方向走去。

看到众人回来，机械师收起武器回到自己的车子，很快，两辆车就迅速离开空地，驰出贫民窟。

一直到车子离开好久，酒馆里的人才小心地走出来。

"他们是谁？想干吗？"酒馆老板看着众人离开的方向，向身边的人问道。

"谁知道？或许是交易，或许是杀人，来这里的人，没什么好东西，肯定也不会干什么好事！"有人说道，看透一切的言辞中，透露出对这些事情的习以为常。

"他们相信我们了吗？"身边人再次问道。

"那不是我们该考虑的问题，我们只需要做我们该做的事情就行，去告诉大家一声吧，让大家注意一点儿！"老板想了想，忐忑地说道，"只要我们做得足够完美，相信这一次也没问题！"

陈默等人并没有听到刚刚老板和酒客们的对话。即便听到他们也并不是很在意这点，时间的不确定性，让对方即使知晓他们的行动内容，也无法采取行动，除非他们能一直跟着自己。

陈默不打算给他们这个机会，在确定了位置之后，众人迅速开车离开贫民窟。这里并不是个好地方，没有信任感的地方永远不是夜宿的好营地，相比这里，游荡着荒漠狼的荒野就像是五星级酒店一样舒适。

离开要比前往顺利多了，车子卷着尘土驰出镇子。在炸点无人机的侦测下，众人选择了距离镇子几公里外的一处空地当作他们的宿营地。

在众人完成必要的布置之后，看着无人机带着低沉的嗡嗡声缓缓消失，陈默望向远处的贫民窟。黢黑的夜晚，那里的灯光清晰可见，虽然不多，但在黑夜中带给人一种希望的感觉，即使内心很清楚，这种感觉对于那里来说，有多么荒谬。

"你确定他们会来这里吗？毕竟，他们比我们提前了一天。"陈默回头向雷神询问道。

"这片土地上，什么都有可能发生，没有什么可以确定。不过，如果那个欧尔佳说的是真话，那么这些人真的返回内陆，这里确实是最好的交易地点。"雷神想了想说道，"在他们完成交易后，可以立刻原路返回，从边境离开内比亚。"

"他们会不会已经完成交易了？"陈默想想追问道。虽然在内比亚待的时间并不短，但陈默很清楚，对于一些方面的了解，雷神依然有绝对的权威。

"不可能，如果真的只有一天时间，他们根本做不了什么，联络买家，并且等待他们到来，都需要时间，除非他们随身带着买家。"雷神笑着摇摇头，而他的话说服了陈默。

起身看了看已经进入梦乡的少年，陈默再次回到雷神身边坐了下来。

"干完这一单，你会不会离开？"思索良久，陈默小心地问道。一直以来，他都在考虑要不要去了解小队成员的秘密，以找到线索。而随着这几次共事，与他们进行了深入的接触，他又害怕探听。他担心，一旦发现真的如红所说，小队与安娜的死有关，他不知道该如何面对。这么长时间的相处，最让他担心的事情还是发生了，他已经与众人相处出了感情，这让他在面对这个问题的时候愈发矛盾。

"不会吧，我来这里已经六年了，战争爆发之后没多长时间，我就来到了这里。当时，内比亚还没有像现在这样，那些所谓的极端派别，更像是一群喜欢惹事的少年，他们枪击政府大楼，投掷爆炸物，动作笨拙而生疏，对于我们来说，并不难对付。直到三四年前，这群人忽然之间变得成熟了，你知道那种感觉，如果之前他们只是一群充满热血的民兵，那么一瞬间，他们就变成了百战精兵。据我所知，很多公司都在那段时间损失了很多人员，在我们还没弄明白怎么回事的时候，冲突的规模就瞬间扩大了。"雷神靠在车边，茫然地看着远处，回忆着。

"我们也遭受损失了？"陈默轻轻地询问道。

"嗯，两个兄弟，当时我们只有四个人。一次营救任务中，两人被击伤了，我和机械师带着他们撤下来，其中一个被打中了大腿，5.45毫米的子弹翻滚了，医生被迫截断了他的腿。另外一个，打中了脊椎，当我们找到医院的时候，他已经没有了心跳。"再次被翻出往事，并不是一件舒服的事情，不过雷神没有拒绝回答陈默，依然毫无保留地说了出来。

"后来呢？"

"后来，冲突越来越剧烈，然后就是频繁地换人，有些人承受不了压力，选择离开；有些人彻底留在这里。在你之前，我们又有一位兄弟离开了，一颗流弹穿透了奔叔叔，从防弹插板的缝隙里穿过去，打穿了腹膈膜，让他根本没法喊出来。等我们发现的时候，血液已经装满了他的腹腔，他是被自己的鲜血呛死的。"雷神说到这儿，终止了交谈，扶着车厢站起来，径自走向点燃的火堆。

"我不能离开，几名伤亡人员的安家费还差很多，总要有人去承担。所以，你们谁都不允许再受伤和挂掉了！"雷神最后一句话是对火堆旁边的其他人说的。电门举起手里的饭盒，应和了一句；机械师无所谓地撇了撇嘴，继续喝着他杯子里的廉价包茶。

陈默走过去，从电门手里接过一杯热水，递给坐在车顶监视的炸点，随后利落地跳上车顶，从对方手里接过监视器。

"怎么样了？"陈默看了一眼屏幕，黑乎乎的什么也看不见。

"调一下模式，用红外模式。"炸点在屏幕上按了两下，上面立刻变成淡淡的绿色。"目前没看到什么。"

"总要弄清楚他们在干吗，这么晚了。"陈默看了看炸点，后者也是一脸茫然。

陈默起身，准备下车，可刚转身，一个柔软的身体就与他撞在了一起。电门不知道什么时候站在了他的身后。

"我和你一起去吧，反正也睡不着。"电门说这句话的时候，脸微微红了一下。幸好天色黑暗，陈默并没有发现。

这么长时间的相处，几个人之间的了解已经到了无话不可说的程度，而陈默和电门的关系却依然保持在暧昧阶段。

"这帮混蛋，他们到底在干吗？"炸点真想将无人机降低下去，把事情弄个清楚，但最终他还是压抑住了这种想法，耐心地监视着。

陈默和电门一前一后走在坚硬的戈壁滩上。夜晚凛冽的冷风让两人瞬间清醒了不少，看着天空明亮的星星和幽暗的四周，电门忽然加快脚步追上陈默，搂住对方的胳膊。

"怎么了？"陈默回头看了电门一眼，后者却转头看向别处。

"没什么，你走得有点快，我追不上！"电门胡乱应付了一句。

陈默本想提醒对方战术队形的重要性，但最终这个直男般的念头被他硬硬压了下来。

"一转眼，我来内比亚已经一年多了！"挽着陈默，电门忽然放慢了脚步，看看清冷的四周，缓缓说道。

陈默没有打断她的意思，此时此刻确实不是一个执行任务的好机会，而且，他也真的很想了解电门为什么来这里。当然，不是因为任务而了解。

"其实我加入国民警卫队也是因为他，他一直向往成为一名士兵。"电门说道，"他的父亲是军人，他的爷爷是军人，可是他却成了众人眼中的外国人。"

"不意外，我爷爷和父亲都只是普通工人。"陈默努力想了想，发觉自己家里能和军人扯上关系的就是他家住的离军队营地比较近，仅此而已。

"而且，美国的枪支管制并不严格。"电门说着，看向陈默，"我玩过很多枪，我的枪法是用子弹一点点堆出来的。"

电门看着陈默，但目光却并没有聚焦在他身上，而是投射到已经在远处的曾经。

"我觉得，我们应该培养共同的兴趣和爱好，虽然，我并不喜欢这些，但我执着地认为这是对的。直到有一天，他报名参加了美军。"电门犹豫着，说出了一直迟疑着没有说出的原因。

"不难理解。"陈默简短地说道，"加入美军的优渥条件确实很难让人拒绝，无论是绿卡还是其他条件，都足以让人把参军当作一条便捷的出路。"

"他不需要，他无论是条件还是地位，都不需要他依靠加入军队来获得便利。"电门听到陈默的话，摇头否认道。

"那为了什么？保卫美国的政权？"陈默觉得有点荒谬。虽然这个理由足够高大上，但作为新移民，真的会在得到他们向往的生活之后，又甘愿去危险的战场上拼命吗？

"这曾经是他的理由，我甚至相信了。"电门苦笑了一下，不知道是因为对方的理由，还是自己的愚蠢，"直到后来我才明白，其实我错得太离谱了。"

"怎么了？"陈默看了一眼电门，幽暗的星光下，对方的嘴唇正在颤抖，即便是拼命压抑着，甚至用牙齿咬着，依然明显而清晰。

"他主动申请前往内比亚，执行维和任务，在随后的一年里，大约有三次冲突事件与他有关,三次事件中,他一共完成了十四次射击,三人被击毙。"电门冷冷地念叨着,仿佛在叙述调查报告的一部分。

"这里的混乱,确实足够让人……"陈默犹豫了一下,安慰了一句,但话还没说完,就被电门打断,后者几乎是吼着对他说出之后的话来。

"两名儿童,一名妇女!他们后期调查他,在他的电脑里发现了大量屠杀的照片,对这一切,我完全不知情!你懂了吗?他成了一名杀人犯!为了掩盖这个丑闻,军方勒令他退役,给了他一笔钱,和一枚毫无意义的勋章!"电门一字一句地说道。此时此刻,她所说的每一句话,都是她以前从未对任何人说起的,隐藏在心底最深处的秘密,那种重新被揭开伤口的感觉,那种新鲜的疼痛,让电门几乎不能自已。

"他疯了!"陈默沉默良久,才幽幽地说道。作为一直在这片土地上生活和战斗的人,陈默很清楚,即便是最残忍和没有道德的雇佣兵,也不会毫无缘由地随便对儿童下手,对方这么做,已经触碰到了人类所能容忍的底线。

"你是为了找到他吗?"陈默反问道。

"是的,我要找到他,然后,亲手干掉他!"电门想了想,对陈默说道,随后她轻轻松开挂在陈默手臂上的手,利落地从身后将背着的步枪重新端起,快步向前走去。

酒馆里依旧幽暗,刚刚启动的发电机让白炽灯泡在闪了几下之后才迟缓地发出暗淡的光芒。陈默和电门走到角落坐下,感受着屁股下面包装箱的倾斜。陈默挪了挪被当作桌子的大箱子,将自己和电门隐蔽在阴暗的角落里。

耳机里忽然传来炸点的声音。

"我需要提醒你们,外面来人了!"炸点的声音从通信器中传来,瞬间驱散了之前的幸福感。

"来人了?在哪里?"冷静下来的陈默,第一时间询问道。

"西南方向,从两个方向向你们接近,大约四辆摩托、三辆皮卡车,全副武装,人数不少于十五人。别怪我没提醒你们,如果你们不撤退,在大约三分钟后就会遭遇。现在离开的话,需要向东走,然后再转回到我这里。"炸点在耳机中说道。

要不要走,现在并不是陈默要考虑的问题。在得到炸点的情报后,陈默立刻转身看向身后的众人,只是略微犹豫了一下,就立刻下了决定。

推开众人,陈默快步走到酒馆老板身边,弯下腰,以只有他能听到的声音小声向他说道:"有人来了,十五个人,有武器,大约三分钟后到。"

听到陈默的话,酒馆老板先是一愣,然后第一时间推开陈默,走到众人中间。

"所有人,立刻躲起来,有人来了!"酒馆老板的声音不大,但在深夜中却格外清晰。听到他的话,人们纷纷起身向各个角落跑去,原本悠闲的气氛转瞬即逝。

"谢谢你们,你们快走吧!"酒馆老板用力揉了揉自己的脸,再次装出一副混混的样子，随后走出酒馆，向黑暗之中招了招手。

很快，一个人快步跑了过来。陈默看了一眼，发现竟然是之前站在村口的那名警卫，此刻对方依然背着那把AK，样子却少了之前的下流和猥琐。

看到对方到来，老板低声耳语了几句。警卫点头，用更快的速度向村口跑去。交代完一切，酒馆老板快步向酒馆走去，可就在他刚刚要走进酒馆的时候，却猛地停住了脚步。

"你们两个为什么还不走，这里会很危险！"酒馆老板回头看着两人，惊诧地提醒道。

"危险？"陈默看了电门一眼，无所谓地耸了耸肩膀。

"我只想知道，你那里的酒怎么卖？"陈默笑嘻嘻地问道。

"你想干什么？"酒店老板从陈默的笑容中看出了一些端倪，立刻警觉地问道。

"当个化装酒客啊！"陈默随意说道，然后拉起电门的手准备钻进酒馆。

酒馆老板见状，慌忙过来阻挡。

恰在此时，一声清脆的枪声响起，随后耳机里传来炸点的呼叫："他们开枪了，打死了门口的警卫！"

一阵轰鸣的摩托车引擎声响起，四辆摩托车开着雪白的灯光，从村外冲了进来。

"快进去！"酒馆老板见状立刻将阻挡变成推搡，将两人推进酒馆，随后整个人像换了个人似的，装出一副懒散的样子走进酒馆。在进入酒馆前的一刻，他意味深长地看了一眼已经清晰逼近的黑影。

他们到了

摩托车特有的引擎轰鸣声由远及近，在耳边放大，最后转变为低沉的轰鸣。在一阵阵嘈杂的对话和乒乓作响的枪支碰撞声中，一群全副武装的雇佣兵快步走了进来。

借着暗淡的灯光，一名光头大汉走了进来，背着一支M270，挂在腰部的狗腿刀随着他的走动碰撞着身后的手雷。在他身后，七八个和他打扮差不多的家伙也跟着进来，让原本并不宽敞的酒馆瞬间变得拥挤。

"妈的，这里臭得简直就像狗屎！"大汉走进来，皱着眉头坐在吧台旁边，重重地吐了口唾沫咒骂道，随后将目光投向酒吧老板。老板则一脸镇定，目光阴冷地看着对方。

"我们会在这里待上两天，需要个地方做点事情。"大汉大大咧咧地看着酒馆老板，与其说是商量，不如说是下命令。

"这需要钱，如果你不想被人打扰。"老板抬起厚厚的眼皮看了光头一眼，懒洋洋地说道，仿佛完全没有看到对方全副武装的样子和故意展现出来的威胁。

"钱？我没看到需要我花钱的地方，除非是我感兴趣的东西，可是这里什么都没有，女人、毒品……所以，你不会从我这里得到一分钱的！"光头冷笑了好一阵，抓住老板的衣领，将对方重重拉到身边，恶狠狠地说道。在他身边，同伴也纷纷警惕地抓起各自的武器，看向四周。

仿佛演戏一样，之前在雷神的闪光弹中哀嚎倒下的酒客们，一个个都站起身来，用表情和姿态表现出他们的不满。

冲突在此刻仿佛一触即发，不过酒馆老板却恰到好处地挥了挥手，制止了这可能爆发的冲突。当然，前提是真的可能！

"今天上午，你们是不是也是这样？"电门注视着发生的一切，凑到陈默的耳边低声问道。陈默不由得想起上午时，他和雷神的凶神恶煞，不用对比，举动和言辞简直如出一辙。

"一模一样，好吧！不过现在看起来，我们的样子蠢透了！"陈默看着光头凶神恶煞的表演，摇头叹息道。此时此刻，他才明白，之前这个老板所表现出来的一切都是假象，至于为什么要这样，需要探究一下。然而看穿老板的表演伎俩，心底那种受骗的感觉让人一点儿也不舒服。

"好了，钱的事我可以不提，你们需要的东西我可以提供给你们，不过你们办完事情之后，最好马上离开这里！"酒馆老板看着光头，虽然因为被抓住衣领让他的脸憋得通红，但他依然保持着淡然和平静，冷冰冰地向对方要求道。

"成交！"光头大汉注视着手里的酒馆老板，思索良久，一把将他扔回到柜台里，老板重重地跌坐在地上。

"好吧，你们需要的空地在那边，走过去没多远就到了。那里不错，很适合做交易。"老板的回答与上午给陈默的回答完全一样，得到的反应也是大致相同。

光头重重地吐了一口唾沫，向身边的人招了招手。冲进来的雇佣兵们，用力推开周围围拢的酒客，快步离开。

光头是最后一个离开的。当他走到门口的时候，忽然停住脚步，从肩膀上摘下一把AK，胡乱地扔到桌子上，丢下一句话："这个是站岗的那个家伙的。我兄弟下的手，你可以去看看，如果他还活着，记得告诉他，下次不要拿着枪出现在我们面前，而且还是一支毫无用处的破枪！"

陈默不用猜测也知道，对方应该是去空地那里探查和准备了。就在光头跨出门口的时候，之前还一脸凶狠的酒客们纷纷跑到AK旁边，酒店老板也蹒跚走过去，捡起地上的AK，仔细端详起来。

"是吉姆的东西，你们快去看看，看看他怎么样，其他人立刻去通知大家，千万不要让孩子们出来。"酒馆老板打量了一眼武器，脸色一变，立刻低声说道。听到他的话，酒客们纷纷离开。很快，酒馆里就只剩下陈默、电门和酒馆老板三人。

听闻警卫被杀，酒馆老板很心痛，一脸悲哀，佝偻的身躯在这一刻仿佛要缩成一团，然而苍老的脸上没有泪痕，哀伤被压抑在心底。空气中所流露出的哀伤如同暴风雨之前的黑云滚滚，让人无法透气。

"对不起！"陈默不知道该怎么安慰对方，所有的情绪只能化为一声道歉。

"和你没关系，你没有伤害我们。其实我很想说，我们已经习惯了，但没人能习惯被人欺负，我们能做的只是忍让，把伤害降到最低。"酒馆老板说着，快步走出酒馆。

直到此刻，陈默才弄明白，贫民窟的所有传闻和他今天用眼睛看到的一切，都只是假象。贫穷是真的，破败是真的，但他们伪装出来的凶狠和流传出去的传言，却是不折不扣的假象。这些处于被欺压的最底层的人，其实在努力地维持着最后的底线，活下去。为了避免被人伤害，甚至夺走生命，他们才故意伪装成凶狠的样子，让外界以为这里不可接近。只有这样，他们才能保留活下去的尊严，获得一点点可以生存的空间。

想想那对新婚夫妻褴褛的礼服和孩子手里那一点点的糖果，从物质层面上讲这里是真正的贫民窟。但即使如此，他们仍有保护自己的生存方式。

思及此，陈默忽然觉得，酒馆老板简直就是一个英雄。老板深谙丛林法则，看透人性最自私的本质，很清楚这些家伙不喜欢招惹麻烦的想法，所以他精心构筑的欺骗和伪装，是完全洞悉雇佣兵内心想法之后的设定。无论是故意表现出的凶恶还是装出来的高深，都是阻止对方轻举妄动的筹码，而随后的退让，既满足了对方想得到的尊重，又最大限度地维护了众人的安全，同时也抑制了这些雇佣兵们随时爆发出来的征服欲。

如果没有这一切，当雇佣兵面对一群一无所有的平民时，他们的暴虐和欺凌会最大限度地爆发。面对枪口，这里的人们连一丝抵抗的力量都没有，就会被轻易地碾成碎片。可以毫不夸张地说，如果没有酒馆老板的布置和骗局，那么只需要一支步枪和一个疯子，这里就会变成废墟和坟墓，而不会安静地存在到现在。

至于步枪和疯子，在内比亚，满地都是！

酒馆里只剩下陈默和电门，陈默回头看了电门一眼，却不知如何是好。此刻他几乎被负罪感淹没，羞愧得无地自容。虽然他可以找到无数理由，证明这一切都不过是迫不得已，但事实证明，作为强权者，他在某一时刻有意或无意地欺压了一群手无寸铁的妇孺。

"这事不怪你！"电门走过来，抱了抱陈默，小声安慰道。目睹这一切，电门感同身受。

"是吗？这是他们的国家，他们的土地，我们在这里干吗？"发电机停止运转，黑暗重新降临，外面的星光被门框约束成一个奇怪的形状，陈默看向外面，低声自责。

"不知道，我也在找理由，但没有理由，虽然我们有枪，但我们才是一群懦弱者，因为一旦有威胁，我们可以逃走，而他们却要一直留在这里！"电门想了想，老老实实地说道，"我现在终于明白菲兹为什么想要找到那本书了，他即便再幼稚也不会认为一本书可以让和平降临，他只是想弄清楚，他的国家，到底哪里出了问题。"

"是的，我们应该帮他找到这本书。"

"当然，毕竟他付了钱。"电门点点头，黑夜中，她的眼睛闪闪发亮。

"嘿，你们说完了吗？如果说完了，你们应该去那边看看，我觉得，如果想找到那本书，这帮家伙应该是个不错的选择！"耳机里，炸点的声音不合时宜地传来。听到他的提醒，两人收拾心情，快步走出酒馆。

门外，黑夜依然笼罩着大地。黑暗的村落里，只有空地灯火通明。在唯一的一条道路上，之前去营救警卫的村民已经回来了，几个人吃力地抬着警卫的尸体走过来，一群接应他们的人很快围拢上去，在确定警卫已经死去之后，又匆忙地将尸体抬走离开。

他们都来不及悲伤，那群在空地上的雇佣兵是他们现在的最大威胁。他们手无寸铁，受到了伤害只能隐忍，只能等待。只有等他们离开，或许才会有时间，在某个不被人打扰的夜晚，为这个曾经的同伴举行葬礼。

头顶上，炸点的无人机已经冒险降低高度，可即便如此，在防红外伪装的遮挡下，炸点依然看不清楚他们在干吗。陈默和电门别无选择，只能冒险过去侦察，而这，也确实是他们来这里的目的。

陈默和电门驻足好久，一直到众人再次藏身于黑暗，才悄然向空地走去。借着黑暗和身上的伪装，两人有惊无险地走到距离空地不远的一个土坑，藏了起来。

相比两个成人，土坑显得有点浅，幸好电门足够苗条，两人才勉强缩身在里面。

阵阵微风顺着空地的方向吹来，带着一股股硝烟和淡淡的血腥味道。

"他们确定会来吗？"一个声音随风飘来。

"是的，这里很不错，这群穷鬼没有什么忠诚可言，所以不值得相信，他们应该也是这么想的。"这是那个光头的声音。

"好吧，就在这里布置下来等他们，完成交易，我们马上离开，从边境出去，去邻国。"第一个声音立刻命令道。

然后是纷乱的布置声。陈默悄然探头望去，不远处，十几个人正忙碌地在周围布置着什么。陈默看到一个家伙将一枚阔剑地雷插在面对自己的地方，然后利落地将引爆器隐藏在一旁。

他们到底想干吗？陈默疑惑地观察着，身边，电门也悄然探头张望。

在两人的注视下，众人很快完成了布置，重新聚拢在一起。

"头儿,你确定他们会来吗?说实话,虽然这玩意儿是个文物,但我并不认为它值什么钱!他们真的会为这个东西冒险,而且是那么大一笔钱?"光头走到一名高个子身边,疑惑地问道。

"我也怀疑过,不过那又怎样,我们没有什么可以利用的价值。如果是杀人,他们可以去找雇佣兵;如果是盗窃,有很多人愿意卖命。我们只是一群挖土的文物贩子,他们有什么必要来算计我们?"听到光头的疑问,高个男子思索之后对他说道。光头沉默良久,点了点头,虽然心中的疑问仍然没有解开,担心却被消除了大半。

在坑里,听到他们的话,陈默骤然醒悟。如果一切属实,这些人就是他们要找的那群人!那群从欧尔佳手里拿走了《诺斯比莫》的人。

已经连续找了这么长时间的目标此刻就在眼前,陈默有点激动。他本能地摸向背后的步枪,如果现在动手,陈默和电门应该可以利用交叉火力压制住这些人,只要胁迫住领头的,就可以让他们交出东西。

而就在他考虑着要不要现在就动手的时候,电门冰凉的手忽然伸进他的手心,轻轻滑动了几下。

"别急!"电门低声对陈默说道,"或许我们还有其他办法!"

听到电门的话,陈默冷静下来。两人都缩了缩身子,深藏进土坑。

电门刚要和陈默说出自己的想法,耳机里,再次传来声音,不过这一次,不只是炸点,还有雷神:"又有人来了,在距离你们还有五公里的地方。"

听到提醒,电门和陈默显然对事情的发生很了然。

雷神的声音传来:"藏好自己,千万不要贸然行动,我们马上过去。"

汽车的引擎声顺着耳机一同传来。

"你确定他们是来这边的吗?"陈默犹豫了一下,轻声追问道。

"应该是,而且他们人有点多!"炸点回答道,然后又补充一句,"二十辆车,和五辆SUV。"

听到炸点的话,包括雷神在内的所有人,都顿时愣住了。

二十辆皮卡和五辆SUV,这意味着不少于一百个人,这即便是在交战区,也是一股足够强大的力量,他们来贫民窟干吗?总不会是为了占领这个没有财富、没有战略意义,甚至连补给都稀缺的地方吧?

所以,如果这群人的目的地是贫民窟,那么只意味着一点,他们是来做交易的另外一方。

"他们还有多长时间能到?"陈默问了一句。

"虽然路不太好走,但最多十五分钟!"炸点估算了一下回答道。

"如果他们是交易者,我们没有任何可以阻止的可能,是吗?"陈默询问道,他的询问对象是雷神。作为小队的指挥者,眼前的情况该由他来做出判断。

"是的，我们不可能阻止，双方的人加一起，我们根本打不过，所以，你们不要轻举妄动。"雷神迅速回答道，作为已经在这里很多年的一名资深安全承包商，雷神从来不相信什么以一挡百的英雄存在，人多就是优势，即便是乌合之众，面对百战精兵，量变也可以转化为质变。

更何况，无论是装备还是模样，对方看起来都不是菜鸟，而是经验丰富的老手，这种情况下，以他们区区五个人去阻止对方交易，如同白日做梦。

"其实我们还有机会，如果在他们到来之前，先一步下手呢？"陈默提出这个可能的时候，63步枪已经被摘了下来，轻轻拉动的枪栓发出压抑的咔哒声。对于小队来说，能抓住的机会似乎只有现在，只有这十几分钟的时间，如果能把握住，说不定可以先一步把东西拿到手。

"你准备怎么干？两个人和十几个人对抗吗？不可能，这就是在冒险，而且，没有任何胜算！"听到陈默的询问，雷神立刻明白了他的意图，连忙大声阻止道。

"否则呢，否则我们就要对抗一百个人！"陈默说着，已经将两枚手雷放在可以伸手触及的地方。在和雷神对话的时候，他已经在脑子里勾勒出进攻路线：跨过土坑，向左绕过他们布置的阔剑地雷，然后击倒左侧的两名守卫，利用皮卡掩护自己……

"其实，还有另外一个办法。"就在陈默努力深呼吸，为随后的行动做准备的时候，电门忽然开口说道，然后在众人尚未反应过来的时候，一个纵身从土坑里跳了出来。

"你想干吗？"陈默愕然询问，电门却丝毫不理会，而是大步流星走了过去。

"谁？"那边，哨兵第一时间发现了电门的存在，举枪大声质问道。

"我！来拿东西的！"电门散漫地回应道，漫步走到近前，随手一脚踢开布置好的阔剑，而后出现在众人眼前。

"你是谁？"光头愕然地看向电门。深夜里，一个女人独自出现在这里，能得到的除了怀疑之外，没有其他。

"你以为我是谁？我已经在这里等了两天了，你们应该昨天就到了！"电门看了看光头，冷冷地回答道。

"BR在哪里？你又是谁？"光头身后，高个男子走过来，看向电门，冷静地询问道。

"你想见BR是吗？告诉他什么，你拖延的理由还是其他的？或者告诉他，你大半夜来这里，打死了一个看门的小傻瓜，并且提前布置这一切，是怕我们干掉你们？"电门说着，重重踢开一旁的伪装，两枚反步兵跳雷立刻暴露出来。

"我们被耽搁了，你们要的东西并不在她手里，她只是告诉了我们地址，我们去那里拿到了它！"听到电门的质问，光头大声辩解道。

"这就是你们让我们在这臭烘烘的地方待了两天的理由？我不想听什么借口。你们拿了钱，就要做事。我们要的只是结果，不是听你们在这里抱怨，你最好弄清楚这里是哪里。这里可是内比亚，地狱里没人喜欢抱怨！"面对光头的怒吼，电门不退反进，大步走到对方面前，用手指戳着对方的胸口提醒道。

面对电门的质问，光头再次哑口无言，双方之间的气势也同时此消彼长。

"好了，不要废话了，赶快交易吧，我一分钟也不想在这里多待了！"电门冷冷的目光扫过在场的每一个人。没人敢和她对视，在场的每一个人都自觉不自觉地低下头。

"带好《诺斯比莫》，跟我来！"电门说完，径自往回走去。身后，高个子一愣，光头也一脸愕然。

"为什么不让BR过来？我们可以在这里交易！"光头快速说出高个子想说的话，但得到的只是电门一个轻蔑的白眼。

"你不会认为BR会跑到你们的狗屎圈子冒险吧，还是你们真的以为，那本破书真的价值连城？"电门回头冷冷地看了他一眼之后，揶揄道。

高个头领和光头不由自主地对视了一眼，之前两人担心的事情被电门一语道破，让他们原本想要倚重的筹码瞬间变得轻飘飘的。在犹豫一下之后，高个子拍了拍光头的肩膀，跟着电门向前走去。

土坑里，陈默目睹了这一幕，他想过如何作战，如何突袭，如何在最短的时间内，依靠步枪和手枪的交替射击，压制住敌人，然后逼迫对方交出东西，甚至连如何撤退和掩护，防止敌人追击都想好了，却从来没想过，电门竟然可以靠这个办法把敌人骗过来。

感受着两人渐渐走近，陈默竟然有一点儿紧张。这种感觉有点陌生，哪怕之前，他想要阻击敌人时都不曾有过。陈默揉了揉自己的脸，努力平抑着这种感觉，但仔细回味中，他似乎明白了，这感觉产生的原因似乎来源于自己对电门安危的担忧。

如果对方看到自己，对电门发难怎么办？如果自己抓住对方的时候，失手了怎么办？如果对方忽然返回了怎么办？一旦坐实了这种感觉，无数种可能就如同没头苍蝇一样忽然冒进他的脑袋里，然后开始不由分说地四处乱转。陈默努力集中精力，但无论怎样，毫无作用，他依然担心电门的安危。

再次探头向前望去，电门带着高个男子已经走了过来，距离自己只有十米，九米，八米……

陈默用力掐了自己一下，疼痛让他暂时忘却了脑中的纷杂，再次集中精神。

"东西带了吗？"两人走近，陈默清晰地听到了电门的询问声，这声音与其说是询问，不如说是在提醒陈默。藏在土坑中的陈默，迅速蜷起双腿，抽出手枪。

"没有，我把它放在一个很安全的地方，见到BR之后，我会交给他的。"高个男子听到电门的询问，愣了一下，回答道。

"无所谓,那是你的事。"电门无所谓地回了一句后,大步走过来,走到土坑旁边,轻盈地跳过土坑。

感受着电门从头顶跳过,陈默全身肌肉已经完全绷紧。下一秒钟,就在另外一个人影跳起来的一瞬间,陈默长身而起,一把抓住对方的脚踝,将他拽进坑里,然后,是重重的一拳。

高个子几乎毫无反应,就被陈默一拳砸在太阳穴上,眩晕感伴随着各种色彩在眼前奔涌,短暂到连一秒钟都不到,让他的大脑根本无法弄清楚到底发生了什么事情,陈默的下一拳就顺势抡起来,再次对准他另外一侧太阳穴砸了下去。

连续两次的击打,让高个子的大脑失去了缓冲重力的机会,大脑在悬浮的脑液中轻微地晃动了一下,整个人就此晕了过去。

坑外,电门听到陈默动手的声音,第一时间跳进坑里,随后利落地拽出手枪警戒着。看到陈默已经制服对方,电门再次回到坑外,在警惕地向身后看了一眼之后,向陈默挥了挥手,陈默利落地托起对方向远处的废墟走去。

空地上,光头看向电门消失的方向。黑色此刻已经吞没了他们的身影,但刚刚短暂的搏斗声清晰地传来,光头犹豫了一下,随后迅速警惕起来,利落地举起一直挂在身上的M270,快步向这边走过来。

"头儿,怎么了,发生了什么事?"光头询问了一句。如果头儿回答了,那么一切如常,可问题是,此刻能回答的人已经倒在陈默的肩膀上。陈默听到询问,唯一能做的就是加速向前跑去。

光头等了五秒钟,醒悟过来,他迅速向身后已经察觉到问题的部属们挥了挥手,众人迅速向电门消失的方向冲了过去。

陈默很清楚,自己扛着个一百多斤的男人根本跑不快,给他留下的时间也并不多。在听到身后传来喊声的第一时间,他迅速将高个男子放下,利落地从战术腰包里掏出尼龙扎带,将对方捆绑起来,又掏出两枚手雷,拉掉保险,夹在对方腋下。

高个男子仍然处于神志模糊中,任由陈默摆布着,毫无反抗。直到脚步声临近,陈默才骤然从躲避的矮墙内站起来。

身边,电门刚要跟着站起身来,陈默却一脚将她踢倒在地。

"趴下,不要暴露!"陈默用牙缝挤出的声音提醒道。电门点头,知趣地躲在矮墙后面。

人影中,众人包围过来。迎着众人,陈默举起手枪,顶着高个男子的脑袋。

"谁也不许动,否则我第一个干掉他!"陈默大喊道。瞬间,数道战术手电的光芒照射到他身上,强烈的光芒刺激得他眼前浑白一片。陈默索性举起手枪,对着空中扣动扳机。枪声中,光芒从他眼前消失,十几名全副武装的雇佣兵出现在他周围。

"婊子养的,把枪放下,否则我会打爆你的脑袋!"一个声音恶狠狠地传来,不用去看，陈默也知道是那个光头。

"是吗？来啊！"陈默挑衅地说道，然后顺手拽出第三枚手雷，用嘴拔掉拉环，紧紧攥在自己手里，"来啊！"

所有人都看到了陈默的举动，那是一枚防御型手雷，巨大的威力可以将在场所有人报销。在陈默的吼声中，每个人都借机退后了两步，但枪口依然指向他。

"放开他，我们可以放你们走！"光头看了看左右，在确定自己的人依然控制场面之后，开口向陈默说道。

"这个时候不是应该由我来提出要求，你们来满足吗？"陈默搂住高个男子的脖子，手枪肆意在对方头上敲打了两下，随后反问道。

听到陈默的话，众人面面相觑，最终看向光头。

陈默此刻已经很清楚情况了，眼前这个光头应该是这里的二把手，高个子在自己手上，这个人将左右事情的走向。现在，只需要让对方明白，他们除了妥协没有其他办法，自己才有可能达到目的。

对这一点，陈默并没有把握，他不知道《诺斯比莫》的买家出了多少酬劳。如果酬劳足够高，这些人又没有那么强大的契约束缚，那么利用这个机会干掉老大，也是个不错的选择。

所以，陈默才没有让电门起来，他不希望电门与他一起冒险。

"你们是一伙的吗？"光头一边思考着，一边向陈默询问道。

"你说谁？"陈默明知故问。

"那个女的！"光头男提醒道。

"你是说她吗？"陈默指了指矮墙下面，却发现电门已经不在旁边了。

光头没看见电门，却先入为主地以为电门躲在那里。没想到在他准备回答的时候，陈默忽然扣动了扳机，枪声清脆、果断。

弹壳跳动中，所有人都第一时间举起枪瞄准了陈默。虽然没看到电门，但如此果断的枪声，众人丝毫没有怀疑陈默只是在表演。

"她只是尸体！"陈默撇撇嘴，重新将枪口指向大个子的脑袋。

"好吧，现在我们可以安静地谈谈了吧？"陈默看着光头质问道。

"你想要什么？"光头吞了口唾沫，对方的果断和冷血有点超出他的想象，在确定自己无法应付对方之前，光头终于说出陈默最想听到的那句话。

"你知道我要什么！"陈默笑着说道，"就像你知道你们来这里做什么一样！"

"它不在我这里！"光头愣了一下，迟疑着回答道。

"那它在哪里？在这里，这里，还是在你妈妈的屁股里！"陈默用枪口指了指每一个人，最后重新回到大个子的脑袋上，"或者，我把它打开，自己看一看，说不定能找到什么！"

陈默再次发出威胁，对面的所有人此刻都已经没了主意，只能眼巴巴地看着光头。光头犹豫好久，最终狠下心来。

"在他身上，你可以自己找！"光头大声喊道，声音凄惨，仿佛被割掉了一块肉一样。陈默看了看光头，在确定对方没有骗自己之后，将手枪别回到枪套，伸手在高个子身上摸索起来。

高个子此刻已经从昏沉中醒来，在确定自己的境况之后，挣扎了一下，却被陈默重重打了一拳，顿时顺从了很多。

陈默的手顺着高个子身上摸索着，很快在腰侧的夹层里摸到书本状的东西，他不客气地将手伸进去，拿出一个包裹。在轻轻打开之后，里面一本陈旧厚重的书露出它古朴的封面。

弯曲的文字和图画，似乎在诉说着它的与众不同。不过，陈默没时间了解，现在，他需要考虑的是，如何安全地离开这里。

伏　击

眼看着陈默从高个头领那里摸出《诺斯比莫》，有几个人顿时哗然，蠢蠢欲动。看到这一幕，还未等光头开口，高个子先一步喊了出来。

"谁也不许动，我要有事，钱谁也取不出来！"高个子焦躁地提醒道，他的话镇压了部属们的想法，也为陈默扫清了可能的障碍。

"很好，非常好，现在听我的，退后，回到空地上去！"陈默大喊道。

听到他的命令，众人有所迟疑，但开始一步步后退。看着众人渐渐远离，陈默收起手里的手雷，拿出对讲机。

"电门，准备撤退！"陈默低声呼叫道，对讲机里，电门没有回答。下一秒钟，一阵轰鸣的引擎声忽然响起。伴随着引擎声，一辆皮卡猛地从众人身后的空地上冲了出来，利落地一个漂移，停在陈默身边。

"要搭车吗？"电门打开车门，对陈默说道。后者看到车子，才明白电门之前的去向，微微一笑之后，一脚将高个子踹开，利落地跳上后车厢。

高个子倒下的刹那，紧张地夹紧了自己的腋窝，整个人如同木头一样翻滚了好几圈，才最终停了下来。不过幸运的是，胳膊下面的手雷没有爆炸，可这并不能平息高个子的愤怒，在确定自己安全的同时，他愤怒地大叫起来："打死他们，把东西给我抢回来！"

听到喊声，退后没多远的部属们，纷纷持枪冲了过来。

不过陈默很快粉碎了他们的想法，14.5重机枪打出无规则的短点射。沉闷的枪声中，众人被迫四散躲避。

皮卡车借着这个机会，猛地加速，冲向弥漫的夜色之中。

"快追，快！"地面上，躺着的高个子在被同伴解除束缚之后，暴躁地催促道。众人纷纷冲到空地上，准备追击，但很快发现，原本挂在车上的钥匙却不见了。

"妈的，一定是那个臭娘们儿，快点给我找！"高个子气急败坏地催促道，同时慌忙跑进一辆SUV，从置物箱里拿出卫星电话。

"BR先生吗？对不起，您要的东西被我们弄丢了！"高个子小心翼翼地对着电话说道。电话那边，除了粗重的喘息声，什么也没有传来。

电门熟练地操纵车子越过一个土坡之后，才放慢了速度。后车厢上，陈默利落地顺着车顶进入车内，对电门露出一个赞扬的笑容，电门回应了一个迷人的微笑后，驾驶着车子向驻地开去。

前方，天空中已经泛起一丝白色，但四周的黑暗却被衬托得越加黢黑。陈默看了看远处，随后呼叫起一直没有联系的炸点，很快，通信器里，传来了炸点的声音。

"我们在去接应你们的路上！"听到陈默的声音，炸点迅速回答道。

"不用了，我们已经完成任务了，正在回去的路上！"陈默得意地笑了笑，向炸点说道。

"你确定？"电台那边，雷神不相信地问道。

"不太确定，不过东西在我们手里！"陈默说着，低头看了看怀里的布包，确定这个一直要找的东西还在身上。

"确定下位置，我们会合，然后离开这里。这里一分钟我也不想多待！"电台那边，雷神迅速说道。

"好，我们确定一下坐标！"陈默说着，掏出GPS，发出了自己的坐标方位。

坐标发出没多久，远处奔叔叔的身影就迅速出现，很快与陈默他们会合到一起。

为了避免被跟踪，陈默放弃了劫来的皮卡，迅速转移到奔叔叔上，刚坐在副驾驶座位上，菲兹就迫不及待地凑了过来。

"把它给我看看可以吗？"菲兹问道，惺忪的脸上，写满了迫不及待。

"当然可以，不过你要先付了尾款！"陈默看了一眼他身边的雷神，从口袋里掏出《诺斯比莫》，递给少年。后者几乎是迫不及待地拆开布包，然后整个人就彻底被吸引过去。

"真的是《诺斯比莫》，天啊，你们真的找到它了！"菲兹爱惜地抚摸着法典苍老的封面，低声赞叹道。

"快告诉我们，你看到什么了？是不是打开之后，就可以让世界和平？"因为刚刚完成一次漂亮的劫持，陈默依然处于兴奋中，连带着也多了一些平时很少的幽默感。不过少年却并没有回应他的幽默，而是认真地翻看着每一页。

"这是内比亚最重要的法典，记录了我们的一切社会规范和道德规范，它是我们的良心。"少年慎重地说道，"我知道你们不相信它的神奇，但它真的可以带来和平。"

看着少年认真的样子，陈默没有兴趣继续开他的玩笑，但完成任务的轻松惬意，依然为他带来了难得的放松感。现在需要考虑的就是把少年送到他想去的地方，然后这单任务告一段落，至于之后怎么办，那是明天该考虑的事情。

陈默在副驾驶座位上伸了个懒腰，筋骨舒展，放松下来，揉了揉发胀的眼睛，但当他睁开眼睛的时候，不禁惊叫："那是什么？！RPG！"

陈默的喊声几乎变了调门，尖叫和嘶吼混杂着冲击着车内所有人的耳膜。

RPG，全称火箭助推榴弹发射器，是自二战以来一直风靡全世界的明星游击战武器。超口径的火箭弹被装在发射筒内，在扣动扳机后，火箭弹会以零点一秒每米的速度飞行十一米，在安全距离外启动火箭发动机。发动机会将火箭弹从初速117米/秒，加速到接近294米/秒，直至命中目标。这种武器因物美价廉而便于生产，一直是现代战争中的宠儿，唯一的缺点是发射目标明显和破坏力有限。

相对坦克来说，破坏力是有限的，可陈默他们所乘坐的汽车，在RPG的命中目标里，并不比纸张坚固多少。

在陈默的喊声中，电门本能地调转方向盘，下一秒钟，火箭弹几乎是贴着汽车飞了过去，长长的尾焰，擦着玻璃掠过，炽热的温度即便隔着玻璃都能感受得到。

火箭弹在众人的视线内飞出好远，直到接近射程的极限，才最终引爆自己。猛烈的爆炸和火光，一下子将前方照射得纤毫毕现。

但危险并没有因为火箭弹的爆炸而消弭，就在电门刚刚努力将车子调好方向，与之前如出一辙的火光再次闪过。

第二枚！

"向左，躲开它！"有了准备的雷神低声命令道，同时迅速转身向后张望。

"炸点，他们在哪里？！"雷神对着电台大声询问。

"我不知道，没看到他们！"皮卡上，炸点四下寻找着，却没有发现袭击者的位置。

"他们应该已经咬住我们了！"机械师一边操纵着汽车做蛇形机动，一边沉稳地说道，话音刚落，一连串子弹就从远处射来，打在车子旁边的土地上，溅起一道笔直的切线。

"左侧，五点钟方向，等等，让我看看。"炸点第一时间捕捉到了弹道，然后举起望远镜向枪声响起的地方看去。

"3，4，5，6，该死，一共六辆皮卡！在我们后面，大约一公里的地方！"红外望远镜里，汽车引擎散发的热量醒目而清晰，炸点一边数着敌人的数量，一边大声喊道。

"分开，你们左，我们右！"雷神大声命令道。听到喊声，身后的皮卡在雷神的操作下迅速转向，车后座上，炸点利落地从车窗钻了出去，跳上后车厢，将安装妥当的机枪转向后方。

一公里的距离，已经是12.7机枪的极限射程。此刻，已经没人在乎是否能命中敌人，炸点得到的命令是掩护雷神的车子撤退。为了吸引敌人的注意力，他需要为对方制造出一个有足够吸引力的目标。

用力拉动枪栓，推弹上膛，将机枪的托架死死顶在自己的肩膀上，炸点扣下扳机。接近一米长的火舌从枪口喷出，一下子照亮了车子全身。

车内，机械师不断做出规避动作，弯曲向前的路线让他逐渐落后于奔叔叔。

身后，追击的车队在炸点的扫射下，本能地降低速度，但随后，六辆皮卡上的重机枪同时发起还击。

远比炸点射出的子弹更密集的弹幕从后面兜头罩来，仿佛一群受惊的黄蜂，虽然完全没有准头，但足够密集的弹幕依然带来巨大的威胁。

炸点几乎可以感觉到，车子在子弹的撞击下发出轻微的震动，但此时此刻，根本没有时间考虑这些，看到对方开火，炸点以更猛烈的长点射发起还击。

毫无准头的弹幕在逐渐明亮的天空中依然清晰，虽然炸点努力用全身的力量控制机枪的跳动，但跳跃的弹幕依然在双方之间划出高低不等的线路，看起来仿佛失控的烟花。

炸点猛烈的还击，起到了预料之中的作用。在强大猛烈的火力吸引下，敌人很快锁定了他的位置，迅速追了上来。

目送着奔叔叔渐渐远去，机械师深吸了口气，用力一打方向盘，车子猛地向另外一个方向转去，带着身后的追兵越走越远。

奔叔叔在电门的操纵下越走越远，为了躲避对方的追踪，电门已经关闭了灯光，暗淡的凌晨，他们只能依靠微微亮起的晨光前进着。车内，众人都没有说话的兴趣。除了少年之外，其他人都警惕地注视着左右。

后座的角落，少年熟稔地缩成一团，用手将《诺斯比莫》紧紧抱在怀里，仿佛此刻能给他提供支撑的只有这本书。

为了防止被追上，电门放弃了戈壁滩，操纵着车子向不远处的山坡冲去，山坡上，丰富的植被遮挡住了车辙的痕迹，灌木和丛林也能阻挡住追击者可能使用的无人机。高地上，放眼望去，四周几公里范围内，都没有发现袭击者的踪迹。

追击者似乎被甩掉了！虽然依旧不敢放心，但至少可以让大家暂时松一口气。

车子里，少年依旧紧紧抱着怀里的《诺斯比莫》法典，神情紧张，仿佛可以随时为法典而死一样。

其实不仅仅是他，陈默、电门和雷神此刻也是一脸紧张。作为掩护的机械师和炸点,到现在为止还没有和他们联系。

　　作为安全承包商,每一个人都对此早有准备,就如同之前为了掩护长老,陈默和雷神甘愿留在后面,阻挡远超过他们数倍的敌人一样。

　　这次也是一样,唯一不同的是,凑巧 VIP 并不在他们车里。即便明白这个道理,也依然无法让众人放下心中的担心和忧虑。长时间的并肩作战和相处,他们之间已经有了信赖彼此的战友情,那种可以放心托付后背的信任,一旦失去,就仿佛身体被切掉了一块一样,虽然不疼,但难以忍受。

　　三人对视了一眼走下车来,靠在车旁看向来路的方向,期待着下一秒钟能看到机械师驾驶着皮卡出现在那里。然而等待良久,那里却空无一物。

　　"要不,我们联系他们一下吧,说不定他们需要我们帮忙!"电门坐立不安地来回走了两步之后,看着雷神说道。明知道并没有等多少时间,电门依然不想无所作为,女人的感性在此刻化作各种担心和设想,让她根本无法接受自己的无为。

　　"再等等!"雷神摇摇头,安慰地拍了拍电门的肩膀。后者没有平静下来,反而越加急躁。

　　"我不明白,还要等什么?敌人比他们多了几倍,他们为了我们把敌人引开了。现在我们安全了,轮到我们去接应他们了!"电门不满地看着雷神,用抱怨的口吻说道。

　　雷神没说话,依然看着前方。陈默看了看电门,又看了看雷神,转身向车旁走去。

　　"要不,我来联系吧!"陈默打了个圆场,拿起车内的通信器,但在他还未来得及接通时,被雷神一把制止。

　　"再等等!"雷神压抑着声音说道。陈默看着对方的表情,一脸愕然。

　　"你担心什么?"陈默看出雷神的担忧,低声询问道。

　　"我担心他们被俘!"雷神犹豫着说道。

　　"你担心我们要拿那本破书去救他们?"陈默看着雷神,认真地询问道。

　　"不,我只是担心要做出选择!"雷神看着陈默,犹豫良久,缓缓说道。他的话似乎让陈默明白了什么,但最终他放弃了询问,而是轻轻地将雷神的手从通信器上拿开。

　　"这种事情不用选择!只有一个答案,如果他们真的被俘了,无论他们要什么,我都会搞到手去把他们赎回来!"陈默对雷神露出一个灿烂的笑容,拨通了通信器,"因为他们是我们的战友!"

　　雷神没有回答陈默。陈默甚至隐约感觉到,在接通电台的刹那,雷神竟然隐隐松了口气,不过很快地,陈默的注意力就被电台里的声音吸引了过去。

　　因为,炸点回话了!

　　"你们在哪里?"炸点询问道,声音中流露着兴奋和劫后余生的放松。

"你们安全了吗？"陈默没空回答炸点的问题，而是焦急地询问道。

"一切都好，我们甩掉他们了，只是我们的车子出了点问题，子弹打中了电台，我们只能接收，不能发出信息，所以一直没联系你们！"炸点口气轻松地说道。

听到两人的对话，一旁站着的雷神快步走了过来，从陈默手中一把抢过通信器，谨慎地询问道："机械师，你们确定没事吧？"

"没事，队长，花边很完整！"机械师回答道。后半句陈默很清楚，是各个小队特有的暗语，以便在不方便说话的时候传递固定的信息。机械师暗语的信息很简单，他在告诉雷神，他们并没有被俘和被胁迫，听到他的回答，雷神终于放下心来。

"我们的坐标在……"雷神说着，报出坐标，电台那边，立刻传来炸点的呼哨声。

第七章　陈默被俘了

投降还是逃跑

前方二百米外，几辆皮卡车早已经等在那里。车厢上，射手操纵着重机枪准备就绪，只需要一个命令，就可以将包括陈默在内的所有人一瞬间变成粉末。

现在能做的只有停车。

看到这一幕，电门一脚踩下刹车，然后静静地看向前方，陈默则轻轻地拿起武器，等待着接下来的命令。

"他们不会动手的！"后座上，雷神看了前方一眼，低声对陈默两人说道。

"你确定吗？"陈默死盯着前方的敌人，心中筹划着作战计划。

"他们需要的东西在我们手上，如果他们不想它被我们毁掉，是不会冲过来的。"雷神虽然是猜测，但说得笃定。陈默仔细想了想，发觉他们能依仗的筹码似乎也只有那本破旧的《诺斯比莫》法典。

"那，我们现在怎么办？"陈默心底基本上认同了雷神的判断，却发现依然无法解除眼前的危机。双方的对峙一定要有什么方法来破局，否则，即便对方不敢贸然出手，一直对峙下去，最终吃亏的还是弱小的一方。

"他们有无人机，他们想让我们以为，我们已经被包围了。"雷神从容地拍了拍身边的菲兹，安慰着说道。

"他们想要我们投降，还是，我们不想投降？我们现在需要一个选择，队长！"陈默回头看着雷神说道。敌人堵不住他们，虽然前后围追堵截，但左右，其他任何方向都可以走。无人机虽然可以一直侦测他们的动向，但民用版的无人机想要追上一辆全速前进的汽车，也不是那么容易的事情。

又或者，将菲兹和他的书交出去，相信对方和他们一定会保持默契，没人会有意无意地说出这件事。至于菲兹的酬金，虽然尾款可能拿不到了，但至少能保证所有人的安全。死亡，可不是什么好的选项，至少，它是不可逆的。

现在只是需要一个选择！

一个离开方式的选择！

作为队长，雷神需要做出这个决定。作为属下，他们可以反对，但首先要遵从和执行，这就是交战规则。

"撤！"雷神抓起八一杠，半个身子钻出车窗，对着前方的皮卡车防线打出一个标准的点射之后，大声说道。雷神并不指望自己这一枪能起到什么作用，能否打中目标都未可知，他只是在用行动告诉对方，他们已经做出选择。他们是安全承包商，是拥有荣誉感的安全保镖，他们不会因为恐惧和钱财，放弃对客户的承诺。

车子在电门的操纵下，骤然加速，随后调转车头向左侧冲过去。电门精湛的车技在这一刻表露无遗，几乎一瞬间就完成了挂挡加速的一连串动作，奔叔叔也在此时展现出可靠的性能，车子咆哮着带着众人冲出包围圈。

荒漠上，车子带起一股昏黄的浓尘，仿佛受惊的野马一样向前驰骋。身后，敌人的皮卡车队迅速追击过来，远远看过去，仿佛一堵沙尘组成的墙壁，追着他们。

头顶上，四周旋翼无人机带着巨大的嗡嗡声伴随左右，机身下挂着的摄像头和简陋的炸弹随着机身的上下翻飞而有节奏地晃动着。

对于这个，众人并不担心，民用版的无人机，无论飞行时间、操控距离，还是飞行速度，都远不如军用版。只要时间足够，头顶上的威胁完全可以被甩脱，至于那几个挂着羽毛球的低配版炸弹，没有触发引信，只靠延时引信来瞄准动态目标完全起不到任何作用，弄不好，甚至可能炸中后面的追兵。

但这并不意味着一切就万事大吉，敌人不会因为投鼠忌器而最终放过他们。实际上，如果此刻敌人发射一枚火箭弹命中奔叔叔，陈默相信，最终能安然无恙的恐怕只有被菲兹抱在怀中被当作命根子的那本该死的法典。

现在，他们还没有这么做，是因为他们认为还有机会，能避免伤亡，可以寻求到两全其美的机会。而陈默和雷神，就是要利用这一点争取成功逃脱。

"向交战区走，穿过铁路，去内比亚，我认识那里的朋友，他们可以照顾菲兹！"陈默迅速翻看着地图，并确定了行进方向。

电门用行动确认自己听到了陈默的要求，油门被她一脚踩到底。奔驰的发动机仿佛被点燃了一样，发出剧烈的颤抖和轰鸣声，车身上所有的缝隙都因碰撞而发出响动。

头顶，无人机终于因为无法追上奔叔叔的速度而渐渐落后，但远处的皮卡车却依旧紧紧跟随。

地图上，伴随着车子迅速前进，代表铁路的图标也在逐渐接近着。陈默之所以选择这里，除了能前往内比亚之外，更因为在铁路周围，驻扎着大量的内比亚军队，无论是内亚族，还是果刚族，他们都不可能任由一支全副武装的车队出现在周围，必然会加以阻止。

而陈默他们正好可以借此甩开追兵。

车外，零星的枪声响起，子弹忽高忽低地从车周围飞过，敌人显然已经明白了他们的意图，急不可耐地决定动手了。

重机枪的子弹跳跃着射向奔叔叔，但行进间的射击毫无准头可言，子弹忽高忽低地从周围飞过。除了带来吓人的声音，丝毫没有展示任何阻止的能力。

雷神和陈默都很清楚，这是目前能摆脱敌人追击的唯一办法。

车子在电门的操纵下，左右摇晃着，一边躲避四散的流弹，一边努力向前，但敌人的射击到底还是迟滞了车子的速度。很快，敌人的车辆距离他们越来越近，反超他们就在一瞬间。

雷神和陈默开始轮番探头射击，以便阻止敌人靠近，63步枪的劣势在此刻显露无疑，无论是枪身还是射速，都和雷神的八一杠相差甚远，陈默只能放弃步枪，拿起格洛克懦弱地向敌人示威。

交互的枪声成为双方之间沟通的主要方式。敌人在一次次逼近中，将目标锁定在车子的轮胎上，不断射来的子弹打在车子周围的土地上，迸溅起的石子和碎片敲打得车身叮当作响。

电门努力阻止着敌人的意图，不断做出夸张的躲避动作，整辆车仿佛喝醉了一样，划出一条条巨大的曲线。

在双方的互相纠缠下，车子逐渐逼近铁路的方向，众人甚至已经隐约地看到在地平线处那条蜿蜒曲折的铁路。它仿佛希望一样在招呼大家，电门更是在最后放弃了躲避，直线向前方冲过去。

前面就是摆脱追击的唯一办法。敌人也察觉到了这点，纷纷开始加速冲过来。枪声已经从之前的零星变得连贯，几辆车上有序打出的短点射在车子周围接连扫出一道道尘土飞扬的尘墙。

眼见着弹道越发接近车子，时不时还击得陈默只能祈祷幸运眷顾，保佑车子不会被击中。

天际间，铁路已经从一道线变得清晰可见，并迅速放大。众人已经可以清晰辨认出铁路两侧的巡视公路以及加挂着监控的围栏和路口处壁垒森严的岗哨。

嘭，恰在此时，一颗子弹命中了车子的车轮，高速行驶下的车子骤然打滑，整个车子剧烈晃动几下之后，横着向前滑了出去。

车内，所有人都在惯性的作用下偏离了原来的位置。

车子发出难听的声音，旋转滑行着，最终，停在了距离检查站不远的位置上。

身后，追逐的车辆也纷纷停下来。车上，众多雇佣兵下车，有一个人率先举枪射击，然后，其他人纷纷举起武器瞄准四人扣动扳机。

陈默一把按住菲兹，将他按在车子后面，雷神则利落地回身打出几枪，有人摔倒，但生死却不可知。不过这对几个人来说，并不是好消息，雷神的反击，刺激了敌人。在交替掩护中,敌人向前冲来。

猛烈的火力压制打在被当作掩体的车子上,车上挂着的防弹插板被打得乱七八糟。车后面,几个人躲避着,却毫无作为,只能等待着对方冲到近前。

陈默默拽出两枚手雷,并暗自决定在需要的时候使用一下。而就在他准备将手雷投出去的时候,突如其来的爆炸声却先一步响起。随后,冲过来的敌人一股脑卧倒在地。

爆炸声过后,是引擎声,一连串的发动机呼啸声中,两辆东风勇士冲到近前。随后,十几名果刚族士兵跳下车,举枪向敌人发起攻击。

士兵的反击让敌人选择撤退,虽然他们人数占优,但并不意味着他们在面对军队时会占到什么便宜。

目睹敌人撤退,士兵们并没有追击,而是迅速向四个人围了上来,就在陈默和雷神准备起来道谢时,迎接他们的却是呼啦啦举起的一片枪口。

"你们是谁?为什么会出现在这里?"领头的一名少尉走过来,看着地上的四个人,充满警惕地质问道。

绝　境

陈默不知道该如何回答对方的问题,总不能说自己是为了避免被敌人活捉,特意把敌人引过来的,还是说,自己只是路过或者是迷路了!

不过幸好,身边的电门反应迅速,连忙从口袋里掏出证件,递给对方。

"我们是安全承包商,您可以当我们是保镖!我们在护送受保护客户准备返回首都的途中,遭到不明身份武装人员的袭击!"电门迅速利落地回答了对方的询问,还顺便露出一个足够迷人的微笑。

可惜,少尉显然对电门的微笑不感冒,只是看了对方一眼,就再次看向手里的证件。

"你们为什么来这里?"是谁的问题经过电门的解答似乎已经通过了,但对方却依旧执着于第二个问题,听到对方的询问,电门犹豫了一下,按住地面准备站起来回答。

"长官,我们只是想……"可还没等电门起身,周围便哗啦啦响起一阵枪械声,围拢的士兵纷纷举起武器瞄准她。

"坐下,把手放在我能看见的地方,现在,回答我,为什么来这里?!"少尉也掏出手枪,指着电门,大声质问道。突然发生的变化几乎让陈默本能地想要掏枪反击,但最终还是压抑着冲动,紧紧靠住放在身后的手枪。

"我们在保护客户,现在,我们想通过这里,返回内比亚!"一旁,雷神目睹这一切，缓慢地举起双手，向对方清晰地说道。电门缓慢地坐下来，周围的士兵也放松下来。

"这里不允许通过了，不只是你们，所有持有武装执照的人都不允许通过，你们想要进入铁路那边，只有两条路可以走，绕过内比亚，或者从其他地方出境后再入境！"少尉的态度稍微缓和了一下，将手枪重新别回到身上，一边说着，一边将电门的武装执照甩回到地上。

"不允许通过？可是之前是允许的啊，我们从那边过来的，现在只是想回去！"陈默看着对方认真的样子，一脸惊讶。对方的回答已经不仅仅是意外了，而是某种意义的释放，什么叫所有带有武装执照的人都不允许通过？那是不是意味着，内比亚正在驱逐，至少是限制雇佣兵和安全承包商的活动自由呢？

"那是之前，现在局面很混乱，这条法规是政府颁布的，必须执行！"少尉看看陈默，态度冷漠地说道。

"可是我们要怎么回去？"陈默反问道。

"那是你们要考虑的事情。还有，铁路周围一百二十米内，是军事巡逻区。这里每十五分钟会进行一次巡逻，区域内二十四小时监控。根据法律规定，任何人不允许持有武器出现在这里。鉴于你们只是一群……呃……保护者，我可以破例一次，允许你们在短时间内离开。"少尉看了看陈默，目光最终停留在雷神旁边放着的那支八一式步枪上，随后缓缓说道。

"袭击者就在那边，如果我们离开，他们不会放过我们的！"电门指了指身后，对少尉说道。这一天，他们已经遭遇到太多的意外和"惊喜"了，但这次的"惊喜"显然对众人的打击最大。

少尉的意思已经很明白了。刚刚，他们的行为并不是营救，而只是驱逐、威胁。现在，轮到他们这群具有威胁的人要被驱逐了。

陈默回过头，看向远处，袭击者并没有离开，依旧等待着。恐怕，对方比他们更早知道这一切，并且确定他们一定会被驱逐而离开并不安稳可靠的保护层。

可是，现在离开这里，陈默很清楚会是什么样的结果。

"怎么样才能通过哨卡？我们需要送客户回到内比亚，而且你应该认识这个孩子，他是内亚族的守经者，是个重要的人，他不能因为我们的原因留在危险之中。"陈默强迫自己冷静下来，一把将菲兹拉到自己面前，用最不会激起对方敌意的口吻，亲切而理智地问道，然后祈祷着对方能给自己一个足够满意的回答。

少尉看着陈默，感觉到了对方的焦急和恳切，但在犹豫了一会儿之后，却依旧摇了摇头："你们是拥有武装执照的……"

"我们现在不是了，我是说，我们现在放弃！"还没等他说完，陈默立刻开口打断了他，还率先象征性地扔掉手里的武器，举起双手。电门和雷神接到陈默的示意后，心内犹豫了一下，也纷纷点头，将手里的武器扔在少尉脚下。

少尉看了看三人，目光落在菲兹身上，后者眼睛一眨不眨地注视着他，既没焦急也没有担心，仿佛一切本该如此。菲兹的平静，让少尉心中的警惕降低了不少，抬头看了看远处正在等待的袭击者一眼，犹豫了良久，终于点了点头。

"我从来没遇到过这样的事情，不过，如果你们放弃身份，我可以尝试一下。给我你们的护照！按照规定，具备资格的外国人，可以通过检查站，去他们想要去的地方。我只能帮你们尝试一下，前提是，你们要放弃所有武装！"少尉说着，将手伸向三人。见状，三人立刻从腰包里掏出护照递给少尉。

少尉掏出一台扫码仪，对着三人的护照接连扫描。

"美国人？"少尉看了一眼电门，毫不意外地耸了耸肩膀，"哦，你也是。"

他再次看向雷神，不过在看到陈默的护照时，表情庄重了很多。

"中国人？你确定？"少尉严肃地向陈默问道，然后又不放心地看了几次。

"是的，如假包换！"陈默看了看左右，电门和雷神都多少有点担心。

"你站起来！"少尉命令道。

陈默顺从地站起身，然后，一个让他意外的情况出现了。

少尉一把抱住了陈默！

"朋友，我为我刚才的无理道歉。你可以走了，去吧，带着你的东西，还有这个孩子，去任何你想去的地方，在这里，没人会阻拦你，前提是你要出示它来证明你的身份！"少尉指了指手里的护照，对陈默笑着说道。

突然的变故太让人意外了，陈默有点无法理解，看了看左右，试图从蛛丝马迹中找出是不是什么愚人节的恶作剧，但他看到的只是身边的士兵们放下了手里的武器。

"我们真的可以走了？"陈默不敢相信地问道。

"是的，你们是朋友，我们非常相信并确定你们不会做出有损于我们的事情。你们可以走了！"少尉点了点头，将手里的护照恭敬地还给陈默。

"好的，谢谢你。我们走！"陈默接过护照，道谢之后，向众人挥手。电门和雷神纷纷起身，可就在他们刚刚起身的瞬间，枪口再次转向他们。

"他们不可以，准确地说，他们两个！"少尉的脸色重新变得冰冷，手指着雷神和电门说道。

"为什么？"陈默不甘心地问道，"他们也值得相信，他们是好人！"

"对不起，朋友，他们是武装执照持有者。根据规定，我不能放他们过去。"少尉神态坚决地摇摇头，丝毫没有通融的意思。

"但刚刚我们已经放弃了这个身份！"陈默连忙提醒道。原本以为问题已经解决了，却没想到一切又回到了原点。

"我说过，我只是尝试一下，但是失败了。"少尉摇摇头，举起手里的仪器，示意给三人。屏幕上，电门和雷神的照片上被打上了清晰的红叉。

"那请你告诉我，怎么样才能让他们过去？我是说，需要怎么做，找谁通融，还是其他怎样？"陈默看着对方，直截了当地问道。

"我上司的命令，我只是奉命行事，除非有命令要求我放你们过去。"因为陈默身份的缘故少尉的态度变了很多，面对陈默的询问，对方从容地回答道。

"好，命令，我懂了，你等着我！"陈默说着，掏出手机走到远处，思索着拨通了红的电话。

"我们上次通话是在十五天前，你问我怎么去边境省，现在你消失了两个星期后，再次给我打电话，一定是又有什么解决不了的问题了？"电话接通，红在那边不客气地问道。

"是的，我需要你帮个忙，我有两位朋友被困在铁路的检查站。如果可以，我希望你能让他们放我们离开，因为我们正在被追杀！"陈默没空理会红的揶揄，而是开门见山地要求道。

"朋友？他们不是你的朋友，他们是你的调查对象！"红冷冷地说道。

"好的，我的调查对象，但现在，我的调查对象可能会有生命危险。如果他们死了，我就没法调查了，可以帮我一个忙吗？"陈默甚至没空去和红争辩，继续要求道。

电话那边，红沉默下来。陈默以为她在思考，耐心等待好一会儿后，红的回答却让陈默的心脏瞬间冰冷下来。

"对不起，我做不到！"红回答道。

"为什么？他们说了，只要得到上司的允许，就可以放我们过去，而且他们是果刚族的士兵！"陈默不相信红做不到，尤其对方还是果刚族的士兵。说不定她只需要跟同楼某个同事说一声，他们就可以离开这里了。

陈默认为她是在敷衍自己。

"你一定以为我是在敷衍你，但并不是，我知道你如果不是面对无法解决的问题，是绝对不会给我打电话的。这一次，我真的帮不了你，因为，铁路沿线的军事管理权，是政府和内亚族达成的不可侵犯的条约！"红冷静了一会儿，认真恳切地在电话里说道。作为自己的线人和卧底，同时又是姐姐的恋人，红很清楚陈默的性格，所以眼前这件事，她一定要让他明白问题到底出在哪里。

"告诉我怎么才能做到？什么条件都可以，或者说，需要去解决什么问题。我现在，只想让我的战友，赶快离开这里！"陈默已经确信红在敷衍自己，因为他很清楚红在政府里的位置，以及她所具有的能量，不认为这么点小事她会做不到，她之所以拒绝自己，一定是希望自己替她做什么事情。

陈默觉得，这件事说清楚了或许会更好一点儿，因为现在他没时间和对方玩讨价还价的游戏。

"你认为我是在借机要挟你，是吗？"陈默的回答让红很愤怒，强压住挂断电话的冲动，红低声质问道。

"说吧，是像上次那样刑讯逼供吗？你们不方便做，可以外包给我。没问题，只要你答应把我们放进去，我保证能让他说出十年前的早餐吃的是什么！但你现在要答应我的，就是现在，立刻，马上让你的人，放我们进去！"陈默听出了红的愤怒，但现在他完全无法理会，他只需要让红赶快给那个不知道躲在哪里的上司打电话，好让他们能通过哨卡，为这个，他可以答应对方任何事！

"你疯了！陈默，你最好冷静一点儿，现在，没人能做到这一点。这条铁路对我们很重要，在动乱爆发后，已经遭到数次针对性的袭击了，所以，现在铁路沿线的警戒程度都被提高到最高级别。别说是你，即便是我，也要接受严格的盘查和询问。你最好弄清楚一点，我不是在刁难你，也不是在和你讨价还价，而是在告诉你，你提的要求，我根本做不到。如果你还有时间，最好想想其他的办法。你现在要求我来解决问题，只是在浪费时间！"红愤怒地打断了陈默的话，甚至不顾及周围同事们注视的目光。

电话那边一片宁静。而办公室里，同事们都一脸愕然，红不耐烦地挥了挥手，众人匆忙离开。在大大地深吸两口气使激动的情绪平复之后，红再次冷静下来，陈默现在的处境，通过交谈她已经很清楚了。对于红来说，在陈默生死攸关的境况下，自己拒绝了对方的要求是如此残忍，但事情确实如此，铁路沿线的情况，已经不容许出现任何意外和偏差了。她真希望自己此刻能在陈默身边，好好地和对方说清楚，因为她不希望陈默误会自己，她也不希望对方有事。

"真的没办法了吗？"良久，同样冷静下来的陈默在电话那边询问道。

"是的，戒严条例是内亚族与果刚族达成的协议，并经过国会同意，现在它已经是法律了！除非你能取得两名长老同时签名的书面认可，或者是总统本人的首肯……"红知道陈默仍然不甘心，但现在能尽快让陈默死心，然后去想别的办法才是最最理智的决定。

"可是两位长老已经死掉了！"陈默想了想说道。

"总统正在参加南亚峰会，短期内不会在国内。亲爱的姐夫，请你相信我，铁路是团结我们国家最后的希望，在即将通车前，我们绝对不会容许它出现任何闪失，即便是在暴乱期间，我们都没有抽调过守卫在铁路沿线的任何部队，就是因为，我们已经输不起了！"残忍有的时候才是解决问题最简单高效的办法，红很确定，陈默并没有死心，但现在自己能做的就只是让他死心，只有他死心了，才能尽快想别的解决办法。

"我知道了，谢谢！"陈默回答道，尔后轻轻地挂断了电话。

直到电话中的忙音响了好久，红才放下电话，一股严重的挫败感，在她心间弥漫开来，久久无法消散。

一转眼已经六年了，六年的时间里，内亚族的极端组织一直在制造恐慌和威胁。最让红难以理解的是，他们始终没有提出任何政治诉求，是的，一条都没有，他们就只是在破坏，破坏，破坏！就仿佛哭闹的孩子一样，肆意地发泄着自己的情绪。

红不知道这一切到底是因为什么，甚至不知道极端组织的领导人是谁，那个一直隐藏在领袖营背后的家伙，他在哪里？他到底想干什么？他为什么这么干？

曾经，联合国车队遭到袭击的事件为他们提供了一个契机。红用了接近三年的时间来调查那次袭击事件，并最终确定在袭击事件中，至少两家被雇用的安保公司具有被收买的嫌疑。

其中一家的负责人在事后的讯问和逼供中，因为被误杀而失去了线索，唯一能指望的只有铠甲安防。为了能弄清楚这一切的来龙去脉，红才会让陈默冒险进入这个小队。

现在看来，似乎这并不是一个好的选择。转眼间已经过去了这么长时间，陈默那边的调查毫无进展，内比亚的混乱程度却在不断加剧。内亚族的极端组织，领袖营已经开始对铁路沿线进行试探性的恐怖袭击。

铁路必须不能出事，这关系到很快要进行的通车庆祝活动。铁路通车，将会为沿线十九个城市接近三十万的人带来巨大的利益，还能够提供彼此沟通与交流的机会。

整个国家将会因为这条铁路而富裕、团结，最终崛起，这是上天赐给内比亚的一次机会，绝对不能发生纰漏。

"对不起，姐夫，我很爱你，但我更爱我的国家！"红默默地祈祷一句之后，轻轻收起了电话。

我左你右

电门一直注视着陈默，直到对方黯然地放下电话向她走来。

"准备走吧！"陈默走到三人身边，简短地说道，然后打开遍布弹孔的后备车箱，掏出备用轮胎，检查了一下之后，滚到车子前面。

"不行吗？"电门凑过来，低声询问。

"是的！"陈默犹豫了一下，随后点点头。

"你不该跟我们一起走。"雷神看到陈默的样子，走过来对陈默说道，"你应该带着菲兹离开这里。"

听到雷神的话，陈默停下手里的活计，起身看向雷神。

"你是想让我逃走吗？"陈默反问道。雷神的话让他感觉到自己被冒犯了，虽然不认为自己是一个英雄，但让他放弃战友，独自离开却绝对不行。

"不，不是这样，保卫客户的安全是我们的责任和目的，既然只有你能离开，那你应该带他走！"雷神看着陈默，很矛盾地说。虽然后者没有说话，但是他已经很清楚陈默的想法了。战友之间，永远是一种最特殊的关系，这种关系超脱了生死之后，将会拷问良心和热血。撤退容易，但在战友的掩护下撤退，需要的却是勇敢。

勇敢不是不怕死，有的时候，需要你苟且偷生地活着。

陈默看着雷神，又看了看身边的电门，他几乎是毫不犹豫地摇头拒绝了雷神的命令。

"我拒绝！"陈默回答道。

他不可能同意，他会抱怨，会愤怒，但不会答应让两个战友掩护自己，然后他带着菲兹安然离开。如果他们牺牲，自己还可以独享所有的酬金。

这在此时的陈默看来，简直就是天大的玩笑，可笑到荒谬。

"如果这是命令呢？"雷神看着陈默，再次问道。

作为指挥者，雷神首先要考虑的是小队的利益，包括每一个人。怎么能让小队的利益达到最大化，才是问题的核心，也是指挥者需要考虑的问题。在面对这个问题时，陈默不可以拒绝，必须执行，这关乎到整个队伍的安危和未来。

"我们刚刚已经宣布退出了，我们现在只是普通人。来吧，赶快修好车子，现在走还来得及！"陈默打了个哈哈，然后转身走过去准备换轮胎。

可就在他刚刚推起轮胎时，轮胎却被人一脚踩住。陈默抬起头，发现是电门，后者脸上冷冰冰的，与之前答应他一起看电影时候的态度大相径庭。

"你必须走！带走菲兹，把他送到内比利亚，安顿下来，我们已经失败了两次，我不希望我们第三次也失败！"电门对陈默说完，一把推开他，独自吃力地滚动着轮胎，来到车旁。

车旁，雷神依旧一脸认真地看着陈默，等待着陈默的答复。陈默看了看身边的菲兹，又看了看忙碌着拆卸轮胎的电门，哑然失笑。

"你们怎么了，有病吧？多大的事儿，说得好像我们不过去就会死掉一样，开玩笑。行了，收拾好，我们赶快离开这里！"陈默摆了摆手，走过去准备帮助电门，但刚蹲下，一柄匕首已经顶在陈默面前。

"滚！"电门冷冷地说道。

"走吧，这是命令，只有你能完成这个任务，完成它，终结我们的失败！"雷神拍了拍他的肩膀，安慰着说道，然后走过他身边，钻进一旁的车子里。

"先生们，还有女士，你们需要尽快离开这里！"少尉走过来，对众人说道。刚刚在电台里，哨卡已经几次询问这里的情况，虽然少尉对陈默充满好感，但并不意味着可以妥协到让他们一直在这里停留。

远处，一直等待着的敌人和他们的皮卡车已经开始发动，隐约的轰鸣声中，陈默清晰地看到他们的车身上装备的重机枪，以及已经准备妥当的RPG。

出去没有意外，就是死路一条，这点，所有人都清楚。

"对不起，能不能等一等，我想再打个电话，我是说，其实我还认识一些大人物……"陈默感觉自己已经被逼入绝境了，但他还想试试，因为身边就是他的战友。如果他不试，就只能眼睁睁看着他们被死亡拽走。

"够了，陈默，赶快离开这里！你已经在耽误我们的时间了！"电门有点暴躁，起身冲过来，一把抓住陈默的衣领，大声斥责道。

"你以为我想吗？你们出去，你认为有百分之几的概率能活下来？这边，只要跨过去，我们就能逃脱升天，我他妈为什么不能试试？！"陈默看着电门，大声喊道。

"没有用，你接受现实吧！他们早就知道，所以才会让我们来这里！现在你和菲兹能离开，已经是意外了。我求求你，快点走吧！"电门声音颤抖地说道，"总要有人掩护，总要有人留下，也总要有人撤下去，但我很高兴，那个人是你！"

电门说到这里，全身颤抖地低下头，双手与其说是抓着他，不如说是借着力量挂在他身上。陈默无所适从，之前还为这个从天而降的意外而惊喜，现在才发现，这不是惊喜，而是意外。

身后，雷神走过来，看了看两人，微微摇摇头，走到少尉旁边，略带谦卑地笑了笑，指了指相拥在一起的电门和陈默，对少尉说道："长官，他们是夫妻，我觉得，如果可以，是不是能让他们一起过去？"

"你说什么？"少尉愕然反问。

"我可以作证，他们是夫妻，昨天刚刚结婚，我很清楚你所说的规定，但他们刚刚结婚，您总不能让夫妻分开吧？"雷神的脸上充满笑意，转而又变成惋惜，看起来完全是在叙述一件幸福的小甜蜜事件。

但所有人都知道他在撒谎！

陈默很清楚，电门很清楚，菲兹也是，甚至包括少尉也很清楚。

少尉看着陈默，又看了看电门，然后再次将目光转到雷神身上，意味深长地看了他一眼后，才缓缓开口，"你确定？"

"我百分之百确定，我是他们的证婚人！"雷神举起手发誓道。

"如果是新婚夫妻，这位女士应该有一件沙丽。"少尉想了想，接着鼓起勇气说道。为了避免暴露自己的不自然，他特意将目光看向别处，虽然少尉很清楚自己的放水行为，但目睹之前的一幕，他认为自己应该做出正确的选择。

"沙丽？我们当然有，我们正好有两件，原本准备到首都才穿的！"之前炸点准备过沙丽，雷神自然记得。听到少尉的提醒，雷神连忙跑到车旁拿了出来。

看到雷神递过来的沙丽，少尉点了点头："按照规定，我们不能对身穿沙丽的妇女进行检查,如果这位丈夫确认她是自己的妻子,我们允许他们通过这里!"

少尉转过身去,其他人看到这一幕,也跟着转过身。雷神一脸笑容地向对方点头致谢,然后将沙丽递给电门。

"穿上它,然后离开这儿,我会引开他们,别担心我,摆脱掉他们之后,我会去找机械师,然后我们可以到内比利亚会合!"雷神一边说着,一边将沙丽递给电门,后者却不知所措。

如果说之前电门可以理智地劝陈默离开,但当她面临这个选择的时候,却不知如何是好。她离开,意味着雷神要独自面对敌人,少了她之后,可以抗衡敌人的能力将会大幅降低,电门经历过战场,经历过生死战斗,很清楚这样的选择意味着什么。

雷神根本毫无胜算!

"我……"电门想说自己不想离开,但看了看身边的陈默,发现自己说不出口。

她不知道怎么形容自己的感觉,事实就是这样。如果能让她掩护陈默,她会非常愿意,但让她选择留下还是陪伴陈默,她却无法做出决定,电门以为这是优柔寡断,但其实并不是。

"我去帮你把轮胎装上!"陈默没有继续说下去。此时此刻,他已经很清楚眼前的选择已经是最好最好的结果了,三人不可能一起逃脱升天。否则,敌人绝对不会任由他们冲到铁路哨卡。

现在,能让两个人带着菲兹离开已经是幸运。如果非要在这份幸运上强加条件,最后的结果恐怕是所有人都不愿意看到的。

"当然,这是你欠我的!"听到陈默的话,雷神笑得灿烂,重重捶了陈默一拳之后,任由陈默去帮自己更换轮胎。

轮胎在陈默的努力下很快更换完毕,看着修理完毕又可以信任的奔叔叔,雷神一脸平静。

"你知道吗?在之前的那次营救中,我要在两名兄弟之间选择谁能活下去。现在,我很幸运可以弥补这个遗憾了!这对我来说,是最好的选择。"雷神说着,拍了拍陈默的肩膀,重重地发动汽车。

"这次,我左,你右!"雷神说着,一脚踩下油门,车子迎着敌人的方向冲了出去。

酷 刑

已经建成的铁路线被两条更加雄伟的绿色栅栏墙包围着,仿佛没有尽头一般,一直延伸到天际。

相比战火纷飞的外面,铁路内安静如斯,时不时会有鸟儿飞来,落在铁路中间寻找着并不存在的虫儿。巡线工和巡逻兵往来游走，看起来缓慢而随意，若不是他们身上背着的武器，陈默会更愿意相信他们正在散步。

看到这一幕，陈默忽然相信了红所说的话，这条铁路似乎真的可以带来和平与安宁。不过可惜，让他体会的时间并不多。在对三人进行细致的搜查之后，少尉将他们送到了检查站另外一端。

打开铁闸门，苍茫的戈壁再次映入眼帘，但仿佛魔法一样，曾经的皮卡和追兵已经消失不见，当然，也包括雷神和奔叔叔。

仿佛魔法一样，在魔法师掀开幕布的瞬间，一切消失。但可惜，这并不是魔法，陈默很清楚，他们只是被留在了那边。

可这边就一定安全吗？没人敢保证。现在，整个内比亚已经被战火充斥，除了铁路，没有哪里是安全的。

内比亚政府的设想简单直接，利用铁路作为屏障，分割—过滤—沟通，让人们互相了解对方，认识对方，最终认可对方。陈默承认，这是个伟大的设想，但前提是，他们需要知道，他们的矛盾在哪里，敌人又在哪里！

"你说，队长会逃脱吗？"陈默想到雷神，心中一紧，幽幽地向电门问道。

"会的，队长很厉害的！"电门想了想说道，然后不等陈默回答，她一把拉起菲兹大步流星地向前走去。

"今天是个适合远足的好日子。"电门一边走，一边说道。

"是啊，真是个不错的'好'日子。"陈默在"好"字上加了个重音之后，快步追了上去。

今天是不是个好日子，陈默和电门并没有达成统一，不过三人携带的水显然已经无法支撑他们到达首都了。

实际上，三人连十公里都没有走出去，炽热的天气就已经把他们的水消耗干净。电门想要继续走，携带的电子地图显示，在距离他们五公里远的地方，有一个聚居点，电门不指望在那里能找到车子，但至少可以补充水源。

但陈默果断地拉住了她，在这么热的天气里走五公里，等于自杀，现在，他们需要做的是马上找个地方休息。

电门并不赞同陈默的提议。但看到已经摇摇欲坠的菲兹，她最终点了点头，无力地找到一处地方坐下休息。

陈默不能休息，他需要为大家弄一处遮阳的地方，手里的工具有限，他只能勉强搬开一块石头，利用碎石片和手，在石头下面挖出一个背阴的大坑。

身边，菲兹已经有点儿脱水的迹象了，但依然执着地抱着《诺斯比莫》。陈默见状，将最后一点儿水递给菲兹，然后将他抱进深坑，最后，才搀着电门坐在菲兹旁边。

陈默脱下衣服挂在石头上，又压住几个角落，阴凉地儿被他勉强扩大了一点儿，三人挤在并不宽裕的角落里,虽然依旧闷热,但终于躲过了炽热的阳光。

"现在,最好的办法是睡觉,等太阳落山我们再走。"陈默看着角落里的菲兹,又看了看靠在自己身边,脸已经被晒得红扑扑的电门,低声向两人说道。

菲兹用力抱紧了怀里的书,电门则信任地靠在陈默身边,睡了过去。

炽热并不能让人如愿睡着,但疲劳能。陈默和电门前一晚没有休息,一直坚持到现在,已经到了极限,他选择休息是个正确的决定。虽然缺水又炽热,但陈默和电门依旧很快睡了过去。

睡梦中,陈默似乎又回到了之前那次袭击事件中……

陈默倏然间坐到狭窄的驾驶室中。

车内,墨西哥人坐在他身边,一边说着他听不懂的土著笑话,一边殷勤地与他分享玉米片。

车厢后面,几辆红十字的急救车紧紧跟随,陈默的任务就是带他们前往内比利亚。据墨西哥人说,车上有几名伤员,在袭击中受伤了。

墨西哥人说这件事的时候充满了惋惜。在他看来,虽然内比亚充满混乱,但混乱的始作俑者似乎并不很在行。

"你知道吗?陈,我在阿富汗待过,那里的人对这个很在行!"墨西哥人用力抓了一把玉米片放在嘴里,然后对陈默说道,仿佛是在为那些袭击失败的家伙感到惋惜一般。

"这对我们来说不是件好事吗?"陈默认真操纵着汽车,车子在颠簸的路上小心行驶着。

"是的,不过我只是觉得,他们应该内行点儿,才能配上他们恐怖分子的名头,你懂我的意思吗?他们太不专业了!"墨西哥人试图解释自己的观点。不过在陈默听来,他依然是在惋惜。

"不要想太多了,兄弟,这不关我们的事,我们的任务是带他们安全去首都,而且,那些家伙也是无辜的,你不希望他们活着吗?"陈默操纵着汽车轻巧绕过一块石头之后,对身边的墨西哥人说道。

"当然,我当然希望他们好。对了,你知道吗?受伤的伤员里,有一个是你们中国人。"墨西哥人自然不会放过纠正自己的机会,连忙说道,说完之后,又神秘兮兮地凑在陈默身边补充了一句。

"你确定吗?我的意思是,你确定你能分清楚中国人和内比亚人吗?"墨西哥人一直对区分中国人和内比亚人充满兴趣,虽然他总结的一些经验在陈默看来都是毫无根据的闲扯,但墨西哥人却乐此不疲。

"你应该说是内亚族人和你们华人!我当然可以分得清楚。我总结了一条很好的经验，就是从头发的粗细度上区分，不信你给我一根头发。"墨西哥人说着，就要凑上去拽一根头发。

"我不给！"陈默连忙躲避，把头歪向一边，双手却依然稳稳地把着方向盘。

"给我一根！相信我，你学会了，以后就不会受人欺骗了！"

"我现在也不会！"陈默挣扎着，奈何墨西哥人最后还是得手了。就在陈默刚刚被墨西哥人抓住的时候，驾驶室与后车厢的隔板被推开，安娜美丽的脑袋钻了出来，看到了这一幕。

"我打扰你们了吗？如果是，我可以重新选个时间！"看到两人"亲密"的样子，安娜笑着揶揄道。

"当然不，他只是想拽我的头发！"陈默慌忙解释，然后用肩膀将墨西哥人顶开。

"是的，我只是想拽一根他的头发！"墨西哥人连忙解释道，"而且我已经拽下来了！"

"好了，好了，这个话题先放一放。安娜，怎么了？"陈默对墨西哥人摆了摆手，终止了他关于头发的话题，然后向安娜询问道。

透过后视镜，只见安娜的脸红扑扑的，娇嫩的肌肤仿若凝脂，满脸的胶原蛋白，整个人充满了活力。尤其当她的目光看向陈默时，他感觉自己仿佛掉进一汪水中，身心的每个角落都被清凉浸润。

"中午想吃什么？有单兵口粮、盒饭和炒饭。"安娜见陈默看向自己，慷慨地露出一个微笑之后，询问两人道。

"嘿，有什么不同吗？我知道肯定是你们生产的单兵口粮、炒饭。你的三个选项，其实是一样的，无论我选什么，你都会给我一盒炒饭！"墨西哥人终于找到抱怨的借口，生气地说道。

"那你吃不吃呢？"安娜收起笑容，故意装出一副威胁的样子向墨西哥人问道。

"除非给我一勺辣酱！"墨西哥人委屈地回了一句。看到这一幕，陈默忍俊不禁，可就在他要开口说话的瞬间，一道光芒亮起。

……

陈默忽然醒了。他双眼眯缝着缓缓睁开，很快确认眼前发光的不是火箭弹的火箭发动机尾焰，而是太阳的光芒。

陈默揉了揉眼睛坐了起来，电门紧紧靠在他的腿上酣睡着，均匀的呼吸带着她的胸口有节奏地起伏着。

另外一边，菲兹也沉浸在睡梦中，紧紧搂着书怕被别人抢走似的，瑟缩成一团，顺便将遮蔽的衣服扯开一块——就是这一块的阳光打破了陈默的梦境，将他晃醒。

陈默叹了口气，悄然将衣服重新盖起来。可就在他准备继续睡下的时候，远处一道光芒一闪而过，吸引了他的注意力。

戈壁里不该出现这样的光芒，唯一的可能就是有人在活动。

陈默警惕地俯下身子，然后小心将电门的身体挪开，最后才匍匐着爬向巨石后面，向闪光的方向看去。

光芒又闪了一下，帮陈默确认了方位。他拿出携带的望远镜，向前方看去，于是，令他震惊的一幕，豁然展现在眼前。

发出闪光的是一把铁锹，铁锹的主人此刻正顶着烈日挖掘着。在他旁边，几个内亚族人被扔在地上，浑身被捆绑着，就像一个个粽子。他们挣扎蠕动着，乍看上去如同蚯蚓在爬行一样。几名警卫打扮的家伙时不时凑过来戏谑和侮辱着几个人，嘴里叽里咕噜地催促着挖掘者，命令他们尽快干完。

挖掘者继续努力挖掘着。很快，一个人形大坑被挖好，然后，一名内亚族人被扔进坑里，铁锹拥有者挥动铁锹将刚刚挖出来的土掩埋到对方身上。

掩埋显然比挖掘更高效，很快，那个被埋的家伙就只剩下一个脑袋在外面。至于其他人，也都被如法炮制埋在土里。

作为旁观者，陈默因为离得远，所以不知道他们为什么要这么做，但他很清楚对方在做什么。

这是内亚族的一种酷刑——回归自然！

名字听着很不错，但绝对不会有人想要尝试一下。

这种刑罚很简单，将一个活着的人掩埋在戈壁上，只留下一个脑袋，炽热的太阳会让对方大量脱水，但挖掘的土坑会阻止脱水，于是，只有头会大量出汗，而汗水很快会在阳光下蒸发，只在受刑者的脑袋上留下淡淡的盐渍。

大部分人能幸运地挺过日晒，但最恐怖的却不是日间，而是夜晚。

黑夜降临之后，各种戈壁动物和昆虫出现，人身体上析出的盐分，对于它们来说，是不可多得的营养品。毫无反抗的五个人，会亲眼看着各种动物和昆虫出现在周围，它们会舔他们，咬他们，从他们脸上所有的窟窿中钻进去……

那一晚到底会发生什么？

没人知道。因为据陈默所知，没人能活过一晚。

陈默很清楚这种酷刑，但也正因为如此，他才奇怪，这些人到底犯了什么罪名，会遭受如此惩罚。

好奇心驱使陈默一直注视着，直到所有人被埋葬，然后引擎声响起。

"救救……救救我们！"看到陈默凑过来，对方立刻求救，干燥的嘴唇已经暴晒脱皮，看起来仿佛一根烤焦的玉米。

他走到下一个人面前，坐下，替对方遮挡住太阳。

"你可以跟我说，如果你想撒谎，我会换一个人的。说说，是谁把你们埋在这里的？为什么这么做？"陈默看了看另外几个渴望他到来的脑袋，说道。

事实上，陈默高估了几个人的忠诚和毅力。他话音刚落，对方立刻用力点头，挣扎着回答陈默的问题。

"他们要我们为他们搞到军火，但是，我们没做到！"第二个人忙不迭地回答道。

"谁？什么军火？"陈默看着对方，继续追问道。

"内亚族人，他们在购买军火，但他们没有钱。不，只有很少的一点儿！"对方看着陈默，迫不及待地回答道。

"所以，你骗了他们？"陈默饶有兴趣地追问道，"对了，他们是谁？"

"领袖营！"一个人立刻回答道。

青年领袖训练营，一个听起来毫无威慑性的名字，但一直与红进行极端组织调查的陈默却很清楚，这个组织在某种意义上一直充当着恐怖组织的角色。

之前在首都爆发的骚乱，也是他们所为。现在听到这个名字，陈默想不留意都难。更加引起他的好奇心的是，对方正在购买武器。

他们想干吗？陈默回忆着，依稀记得上次那群人手里拿的大多是狗腿刀。虽然当时因为内比利亚戒严，没有热兵器出现，但对于一个已经盘踞本地多年的恐怖组织，想要把武器偷运到首都并不是什么太难做到的事情。

既然如此，骚乱爆发时，为什么他们没使用热兵器？这几个人给出了一个足够合理的答案：

他们没有钱！

陈默回忆着之前这个恐怖组织所进行的一系列事件，发现他们并没有提出包括金钱在内的任何诉求，他们所做的一切，都是在努力破坏果刚族所做的事情，无论是屠杀还是恐怖袭击，完全都以果刚族为目标。

这群人与其说是在进行有政治诉求的恐怖袭击，倒不如说更像是在复仇。

更重要的是，引发暴乱时，他们使用的是狗腿刀，而在内亚族领地内发动袭击时，他们使用的是极其完善的热兵器。

那些家伙缺乏武器，正在购买！可是，那些在内亚族领地里发动袭击的人又是谁呢？

陈默觉得自己陷入混乱了。红的所有调查证据显示袭击联合国车队导致他失去安娜的那次行动，是由内亚族人发动的。一直以来，陈默也对此确定无疑。

但在过去一段时间里与内亚族的接触却让陈默觉得，他们无论是在战斗还是在装备上，显然都更像是一群毫无战斗力的民兵。

无论是长老博格被袭击时他的那些卫队的表现，还是那群试图处决他们，但最终却被他们逃脱掉的士兵们的素养，又或者是那群在城市里发动暴恐袭击的青少年训练营成员们的装备，无一不验证了这一点。而眼前，这些骗子提供的信息，再次佐证了这一切。

内亚族所谓的恐怖分子，是一群贫穷的、毫无战斗力、只知道疯狂复仇的乌合之众。

可如果是这样，那么袭击内亚族的人又是谁呢？按照以前红所说的，造成这一切的是极端派别对温和派别的袭击，现在看来根本不可能。

目前为止，除了领袖营之外，没有看到任何其他极端派别的样子。在贫瘠的土壤里，长不出丰硕的果实。内亚族人无论是从能力还是从训练上，都和那些恐怖分子的作战手法大相径庭。

除非……除了内亚族的恐怖组织，还有另外一个果刚族的恐怖组织在……

陈默想到这里，忽然觉得这一点完全说得通。之前他们在内亚族境内所看见、所经历的一切，完全可以佐证这个猜测。

那些发动袭击的人，同样拥有着果刚族的外表。一直以来，陈默都以为这些人是受到雇用的雇佣兵，汉尼也证明……

汉尼！

想到汉尼，陈默不由得全身颤抖。汉尼所在的村子，一直是雇佣兵往来的通道，那么又是什么原因导致汉尼和他村子里的人遭到屠杀呢？

一个村子的人都遭到毒手，除了巨大的仇恨之外，还有一种可能，是为了灭口。灭口……只有一种可能，他们看到或知道了什么。

线索被串联到一起之后，一个巨大的事实已经隐约出现在面纱后面，这让陈默忽然打了个冷颤。如果这一切成立，那红到底是不是知情者？如果她是，那么，自己是不是被利用了，如果她不是……

这几个人的话，让陈默再三思量。如果真的存在果刚族的恐怖分子，那么双方的行为就是最简单，也最直接的互相报复。

红到底对自己隐瞒了什么？陈默此时已经在想将菲兹送到首都到底是不是一个好的选择。之前他的想法是让红来照顾菲兹，但现在来说，这个设想要打一个大大的折扣了。

眼前，几个脑袋依然在苦苦哀求着陈默。看着这些人，陈默忽然心生怜悯，如果不是偶然遭遇到被处决的他们，他也不会联想到这么多，所以，虽然对方也不是什么好人，但至少罪不至死。

再 遇

　　最近的聚居地是一个村子，电子地图上没有标注地名，只是显示这里是个村子。这样的情况在内比亚并不罕见，即便是对于这里的住客来说，给村子命名也不是他们擅长和喜欢的事情。

　　陈默挑选的第二座房子要高大一些，相比其他院落，它多了一圈并不整齐的围墙，单凭这圈围墙，足以证明它是村里的富户。

　　事实也确实佐证了陈默的猜测，推开院门，一阵狗叫声从远处传来，当地的土狗跑过来，对他疯狂嘶吼了几声之后，小心试探着闻了闻陈默的鞋子，随后就满意地摇起尾巴来。

　　陈默看了看院子里的房子，没有继续走进去，而是知趣地站着。

　　"有人吗？可以给我们一点儿吃的吗？"陈默对着房子大喊道，房子里，传来一阵稍显凌乱的碰撞声，然后，一个家伙端着一柄 AK 走了出来。

　　陈默认识这个人，就在刚刚，他把对方从土里挖了出来。

　　"你们是谁？"对方恶狠狠地问道。

　　"我们见过！"陈默并不害怕拿着武器的对方，虽然光线暗淡，但熟悉武器的陈默仍然可以看到 AK 保险没有打开。

　　"你到底是谁？"对方声音又扩大了一倍，好像是狮子的咆哮，但更像是小泰迪的怒吼。

　　"我是你的救命恩人，刚刚把你从土里挖出来的！"陈默忍不住露出一个笑容，好整以暇地说道。

　　"你？你是谁？"这一次，男子终于看到了陈默，目光犀利地问道。听到他的询问，两名站在一旁的保镖同时走过来，守在陈默两侧，仿佛如果他说错了，立刻就会动手一样。

　　陈默看了看两边的保镖，他们示威地露出腰里别着的手枪，锃光瓦亮，新手的感觉扑面而来。陈默没有动，而是抬头看向中年男人，露出一个微笑。

　　现在这个中年男人在他眼里，已经成为需要的武器和汽车，对于这样的人，他有必要浪费一些时间。

　　"你好，我是陈默！"陈默放下手里的水烟，伸手自我介绍道。

　　"你好，阿夫伦。"阿夫伦没有和陈默握手，而是接连不断地提出几个问题，眼神中更是充满了怀疑与戒备。

　　陈默没兴趣和对方虚与委蛇，阿夫伦的开场白也不让人喜欢。他现在只想知道，阿夫伦的车子在哪里，有没有油，够不够他们去首都。

"凑巧！对了，你是开车来的吗？"陈默抬头看了看身边的保镖，确定了对方的位置之后，目光再次转回到阿夫伦身上，关切地询问道。

阿夫伦很难掌握陈默跳跃的思维，他不明白，这件事和他开车有什么关系，还是这个家伙到底在暗示什么。阿夫伦不懂，不过他本能地觉得陈默在故弄玄虚。

他觉得有必要教训一下陈默，为了自己的安全。

"让他说实话！"阿夫伦没兴趣继续和陈默虚与委蛇了，大声命令道。身边，保镖立刻凑过来一把抓住陈默的脖子。

高大健硕的保镖几乎是拎小鸡一样将陈默拎了起来，然后挥拳头向陈默的脸上砸来。

陈默挡住了一拳，保镖用膝盖重重撞了陈默的肚子，疼痛伴随着胃里的食物，翻滚着喷了出来。

陈默吐了一地，保镖努力躲避，但还是被喷在身上。他嫌恶地看着跪坐在地上的陈默，抬腿向陈默的脑袋踢去。不过可惜，他的腿只踢出了一半。

陈默一把抓住对方的腿，顺势拽出对方别着的手枪，抬起手，用枪托重重地砸在对方的眉骨上，发出清脆的撞击声和断裂声，陈默在第二名保镖尚未反应过来的时候，已经利落地推弹上膛，举枪顶在阿夫伦的额头。

"车在哪里？"陈默擦了擦嘴角，质问道。

阿夫伦愕然，看了看剩下的另外一名保镖。这个时候，电门冲了过来，顺势将对方的武装解除。

两支武器已经到了陈默和电门手里，两名保镖一个倒在地上昏迷，一个不知所措地站在一旁。双方的势力瞬间颠倒，看着陈默依旧一脸无所谓的样子，阿夫伦隐隐地感觉到了从未有过的恐惧。

"说，车在哪里？"陈默指了指阿夫伦，再次提醒道。

"车在外面。"阿夫伦指了指门口，却仍然不明白陈默到底想干吗。

"油够我们去首都的吗？"陈默接着问道，肚子一阵痉挛，让他对地上的保镖有点不满，于是重重地又补了一脚。对方装不下去了，哀嚎着，蜷缩成一团。

"不……不知道，不过您需要，可以去加油，我这有钱！"阿夫伦连忙掏口袋，却被陈默摆手制止。

"哪里能加油？"陈默问道。

"我家……"

阿夫伦刚说出两个字，就后悔了，但最后还是硬着头皮补全了回答。

"我家旁边，有加油站，只供我们自己人用，不过，您也可以得到服务！"阿夫伦气馁地说道。

外面的院子里，一辆破旧的皮卡车停在那里。陈默满意地踢了踢轮胎，拉开车门，一屁股坐了进去。

富人区

陈默在内比亚已经生活了六年的时间，对内比亚的很多事情都已经相当知晓，但其中最让他记忆深刻的，只有内比亚的富人区。

是的，内比亚这个一直与贫穷、战乱相联系的国度也是存在富人群体的，而他们聚居的地方，就是富人区。

而眼前，陈默所要前往的，就是这样一个地方。

这是个距离铁路只有十几公里，却完全在地图上没有标志的地方，守备森严，地势易守难攻，上面的建筑黝黑低调，无一不显示着它与其他地方的截然不同。

事实上，眼前的这座看起来如同堡垒一样的小镇，真的是货真价实的富人区。

在内比亚，富人区的定义与佛罗里达黄金海岸的富人区是截然不同的，更不像巴西那样被围墙隔断下，与平民居住区有着鲜明贫富差距的富人区。

眼前的富人区，给人的感觉只用一个词来形容，就是壁垒森严。

每栋房屋的建筑高度都明显高出陈默所见的那些平民的房屋，而在房屋外面，是更加高耸的围墙。围墙上，是挂着铁丝网、视频探头与警卫混合的防御设施。更高处，则是一盏照射着周围的白炽灯。

这样的配置并不是偶然和孤立的，每一座建筑都大同小异。

每一座建筑都把自己构成一座坚固的小堡垒，而它们组成的这一片建筑群，就是内比亚的富人区。

不是任何地方都能被富人们当作居住地的，能被他们看中需要满足很多条件，首先要交通方便，其次要足够安全，而且要低调得不被人所知。虽然听起来简单，但这些条件对于此时此刻的内比亚来说，已经足以用苛刻来形容了。

不过这些苛刻的条件并没有难住神通广大的人，为了满足自己的要求，有人在距离铁路边的地方，建起第一座建筑，然后，是第二座，第三座，第四座……

这里有铁路，交通足够便利，保护铁路的军队可以随时参与维持这里的和平。为了避免不必要的麻烦，这里没有什么战略价值，富人们利用自己的关系网，更是将这里的名字和标注从卫星地图上人为地抹去，仿佛这里从来不存在一样。

但现在，这个不存在的居住地，已经展现在陈默等人眼前。

阿夫伦熟门熟路地指挥着车子向镇子里开去。一路上，探照灯的光芒不止一次扫过阿夫伦的车子，但很快因为看到他本人而迅速转向他处。

车子一路畅通地来到一座和其他建筑没什么区别的房子前，紧闭的大门在灯光闪烁两下之后，缓缓开启。

看着大门开启，电门用探寻的眼神看向陈默，询问对方是否进去。陈默明白电门的意思，深入虎穴并不是什么好的选择，贸然进入对方的房子，很可能会遭遇到什么不测。

不过在陈默看来，深入虎穴或许不是好选择，但阿夫伦真的是一只老虎吗？

在陈默的示意下车子缓缓开进院子，与门外的森严低调迥异的一幕，也随之在他眼前展现。

这是一座足以用奢华来形容的建筑，无论是在内比亚，还是在美国，用"奢华"这个词来形容它都毫不过分。

庭院中，明亮笼罩着一切，被打入墙壁的背景灯，将光芒柔化遮蔽的同时也调节了庭院的光线，让它既不被外人察觉，又能为庭院照射一缕淡淡的微黄色光芒。

地面上，翠绿的草坪与外面戈壁上的绿色有着迥异的差别。这些在清水浇灌下茁壮成长的青草，完全忘记了自己是在戈壁上，肆意绽放着奢侈的绿色。

庭院的各个角落，或被雕刻，或被修饰着一些看起来似懂非懂的建筑与雕刻。在庭院正中，是一扇古朴的半开大门，从外面看去，同样能看到奢华的布置与摆设。

虽然天色已经暗淡，几个孩子依然精力充沛地在建筑周围跑跳着，发出快乐的笑声。

车子的到来，引来孩子们的注意。车上，看到孩子们，阿夫伦为难地看了一眼身边的陈默，以及他手里的手枪。陈默微笑着将手枪收在衣内，换来阿夫伦一个善意的笑容。

调整了一下自己的表情，阿夫伦推开门下车，孩子们就兴奋地跑过来，尖叫着绕着他快速地说着什么。

陈默从另外一面推门下车，几名站在暗处的保镖看到面孔陌生的陈默，试图围上来，却被阿夫伦摆手制止。

劝散孩子们，阿夫伦将陈默和电门请进房子。房间内，柔和的光芒让大家放松了一直紧绷的神经，原本尖锐的对立状态也似乎回归到表面的柔和。

"各位请坐，放心，我不会做出什么出格的事情，因为这是我家，我的家人都在这里！"阿夫伦抢先表态道。与其说是表态，不如说是祈求一个互不侵犯的契约，否则以陈默个人所具有的破坏力，最终这里会被毁坏到什么程度必然是他不能承受的。

陈默答应了这个契约。他对阿夫伦没有好印象，但也没有坏到需要在他家里展现自己不满的地步。

"我们稍后就走！"陈默简短地回答了一句，让阿夫伦心中稍安。

"其实，我并不是想要欺骗他们，我们是生意人，生意人只想赚钱！"放松下来的阿夫伦，在用人将茶点放在自己面前之后，才再次开口道。

陈默静静地听着他的解释，并没有因为对方的解释而放弃对他身份的怀疑，更没兴趣辩驳。有的时候，当一名听众，会有意想不到的收获。

"可惜，他们并没有按时履约，契约精神对于生意人来说很重要。按照规定，我是合理合法地扣留他们的定金的。"阿夫伦说着，轻轻喝了一口香飘四溢的咖啡，又优雅地向陈默与电门做了个请的手势。

陈默再次抬头看了一圈周围。不远处，保镖们戒备地看着他们，大人们似乎也感受到了一点点异样，将孩子们都带离客厅。用人们分列两边，用好奇的目光打量着他们三个猜不出身份的客人。

"我很讨厌他们！"陈默端起咖啡闻了闻，却没有喝，放下杯子之后，对阿夫伦说道。

"我很不喜欢，但商人是没有权利挑选自己的客户的，您懂我的意思吗？经济有自己的运行规律，他们需要，我们满足需要！"陈默的回答拉近了他和阿夫伦之间的距离，后者连忙补充了一句。

"当然，你一定要赚钱的。维持这种生活，钱怎么能少呢？"陈默打量着四周，维持眼前的一切，钱起到了不可替代的作用。

"是的，当然，这也没办法，不是人人都能看出来别人具有的能力和实力。为了让他们相信我们，有必要维持一点儿必要的，呃，豪华。"阿夫伦微微一笑，面色彻底平和下来。

"我去过您的国家，别介意，我听出您口音上的不同了，您的国家美丽，安全，和平。当然最让我着迷的是，你们拥有很多哲理和智慧。它让我知道，富人的奢华是为了给别人以信心和判断，您懂我的意思吗？很多人就是依靠这些来判断你的实力，所以这一切都只是给别人看的，否则，谁会相信我是一名有实力的军火商人呢？"阿夫伦对陈默的了解要比陈默自认为的多得多。两人消弭敌意之后，他自然没有什么继续隐瞒的必要。

"他们需要多少武器？"陈默无所谓地耸了耸肩膀，将话题重新引回到军火上。他很好奇，训练营的那帮家伙到底要干吗。

"很多，多到足够发动一场战争。据我所知，这里大部分拥有实力的军火商人都在与他们接触，因为他们列出了一份庞大的购物清单，至少十个亿的武器和装备。十亿美金，足够武装出一支相当现代化的军队。"阿夫伦想了想，没有隐瞒，老实说出训练营的购物计划。

"一支军队？"陈默心中大惊，却没有表现出来。阿夫伦无意中说出的一些事情，让他充满好奇。如果训练营的那帮家伙在组织军队，那么他们的目的就已经显而易见了；而如果他们达到目标，这个国家未来必然会陷入战乱和动荡，战争将永远无法停止。

"是的，他们的野心很大，您很清楚，这个国家要和平了，并不是什么坏事。但有些人不喜欢和平，他们需要战争继续下去，才能维持他们的需要和权力，所以，我们也只是为了生活。"阿夫伦毫无愧疚地为自己解释了一句。在陈默看来，这种解释苍白得让人发笑。

"你为什么终止了交易？换句话说，你为什么没有满足他们的要求？"陈默想了想，向阿夫伦询问道。对方如果只是个寡廉鲜耻的商人，就没有必要去欺骗对方，做成生意的利润恐怕要比做不成大得多。既然如此，为什么训练营的那帮家伙还要动手杀掉他们？

"他们没有钱，虽然他们承诺了可以搞到钱，并且信誓旦旦地向我保证，但实际上并没有。好吧，我很愚蠢地相信了他们的谎言，只收了很少一部分定金。现在军火船只就在公海上，只要他们能提供剩余的尾款，就可以立刻得到他们需要的武器——先进的防空导弹、火炮、装甲车。然而，他们没有找到那笔钱，所以，我拒绝了交易，当然也不会将他们的定金返还，这让他们恼羞成怒，决定杀死我的属下。在我能看见和能知道的地方，用来威胁我！"阿夫伦撇撇嘴，语气中充满了对对方的不满和厌恶。

"他们说你骗了他们？"陈默奇怪地问道。

"这并不是欺骗，只是对合同理解的不同，他们想要先拿到一部分武器，但我拒绝了。没有钱，什么都没有，武器就在那里，需要钞票把它们换走，无论他们有怎样的要求，都和我无关。只要付钱一切都可满足，没钱一切免谈，这就是生意！"阿夫伦解释道。

这个解释很合理，也让陈默明白了事情的来龙去脉，他觉得红应该很有兴趣知道这件事，至少要让她知道，她的对手正在筹建一支军队，准备发动一场战争。

"谢谢你的回答，现在给我们一辆车，我们可以立刻离开这里！"陈默没有继续交谈下去的意思了。虽然阿夫伦过得富足，表现得也足够温文尔雅，但对于这样的人，陈默完全不想接近。

在他看来，这群人就是毫无道德、只为金钱而存在的无耻之徒。为了钱，他们可以做任何事，国家和民族在他们的眼里什么都不是，充其量不过是筹码和赚取利润的商品而已。

诚然，他们这一次做了好事，没有让训练营的人拿到武器，但这并不意味着国家应该感谢他们。如果想用他们的道德标准来维系国家的和平，那将多么可笑。因为陈默很清楚，一旦被训练营找到钞票，那么下一秒钟，外海的货轮就会将武器交给恐怖分子，然后整个内比亚就会瞬间被战火覆盖。

"哦，对了，这是我答应你们的，必要的契约精神！"阿夫伦点点头，对一名保镖招了招手。后者过来之后，阿夫伦低声交代了一下对方，后者点头，快步离开。

很快，庭院里就再次响起引擎声，众人回头看去，一辆崭新的越野车被停在庭院中间。之前的保镖从车上下来，快步走到阿夫伦身边，将钥匙交给对方，阿夫伦看也没看，就将钥匙扔给陈默，后者接过之后，向电门招招手，随后带着两人走到车旁。

"契约精神！"陈默拍了拍车子。这辆车子崭新发亮，在国内恐怕会价格惊人，但对方却毫不在意地送给了他，这足以让人印象深刻。

"当然！"阿夫伦举起大拇指，得意地说道。

陈默发动汽车，车子缓缓驰出院子，随后消失在黑暗之中。

目送着陈默离开，阿夫伦一直提着的心终于落了下来，虽然表现得不在意，但陈默给他的压迫感却没有丝毫减少。面对陈默，他时刻有一种面对饿狼的感觉，对方虽然没有露出牙齿，但阿夫伦很清楚，那是因为自己足够配合的缘故，如果自己有什么其他意图，对方一定会第一时间咬破自己的喉咙，这也是他几次打手势拒绝保镖们行动的原因。

多一事不如少一事，在这里赚钱，阿夫伦觉得，有时候需要做出必要的妥协和示弱。

大门在陈默的身影消失之后，缓缓关闭，一切又回到之前的状态。对于事件双方来说，很多事情一旦发生了，就注定了它的影响不会消弭，对于阿夫伦来说是这样，对于陈默来说，又何尝不是这样呢？

车子驰骋在黑暗之中，坚固的车身和完美的减震系统让驾乘舒适了很多。车后面，菲兹早已经陷入沉睡之中，但前面的陈默却没有丝毫睡意。

一个个鲜活的人在陈默眼前闪过，他们每一个人都有自己的目的和欲望，从卑微地活着，到无耻地放弃国家和民族，再到为了生活成为替罪羊……每一个人表现出来的东西，都让人觉得不可思议，却又真实得让人惊讶。

"他们为什么要打仗？"这个声音来自坐在后车座的菲兹，他看着坐在车前的两个人，低声询问道，打破了车内的宁静。

陈默听到了菲兹的询问，从后视镜看了对方一眼，却没有回答这个问题的意思，不是他不想，而是他不知道。作为一个成年人，陈默很清楚，人类的历史就是一部战争史，人类喜欢为各种原因打仗，有可能是头发、肤色，也有可能是意识形态，各种战争的诱因匪夷所思，甚至荒谬而不可理解。菲兹的询问，将这一切囊括其中，却根本笼统到无法作答。

"这不是你该知道的问题。"陈默再次看了一眼菲兹，后者脸上挂着不得到答案誓不罢休的神态，陈默无奈，只能敷衍地回答道。

"那什么问题才是我该知道的？我们总要弄清楚这个问题，然后给他们解释，让他们不要打仗了。"菲兹看着陈默，不满地说道。

"没那么简单，每个人都有自己的想法，你根本左右不了。只要多一种念头，就会引发争论，争论一旦无可弥合就是战争。"陈默回答道。

"《诺斯比莫》能做到！"菲兹不满地说道。

"做不到，没有哪个国家能凭借一本书获得和平。"陈默虽然觉得不忍心，但菲兹的固执却必须得到纠正，所以听到菲兹的话，他立刻反驳道。

"《诺斯比莫》就是能做到！"菲兹继续固执。陈默摇摇头，不再说下去。

夜晚的寂静，将这种无声再次放大，很快，菲兹可能因为无法抵挡这种寂寥而再次倒头睡着了。

陈默将自己的衣服轻轻盖在菲兹身上，抬眼看了看电门，后者虽然有点疲惫，但察觉到陈默的目光，依然回应了一个淡淡的微笑。

"如果我还可以开车，可以替你……"陈默看着曾经很是熟悉的方向盘，略带惭愧地说道。

"怎么了？"电门看了陈默一眼，她早就发现陈默一直逃避驾驶汽车。

"没什么，只是有一天忽然发现自己不会开车了。"陈默淡淡地说道，他说的是真话。自从那次袭击事件后，陈默因伤在医院休息了足足三个月，当他伤愈出院后，第一次驾驶红的汽车就出了一场严重的事故。

陈默曾经以为这是自己的疏忽，但几次试验下来，终于不得不面对现实，自如驾驶汽车的能力真的从他身上消失了。

不，应该说，被安娜带走了。每次陈默开车，脑中闪现的永远是安娜被击中的那一瞬间，他本能地想躲避，但永远都躲不开。

陈默努力甩了甩头，将自己从过往的一幕幕之中拉回到现实。

电门看着前方——公路周围，凌乱地摆放着一些已经被遗弃的战争武器和残破车辆。随着与首都距离的拉近，这样的残骸也变得越来越多。

"还有两小时！"陈默点点头，掏出手机，给红发出短信。

电门已经理解了陈默的神秘，并没有追问什么。在看到陈默发出信息之后，她向刚刚醒来的菲兹说道："准备好东西吧，小家伙，你要到达目的地了！"

菲兹有点茫然，他本来想问问，但没有开口，只是默默地拿过自己的小包，将《诺斯比莫》装进包中，然后继续紧紧搂着它们。

红很快回了短信，她答应了陈默照顾菲兹的要求，但没有将见面地点约定在城内。陈默虽然有点奇怪，但因为电门的缘故，他并没有细问。直到车子来到城外的约定地点，看到远处站在车旁的红，陈默才知道，混乱在首都并没有结束。

当看到陈默下车的时候，红用力挥了挥手。手上，缠绕的绷带清晰鲜明，替她解释了为什么没有约陈默在首都见面的原因。

陈默拉开后车门叫下菲兹，领着对方向红走去，后者看到菲兹，露出一个灿烂笑容，随后将他领到车旁，送上汽车。

"那个女人是谁？"借着交接的闲暇，红对着坐在车内的电门努了努嘴，略带醋意地问道。

"你不是一直在调查他们吗？应该比我熟悉吧！"陈默回头看了看电门，很不以为意地回答道。电门在车内安静地等待着。

"那如果我怀疑她是嫌疑人……"红扬了扬高挑的眉毛，忽然从后腰抽出手枪，借着腋窝的帮助，装弹上膛，"你会不会帮我逮捕她？"

红的话让陈默一愣，但很快醒悟过来，这不过是红的恶作剧。

"这个时候你还有心思开玩笑，手是怎么回事？"陈默摇摇头，将话题转到红的手上。

"一点儿小伤，抓捕恐怖分子的时候，被刺了一刀。如果他偏一点儿，你恐怕就见不到我了。"红重新将手枪放回身后的枪套，挑衅地看了电门一眼，故意暧昧地凑到陈默耳边，小声说道。

陈默很清楚地看到坐在车内的电门正了正身子。

"一定要小心。对了，我听说领袖营的人正在购买军火，组建军队？"陈默任由红胡闹了一会儿之后，才再次询问道。阿夫伦所说的事情他有必要告诉红，否则下一次瞄准红的就不是一把刀而是一把枪了。

"如果他们能购买武器，也是件好事，我们至少能追查到一些情况，而不像现在，毫无头绪。不过恐怕要让你失望了，我们之前搜索Z区，查到了他们的老窝，他们的账面资金恐怕连一把步枪都买不起！"红一脸无所谓地说道。

"不管怎样，注意安全，千万不要冒险。我知道，你很痛恨这帮家伙，所以，一定要活着看到他们被干掉的那一天。"陈默拍了拍红的肩膀，决定结束两人的对话。

"你准备去哪里？你的小队恐怕已经……留下吧，结束任务也可以！"陈默走出没几步，红忽然说道。

"不用了，他们应该还活着，我去找找看。任务可以随时结束，但战友不能随便扔下。"陈默停顿了一下，对身后的红回应了一句，继续向电门所在的方向走去。

红有心叫住他，但最终还是选择了闭嘴。姐夫的性格她很清楚，倔强的成分几乎占了百分之九十九，在意味深长地看了电门一眼之后，红拉开车门坐进自己的车子。

电话就是在这个时候响起的。

陈默拿起电话，奇怪地发现，本来只有红一个人知道号码的电话忽然响了起来，他回头看了看红，好奇地接通电话，那边，一个压抑沙哑的声音响起。

"把《诺斯比莫》交给我，否则，我会杀了她。"声音很平静，说出的话却让人心颤。陈默几乎是第一时间反应过来，冲向红所在的汽车，一把将车门拉开，拽出红和菲兹，将两人踉跄着带到远处。就在他们还没跑出多远的时候，汽车骤然爆炸。

爆炸的碎片，仿佛礼花一样冲上天际，在本就明亮的天空中留下更为明亮的痕迹。

巨大的冲击波，将三人掀翻在地，即便是在远处车内的电门，也清晰地感觉到了明显的晃动。

还未等冲击波的威力彻底消散,陈默就利落地拔枪警戒左右,此时,电话里再次传来声音。

"这只是个证明,现在,把《诺斯比莫》给我,否则我会杀了他。"伴随着声音响起的,是雷神凄惨的喊声。陈默瞬间醒悟,一把抓起还趴在地上的菲兹,从他的口袋里掏出《诺斯比莫》。

"把它给我,它是我的!"菲兹大喊道,但陈默毫不理睬他的喊声。

"你已经拍了它的照片了,现在我需要它。"陈默起身,向电门所在的方向走去,一边走着一边将《诺斯比莫》放在自己的怀里。

"把它给我,我们需要它来拯救这个国家!"菲兹大喊道。

"你需要的是它的内容,你已经得到了,现在,我需要它来救人。"陈默回应道,快步走到车旁,犹豫了一下,忽然转头看向红。

"注意安全,不要相信你身边的任何人,一定要活着!"陈默对红大声说道。

"我努力做到第三条。"红戏谑地笑着,用力拉住想要扑上来的菲兹。

陈默坐上车,表情凝重,电门默契地发动汽车。

"我们去哪里?"

"他们会告诉我们的。"

他们是谁

陈默说得没错,对方很快给出了交易的地点。让陈默惊讶的是,对方说的地点竟然是在铁路那边。

是的,就是陈默和电门辛苦穿越的铁路线,对方竟然带着雷神轻而易举地穿越过来了。

对方约定的位置陈默也很熟悉,是距离阿夫伦所在的富人区不远的地方,如果陈默没记错,那里应该还有几个埋人的深坑,不过现在那几个坑应该空了。

为了催促陈默,对方不断发来的语音中,都无一例外地传出雷神的哀嚎和惨叫。

"如果可以,我能不能选择不听?"身边,电门的心情也被弄得极其糟糕,终于重重地停下车。陈默默然地点点头,收起手机。可当寂静降临时,他们却发现,寂静所带来的压抑感远比惨叫声带来的恐惧感更让人难以接受。

"说点什么,可以吗,求求你了!"电门看着陈默,低声说道。可陈默并不能满足她的要求,因为此时此刻,他也不知道要说什么。

"炸点和机械师在哪里?"良久,陈默询问道,但没有答案的询问让两人更加焦虑。

炸点和机械师已经失去联络很久了，电门曾经拨打过他们的电话，但没有回应，失去了奔叔叔，他们也无法用电台联络上对方。原本亲密无间的战友，就在这一刻忽然失去了联络。

"他们为什么一定要那个东西？"电门看了看陈默手中的那本《诺斯比莫》法典，好奇地问道。

"我也不知道，或许真的很值钱。"陈默想了想，翻看起法典。苍老的羊皮纸在翻阅之后发出低沉的摩擦声，陈默认真地看着法典上记载的内容，虽然他并不懂这些古老的内比亚文字，但无论是上面记载的内容还是具有年代感的纸张质地，都让他能感受到这本法典在书写那一刻所传达出的庄严和神圣。

但可惜，这本书除了能让陈默感受到这些之外，就没有任何神奇之处了。

虽然期待着能找到点线索，但直到翻看完这本书，陈默也只能给出一个结论——这就是一本书，或许又老又旧，但也仅此而已。

"什么都没有。"陈默随手将法典扔在一边，对电门说道。

"真的什么都没有？"电门惊讶地反问道。

"是的，如果说它是件古董，能卖很多钱，我会更容易接受。"陈默无奈地说道。

"他们为什么要它？他们的目的是什么？我们得弄清楚。"电门低头看了一眼法典，索性停下车，仔细检查起来。

"不知道，他们肯定不会告诉我们。"陈默摇头，眼前的情况已经超出了他的理解范围。人们在争夺一件毫无意义的东西，是的，在陈默看来，这本无聊的法典毫无意义。

他不相信菲兹的话，菲兹执着地认为这个东西可以拯救整个民族，更能带来和平。但让他苦恼的是，这些家伙却真的想要这个在他看来毫无用处的东西。

他们的目的到底是什么？

陈默想知道，却无从知道，这也正是他苦恼的根源。

身边，电门在仔细检查了这本书的每一行文字，每一页内容，甚至包括纸张本身之后，终于气馁地扔下法典。

"什么都没有，它只是一本书，你说得对，它毫无用处！"电门摇头说道。

电门的气馁也让陈默失望。这意味着，两人的判断是完全一样的，也间接推理出一个事实——敌人在争夺一件毫无意义的东西。

可他们为什么这么做？这个无法知道答案的问题让他们所有人都陷入了巨大的危险之中。

疑问填满了两人的脑袋，却无人能够回答。

"放弃吧，我们把它交给他们，然后带回队长，让这一切就此结束吧！"陈默摆了摆手，重新将法典收回到自己的怀里，对电门说道。

电门也采纳了他的意见，发动汽车，重新上路。

身边，电话再次响起，陈默低头看了看，依然是声音文件，对方正在用这种方法催促他们，当然也包括折磨和打击。

虽然陈默照例没有打开，但电门却自然而然地加速向前冲去。

"我现在还记得我第一次参加战斗，我自认为学会了很多。好吧，我只是看了很多电影，你知道，国民警卫队是很少参加作战的，虽然我们经过训练，但都只是最基本的套路，直到我真的端起枪面对敌人的时候……"电门恐惧车内的寂静，主动和陈默交谈起来，但话只说到一半，却又停了下来。

"发生了什么事？"陈默看了对方一眼后追问道。

"没什么，我藏到了树后！"电门露出一个夸张的笑容，然后引来陈默夸张的笑声。

"你藏到了树后？"

"是的！就躲在那里，好像电影里一样，一边装着子弹，一边大声呼叫。"电门几乎要笑出眼泪来，腾出一只手向陈默比画当时的自己。

"你竟然藏到了树后，你是怎么想的？后来怎么样？"陈默接着询问道。

"队长抓住我的腿，一把把我拽了回来，然后，子弹从树干上穿过！"电门不笑了，却依旧沉浸在回忆之中，"他救了我。"

"你应该明白，这有可能是个圈套，他们并不是真的想要这本书，他们的目标很可能是我们。"陈默明白电门的意思，说破了两人的担心。

内比亚是个极端务实的地方，相比于明天的财富，所有人都会选择今天的面包。所以，两人都不相信敌人是为了手里的这本书。相比之下，他们更相信，是因为他们破坏了对方的某些交易，而被对方当作泄愤和灭口的目标。

毕竟，这样的理由，要远比相信这本书能拯救世界可信得多。

"你是想问我，我们要真的去救队长吗？"电门看了陈默一眼，反问道。

"是的，如果去，我们有很大可能会被干掉，甚至有可能，队长已经被他们杀掉了。"陈默冷静地回答道。

"可是他们发来了语音。"电门指着陈默的手机说道。

"那又怎么样？他们其实没必要这么做，他们只需要证明，队长在他们手里就足够了，他们为什么要发语音，只是想证明队长还活着，或许，他们想证明的，恰恰就是谎言。"陈默说出自己的担心。

"这都是你的猜测，你知道的，他还活着，他们需要我们手里的东西，我们拿给他们，一定会把队长换回来的。"电门看着陈默，毅然说道，甚至连声音都提高了两个调门。

"你知道我的猜测很有可能发生。"陈默没有承认也没有否认电门的话，他的回答却让电门陷入沉默。

"我们现在是在考虑要不要去救他吗？"良久，电门再次开口问道。

"是的。"陈默回答道。

"他曾经救过我。"电门说道，然后看向陈默。车子并没有停下来，而是一直向前行驶着。

"好吧，我们去吧。"陈默看着电门，从对方的眼神中看出了坚定。

交 易

不得不说，阿夫伦提供的车子比奔叔叔的驾乘感要好很多，而且速度也远超老迈的奔叔叔。

在电门的努力下，车子在傍晚时分就到达了双方预定的地点。不过，陈默并没有马上联系对方，而是与电门用伪装物遮蔽了车子之后，就悄然潜入地点附近隐蔽起来。

远处，空地上光秃秃的。如果没有陈默插手，现在那里应该是五个狰狞的脑袋，现在只有五个孤独的大坑。

这让原本应该狰狞的环境少了一些残忍，却多了一些神秘。

陈默与电门找到了之前的隐蔽地点，两人再次藏在土坑之中。在利落地检查完武器之后，陈默将一块从阿夫伦家里拿来的大饼递给电门，后者毫不在意大饼是陈默吃过的，大口吃了起来。

借着冰冷的清水，两人随意对付了一顿，随后，目光再次看向空地。

这一次，敌人出现了。

还是那几辆皮卡车，车上，机枪随着车子缓慢地前进而左右晃动着，车队很快围成一个圈，几个人从车上下来，将后车厢上躺着的一个男子粗鲁地拽了下来，拖到圈子中央。

男子带着头套，喘着粗气跪坐在那里，一个人用枪口捅了捅他，在确定对方没有大问题后，才从容地走到一旁。

陈默放下望远镜，坐回到电门身边。

"他们来了。"陈默收起望远镜，拿出手枪检查了一遍。

"能确定是队长吗？"电门在一旁询问道。

"不确定，他带着头套，或许有可能是个骗局！"陈默说道。恰在此时，电话再次响起来，陈默连忙拿起望远镜，一边看着远处，一边接通了电话。

仍然是那个声音。

"你们在哪里？"声音询问道。

"我们躲起来了。"陈默模棱两可地回答道。

"把东西给我，否则我会干掉他！"电话里威胁的语气浓厚。陈默看到一辆车子里，伸出一只大手，一名守卫从大手里接过电话，来到跪坐的雷神面前，重重踢了他一脚，雷神发出痛苦的呻吟声。

"你们在哪里？"少顷，电话那边再次传来询问声。

"这重要吗？你要的不是我们，你只想要《诺斯比莫》。"陈默依旧没有回答对方。

"我不喜欢你做事这么滑头，所以你最好把东西给我，或者我干掉他，然后再找到你。"电话那头的声音源头说道。

"我信不过你，所以，我们要定个规矩，我要我的人，你要你的东西！"陈默向对方要求道。

"规矩？这轮不到你俩定规矩，我需要我的东西，否则我会杀掉他！"男子恶狠狠地说道。

"嘿，朋友，你要理智一点儿，东西在我手里。它只是一本书，很脆弱，我随时可以撕掉它，或者烧掉它，总之，我有一万种方法让你得不到它，所以，你他妈的最好对我尊重一点儿。"陈默知道，此时的双方正在争夺规矩的制定权，如果谁表示得更在乎一点儿，那么结局就有可能是一败涂地，虽然他很担心雷神，但他更要冷静，更要表现得满不在乎。

电话那边沉默了好久，过了半天，才再次响起。

"一手交东西，一手放人。"对方说道。

"可以，不过，我要先看到他。"陈默爽快地答应道。

"你可以随时过来。"对方说道。

"我需要先摘掉他的头套，证明你不是个骗子。"陈默缓缓说道。对方听到他的话，再次沉默下来。

陈默的目的已经达到了，这是他要传递给对方的另外一个信号。让对方处于预料之外，是保证谈判能占优势的必要条件。

对方确实意外了，望远镜里，所有人都开始左右寻找着陈默藏身的位置，但双方的距离实在太远了，陈默又躲藏在石头后面，他们仅凭一副望远镜，根本找不到他藏身的地方。

"你很聪明，好吧，我会满足你的要求。"对方说完，望远镜里，手的主人略一挥动，雷神头上的头套被一把拽了下来。

一刹那，陈默确认他确实是雷神。

雷神剧烈喘息着，嘴角和鼻子流淌着鲜血，青肿让他的脸有点变形。被摘下头套之后，雷神努力四下张望着，但很快又被对方压下头，跪坐在那里。

"好了，现在来谈谈我的书，我什么时候能得到它？"对方质问道。

"任何时候，现在，放开他，让他向正东方向走。离开一百米之后，我会把书放在你能看见的地方。"陈默看着雷神，确定对方身上没有任何危险的装置之后，才再次说道。

"你在开玩笑吗？"对方听到陈默的要求，反问道。

"如果你当这是个玩笑，那就是吧。不过不要以为你很吃亏，你车上的重机枪，即便是在一千米外都可以把他撕扯成碎片，除非你很担心你的枪法。"陈默揶揄了一句，然后重新坐回到石头后面。

"一会儿你开车去接队长。记得，接上他之后，马上离开。"陈默低声对电门说道，匆忙间，他来不及制订一个完整的计划，只能随机应变。

"那你怎么办？"电门担心地问道。

"你来不及接上我，如果他们要杀掉我们，不会给我们在眼前来来回回的机会的。我会为你们争取一点儿时间，只要你跑出他们的射程，他们就威胁不到我们了！"陈默想了想，对电门说道。

"那你怎么办？"电门继续问道。

"我？我会和你们会合的，他们的车没法爬山，所以，他们想追我，就只能按照我的规矩来，用腿！"陈默指了指自己的腿，笑着安慰道。

"但是……"电门还是担心，但被陈默打断。

"没什么但是，记住，救到人，就去迪希的村子，他们或许不会帮我们，但是他们双方却是敌人，敌人的敌人，就是我们的朋友。你们躲在那里，我会去找你们会合的。"陈默迅速安排道。

此时，手里的电话再次传来声音。

"好的，我同意你的要求，不过你最好别耍滑头。你最好弄清楚，如果骗了我，我一定会找到你们，然后把你们撕成碎片。"对方威胁道，然后在陈默的注视下，挥了挥手。他身边的士兵立刻走到雷神旁边，伸手解开他身上的束缚。

"嘿，你可以滚蛋了，你应该感谢你的好队员，他为了救你，想了很多办法。"对方对着雷神大喊道，雷神看了看车子，回应了对方一个大大的中指。

"现在，告诉我，你在哪里？"对方转而向陈默问道。

"等他走远一点儿。"陈默回答道，眼睛却注视着前面的雷神，看着他一步步踉跄地向前走着。

"我要知道你在哪里，否则，我会把他抓回来！"对方大声威胁道。

"那我就把这本书撕掉一页，反正你也不认识字，并不在乎这个！"陈默冷冷地回应道。争执中，雷神又向前走出一段距离。

"你不要和我耍花样，知道吗？现在，最好告诉我你在哪里，还有我的书在哪里！"对方的声音已经有点狰狞。

陈默没有回答，而是耐心地等待着，他知道，自己只要多等几秒钟，雷神就能多走出几米，也就能更快地脱离危险。

"抓他回来。"对方终于失去耐心了。陈默看到车窗里，那只手挥了挥，几个人快步向雷神离开的方向走去。

"我在这里！"陈默不可能让他们再把雷神抓回去，所以当看到对方准备去这么做的时候，第一时间站起身，大声喊道。这已经是对方的心理底线了。

喊声通过电话和空气同步传播出去，所有人都被陈默的喊声吸引过来。车子里，声音的主人发出一声轻微的"咦"声之后，就挥了挥手，去追雷神的人纷纷停住脚步。

"去，开车，记得，听我的信号，你就开车去接队长。记得，要想活下去，就要用最快的速度跑出敌人的射程范围，最快的速度！"陈默低声对藏身的电门说道。电门点头，快步离开，但走出几步之后，再次回头。

"你的暗号是什么？"电门询问道。

"你会看到的！"陈默冷笑了一下，掏出《诺斯比莫》，高高举在头顶。

双方的距离足够远，至少一百米，不过这并不妨碍对方能看清楚陈默手里的东西，即便是在暮色之中。

陈默高高地站在石头上，看着远处的那些人，手里的《诺斯比莫》被举得更高，此时此刻，他心里充满了恐惧，因为现在的他毫无防护，敌人想要杀死他的话，只需要轻轻动动手指，然后他们就会得到一具尸体和一本完整的书。

他唯一能赌的，就是敌人很在乎这本书，虽然在之前的几个小时，他还在为这件事与电门争论，而现在，它却成了自己的保命符。

"把它交给我！"电话里，声音大喊道。

"可以，不过要等一等！"陈默对着电话说道。

"你知不知道，现在有多少支枪对着你？"对方威胁道。

"这不重要，重要的是，你能保证在把我脑袋轰掉之后，这本书不会被脑浆喷到！"陈默压抑着心中的恐惧，平静地说道。

他是在威胁对方，用手里这本看起来毫无用处的书，他赌的是对方弄出这么大的阵仗，是因为这本书对他们极其重要。即使直到现在他还没弄明白，对方为什么会需要它，但这并不妨碍陈默用它来当"人质"。

至于有多重要，就只能由对方来做出判断了，判断结果，决定他是生是死。

"你把它放在那里，然后你们可以离开，我可以保证不会伤害你们。"声音平静下来，对陈默说道。

"我们之间没有什么信任可言，所以，还是用我的方式好一些。"对方的要求让陈默心中稍微安定了一些，这意味着这件东西的重要性远比陈默的生命更高。虽然用一本书来威慑对方保证自己的安全，听起来有点匪夷所思，但至少现在看来是行之有效的。

陈默趁着这个机会，看了一眼依然继续前进的雷神，更远处，电门已经走到车前，掀开伪装，发动了汽车。

陈默在心里默默估算了一下时间，最多只需要二十秒钟，电门就可以开车冲过去，然后，至多一分钟，就可以逃离敌人的射程范围。

至于自己，就需要拖延对方至少一分二十秒的时间。

此刻，太阳正挣扎着被拉入地平线，天色也开始逐渐变得暗淡。石头上，阵阵冷风从远处吹来，迅速吹散周围的余热。陈默索性坐在石头上，随手将书放在自己的胸口，另外一只手摸出了一只安全套。

安全套对于雇佣兵来说，恐怕要比很多其他的贴身物品重要得多，尤其是在戈壁上。狂风卷起的风沙会为枪支带来极大的损害，这个时候，多一个安全套套住枪口，会减少很多不必要的麻烦。

当然，更重要的是，这个东西的本职工作也很诱人。一名合格的雇佣兵或安全承包商，带上几个安全套，是无可厚非的事情。

不过这一次，陈默要用他们来为自己争取一点儿时间。

他拽开一只包装，然后放在嘴边吹了起来，硅胶优良的弹性让它很快被吹成一个巨大的气球。满意地看着这个特殊的气球，陈默拽下一根鞋带将气球和《诺斯比莫》法典绑在一起，然后用手一抛一接之后，在众人的注视下，重重向远处扔去。

所有人都看着这一幕，看着书被高高地抛起，然后在气球的帮助下缓缓飘向远方，与此同时，陈默向电门所在的方向大喊了一声。

"跑！"喊声中，电门早就醒悟过来，重重的一脚油门，车子骤然冲了出去，只用短短十秒钟就冲到雷神身边。

车门被电门推开，雷神吃力地爬了上去，不过还没等门关上，电门已经利落地一个甩尾，再次驱车向远处跑去。

车子的油门已经被踩到底，整个车子此刻在颠簸的戈壁上仿佛跳跃一样。但电门已经顾不了这么多了，陈默说得很清楚，要想顺利逃走，就要在最短的时间跑出敌人的射程。

重机枪的射程超过一千米，就是一公里的距离，虽然在这个尺度上，能否打中目标只能靠运气，但电门觉得，运气恐怕并不在自己这边。

所以，唯一能摆脱危险的，就只有一条路，远离敌人。

引擎的轰鸣声惊动了敌人，很多人迅速掉转枪口，准备趁两人没有离开之前，将他们干掉，但车内的头领，却用力摆手，制止了众人。

"去，把它给我找到，找到！"声音大喊道，听到命令，所有人都迅速向陈默投掷的方向冲了过去。

此刻陈默已经跳过两块石头，用尽全力向远处跑去。这个办法是他临时想出来的，他完全没把握能拖延多久，但陈默很清楚，如果这本书对他们更重要，那么，它就一定会为自己争取更多的时间。

山间，冷风阵阵，带着巨大气球的《诺斯比莫》法典在风的吹动下，做着毫无规则的布朗运动。不远处，跑过来的敌人纷纷追过去，跳过山涧，石头，在缝隙中攀爬，追逐着。

陈默设想得没错，没人在乎他们，所有人都努力去抓住《诺斯比莫》。直到有一个人一把抓住它之后，众人才终于停下仿佛疯了一样的行动，簇拥着抓住那本书的同伴向车队走去。

众人刚走到车子旁边，车窗内，一只手就迫不及待地抓住众人递过来的书，但解开外面系着的绳索，众人看到的只是两张书的封面。当然，中间还夹着一块厚厚的木块。

陈默没有给他们那本书，他骗了他们！

逃　亡

陈默跑了，怀里揣着一本没有封皮的旧书，疯狂地在戈壁上奔跑着。胸口频繁的起伏和剧烈的呼吸推动陈默不断向前，他很清楚，每多跑一步，敌人找到他的可能性就降低一分。

能不能甩掉敌人，他不清楚，他甚至不知道自己为什么要把这本书藏起来，毕竟这东西对他毫无用处。

陈默只是不想让对方得到，或许因为他们差点干掉自己，或许还因为他们虐待了雷神，又或者干脆是看他们不顺眼。

不管怎么样，陈默赢了这一局，让对方狠狠地吃了个亏。但他也很清楚，对方一定会找到他，绝对不会放过他。所以现在他能做的，只有逃跑。

噗噗噗，脚底撞击戈壁的声音沉闷而有节奏，在宁静的荒野中传出好远。在他身后，与这声音呼应的是引擎声和敌人的叫喊声。

对方追上来了，完全放弃了追击雷神和电门，只是一门心思来抓陈默。陈默很清楚，一旦被他们抓住会有什么结果，所以，现在他唯一能做的就是努力奔跑。

为了避免被对方追上，陈默尽可能让自己向山上奔跑，至少这样可以阻止那些架着高射机枪的皮卡车。

但指望敌人知难而退是不可能的，借着上山的间隙回头，陈默可以清晰地看到一群人在山脚下向他追来。

陈默要引开他们，至少要拖延时间，让电门和雷神能跑得足够远。他跑不过汽车，但汽车不会爬山。

陈默努力向前奔跑着，敌人在身后紧追不舍。陈默很清楚敌人追上他的结果，但他并不害怕，因为他很清楚，要想弄清楚一切，就要冒险。

身后，零星的枪声不断传来，显示着敌人的耐心正在一点点被消耗掉，对方现在最大的愿望是一枪打死陈默，然后从他的尸体上抢走他们需要的东西。

陈默不想当尸体，所以，在枪声密集之后，他果断停下脚步。

身上，还别着一颗手雷，陈默拽下手雷，将它缠在《诺斯比莫》法典上，然后迎着追来的敌人站定脚步。

有些危险是一定要冒的，和别人无关，和自己有关。

枪声越来越响，也越来越密集，子弹在陈默周身擦过，清晰到甚至可以感觉到擦身而过的灼热的空气和凌厉的呼啸。

但陈默没有任何躲闪的念头，就那么一直站着，直到枪声逐渐变得稀疏。

枪声果然渐渐稀疏下来，然后是凌乱的脚步声，再然后，是一群人从后面追上来，将陈默团团围住。

有人举起枪，但当看到陈默手里的东西时，却被人制止，直到在人群簇拥下，一个熟悉的身影出现，陈默一直悬着的心才终于落地。

他赌对了！

当那人走近，暗淡的光芒下，陈默终于彻底看清楚了对方的样子。

卫队长！

博格长老的卫队长！

那个曾经想要处死他们的家伙，那个曾经被他胁迫，然后让众人逃脱的家伙，此刻就站在他面前。

"把东西给我，我放你离开，就像上次那样。"卫队长看着陈默，露出一个毫无善意的笑容，对他一字一句地说道。

"我拉开这个拉环，一千六百颗钢珠就会一下散开，将这本书变成一团碎纸片，连带着你们周围的所有人都炸成筛子，不过不要妄想可以用碎纸片拼出原来的样子，因为里面的五十克炸药，会把这本书烧成灰烬，你们什么也得不到。"陈默举起手里的书，让所有人都能看到上面的手雷。

众人看到这一幕，互相对视一眼后，纷纷本能地向后退了两步。

"你不是一个高明的谈判者，你不该将所有底牌亮出来。"卫队长看着陈默，没有后退，相反却前进了一步。

对方步步紧逼的感觉让陈默觉得非常不爽，他索性直接迎上去，随手拽着扣在手指上的拉环，然后针锋相对地看向对方。

"我只有一张底牌，所以，你的加码最好高一点儿！"陈默恶狠狠地向对方说道，后者意味深长地看了他好久，最终点了点头。

"你想要什么？钱，还是其他的？如果想要钱，你可以说出数字。"卫队长看着陈默问道。

"我只想知道，为什么会是你？"陈默看着卫队长，眼前这个根本就是标准军人一样的家伙，竟然是《诺斯比莫》法典的买家。更重要的是，他们也是袭击小队的那群恐怖分子。

"为什么不能是我们？"卫队长看着陈默，轻轻地反问道，就仿佛在谈论一件无足轻重的小事一样。

卫队长的问题问住了陈默，他一时间竟然不知道如何回答。是的，为什么不能是他们？就因为他们是博格长老的卫队长？

"所以，你们杀了长老嫁祸给我们？"陈默看着对方，冷然质问道。陈默已经下定决心，如果对方的回答是肯定的，那么他会第一时间拉响手雷，扔到对方的脸上，至于剩下的事就交给运气和概率来决定。

"不，不是我们，是果刚族。"卫队长看着陈默，似乎察觉到了陈默的愤怒和决心，在沉思良久后，摇头说道。

"我想知道这一切，告诉我所有你知道的事情！"陈默大声说道。自从在对方的后视镜里确认了卫队长竟然是追逐他们的追兵那一刻，陈默就觉得一团混乱。现在，他想要知道发生的事情，想要知道原因，眼前这个人可以告诉他。

"对不起，我不知道。"卫队长在几次欲言又止之后，还是摇了摇头。

"你可以把这一切毁掉，这是你的权利，但有些事情我并不知道，我是奉命行事。说实话，我并不相信那本书真的能给我们带来什么，所以，请便吧！"卫队长说完，退后了两步，在他的带动下，周围人也都纷纷退后。

这一幕让陈默有点意外，他本以为一切应该有个答案，但现在，他得到的依然是疑问，疑问，疑问！

"你在让我做一个很为难的选择，我不知道该怎么做，但我真的不想后悔。"陈默高高举起手里的《诺斯比莫》法典，轻轻松动着已经脱离了拉环的保险。

他在施加压力，给对方一个思考的时间，如果对方真的知道一些什么，或者说，这件东西对他们真的更重要，那么他们会选择说出点什么。

"好吧，你想知道什么？"卫队长看着陈默，终于，再次开口道。

"所有的一切。"陈默缓缓收回自己的手，再次说道。

"没有什么所有，两个族群之间，必然会被割裂，人们只是需要一个契机罢了。两位长老太老了，他们希望能恢复法典上的记载，让两个族群成为一体，这是不可能实现的，所以我选择了其他人。"卫队长向陈默说道。

"其他人是谁？谁在领导你们？"陈默追问道。

"你不认识他，但你们见过。"卫队长回答道，"你甚至听说过他的一些事情，只是，你忘记了。"

"你说什么？"陈默惊讶。下一秒钟，一股巨大的力道从身后传来。

两个不知道什么时候已经来到他身边的人忽然一把抓住他的胳膊，另外一个人则用力拉扯着他手上的东西。

一群人蜂拥而上！

这是一个战术，欺骗战术！

从刚刚卫队长的欲擒故纵，到众人的退却和离开，再到答应他的要求，这一切都是在麻痹陈默的神经，让他在紧张与放松中忽视周围人的动向。

陈默上当了。

他的手指几乎是被人一根根掰开的，《诺斯比莫》法典就这样从他手里被拿走了。他被众人压在身下，眼睁睁地看着对方从容地检查法典，拆开威胁，然后鄙夷地看了他一眼。

"杀了他。"卫队长再次说道。上一次，是在长老死的时候，他们侥幸逃脱；这一次，陈默觉得已无可能。

陈默被再次拉起来，然后几名士兵举起手里的武器，瞄准陈默的脑袋。

AK的枪口初速是多少来着？

陈默努力回忆着，却忽然发现自己想不起来那个熟悉的数字了。

此时此刻他脑海中泛起的，是对往日的回忆：安娜、红、电门、雷神……以及久远到已经让他忘记的国内的亲人，还有这里可能永远都不能实现的东西——和平。

我要死了吧？

陈默此刻忽然感觉很平静，牺牲已经是他无数次设想并最终成行的一种结局了。在这一刻到来时，他惊讶地发觉，自己没有任何恐惧和担心，有的只是坦然。

陈默听到的最后一个声音，是步枪枪栓拉动的声音。他相信，如果认真听，能听到枪针撞击底火的声音，然后，应该是记忆被打得支离破碎的那一刻。

安娜就是这么死的。他有这样的结局，很欣慰。

开枪吧，杂种！

陈默用力将头顶在枪口上，对方不负所望，将手指轻轻搭在扳机上，然后露出一个轻蔑的笑容。

咦！

另一半线索

陈默并没有如愿听到枪针撞击底火的声音，在枪声本该响起的那一刻，他听到的是行刑者发出的疑惑。

对方是应该疑惑的，因为，晴朗的天空忽然下起了雨。

轻微掉落的雨滴，让所有人都很惊讶，陈默甚至在难得的间隔中抬头看向天空。

然后，他看到一道明亮的光芒垂直而下。

卧倒！该死！

瞬间醒悟的陈默猛地挣脱周围人的束缚，用力趴在地上。零点几秒过后，猛烈的爆炸骤然在周围响起。

152毫米重炮，苏联时期曾经军援给内比亚的重型火力，是政府军唯一能拿得出手的远程压制武器。在使用增程弹后，超过三十公里的射程，足以让敌人在听到声音之前，就先享受到爆炸的乐趣。

谁他妈的在这个时候开炮？

陈默此刻唯一的念头就是这个，然后，爆炸遮盖了他所有的念头和想法，让他只想把脑袋藏在土里。

一分钟急促射。

短短几十秒内，十几发炮弹从天空骤然倾泻下来，将周围的一切都覆盖在自己强大的冲击波范围之内。

周围再没有站立的物体，所有趴着的人，但凡还活着都能清晰地感受到凛冽的寒风从身上刮过，裸露的皮肤仿佛被刀子割过一样，疼痛难忍。

陆战之王的名字从来都是名副其实，火炮的威力不容亵渎，因为亵渎的人早已经变成碎片。

时间在这一刻被拉长，虽然明明知道，只有短短一分钟的时间，但面对末日，众人却仿佛过了一生那么久。

陈默是在炮火停止后第一个反应过来的人。在炮火停止的刹那，他猛地起身向前跑去。

身后，没有追兵，没人反应过来，众人还在躲避着可能降临，但绝对不会再次降临的炮火。

陈默留恋地回头看了一眼仍然紧紧握在卫队长手里的《诺斯比莫》法典，快步向前方的丛林跑去。

剩下的交给别人吧。

奔跑一直持续到陈默认为足够安全才缓缓停下来，周围此刻已经被黑暗包裹，陈默小心地将身体隐蔽在角落里，才从口袋里掏出一直开通着的电话。

"都听到了吗？"陈默向电话里询问道。

"是的。"红的声音从那边清晰传来。

"我的任务算完成了吗？"陈默追问。

"还没有，亲爱的，我想知道，幕后主使是谁，他在哪里，怎么找到他？"红冷冷地回应道。

"可我他妈的差点死掉！"陈默对着电话怒吼道。作为亲历者，他很清楚，刚刚自己距离死亡有多近。

"可是我救了你。"红回答道，"炮弹是我让人打的，否则你的脑袋早就开花了。"

"是的，那只是我运气好。"陈默不满地说道。

"好了，到这里吧，为了救你的那些炮火，我需要写至少十份报告来说明这一切。"红说完，轻轻挂断电话。

陈默无奈地关闭电话，重新看向四周，他忽然觉得，自己好像又回到了起点。

是的，一切又回到了起点，他们仿佛又回到三年前，寻找那个神秘的幕后主使。

之前在发现《诺斯比莫》成为对方的目标之后，陈默就和红确定了之后的计划，用这件东西引出那些人。

然后陈默争取到了这个机会。

在让电门营救雷神，并独自引开追兵的时候，陈默打开了与红的通信。他本以为，在看到卫队长的那一刻，意味着谜底将会被揭开。

但事实上，谜底只揭开了一半，剩下的一半，依旧隐藏在迷雾之中。

不过，幸好这一次，他们不再是一无所知。他手里还有一半线索，虽然不够，但至少可以弄清楚点什么。

现在是需要找到另外一个线索的时候了。陈默茫然地看了看四周，周围没有战友，没有同伴，没有支援，有的只是他自己，还有在远处召唤他的安娜。

夜色中，陈默裹了裹身上的衣服，快步向前方走去。

末日镇！

第三天上午九点！

陈默从搭乘的车子上跳下来，对车子上的孩子招了招手，然后在一家人惊惧的目光中向末日镇走去。这里就是他寻找另外一半线索的地方。

路上与一家人的相处让陈默看到了一些希望和改变。这家人是去铁路沿线定居的，听他们说，铁路即将开通，那里将会成为热闹的市镇。丈夫有做一手好吃的烤肉的技能，对于这点陈默在路上已经领受过了，所以他作为家庭外的一员，却是丈夫最大的支持者。

一家人也因为陈默的热络接纳了他，让他一路上体验到了久违的亲情和欢乐。而这一切结束于他们得知他去末日镇的那一刻。

陈默能看出丈夫想要劝说他不要去的意思，但没有给他这样的机会。这个家庭注定是要享受和平的，但他不是，他是一个不合格的雇佣兵，也是这个国家必须淘汰的那群人，和平的环境不需要雇佣兵。陈默认为，自己至少可以为争取和平做出一些努力。

前方是末日镇，依旧繁华，依旧黑暗，不过对于陈默来说，这里却充满光明，因为这里将能解答他最大的一个疑惑。

快步走向通往末日镇的道路，然后依旧遇见一群人跳出来要劫持他，不过回答他们的是陈默的枪口和高高竖起的中指。在对方屁滚尿流的躲藏中，陈默走进镇子。

这里依旧繁忙，路边的商店里依旧买卖着死亡和混乱，人群依旧警惕地互相注视着，试图从过往的人身上找到可以杀死他们的借口。

不过这一切与陈默无关，他现在要找的人，是一个曾经骗过他的人。

陈默熟门熟路地走到店铺门口，一群人正蜂拥着走出来。看到陈默之后，这群人挑衅地瞪着他看了好久，才不甘心地让开路，让他走进去。

店铺里，陈设一如之前所见的一样，老板依旧瑟缩在那个角落，等待着有人向他购买消息。不过这一次，陈默不想再和他废话，玩那种低级的猜谜游戏了。在敲开对方的窗口后，陈默随手扔进去一枚拉开引信的手雷。

"FUCK，你想干吗？"喊声愤然地从里面传出来，然后，老板狼狈地从里面窜了出来，敏捷的身手和动作，丝毫不弱于年轻的士兵，而这一切，与陈默的猜测也有着一丝吻合。

"是我！"陈默拉过一把凳子坐了下来，周围一群人愤怒地看着他。直到陈默解开衣服，露出里面绑着的C4炸药，所有人才恐惧地四散离开。

很快，房间里只剩下了老板和陈默。两人对视良久，老板才最终冷静下来。当然，陈默觉得，能让他冷静的原因，是那枚手雷，它没有爆炸，让对方明白，一切还有的谈。

"好吧，现在我们该谈一谈了，或者说，你有什么想对我说的吗？"陈默看着老板，提过去一把凳子，老板接过，一屁股坐下来，然后看着对方。

"我和红认识。"老板对陈默说道。

"这不能成为阻止我杀你的理由。"陈默回答道。

"你杀不了我，我是一名政府官员。"老板看着陈默，露出似笑非笑的表情，用嘲弄的口吻说道。

"你在暗示我什么？"陈默看了看外面，混乱的街道依旧混乱着。没人对这个情报站有太多的关注，但如果他将这里的老板是政府官员的事情说出去，那么，相信很多人会非常感兴趣。

是啊，之前自己怎么就没想到，能提供如此丰富的情报的人，绝非是靠着什么小商贩、小孩子搜集的信息。在这背后，一定会有一个完备的情报网络，而能支撑如此大的情报网络的，只能是国家。

现在，对方承认自己是政府官员，是否说明了什么问题？

"你可以说，但他们不会相信你的，我保证。不过，这应该不是你找我的原因，你想知道什么？我可以免费告诉你。"老板明白了陈默来到的原因，索性直截了当地问道。

"我的问题很简单，就是，为什么？"陈默看着对方询问道。

"什么为什么？"老板反问道。

"为什么骗我？为什么隐瞒一些事情，不让我知道？"陈默追问道。

"这是你应该做的，你是政府雇用的一名情报员，你拥有政府开具的杀人执照，因为我们相信你能搞定这一切，但你的进展太慢了，这才是问题。"老板有点生气，指着陈默说道。

"所以，你们就把我骗过去？"陈默继续问道。

"是的，用稍微温和的说法是派遣，我们派遣你过去。"老板说道。

"你是怎么知道《诺斯比莫》的？"陈默想了想，忽然切入主题。

"什么？"老板一愣，疑惑地反问道，但那一刻陈默看到他的眼神动了一下。他想要撒谎，这是陈默的第一感觉，不过他恐怕要失望了。

"你跟我说的酋长的笑话并不可笑，你可以说你记错了，可以说你在骗我们，但你不能否认，这是个秘闻，一个只有长老们才知道的秘闻，你为什么会知道？"陈默提起的事情，正是之前他们小队过来买情报时老板给出的那个情报。陈默当时记得很清楚，对方信誓旦旦地说，酋长雇用了雇佣兵，要杀掉他们。

但是，没有酋长，只有一个守经者。可是酒馆老板怎么会知道？

如果只是流传在长老层面的一个笑话，作为一个低级的情报贩子，哪怕是政府官员，也不可能染指。唯一能说明这点的，就只有一个可能，眼前这个情报贩子，拥有从权贵高层中获取情报的办法。

陈默对对方如何获得情报并不在乎，他在乎的是，对方欺骗他的原因。是的，对方能以一个很少有人知道的典故将他们骗去找守经者，究其原因，是为了救助守经者，或者说，去获得守经者手里可能存在的《诺斯比莫》法典。

但他又是如何知道袭击者想要得到《诺斯比莫》法典这件事情的？

陈默一直以来都隐约觉得不对的地方就在这里，老板是如何知道对方想要的东西，或者说，他怎么能提前知道对方的阴谋，进而引导自己前往去营救守经者？

营救守经者并不是目的，真正的目的是阻止敌人获得《诺斯比莫》法典，因为守经者所在的地方是内亚族控制区，所以，政府根本无法染指，那么，他们这群已经成为惊弓之鸟的安全承包商就成了最合适的人选。

"所以，你知道了，是吗？"老板看着陈默，忽然微笑着问道。

渊　源

　　看到老板的笑容，陈默心中的猜想也在这一刻被证实。对方确实是利用了自己。不过这不是让陈默愤怒的地方，被人利用并不值得愤怒，这说明你还有被利用的价值，否则，你将只能被抛弃。

　　陈默现在需要知道的是，这一切的背后到底隐藏着什么？领袖营是谁在领导？他们的目的是什么？为什么会发生战争？谁才是杀死安娜的凶手？

　　"你心里藏了很多问题，我肯定不能回答所有，但我至少可以把我知道的事情告诉你。"老板看着陈默，停顿了片刻后，缓缓说道。

　　陈默没有追问，因为他很清楚，老板一定会说的。

　　"我是一名贵族，按照内亚族的记录来说，我应该是长老的顺位继承人选之一，不过我在二十年前已经申明放弃继承长老一职的资格，并且担任了由果刚族为主导的政府的公职，所以，某种意义上，我是内亚族的叛徒。"老板平静地对陈默叙述道，仿佛叙述的是一个久远的故事一样。

　　"其实在果刚族和内亚族内部，一直有将国家统一的愿望，我们都很清楚，分裂的政权对于国家来说意味着灾难。早在二十多年前，在中国政府的撮合和建议下，果刚族和内亚族曾经就联合政府达成了协议，这也是果刚族能成立政府的法理基础。如果一切顺利，现在的内比亚应该是和平和富足的，但是十年前发生的那次事件，让一切成为泡影。"老板看着陈默，淡淡地说道。

　　虽然他叙述的语气很平静，但陈默依然能从中感觉到深深的惋惜，显然，老板至今依然为差一点就达成的和平而感到可惜。

　　十年前发生了什么事情，陈默是知道的，红曾经跟他说过。他只是不知道，一件普通的强奸案，为什么能引发如此大的连锁反应。

　　"事件的主角一定不一般吧？"陈默想了想，追问道。

　　"猜对了，事件的主角之一，是一位贵族，至少比我更像一位贵族，但另外一位，只是一名普通的果刚族女子，她很美丽，有很多追求者，但她这样的美丽女人却被一名内亚族人玷污了，这是所有人都不能忍受的。其实现在想来，一切都是无关紧要的，真正的原因是一直存在于双方之间的未被消弭的矛盾，这一切只是个导火索，就仿佛打向费迪南大公的那颗子弹。前者引发了内比亚十年的战乱，后者触发了第一次世界大战。"老板说着，起身走到柜台前，拿起两只茶杯，为两人倒上两杯开水，重新回到座位前，继续着双方的交谈。

　　"那人到底是谁？"陈默此刻已经越发肯定了，那名强奸犯一定是一个举足轻重的人物，否则，必然不会引发如此大的冲突。

"你应该知道，或许你没见过他，但你见过他的父亲。"老板喝了一口水，任由热水缓慢地顺着喉咙流下去，感受着热量在胃里打了个转之后，才对陈默说道。

"我？见过？"陈默一愣，反问道。

"是的，博格长老，他的儿子。按照规定，他原本应该是长老的唯一继承者，因为博格长老的女儿拒绝继承长老的职务，所以很多人认为，随着权力的集中，联合政府将指日可待。可惜，谁知道，他竟然爱上了一个果刚族女子，还强奸了她。"老板随后说出的事情，让陈默有种被一拳轰然砸中的感觉，整个人瞬间处于混乱之中。

一切的始作俑者，竟然是博格长老的儿子？！博格长老的儿子！是啊，如果没记错，博格长老的孙女，是个混血儿，她叫安娜还是什么？自己早应该想到的。

回忆的闸门仿佛在瞬间被打开，在那一刻，所有的记忆仿佛潮水一样汹涌而来，陈默不断回忆着，努力让这些记忆的片段联在一起，但强大的信息仍然让他有种瞬间宕机的感觉。

"所以，这一切被曝光了？"陈默平抑着心中的激动，淡淡地追问道。

"是的，他应该被判有罪，但是博格长老绝对不会允许自己的儿子被公开审判。即便有人承诺，根据联合政府的法律，他儿子很大概率不会被判刑，博格长老也依然不允许作为神圣代表的长老的儿子成为法庭上的被告。其实我很能理解他的想法，作为曾经的贵族，那是一种将贵族的颜面按在泥浆里的羞辱感，是绝对不会被博格长老接受的。"老板目光迷离地看向远处，回忆着曾经的过往。缓缓的叙述中，让原本是混乱中心的酒馆蒙上一层淡淡的光辉，就仿佛这里已经不是情报中心，而是一个记载着历史的图书馆，而他则作为讲述者，将曾经发生的一切娓娓道来。

"后来呢？他怎么样了？"陈默询问道。

"被吊死了，按照内亚族的法律，用平民的方式体面地结束了他的生命。"老板简短地说道。

"真是一个让人动心的传说。好了，现在告诉我实情吧。"陈默正了正身子，收拾心情向对方要求道。

"他没有死是吗？"陈默追问道。老板意外地看了陈默一眼，随后默默点头。

"谁也不会舍得杀死自己的儿子，博格长老更不会，因为那是他唯一的儿子。他们吊死了一名本该被杀死的囚犯，然后放过了他的儿子，将他送到了边远地区，去学习古老的战斗技巧，意图让他忘记这一切，然后在若干年后，回到联合政府，继续进入仕途发展。他的儿子并不愿意。他确实听从了父亲的建议，离开了内亚族，去了动乱的边境地区，但在那里，他组建了属于自己的武装力量——领袖营，他们招收那些贫苦地区的年轻人，那些一辈子没离开过贫民窟的少年，承诺他们会成为优秀的领袖，会有权力、女人、金钱……然后他们就相信了，跟着他去做坏事。"让陈默意外的是，老板竟然没有隐瞒，和盘托出。

"这么说，你们早就知道是他？"陈默感到很愤怒。既然已经确定了目标，为什么不直接抓住他，却将他拉扯进来？

"我们知道得并不早，是在首都发生动乱之后，我们才最终确定的。之前的一切只是猜测，这也是要求你去内亚族控制区保护守经者的原因。我们通过渠道得知，有些人正在寻找雇佣兵夺取《诺斯比莫》法典。你很清楚，这本法典并没有什么用处，至多只算是一本文物而已，但既然他们想要得到它，我们就有理由阻止他们。"老板对陈默说道。

"所以你让我们去？告诉我们有个酋长找了雇佣兵在追杀我们？"陈默询问道。

"是的，我们总不能直接让你去保护一本我们都不知道有什么用处的书吧。当时你们也确实遭到了雇佣兵的袭击。当然，一部分是红策划的，一部分是红指使你们这么干的。"老板无所谓地耸耸肩。陈默出生入死的经历，在他看来并不比他的谎言重多少。

"那我该表示荣幸才对，一直在你们两人的圈套里满足你们的好奇心。"陈默愤怒地说道。之前与雇佣兵在附近的战斗，以及红带人对他们的袭击，现在看来应该也是计划的一部分。想来，遭到袭击之后，如同惊弓之鸟的铠甲小队必然会按照他们的要求去做任何事。

回想着那天过后，他们所经历的一切，陈默忽然有种想要将拳头砸在老板脸上的冲动。

"好吧，好吧，我知道，你们经历了很多危险，但这并不能说明什么。红和她父亲一样，痛恨雇佣兵。她父亲是个不错的人，我们之前是搭档，做过很多事情，后来，他在一次阻止人弹的行动中死掉了，我们只找到了他几根骨头。不过他有些话说的不错，他认为和平的国家，是雇佣兵的禁地，只有战乱的地方，才是雇佣兵的乐园，所以，他对他们从不手软，红也是一样。"老板看出陈默的愤怒，连忙解释道。陈默很清楚，他想平息自己的愤怒，但他更清楚，想要糊弄他，就凭着三言两语，有些困难。

"说说领袖营的事情，你们为什么不去抓他？"陈默再次将话题拉回正轨，现在他很想知道，既然已经确定了幕后主使是谁，他们为什么不去抓住这个人？

"因为没有证据。我知道，你可能觉得我们太古板了，但事实上确实如此。内比亚发生的很多事情，都无法去解释。我们即便知道博尔特真的是幕后主使，但很多事情依然无法解释。你能告诉我，他为什么杀掉他的父亲吗？还有，他为什么要去屠杀内亚族的村子，进攻他亲叔叔的基地？"老板看着陈默，直接反问道。

陈默发现，对方提出的问题，自己一个也回答不出来。是的，如果博尔特真的是凶手，那么他为什么要去杀掉自己的父亲？他为什么要去袭击自己的叔叔？他为什么要去屠杀整个村子？

"你认为还有其他人在做这样的事？"陈默追问道。

"这正是你需要弄清楚的。我们现有的证据，只能证明内比利亚的混乱与领袖营有关系，但只是有关系。当然，我们可以先抓住博尔特。然后呢？事情会就此打住还是恶化？没人说得清。"老板看着陈默说道。

就在陈默准备开口再次询问的时候，老板的脑袋忽然在他眼前爆掉，下一秒钟，枪声响起。陈默本能地躲开，寻找掩体，而在他躲开的瞬间，一枚子弹准确命中他刚刚坐的位置，木质的椅子，被子弹炸成一团碎屑。

狙击手！

陈默脑中闪过这个念头的同时，整个人发疯一样向酒馆的吧台跑去。

子弹在他身后飞快袭来，距离他越来越近……

面对面

被狙击手追杀，对任何人来说，都不是一件幸福的事情。对于陈默来说，尤其如此。子弹追着陈默打来，每一次在命中之后才会传来枪声，这意味着，敌人应该在至少三百米外的某个地方，瞄准他，凝视他的一举一动。

地板上、桌子上、门上，巨大的弹孔触目惊心，这应该是一支12.7毫米口径的反器材狙击步枪。如果命中人体，巨大的动能造成的翻滚会让目标瞬间变成一团血雾，然后均匀地散播在四周。

陈默不想别人用吸尘器收拾自己的尸体，所以，他努力躲避着。幸好，老板在出来交谈的时候，没有锁住他藏身地的大门，这让陈默在躲过几次攻击后，终于有了一个至少安稳的藏身地点。

在窜进吧台之后，他一把将老板藏身地的大门打开，坚固的大门，足够正面抵挡反器材狙击步枪的射击，陈默努力地将沉重的大门关闭，敌人的攻击接踵而来。

子弹重重地击打在大门上，撞出一个拳头大的凹痕。

虽然知道子弹打不透大门，但对方依旧不依不饶地射击，大门瞬间被打得斑驳凸起，仿佛蟾蜍的后背一样。

陈默至少暂时是安全的，趁着这个难得的闲暇，他打量起老板的藏身地点。

这是一处只有十几个平方的小屋，房间的布置有点凌乱，各种说不出名字的器具摆放在四周，浓重的水烟味道充斥在整个空间里，几把武器堆放在角落，各种面值的货币散乱地堆在另外一侧，而在桌子的正中间，摆放着七八部电话。

陈默没兴趣探究对方的秘密，毕竟，对方的尸体现在还在外面。

在随便搜查了一圈之后，他拽过两把手枪别在身上，然后又捡起一把AK，利落地检查了一下之后，背在背上。

下一步，需要做的就是弄清楚这一切。对于现在的陈默来说，相比进来之前，他的头脑已经清晰了很多。

一切都是有始作俑者的,现在,是时候找到对方了。

枪声最终还是停了下来,大门虽然被打得已经变形,但依旧牢固地矗立在那里,阻挡着向陈默射来的子弹。对于陈默来说,现在不是他和对方厮杀的时候,而是他该考虑离开的时候。

他不能一直躲在这里,不是因为这里不够坚固,而是他不清楚袭击者到底还有多少人。或许此刻,其他人正在交替掩护着包围这里,然后将他一把抓出来,找个有人或没人的地方干掉他。

这种事情在这里并不罕见,甚至可以说很常见。

所以,陈默要马上离开。按照他的估计,对方应该是在更换弹夹,之前几次,同样的事情发生过,如果这不是对方故意设计的陷阱,那么他应该有少于十秒钟的时间离开。

在枪声再次响起之前,陈默一脚踹开变形的铁门,快步向外冲去,十秒的时间对于逃离这里足够了。

冲出铁门,冲出店铺,冲向街道,然后整个人在周围众人诧异而戒备的注视下,躲藏在街道另外一侧。

敌人的子弹是从大门打进来的,这意味着街道另外一侧能阻挡他的视线,但对方三百米的射界,足够他监视整条街道,所以,陈默需要在再次现身之前,保证能甩脱敌人的追踪。

枪声在末日镇并不罕见,只要不是自己被攻击了没人在乎,如果是自己被攻击了也只有自己在乎。陈默的举动并没有引来过多的关注,众人只是在他跑过去的时候,警惕地监视着他,防止这个倒霉蛋影响到自己。

陈默没工夫拉别人下水,现在他唯一需要考虑的就是如何逃命。敌人能找到他,意味着他的行踪已经被人掌握,想要顺利逃生,唯一的办法就是去一个连他自己都不知道的地方。

陈默迅速绕过前排建筑,然后顺着狭小的过道穿过正街,一片荒野和破败的废墟掺杂的景象显露出末日镇的真面目。

这里更适合隐藏和逃命,陈默肯定,狙击手应该还在寻找他。不过只要他钻进废墟,那么对方将失去最后的机会。

陈默飞奔着向废墟冲去,奔跑中,他似乎感觉到子弹从身边擦过带起的热量,但他没有停留,确定自己的落脚点的瞬间,他猛地跳起,然后整个人鱼跃一样扑向废墟。

躲过了!

陈默心中闪过的最后一个念头是乐观的,不过只持续了一秒钟,一个骤然放大的枪托就重重砸在他的额头上,然后,黑暗瞬间笼罩下来。

陈默记得的最后一个影像是一个高大身影抓住他,然后如同拖死狗一样将他拖走。

再次醒来时,陈默只觉得全身酸痛,除了额头上被打的那一下之外,还有与面包车车厢的碰撞。

此刻的他如同一只粽子一样被绑住扔在车子的过道上,崎岖的道路和行驶的车辆让他的身体有一半的时间是悬在空中的,另外一半时间则是剧烈地与车厢碰撞着。

驾驶者似乎有意与他为难,不断寻找着更加崎岖的道路,然后踩油门冲过去。陈默整个人就仿佛筛子上的砂砾,在颠簸中不断跳跃,翻滚。

努力将自己的身体靠在车厢角落,陈默暂时止住了碰撞。在尝试挣扎了一番之后,他发现是徒劳的。

对方早就考虑到他逃跑的可能性,除了四肢被坚固的尼龙扎带绑住之外,手臂的臂弯也被绳索从身后勒住。

陈默想要尝试着从地上站起来,但还未等他起身,一只硕大的脚就将他踹倒在地。

然后是带着浓重雪茄臭味的一张大脸,凑到陈默面前。

"嘿,我们又见面了。"面孔的主人对陈默说道。陈默一愣,努力回忆着这个有点变形的面孔,却始终想不起来是谁。

"你不记得我,不过,没关系,我记得你!你有不错的枪法,只可惜,蠢了一点儿。"大汉看着陈默,重重踢了他一脚之后,笑着说道。

陈默不在意这种嘲笑,他在意的只是他会被带到哪里去,看了看小面包车,又看了看周围的人,他的记忆逐渐恢复。

"你是格雷西的人。"陈默想起了对方的身份。

"难为你还记得我,为了找到那枚拉环,我弄坏了最喜欢的裤子。"壮汉的笑容变得僵硬,随后再次给他重重一脚。

陈默感觉自己全身的肌肉都在抽搐,他干呕了两声,却什么都没有呕出来。

付出总是要有回报的,这是战场上的规矩,之前他戏弄了对方,对方回敬了他一脚,这没什么好抱怨的。

"如果我知道你找这个东西那么费劲,我一定会扔得近一点儿。"陈默喘息着,忽然大笑起来,言语中的嘲弄再次让对方愤怒地站起身。

"好了,别打死他,他们要活的。"格雷西的声音传来,陈默努力向声音传来的方向看去,看到的是格雷西漫不经心的脸。

"看来对我来说是个好消息。"陈默努力翻过身,车子的颠簸让疼痛不断从身下传来。

"祈祷吧,朋友,你的好运持续不了多久的。"格雷西没有兴趣和他继续交谈,说完后,用力拐了个弯,车子带着漂移感冲向另外一个方向,驰骋了一段时间后,又来了一个急刹车。

车门打开，几个人粗暴地将陈默拽了出来，然后夹着他向外走去。刺眼的阳光让他有点不适应，前方是一辆看起来有点熟悉的房车。

车子周围警卫林立，中间是陈默熟悉的那个人——卫队长！

"又见面了！"卫队长看到陈默，笑着说道，然后重重地一拳打在他的肚子上。

陈默很奇怪，为什么最近见到的人都喜欢揍他。看到陈默干呕了两声，卫队长满意地将他拽走。

"你们在这里等着，处理完了就可以得到佣金。"卫队长对格雷西一众说道。几个人礼貌地脱帽致意。

进入房车后，原本的燥热感瞬间被凉爽取代。房车里的摆设，一如陈默之前所见的那样，没有什么改变，甚至连女孩子安娜也坐在她熟悉的角落。陈默甚至有点期待看到的是博格长老，然后一切谜团就顺势解开了。

但不是！

博格长老的位置上，坐着一个熟人，陈默见过。

"又见面了。"对方看了陈默一眼，礼貌地点头说道。他有浓密的黑发，样貌与博格长老有点像，比之前与陈默见面时干净了很多。

是的，这个人陈默见过，曾经在内比利亚的Z区见过，他就是领袖营的神秘领导。

"你是博格长老的儿子？"陈默惊讶地问道。

"您好，我是博尔特。按照法律，我应该是内亚族长老的合法接班人，但因为我已经死了，所以，现在我是一个幽灵，一个带着愤怒和复仇使命的幽灵。"博尔特挥了挥手。有人走过来解开陈默双脚上的束缚，让陈默坐在他对面舒适的沙发里。

"你就是那个始作俑者？这一切都是你搞的？"陈默直截了当地问道。

"只能说是一部分，真正搞乱这一切的，是人们的愚蠢。"博尔特看着陈默，笑着说道。但在陈默看来，他的笑容透露着残忍和冷酷，仿佛要讨伐全世界一样。

"有些人是无辜的，有些人是罪有应得的。"陈默看着博尔特，意味深长地说道。

"是啊，有些人是无辜的，比方说我；有些人是罪有应得的，比方说，也是我。"博尔特看着陈默，一字一句地回道。

"我听到的内容好像有那么一点点不一样。"陈默看着对方，调侃道。

他很清楚，想要对方说出点什么，必然要让他激动起来，人一激动，智商就趋向于零，就会口不择言。

"你听到的无非是，一个内亚族男人，因为贪恋一个果刚族女孩的美貌，然后利用权势强奸了她。"博尔特没有被激怒，相反却笑了起来。

"你不会告诉我一个真心相爱的故事吧？"陈默语带嘲讽地反问道。

"爸爸妈妈是真心相爱的。"可还没等博尔特回答，女孩子安娜就愤怒地冲过来，大声说道。

"安娜，注意你的礼貌。"博尔特冷冷地说道，安娜不甘心地白了陈默一眼，重新坐回到自己的位置上。

"这个故事很老套，不过是真实的，那个内亚族男孩确实真心地爱着那个女孩，而对方也是这样。直到有一天，她不告而别，然后有人说，她被强奸了，而所有证据都证明，我是那个坏人。"博尔特缓缓说道。

"果刚族的人要逮捕我，并且在名义上说要让我得到公正的审判，但实际上，他们需要我在电视前、在法庭上出丑。他们甚至已经拟好了问题，要询问我，怎么撕扯女孩的衣服，怎么进入她的身体，怎么把肮脏的精液射在她的体内，然后又将她残忍地遗弃。我的父亲不希望我接受公审，因为这涉及家族荣誉，和内亚族的荣誉。对方的目的显然是想要证明，整个内亚族都是匪徒和强奸犯，而我不能成为那个证据。所以，父亲断然拒绝了他们的要求，宁愿违背刚刚签署的条约，他要我受到内亚族法律的审判，即便这个审判结果更加严苛——我将被判处绞刑。"博尔特冷静地叙述着曾经发生的一切，脸上不悲不喜，但四周却弥漫着浓得化不开的仇恨。

故事的另一面

"可你还活着，你父亲保护了你。"陈默看着博尔特，他坐的那个位置是他父亲曾经坐过的地方，但他却杀死了他的父亲。

"我宁愿我死掉，你知道吗？！我宁愿死掉的人是我！"博尔特终于愤怒了，对陈默怒吼道。

"你知道我看到了什么吗？我亲眼看着她死在我面前。"博尔特的愤怒变成了悲哀，他整个人无助地摔在沙发里，捂着自己的脸痛哭着说道。

陈默没有继续说话，因为他知道，对方会说出一切的。

"从来就没有什么强奸案，我们是真心相爱的，只是这种爱情在那个时候并不为人所接受。有人威胁要杀死我们，但那个时候，她的肚子里已经有了安娜。"博尔特用了好长时间才将自己的情绪平静下来，他重新抬起头，看向陈默，缓缓地叙述道。

"这和我所知道的不一样。"陈默说道。

"是的，因为在我面临指控的时候，她提供了关键证据，证明我是那名强奸犯，并且表示因为恐惧，无法出庭作证。"博尔特点点头说道。

"为什么？你们不是相爱的吗？"陈默反问。

"她肯定有她的苦衷，我知道，肯定是这样。因为在我的死讯被宣布之后，她出现了，她一直坐在我的坟墓前哭泣，但我却什么也做不了。"博尔特回答道。

"就这样，她一直很伤心。直到安娜出生，她将孩子交给了我的父亲，还在我的坟墓前告诉我，她永远爱我，她打算去陪我。我父亲很久之后才告诉我这件事，我发疯一样冲出去，但看到的只是她的尸体，她静静地躺在我墓碑前，就好像睡着了一样。我以为她在骗我，她以前也总是弄些小恶作剧，我摇晃她，呼唤她，她毫无动静，她一直躺着，身体冷冰冰的。我知道，她死了。"博尔特眼睛里有明亮的东西流出来，他毫不在意，甚至连擦拭的意思也没有，就任由它流淌，打湿了昂贵的地毯。

"所以你要报复？"陈默心中有种莫名的痛感充斥在心胸无法自处。他想到了安娜，那个爱笑的女孩子。与对方不同，她的死来得那么突然，就仿佛一朵花，忽然被踩碎了。

"这个世界不该被报复吗？当他们充满恶意地去揣测这一切的时候，就已经注定了他们的原罪，他们每一个人都该死，无一例外！"博尔特愤怒地大声质问道。

"但那和我们有什么关系？我们只是一群安全承包商，只是保镖，我们被你们利用了，我们只是牺牲品。"陈默没有被吓到，针锋相对地反问道。

"那是你们的命运，当你们干这个行当的时候，就该有这种觉悟。不过我不是惩罚者，我只是需要你把属于我的东西给我。"博尔特冷笑着，举起手里的《诺斯比莫》法典。

"这个东西，我需要它的全部！"博尔特大声对陈默说道。

"你已经得到它了。"陈默愕然，提醒道。

"这不够，这个东西只是一个老父亲想要对自己已经长大的儿子循循善诱的恶趣味，它毫无意义。"博尔特说着，掏出打火机，毫不在意地点燃《诺斯比莫》法典，任由它在众人眼前化为灰烬。

他的举动太让人意外了，就在之前，大家还在为这本法典拼死拼活，可得到它的人，却毫不在意地烧掉了。即便这是个玩笑，陈默也不会接受。

"对不起，我不太明白你的意思，你能说清楚点吗？"到法典化为灰烬，陈默才醒悟过来。

"他一直认为我会对他下手，甚至不惜将安娜带在身边，他认为我不会冒险伤害孩子。但他忘记了，他是我父亲，我怎么会那么做？他最幼稚的想法就是，总妄图说服我。"博尔特森森冷笑，回忆着父亲的一切。

"他早知道你所做的事，是吗？"陈默追问道。

"当然，这不是秘密。我的父亲、我的叔叔，他们都知道，甚至连一些亲属都知道，领袖营的真正领袖是我。我一直在针对果刚族发动袭击，他们只是因为我是一个已经死掉的人，怕曾经的一切被揭穿，才会对此视而不见。"博尔特冷笑道，语气中充满了对父亲和叔叔的嘲讽。

"或许还有其他的原因，比方说，你是他的儿子。"陈默纠正了一句，得到的是对方的嗤之以鼻。

"好了，故事说完了。现在，把我要的东西给我，作为回报，我可以让你活着离开。"博尔特指了指《诺斯比莫》的灰烬，对陈默说道。

"如果我知道你要的是什么，我一定会给你，毕竟，我很想活着。"陈默依旧不知道对方到底要找的是什么，只能尽量让自己诚恳一点儿。

"哼，那个老家伙总是玩这种无聊的把戏。他认为《诺斯比莫》法典会让我明白一个国家团结的重要性，于是他将本应该给我的东西藏了起来。而你，是最后接触他的那个人。哦，对了，你也是见过我父亲最后一面的那个人，所以，你现在最好把我需要的东西给我，否则，我会让你后悔你的坚持。"博尔特有点不耐烦了，起身转了两圈之后，恶狠狠地威胁道。

"我真的不知道您需要的是什么，我一直以为你们需要的是那本书。"陈默立刻争辩道。

"安娜，回你房间去。"博尔特盯着陈默，良久，对安娜说道。安娜乖巧地转身走进另外一个房间，随后，博尔特对一直站在旁边的卫队长点点头。

"给他点厉害，让他说出来。"听到他的命令，卫队长仿佛吃了极其美味的食物一样，脸上露出满意的笑容，他缓步走过来，一把抓起陈默，然后额头重重撞在陈默的鼻子上。

那一瞬间，陈默感觉自己整个人都变得不好了，所有的感觉都从鼻子那里爆发。他整个人仿佛被装进混合着醋与芥末的大缸里浸泡一样，全身上下都极不舒服。

不过对于他来说，这一点点痛苦，仅仅只是个开始。

在殴打结束后，陈默觉得自己已经成了一块破布，嘴角和鼻子里的鲜血让他觉得呼吸有点困难。殴打者此刻正大口喘息着，而被殴打的陈默也失去了大部分体力。

博尔特不耐烦地看着陈默，对方虽然经历痛苦，却并没有说出他想知道的东西，这通常只有两种可能：第一，对方根本不知情；第二，对方是一个强者，强到忽视了这一切。

"告诉我，它在哪里？"博尔特抓住陈默的领子，大声质问，此刻的他有点气急败坏。

"我……我真的不知道你想要什么，如果你告诉我，我可以帮你找到，否则，你打死我，也不会得到你想要的东西。"陈默看着面孔有点扭曲的博尔特，迟缓地说道。

"那块密钥，他说过，他把它藏在了《诺斯比莫》法典里，可是，在那里我什么都没找到。"博尔特凑在陈默耳边，低声说道。

"什么是密钥？我发誓我没见过。"陈默眯缝着眼睛，看着博尔特，努力摇头说道。

"那是内亚族的公有财产，一笔价值两百亿欧元的财产，只有长老才可以继承。我们需要那笔钱，但只有密钥才能解开。他曾经告诉过我，想得到这笔钱，就一定要找到《诺斯比莫》法典,因为钱就藏在那里。"博尔特恶狠狠地说道,然后再次抓住陈默的领子将他拎起来。

"告诉我,它在哪里?!"博尔特大声质问道。

"我真的不知道,我以我父亲的名义发誓,如果它在我这里,我一定会给你。"陈默低声嗫嚅道。博尔特凝视了他好久,看着他一脸的鲜血,以及迷茫的眼神,终于一脸失望地将他扔在一旁。

"长老,或许真的不在他那里。"一旁,卫队长低声说道。

"可是我们需要那笔钱,去支付费用。那艘船就停在外海,那里装满了我们需要的武器,只要有了武器,我就可以瞬间组建出一支强大的军队!"博尔特向卫队长咆哮道。

"它或许在其他地方,我们现在可以派人去找。"卫队长向博尔特说道。

"对不起,是我弄错了,我们可能都被我父亲骗了,根本就没有什么《诺斯比莫》宝藏,那只是他教训我的借口罢了,这个人可能真的什么都不知道。"博尔特很快冷静下来,揉了揉有点变形的脸,随后轻飘飘地说道。

"那怎么处理他?"卫队长看了一眼陈默,低声询问道。

"他是个中国人,我们不能杀中国人,所以,让外边的人处理吧。"博尔特厌恶地摆摆手。卫队长点头,拎起陈默,走出房车。

"他是你们的了,钱会打到你们的账户上,不过在此之前,你们需要处理掉他。"卫队长说完,将陈默扔在地上。对面,格雷西等人立刻抬起陈默,将他放在之前的面包车里。

"如您所愿,我的大人。"格雷西招呼众人上车。

躺在车上的陈默,听到了他们的对话,他知道,此时此刻,自己的生命已经处于倒计时之中,留给他的时间可不多了,他要千方百计地逃脱。

第八章 安 娜

逃 生

车子继续颠簸着，满脸血污的陈默没有引起任何人的兴趣。众人更多的都在讨论完成任务之后的消遣，有人希望能找个地方去放松，有人则想要和孩子们视频。陈默很难相信，这些家伙是如何将自己的人性和兽性统一在一起的，因为接下来，他们就要干掉自己，即便他们和自己无怨无仇。

陈默不想死，因为很多事情他还没搞清楚：为什么博尔特要对安娜和国际医疗队下手？为什么他要屠戮自己的村子？

很多疑问都在脑子里回荡。当一切凝聚成一个巨大的问号时，陈默知道，自己有活下去的理由了。

他挣扎着坐起来。身边，一名雇佣兵看了他一眼，没有说什么。这对于陈默来说，是一个机会，因为他在等待一个时机。

来的路上，他看到了一处急转弯，那个拐弯对他是逃生的关键。

车子依然前行，车里的众人丝毫没有危机感。只有陈默，此刻靠坐在角落，全身的肌肉已经绷紧，正在等待，等待逃生的最后时刻。

车子即将到达转弯处，为了抵抗离心力，所有人都努力让身子前倾，只有一个人例外。

陈默在这一刻，顺着离心力，猛地起身，然后整个人重重地撞在车厢处。突如其来的巨大力道，一下子破坏了车子努力维持的平衡。

前面，驾驶员本能地打方向盘，试图平衡。但突然发生的转向，让陈默再次有了施加力道的机会，他再次助力，向反方向撞去。车子在两次撞击下，在道路上画出夸张的 S 形路线。

视线内，有人发现陈默在捣乱，试图跑过来阻止他，但陈默依旧继续用力来回撞击着车厢。

这让他想起了荡秋千，不断用力下，秋千越荡越高。这一次，身下不是秋千，而是一辆汽车。

车子终于失去控制向一侧翻滚,而那一侧,恰巧是陡峭的斜坡。

方向感瞬间失去了意义。车内,几乎所有能动的东西都在移动翻滚,陈默重重地撞在椅子上,然后与身边人叠在一起,他索性直接顶在对方的身上,借用对方的身体当作缓冲,整个身子不断地撞击着对方。

在经过漫长的忍耐之后,车子终于停了下来。车窗早已龟裂成碎片,所有能移动的东西都已经不在原来的位置上。

唯一还能移动的只有陈默,作为始作俑者,事先的准备让他多少避免了一些伤害。看着身下已经陷入昏迷的雇佣兵们,陈默挣扎着起身,用碎玻璃割断束缚之后,随手捡起一把M4,轻轻地推弹上膛,清脆的声音宣示着他已经成为这辆汽车残骸的主人。

现在,他有权决定这里每一个人的生死,只需要轻轻扣动扳机,就可以轻易收割所有人的生命。

现在阻挡陈默的只有他内心薄弱的道德感,他只需要为眼前这些人赋予一点点可以憎恨的东西,或者说,他只需要让自己憎恨对方,就足够有理由扣下扳机。

但这些人真的该被杀掉吗?

陈默在思考。是的,他们的目的是干掉自己,或者说,他们就是在干掉自己的路上,只是因为自己造成的意外,才没有让他们得逞。

而作为安全承包商,陈默自问,自己的手并不干净。在此之前,他终结的生命并不少。无论是抵抗袭击者的进攻,还是伏击目标,他都杀过不少人。

但这就是杀他们的理由吗?

陈默在犹豫。思考良久后,他最终还是收回步枪。杀一个人很容易,但跨越心中的道德感却无比艰难,陈默自问现在还做不到。

背起步枪,他艰难地从残骸中爬了出来,然后踉跄着越走越远。

头顶,太阳慷慨地挥洒着自己的光芒和热量,地面的温度也变得越来越高。

因为担心敌人的追击,陈默只能强撑着向前走。他很清楚,只要多走出一米,敌人搜索的范围就会增加十个平方米,他逃生的希望也会变得更大。

但身体的负荷让简单的行动变得越加困难,原本背着的步枪此刻已经成为他的拐杖。炽热的阳光,荒芜的大地,无时无刻不在消磨他的意志。之前的囚禁和殴打,极大地透支了他的体力,人为制造的翻车事故又最后碾压了他所剩不多的精力和智慧。现在,陈默唯一想做的就是躺下来休息。

但他很清楚,自己不能这么做,荒原白天的阳光会让他失去水分,而夜晚的野狼会让他失去生命。

他想活着,就要坚持。陈默鼓励着自己,他努力回忆安娜,回忆红,回忆远在国

第八章 安娜

内的家人，回忆电门、曾经的战友，还有那些未解的谜团……

可原本这些可以让他血脉贲张的画面，在此刻却黯淡而毫无光泽，陈默甚至连让它们动一下的能力都没有了，黑暗和疲惫正不断将周围的一切变得模糊。

陈默的努力抗争毫无作用，他仿佛踩进了泥潭，越挣扎就陷得越深。

他看到的最后一个画面，是眼前的一切模糊成一团，黑暗笼罩下来。

他一头摔倒在地……

曾 经

陈默坐在汽车里，颠簸的道路让他的屁股已经发麻了。

不过身边的巴西人一直在不断地唠叨着，从他家乡的美食到他暗恋的姑娘。虽然对这一切早已经听得耳朵都起茧子了，但陈默依然没有打断他。因为这些唠叨，至少能让他忘记屁股上的不适。

巴西人已经讲到了椰奶酱和木薯泥。每次讲到这里，陈默都能听到巴西人熟悉的吞咽声，不用回头，就能感受到对方喉结的滚动。

虽然对他念叨的一切已经耳熟能详，但陈默却依旧耐心地聆听着。对于这个小队来说，在紧张的战争环境下，是需要这么一个人来调节一下气氛，至少能让他们在紧张之余，记得曾经生活的美好。

"木薯粉做成的煎饼，加上我老妈自制的椰奶酱，撒上一点点红色的辣椒，那种味道……"巴西人一边仔细描述着记忆中的美食，一边做出夸张的表情，仿佛不刺激出车内众人的唾液，就不罢休一般。

幸好在唾液降临之前，安娜的声音从电台里传了出来，打断了巴西人的叙述，将大家的注意力全都吸引到了陈默身上。

"默，你在干吗？"安娜的声音仿佛一阵风铃，顺着车窗的缝隙刮进来，让原本闷热的空气骤然变得清凉。

"在开车，顺便躲开前面的弹坑。"陈默老实地说道，然后轻轻一打方向盘，躲过前面那个迫击炮的弹坑。

"听着还不错！"安娜回应了一句，然后周围人躁动起来。

"嘿，战狼，能说点动听的吗？"身后，巴西人早将椰奶酱扔给了他妈妈，黝黑的脑袋凑过来低声提醒道。

"说什么？中午吃什么吗？"陈默看了巴西人一眼，笑着揶揄道。

"总比弹坑强。"巴西人想起之前的木薯粉，低声叨咕了一句。

"默，他的提议不错。"安娜的声音不失时机地从电台里传来，原本蔫了吧唧的巴西人像瞬间得到水分，蓬勃而生，眉宇之间，更是洋洋自得。

"晚上有空吗？请你看电影。"陈默想了想，开口说道。

"好啊，晚饭前，还是晚饭后？"安娜反问道。

"不如晚饭一起吃怎么样？我知道一家巴西餐厅，他们的椰奶酱和木薯煎饼很不错。"陈默回头看了一眼得意的巴西人笑着说道。

车内，包括巴西人在内的所有人都等着安娜的回答，并且准备好了笑容。

然后，袭击降临了……

第一发子弹打在第二辆车的防弹玻璃上，子弹没有穿过夹胶的防弹玻璃，冲击力只在上面留下一片白色的蛛网一般的裂痕。

司机却并没有值得庆幸的时间，在枪声尚未传来的时候，第二发、第三发子弹就接连命中在与刚刚的弹着点完全相同的位置上。

连番的撞击终于打碎了并不坚固的防弹玻璃，弹头带着巨大的惯性和动能穿透玻璃，撞在司机的胸口。

被击中的司机带着尚未退却的惊恐和意外，一头摔在方向盘上，车子骤然失去控制，撞在路边，停了下来。

第二辆车阻挡住了后面的其他车辆，当第一辆警卫车反应过来并停下的时候，猛烈的火力已经兜头向他们射来。

警卫们反应迅速，第一时间做出回应，猛烈的反击火力向枪声传来的方向笼罩过去。

与此同时，处于车队后方的的警卫则一边对着对讲机大喊，一边指挥车辆掉头。

但敌人并没有给他们撤退的机会，一枚带着摇曳尾焰的超口径火箭弹从不远处的山坡上飞过来，以肉眼可见的速度命中车队尾部的那辆警卫车。

火箭弹在接触到车体的瞬间发生爆炸，将车顶的上半部分一下子变成一团火球。在猛烈燃烧之后，那辆车成为一团焦黑的废铁。

陈默从后视镜中目睹了这一切，他甚至想要在思维的间隙努力分辨那团焦黑中哪部分是钢铁，哪部分是肉体。

可惜，袭击者并没有给他这个时间。

在连续两次袭击得手之后，车队的头尾被堵住，整个车队仿佛被掐头去尾的蚯蚓，只能无奈地扭动自己的身躯，试图找到逃生的方式，但毫无可能。

陈默的车子在车队中间。在发生爆炸的瞬间，他第一时间跳下车，向身后的第二辆车跑去，那里是安娜的车子。那是一辆救护车，车里坐着安娜和伤员。

山坡上，伏击者已经开始交替掩护着向车队接近，一连串子弹接连不断地向陈默打来。战场上的移动目标永远受到更多的关注，即使此刻的陈默手无寸铁。

陈默能做的就是尽量奔跑，赌对方的反应速度跟不上他的行动。短暂的路程在他全力迸发下，只用了短短几秒钟就跑到了，在用力拉开车门的瞬间，一具尸体骤然倒在他的怀里。

他很冷静地一把抱住尸体，拖下车，然后开始寻找伤口，但看到的只是被打断的脖子，和依然在迸溅的鲜血。

死的人是安娜的同事，一名护士，叫希娜还是什么。陈默此刻已经记不起对方的名字，只是本能地想要捂住伤口，但对方无助的眼神和苍白的面孔宣告着他的努力毫无意义。

陈默起身，去车厢寻找安娜，眼睛逡巡了好几圈才终于发现了她。

安娜几乎匍匐在车厢内伤员的身上，在她的后背上，是迸溅的血点。

有那么一瞬，陈默以为安娜死了，甚至想着是要哭，还是要有其他的什么反应，但本能依然驱使着他爬过去，搂住安娜。

"帮帮我，默，我一个人抬不动他。"安娜指了指担架上的伤员，那是建筑工地上的一名中国工程师。他们的工地遭到袭击，他作为唯一的伤员，将被护送到首都进行治疗。

"你没事吧？"安娜的话让陈默的魂魄重新回到体内，他几乎想抱住安娜仔细地将她检查一遍，但最终还是按捺住这个冲动，转而扶着对方的肩膀问道。

"我很好，茜茜好像不太好，她受伤了吗？"安娜询问道。直到此刻，陈默才忽然想起，那个护士叫茜茜。

"她情况不太好，不过还可以。"陈默撒了个谎。对方的脖子被打断了，七秒钟内，所有的血液都会从体内流出来，没人能救得了她。

"上帝保佑她！快，帮我把他拖走，他在这里太危险了。"安娜指了指担架上的伤者。对方接受过一次紧急手术，仍然处于昏迷之中，对眼前所发生的一切毫不知情。

"等等，我将车转个角度。"陈默说着，钻进驾驶室，推开司机的尸体，将车子用力调转了个方向。

完好的发动机满足了陈默的愿望，偏转的角度让车后门至少可以阻挡敌人的视线。

在安娜的帮助下，陈默费力地将伤员移出车外，两人狼狈地抬着他来到路基另外一侧的反斜面，将自己藏了起来。

车队的大多数人都在这里。不在这里的，大部分已经死了。

在人群中，几名安全承包商正在不断低声地对着对讲机说着什么，间或用手里的武器还击着，但他们的反击根本无法阻止袭击者。陈默透过车子的缝隙，清晰地看到有些袭击者正弯腰小跑着向他们接近。

百多米的距离在对方迅捷的行动下很快被缩短，双方距离很快拉近到可以看到彼此的程度。

"在这里等着，我去那边。"陈默安慰地拍了拍安娜的手。滑腻的触感让他滋生出一些信心，猫腰爬了一段距离之后，他来到一名安全承包商身边，轻轻咳嗽了一声回应他的是一把黑洞洞的枪口，不过看清他的样子之后，对方紧张的神经放松了一些，转而点了点头。

　　"给我一把枪，我当过兵。"陈默用并不流利的英语说道。

　　"我这里多出一把 M4，不过弹夹只能给你两个。"没什么客套和询问，对方将一旁放着的 M4 递给陈默，又从携行具里拿出两支弹夹递给他。

　　"需要我做什么吗？"陈默利落地检查枪支，推弹上膛，动作娴熟，让人放心。

　　"他们没想把我们都干掉，有可能是要绑架我们。援军已经在路上，只要我们能坚持住。"对方想了想，对陈默说道。

　　"那边交给我吧，如果顶不住，我带他们来你这边。"陈默指了指自己来的方向，向对方说道。

　　"你可以的。"对方露出一个苍白的笑容，和一句连他自己都不相信的话。

　　没理会对方的情绪变化，陈默现在需要回到安娜身边，用手里的武器保护她。

　　看到回来的陈默，和他手里拿着的武器，安娜脸上多了一丝戒备。陈默当过兵，会用武器，这事她知道，但陈默决定用武器，却让安娜有点意外。

　　"情况很严重吗？"安娜匍匐在反斜面上，向陈默问道。如果是在假期，她的样子很诱人，但现在，陈默却充满了担心。

　　"不知道，小心没大错。"陈默装出一副无所谓的样子，但他很清楚，袭击者绝非刚刚那人所说的，只是为了绑架他们。因为从决定袭击那刻开始，对方就没有留情。如果是意图绑架，他们可不舍得把这些会走的钞票杀掉。

　　"希望你不要用上它。"安娜厌恶地看了一眼 M4，由衷说道。

　　陈默也不希望用上它，所以即便袭击者在车辆周围搜查着，看起来仿佛一个个移动靶子，他也依然没有开枪的意思。

　　对方确实是在搜查，每一辆车，从车顶到车底，不放过任何细节。

　　陈默不知道他们在找什么，但这让他很不安。对方的目标如果不是他们，那他们的生命可有可无，如何处置，将由对方的心情决定。

　　"离开这里！"陈默缩回身，对安娜说道。

　　"你说什么？"安娜惊讶地反问道。

　　"离开这里，听我的，马上走。"陈默向身边不远处的巴西人招了招手。巴西人狼狈地爬过来。

　　"带着人，带着安娜，走，越快越好。"陈默说着，忽然站起身，利落地瞄准前面几个人，扣动了扳机。

苟 且

开枪的感觉熟悉而陌生，枪支的后坐力充满了质感和愉悦感，有节奏的跳动让陈默瞬间回忆起曾经。

他甚至能感觉到子弹顺着枪口射出去，然后带着旋转的弹道命中目标。

第一个袭击者的双腿被击中，哀嚎着摔倒在地；然后第二个人的左臂，在子弹的命中下被打飞；然后是第三个，第四个……

陈默的突然袭击，出乎了包括他自己在内的所有人的预料。袭击者被彻底打蒙了，他们没有想到对方竟然会反击。

战争的磨炼和自身优秀的战术素养却让他们并没有慌乱。在遭到反击的第一时间，他们迅速卧倒，回击的枪声响了起来。

陈默感受到急促的呼啸声，他支撑着自己又打了两个短点射之后，迅速卧倒。

然后他看到安娜和巴西人，他们竟然还在。

"怎么还没走？"陈默愤怒地问道，随后将用了一半的弹夹换下来，重新换上新的弹夹。

"去哪里？这里我们不熟悉。"巴西人看着周围，茫然地问道。

"去任何有人的地方，搞辆车，然后去城市，现在！快去！"陈默大声说道，用命令的口吻。

巴西人犹豫了一下，点了点头，拉起一旁的安娜，但她并没有起来，而是执着地拽着地上躺着的伤员。

"我们不能把他留在这里，必须带他一起走。"安娜指了指伤员，固执地说道。

"带着他一起。"陈默指了指地上的伤员。巴西人点了点头，又招呼其他几个人，一起抬起伤员。

"记得，不要回来，找到有人的地方，让他们送你们去城市、医院或者其他地方，千万不要回来！"陈默说着再次举起枪，对着匍匐过来的袭击者打了两枪，然后在对方的注视下，飞快地向警卫的方向跑去。

"走吧，快！"巴西人知道陈默在吸引敌人的注意力，他不想浪费陈默争取的机会。一把拉起还想要和陈默说点什么的安娜，招呼着众人向斜坡的另外一个方向跑去。

陈默瞟了他们一眼，看着他们远远跑开，才终于放心地和警卫会合。

"你做了一件很愚蠢的事情。"警卫看着拿着枪跑过来的陈默，生气地说道。要不是因为缺少防卫力量，他恐怕会第一时间把借出去的武器重新抢回来。

"我觉得他们不像要绑架我们，而像是在找什么东西。"陈默向警卫说道。

"这要我们来决定，你只是个司机。"警卫生气地说道。随后，他向远处招了招手，另外一面的同伴点了点头，扔出一枚烟雾弹。

"我们正在呼救支援，只要等几分钟，他们就会被吓跑的。"警卫生气地说道。

"除非你们的支援足够多。"陈默看了一眼远处，三四十个袭击者正分成几路，向他们接近。而他们这边，算上车队众人和所有警卫，也只有几个人。

"只要给的钱足够多，我们可以让军队卖命。"警卫不满地说道，但无可奈何。同伴投出的烟雾弹距离太近了，风向也不对，遮挡了他的视线，浓重的白磷味道也让人难以忍受。

"我去那边，有需要你可以叫我。"陈默猫腰离开，没有听见警卫低声的咒骂和叨咕。

前方，敌人的接近依然缓慢小心，仿佛他们并不在乎快慢，可越是这样，陈默越担心。

对方一定有某种意图，但他却摸不透，就仿佛你知道危险随时临近，却不知道危险在哪里一样。

这种感觉让人难受，却必须忍受。

陈默唯一能做的就是对着敌人射出几发颇具威胁的子弹，阻止他们前进的速度。

"希望安娜他们走得足够远。"陈默回头看了看巴西人和安娜离开的方向，现在已经看不到他们的身影了，这多少让陈默放下心来。

而就在他考虑安娜的安危的时候，骤然降临的爆炸声忽然从身边传来。火光中，一枚枚火箭弹从身后不远的地方射来，逐一命中被袭击者当作掩体的汽车上。爆炸的气浪冲天而起，带走了袭击者的生命，也带来了众人的欢呼。

"支援来了，兄弟们！"警卫大喊道，声音充满了激动和放松。听到喊声，所有幸存者都振奋起来，警卫们纷纷举枪射击，猛烈的子弹痛打着逃离的落水狗，仿佛送行一般，欢送着他们狼狈地逃离。

身后，十几辆典型雇佣兵装备规模的皮卡车在欢呼声中缓缓出现。警卫们率先放下武器迎了过去，其他幸存者也都纷纷起身向那边挥手和鼓掌。

陈默很理解这种感觉，那种濒死之前被拯救的巨大落差感，足以让所有人感动。

可惜，这种感动只维持了一瞬间。

枪声，打破了所有！那名借给陈默M4的警卫成为第一个牺牲品，皮卡车上的重机枪忽然开火，14.5毫米的弹头轻松击裂他的身体。

对方也是袭击者，不过与之前那群人并不是一伙的，他们不是捕蝉的螳螂，而是猎杀螳螂的黄雀。

陈默这时才搞明白，并不算晚但也绝不早。就在他卧倒的同时，敌人的重机枪已经在一瞬间收割了所有警卫的生命，同时也瓦解了车队最后的防御。

剩下的，就是那些手无寸铁的幸存者了。

面对幸存者，车队不紧不慢地开过来，将所有人围拢在圈子里，然后，一群人走下车，开始挨个甄别、询问和屠杀。

陈默目睹着一切，有人哭啼，有人哀求，有人瘫倒，但无人幸存。每个人被杀之后，都会被再次补枪。

陈默应该选择逃走，也正准备这么做，但当他看到车上被拉下来的几个身影时，忽然发现，逃走与否对他已经不重要了。

那是巴西人，那是安娜，还有……

肾上腺素刺激着陈默全身的每一处神经末梢，促使着他再次起身、举枪、瞄准、扣动扳机。

子弹准确射向每一个人，弹头充满愤怒地贯穿了这些家伙的身体，陈默一边射击一边冲锋。

所有人都震惊了，甚至包括安娜和巴西人。

疯子！一个人，面对一群人发起冲锋，只有疯子才会这么做。

陈默知道自己疯还是没疯，他不可能抛弃安娜选择逃走。即便知道留下会死掉，他也不会离开。

一支弹夹很快被打空了，然后换上另外一支只剩一半的弹夹。

火力毫无停滞地压制着所有人，但更大的原因是因为陈默的疯狂。

并不远的距离很快被拉近，在对方发愣的时候，陈默一枪柄打倒抓着安娜的那个家伙，然后拉起安娜转身就跑。

"前面有辆车，跑过去。"陈默指了指前面的一辆车。他不知道那是谁的，不过现在管不了那么多了。

安娜用力点了点头，呼吸已经占用了她所有的肺活量。她没法回答，只能用力奔跑着，努力跟上陈默的步伐。

车子崭新，清晰地看到上面有点点血迹，或许有人在上面，或许有人逃脱，不过和他们无关。他们跑向车，只有一个念头就是开车离开。

陈默努力发动汽车，车子发出低沉的轰鸣声，成功了！

他打开车门，等待安娜。

他至今仍然记得那一幕，成功距离他是如此接近，几乎近在咫尺，他甚至能感觉到安娜手指的滑腻。

然后，她整个人跌倒了，陈默本能地想去扶她。

但他看到的是安娜额头上那个触目惊心的弹孔。

有人当着他的面，杀了安娜！

安娜倒下的时候，伏击者们举着枪向陈默的车子围过来。陈默的脑袋一下子被冻住了，神情木然，不相信安娜就这么死掉了。真正的死亡，他见过很多次，但多数与他无关。可是刚刚还活着的人，并且是他放在心尖上的人，猝然死掉，这种感觉让他觉得很不真实。

他错过了开车逃跑的机会。敌人打穿了车胎，直到打碎玻璃，他才醒悟过来。

跑——这是陈默唯一的念头。他应该留下拼命，还是愤怒地大吼？

危急时刻，控制人的永远是理智而不是情绪。情绪是在理智崩溃之后爆发的产物，就如同情绪崩溃之后的冷静一样。

子弹在周围嗖嗖飞过，噗噗地打在地上，传来一阵阵震动。战斗的本能让陈默放开了安娜的手，灵活地躲避。

敌人步步紧逼着，试图包围他。陈默只考虑了一秒钟，就选择在敌人尚未合围之前，飞快地向远方跑去。身后，子弹如恶狗一样追着他的脚印，亦步亦趋，然后是咒骂和引擎声。

陈默不知道自己能不能跑掉，相比全副武装的追击者，现在的他无异于裸奔，手里的M4，子弹已经打空，和铁棒子毫无区别。他不是超人，不认为自己用这东西就能将敌人统统杀光，更不认为自己可以为安娜报仇。

他只期望能在追兵的追击中，找个机会，与他们拼个同归于尽。他不是想要逃走，他只是不甘心。

他为什么不甘心？

安娜死了！

直到此刻，安娜的离开带来的震动才忽然间如山一样压来。那种从内心溢出的伤心和痛苦，仿佛洪水一样充斥着每一条神经。

痛苦在这一瞬间，淹没了陈默，让他默然窒息。

陈默不知道自己如何是好，他一边奔跑一边反问自己，这一切是不是幻觉？是不是做梦？如果是假的，是噩梦，那就尽早醒来。

但肺部的胀痛，耳边的风声，停不下来的枪声，无时无刻不提醒着陈默，这一切都是真实的。

安娜死了，不只是她，整个车队没有一名幸存者，所有人都死了，只有他活着。

自己该怎么做？陈默问自己。

选择死亡并不难，现在，他对死亡没有任何恐惧，甚至有点期盼和向往，如果死了能和安娜在一起，也是个不错的选择。

可就在他犹豫着要作何选择的时候，一辆皮卡车忽然从他身侧开过，在陈默反应过来之前，车上的一名士兵，举起手里的步枪。

砰，枪声响起！

陈默只觉得自己胸口猛地一震，然后整个人就翻滚着摔倒。

巨大的惯性推着陈默的身体翻滚着，整个天地都在这一瞬间旋转，陈默只觉得自己的身体不断地翻滚，碰撞。当他最终停下的时候，才发现，自己不知道什么时候竟然已经到了土坡的下面。

他试图站起来，但全身的疼痛让他努力了几次都宣告失败，就在他再次想要起身的时候，土坡上面，几个人端着枪走了过来。

陈默几乎已经放弃了，他成了待宰的羔羊。

装死的时候记得闭着眼睛！这句话是谁说的来着？陈默回忆着，好像是巴西人。

陈默一边看着山坡顶端的袭击者，一边努力回忆着，他看着对方看向自己，看着对方端起枪，瞄准，然后扣下扳机……

冲击力让他的呼吸一滞，然后陷入一片黑暗之中。

……

独　活

"我相信，但他们不相信，对不起。"看着被关进囚车的陈默，红愧疚地说道。与红接触这么长时间，他头一次看到对方愧疚的样子，白皙的耳朵因为激动而变得粉红，看起来仿佛被小精灵附体了一样。

"没关系，或许那里对我来说是个好地方。"三个月的审讯期，让陈默不断回忆着安娜被杀的那一刻，每一次对他来说都是重新经历一次伤痛，让他再一次悔恨和愧疚。他每次都会扪心自问，他为什么要逃跑？为什么要把安娜留在那里？为什么让她先走？如果不让他们先走，他俩会一直在一起，他浪费了与她最后独处的时间……

"她还好吧？"陈默想了想，开口询问道。

"挺好的。"红知道陈默问的是安娜，他一直想见见安娜的遗体，她曾经为此打过报告，但并没有得到上司的批准。

"谢谢！"陈默想说点什么，最终还是没说出口。在勉强向对方笑了笑之后，陈默将头转向别处，囚车恰在此时启动，然后越走越远。

陈默入狱前看到的最后一幕，是红追着车跑步的那个样子，像极了安娜。

……

"这是部长的批文，你被选择执行杜鹃行动。只要你答应，现在就可以离开这里。"红站在囚牢的这边，拿着电话对陈默说道，语气中透着难掩的兴奋。

"如果我不答应，就可以一直在这里睡觉，是吗？"陈默看着红，冷冷地反问道。此刻他的脸上挂着青肿，不过样子还好，红应该知道他在监狱里打架的事情，但她应该不知道，那些欺负他的人现在只能躲在牢房的角落，不敢再冒犯他。现在，监狱对陈默来说可不是什么地狱，至少是一个可以享受的如同度假的好地方。

"你必须参加！"红看着陈默懒散的样子，气愤地说道。

"为了我，还有我姐姐！"红重重地贴在玻璃上，对陈默喊道。玻璃隔断了大部分的声音，让红的行动看起来像极了默片里夸张表演的演员。

"你姐姐？我为什么要为了她去做我不愿意做的事情？"陈默淡淡地问道。

"安娜是我的姐姐，我叔叔的孩子，我们从小在一起长大。"红坐了下来，目光中透着难掩的哀伤。

……

"我认识他，这个家伙化成灰我都忘不了他。"陈默指着照片上的那个人，恨恨地说道。他和对方只见过一次，那个时候，他躺在土坡下面，在土坡上，对方对他扣动了扳机。如果不是他带着的那片防弹插板，现在他应该会被埋在某个名不见经传的墓地角落。

"这不可能，他是联络人。"红摇了摇头，收起照片。前方，那个人正站在街角，心情紧绷，相当警惕，来回观察着。陈默此刻很想冲下车去，抓住对方的脖子将他撕成两段。

"联络人又是什么？"陈默反问道。

"为政府办事的人，他们负责联络一些政府无法出面联络的人，政府付出酬劳，监督他们办事。"红简短地解释道。

"那就是说，袭击是你们政府干的咯？"陈默追问道。

"不可能。"红断然用否定终止了这个话题。陈默没有继续，因为他也相信，内比亚政府不会这么做，否则就不会有眼前的调查计划。

"我不会看错的。"陈默重复道，随后飞快冲下车。

直到警卫将他拉开，陈默都在挥舞着拳头。他眼看着对方的脸在拳头下变形，红肿，出血，却丝毫没有任何停下的意思。

身后，警卫用警棍抽打着陈默。无论怎样，他都没有停手的意思，直到身后响起枪栓拉动声，陈默才喘着粗气停了下来。

周围，三名武装警卫举着手里的步枪，警惕地看着陈默。后者此刻更关心自己的手指骨，上面的皮肤已经绽开，殷殷鲜血缓缓渗出。至于他刚刚殴打的那个人，此刻正萎靡不振地趴在地上，用剧烈的喘息证明他还活着。

"如果你还想不起来，我可以再提醒你一下。"陈默看了看对方，恶狠狠地提醒道，但对方却仿佛变了一个人一样，瑟缩着身子，全身颤抖地躲避着。

"你一定认错人了，你疯了！你疯了！"对方喊道。

……

红是板着面孔完成最后的交接手续的，虽然她一句话没有说，但陈默依然能清晰地感受到对方的愤怒。相比他第一次进入囚牢，这一次他闹的动静似乎大了那么一点儿。

闹市区公然殴打政府雇员，虽然他不知道红是怎么摆平这件事的，但显然费了不少力气。

"你这个蠢货，你为什么这么做？"刚刚坐进车里，红就大声质问道。

"我不相信他。"陈默冷冷地说道。

"然后呢？"红看也没看陈默，熟练地发动汽车之后，漫无目的地向前开着。

"如果有机会，我一定还会抓住他问个清楚。"陈默看着前方，恨恨地说道。

"你没机会了，他已经死了。"红冷冷地说道。

"你说什么？"陈默愕然反问。用死亡做借口在他看来太蹩脚了，简直和谎言没什么区别。

"醉酒后摔进下水道，被发现的时候已经死了。"红利落地转动方向盘，车子向另外一条街道驰去。

"想去看看他的尸体吗？现在还来得及！"红破天荒地看了他一眼之后，问道。

陈默没有说话，他怕心中的失落在开口的瞬间暴露出来，他只是狠狠地盯着前方，任由红开车将他载出城外。

第九章 彼 得

种 子

再次醒来的陈默,感受到一阵阵清凉和舒适,他努力睁开疲惫的双眼,本能地摸向身边,却摸了个空——原本须臾不离身的武器不见了,取而代之的是干净的床单,和一双双带着好奇的目光。

陈默警惕地坐起身来,然后一阵阵疼痛从全身上下每一处传来。

刚刚从昏迷中苏醒过来的陈默,还没有办法把往昔的一切和眼前的所见联系到一起,直到他低头向身上看去,才一下子清醒过来。

此刻,他身上,被扎了几十根银针,大的小的,长的短的,密密麻麻,让他看起来好像一只愤怒的豪猪。

这是干吗?陈默疑惑了,抬头看向周围,才发现一群人正好奇地看着他。

"你醒了吗?"一个孩子问道,然后,所有孩子都向前凑了凑。

"是的,这是哪里?"陈默看着对方,问道。这是一个果刚族的孩子,身边还有一些内亚族的孩子,不过此刻他们都一个打扮,破旧却干净的衣服,手臂上绑着鲜红的红十字。

"他醒了!他醒了!"一个孩子大喊道。然后,脚步声响起,再然后,一个穿着并不合身的白大褂的内亚族男子走了进来。

"醒了?比我想得要快。"男子走进来,自来熟地打了个招呼,低头开始拔针。他的手法很熟练,三两下就将陈默身上的银针拔掉了。陈默不放心地低头看了看,没发现流血,显然对方针灸的技术已经登堂入室了。

"你是内亚族人?"男子看着陈默,随意地问道。

"我是中国人。"陈默回答道。为了证明这一点,他刻意说了中文。

"哦,天啊,我竟然救了个中国人!"男子瞬间兴奋起来,原本不小的嘴巴因为笑而咧到耳边。

"你确定,你真的是中国人吗?"男子不敢相信地追问道。

"没错的话，可以。"对方夸张的表情逗得陈默莞尔，轻松地回应道。

"我真是太牛了。"对方忽然冒出一句标准的中文来，热情地将陈默搂在怀里，用力拍了拍他的后背。

"我在中国留过学，这就是在那里学的，这里的人把它叫作巫术，不过我就是用巫术救了很多人。"男子得意地指着银针说道。

"哦，忘了自我介绍，我叫彼得，一个没有医生执照的医生，这些人是我的护士，也是我的孩子，他们都是孤儿。不过这并不重要，重要的是，我们在救人。"彼得的热情很快化解了双方之间的陌生和戒备。彼得一边说着，一边不由分说地搀起陈默，兴奋地拉着他走出屋子。

外面的一切，让陈默惊讶。

眼前，是一座村子，准确地说，是一处聚居地。

对于内比亚，聚居地并不罕见，但这里却让陈默意外，因为眼前的聚居地，即使是在这里生活多年的陈默都没见过。

这里罕见的并不是建筑，因为内比亚到处都如此简陋，这里已经简陋得会让人忽视它的存在。

让陈默感到意外的是，这里的居民，他们竟然是一群孩子！除了一些身有残疾的成人之外，这里住着的都是孩子。

他们有大有小，有高有矮，但每个人的脸上都带着儿童所特有的稚嫩和天真。他们围在周围，看着陈默，脸上写着好奇和紧张。但当看到身边的彼得时，每个人脸上都露出笑容。

"我来介绍我的新朋友，这位……他……他是个中国人，是的，就是我常常向你们提到的中国，他是那里的人。"彼得激动得显然忘记询问陈默的姓名，不过却不耽误他将陈默介绍给大家。

听到彼得的介绍，所有人都一脸惊奇，目光中更是透出羡慕和惊讶，就仿佛此刻他们看到的不是一个人，而是一艘宇宙飞船或是史前恐龙一样。

陈默忽然觉得自己的脸有点红，他忍受不了这么多人对自己的注视。此刻，他觉得自己仿佛全身都是漏洞，他想要缝补都无从下手。

"我知道，我答应过你们，要带你们去中国，不过我们太忙了。幸好，我的中国朋友来了，你们可以问问他，他可以证明我说的一切都是真的！"彼得完全不在意陈默的感受，拉着他走到人群中间，大声说道。

陈默想抗议，他不知道对方将自己放在了什么位置，但他本能地觉得自己无法应付。

"你们那里真的全都是和你一样的人吗？"还没等陈默反应过来，一个孩子就开口问道。

"呃……"陈默不知道该怎么说。

"你们那里真的有很多好吃的吗？"又有人问道。

陈默觉得这是个摆脱尴尬的机会，中国的美食，哈……不过现实并没有给他这个机会。

"你们那里晚上也可以出去玩吗？"

"你们那里真的没人带着枪吗？"

"你们那里孩子的爸爸不会被杀死吗？"

"你们那里，真的一直和平吗？"

……

一天过得真快。当夜幕降临，才惊觉时间飞逝。不过对于这个村子来说，夜晚依然是温暖的，如同白天一样。

赤红色的火光在众人脸上跳跃着。火光中，彼得的情绪终于平复下来，手里端着带有红五星的破旧茶缸，一边喝着劣质的热茶，一边对陈默唠叨着："我对中国的描述，他们都认为是假的，是天方夜谭，你知道吗？这才是最让我伤心的。"

彼得看着火光，上面烤着的木薯散发着淡淡的青烟和香气。

"为什么要这么做？"陈默看着对方。火光中，对方的面孔在黑暗里若隐若现。

"孩子需要的是天真的东西，你知道吗？当孩子不相信童话时，就是整个世界的悲哀。但比这个更悲哀的，是孩子不相信和平的存在。"彼得再没有兴趣喝茶，索性连杯子都放在一边。

"我在中国留学时，我的家人告诉我，如果可以，把家安在那里，找个中国女孩，或者是一份稳定的工作。无论如何，不要再回内比亚，因为这里除了战乱什么都没有，但我还是回来了。因为，我的导师告诉我，如果他是我，他会选择回来。"彼得看向陈默，眼神中多了一分坚定。

"你是个好人，如果我是你的导师，我会建议你留下的。"虽然不认识彼得的导师，但陈默与对方抱有截然不同的观点。彼得是个好人，让这个好人留在战乱之中本身就是个错误。

"我之所以听从导师的话，是因为他给我讲了愚公移山的故事。他口里那个愚公在曾经的我看来，就是傻子，竟然试图搬走挡住家门口的两座大山。我在听到这个故事的时候就在想，如果我是他，我一定会选择搬家，而不是搬山。"彼得没有回应陈默，而是继续说道。

"我一直都这么认为。"陈默点头说道。

"我也是这么对我的导师说的，但他却反问我，哪里没有山？你真的能找到完全没有山的地方吗？"彼得看着陈默，忽然反问道。

陈默一愣，忽然发现，自己回答不了这个问题。如果是几年前的自己，一定会较真地指着地图，一字一句地告诉提问者，哪里是平原，哪里是沟壑。

但经历过曾经的一切的陈默却忽然明白了其中的意思。是的，哪里又能说真的没有山呢？山真的只是眼前所见？或许，很多时候，山就在心里，是那些想要绕过去、想要妥协的问题。普通人与愚公最大的不同，恰恰就在这里，面对问题，愚公选择的是永不妥协。

"中国的和平，不是他们搬家得到的，而是搬山搬出来的，所以，我回来了。"彼得看着陈默，随后将目光转向火堆。孩子们已经熬不住深夜，七倒八歪地睡在火堆旁。火苗跳跃中，陈默模糊地感觉到了彼得的希望。

"他们是一群没有父母的孩子，我把他们收留下来，在这里盖起了村子，我在每一座建筑的墙壁上，刻下了从中国带回来的知识，有些是做饭的，有些是种地的，有些是医学的。我觉得，这些比枪重要。"彼得看着这些孩子，目光中充满了柔情。

"你也在搬山。"陈默微微点头，看着彼得说道。

"不，他们才是。"彼得指了指孩子们，对陈默摇了摇头。

陈默忽然觉得，一直困扰他的问题变得模糊了。相反，原本模糊的目标却变得清晰了很多。

他现在已经明白自己要做什么。有些问题，需要面对，而不是妥协和绕过去，聪明人很多，但只有那些带有执着和一点点笨的家伙，才是笑到最后的人。

陈默觉得，自己其实可以再笨一点点，至少要比聪明起来容易一些。

弄明白问题的豁然开朗让人有点激动，不过现在可不是纵情高歌的时候，陈默努力平抑着心中的激动，重新将注意力转到眼前。

先要养好身体，然后去找那些一直等着他或是不希望自己出现的人。

"这个可以吃了吗？我有点饿了。"陈默指了指面前的木薯，向彼得问道。

"它已经等你很久了，有些地方的木薯是有毒的，但这里的不会。"彼得笑着说道，熟练地用木棍挑出木薯，递给陈默。

轻轻剥开木薯皮，一股浓香传了出来，陈默大口咬下去，心里想的却是如何去解决剩下的问题。

不得不说，彼得的针灸治疗比想象的要有效果得多。在国内的时候，陈默对于针灸原本抱着将信将疑的态度，却没想到，在离家千里之外的异国他乡，却受惠于它，这不得不让人觉得有点讽刺。

彼得并不知道陈默的小心思，对于他来说，能有一个中国人出现，并陪伴他，已经是一件可以记载在日历上的好事了。

因为中国情结作祟，彼得对陈默的照顾可以说是无微不至，让他原本并不严重的伤势很快好转。看着身上的伤口逐渐结痂，陈默知道，是时候与彼得和孩子们告别了。

"所以，你该走了，是吗？"似乎感觉到了陈默的心思，彼得在傍晚找到他，平静地问道。

"嗯，准备去把事儿做完。"陈默点点头，轻轻拆开包住手的纱布，弯曲一下有点僵硬的手指，而后抬头向彼得说道。

"那么，我应该祝福你。"出乎陈默的预料，彼得并没有挽留陈默的意思，而是送出自己的祝福。

"你让我弄清楚很多道理，这方面，你比我强。"陈默重重地握住对方伸出的手，用力摇晃了两下，真心地说道。

"你只是一时迷茫了。"彼得露出一个真诚的笑容，谦逊地说道。

"现在不会了。"陈默笑着点点头。

孩子的出现打断了两人的对话，陈默拆下来的纱布被他们精心地收起来，之后会被送去洗涤和晒干。

在众人刻意的回避和彼得的提醒下，陈默度过了在这里的最后一个夜晚。第二天天色刚刚亮起的时候，他已经背上自己的步枪，悄然走出帐篷。

他之所以选择早早离开营地，就是不想让孩子们看到他背着武器的样子。彼得说得没错，孩子们不再相信和平是最大的悲哀。他不想让自己成为这种悲哀的制造者，所以宁愿选择不辞而别。

漫步走到营地门口，彼得的身影矗立在那里。看到陈默出来，彼得出人意料地向他施了个拱手礼。熹微的晨光下，陈默看到彼得穿着一件许久未见的长衫，明暗交替中，透着一丝儒雅和坦荡。

对方没有说什么，陈默想要说点什么，却不知道如何开口，他生疏地抱了抱拳，转身离开。身后，彼得放下双手，默然站立，一直目送着陈默离开。

似乎感觉到了彼得的目光，陈默走出好远，回头望去。此时，彼得的身影已经变成了个很难分辨的小点，却丝毫没有离开的意思，依旧站在那里，目送着陈默。

陈默犹豫了一下，恭敬地放下背着的武器，对着彼得的方向，深深地鞠了一躬，随后头也不回地向内比利亚的方向走去。现在他需要做的，是找到那个已经死掉的人，把所有的事情搞清楚。

消 息

当热情的农夫大哥将陈默的长条包袱从车上递给他的时候，原本挂着笑容的脸忽然变得僵硬，尤其当感受到包袱内那支冰冷的枪支所散发出的坚硬时，陈默在他心中的形象瞬间毁于一旦。

如果他知道眼前这个一直与他谈笑风生的中国人竟然携带着武器前往首都，那么他说什么也不会答应对方搭车的要求。

可现在，他想拒绝对方也已经迟了，只能看着陈默从他手中接过步枪背在肩上。

"谢谢你，希望能再见，到时候我请你喝酒。"陈默向对方招了招手，露出一个灿烂的笑容。农夫大哥僵硬地点点头，并在陈默还未有所反应的时候，就匆忙驾车离开。

目送对方离开，陈默回头看向首都，不远处的内比利亚如同一只怪兽一样匍匐在那里，等待他的挑战。

"喂，我到了，可以接我一下吗？"蜿蜒的公路直通内比利亚，但路边的检查站和拒马却时刻提醒着陈默，他和他背后的武器很难逃过对方的检查。陈默并不打算放弃手里的武器，在稍作犹豫后，他拨通了红的电话。

"你回来了？你在哪里？我这就过去。"电话那边，红的声音充满惊讶，但很快就冷静下来。这种符合红性格的反应让陈默很放心。

"公路边，一号检查站外面。"陈默说完，挂断电话，饶有兴趣地看着检查站。那些士兵在忠实地履行他们的职责。

来的路上，热情的农夫大哥已经将最近的所见所闻无私地分享给了陈默，补充了他很多消息上的不足。

据说连通中国与内比亚的铁路准备通车了。农夫大哥对此充满向往，希望能在车站弄个小摊位，卖一些土特产。

据说，恐怖分子闹得更欢了。他们准备偷袭车站，所以车站附近的守卫增加了很多。

不过对于陈默来说，这一切暂时与他无关。他现在想要弄清楚一个问题，就是那个家伙在哪里。

前方，检查站的士兵继续认真执行着检查任务，与公路相距一百米的第一道哨卡已经聚集了十几辆等待进城的车辆。而在道路两边，是挖掘的深沟和拒马，它们的作用是拦截可能冲卡的自爆车辆。

没有人对检查表现出不耐烦，大家都在静静地等待着，显然整个首都都在为即将到来的通车仪式而准备着，每个人也都对即将到来的和平充满期待，当然，除了那些恐怖分子。

红的车子就是在这个时候逆向出现在哨卡处的，在与守卫简单交谈了几句并亮出证件之后，她的车子通过哨卡，停在陈默的面前。看到陈默，红少了往日的热络，多了一丝紧张和担忧。

"出了什么事？"红下车询问道。

"没什么。"陈默随手将步枪扔进车后座，听到轻微的金属碰撞声，红的脸色一变。

"没事？你不会说只是想来看我吧？"红冷冷地揶揄道。

"博尔特就是博格长老的儿子，还活着。他收买了卫队长，找人刺杀了他的父亲，现在正筹集资金向西方的军火商购买武器，那艘装满了足够武装几个师的武器的货轮此刻正停在公海。资金一入账，他们就会进行武器交割，负责这一切的人是一个叫阿夫伦的人，他住在富人区，你可以调查一下。"陈默看着红，一口气将所有线索说了出来，而每说一句，红的表情就变得越发严峻。

"博尔特不可能还活着，他已经被吊死了！据我们调查，刺杀博格长老的人应该是未被注册的非法雇佣兵。至于你说的阿夫伦我会去调查。不过，你是怎么知道这一切的？"红看着陈默，认真地追问道。

"我有证明，不过你要带我进城。"陈默向红说道。

"包括你的武器吗？"红看着陈默，直截了当地问道。

"是的。"

"你想干吗？别告诉我你带着一支突击步枪只是为了自保，那个东西在你手里足够干掉一支小队。"红不想和陈默虚与委蛇。尤其此时此刻，她担负着首都的安全卫戍工作，更不允许自己身边出纰漏。

"我保证，不会危害内比利亚的安全。"面对红的询问，陈默给出自己的底线。

"它需要在我的监管下，而且，你要把你知道的所有事情都告诉我。"红提出她的要求。陈默想了想，点了点头。

"上车！"红招了招手。

"……所以，就是这些？那内亚族的资金到底在哪里？"两人的谈话一直持续到走进红的家门，在将陈默的武器小心地放进洗手间的天棚暗格之后，红继续询问道。

"我不知道，我们以为它在《诺斯比莫》法典里藏着，却没想到，那只是一个软弱父亲对儿子的谆谆教诲，并认为儿子可以醒悟。"陈默无奈地摇摇头。

"法典呢？"红询问道，随手递给陈默一杯咖啡。

"被烧掉了，我亲眼看着他烧掉的，我以为里面会有什么线索，但显然什么都没有。否则，你们现在需要应付的恐怕是来自领袖营延绵不绝的进攻。"陈默喝了一口咖啡，苦涩的味道在口腔里打转。

"只要我们找到资金，那么一切就可以解决了。"红点点头，放下咖啡杯，转头看向陈默。

"你知道吗？我很感激你，我有的时候甚至在想，是不是爱上你了。"红忽然凑到陈默面前，轻轻拥着陈默的腰，炽热的面颊靠在他的胸口，低声对他说道。

突如其来的举动，让陈默一时间无法适应，他不明白，原本只是在工作，怎么忽然之间转了话题。更重要的是，红是穿着衣服说这番话的，这不正常。

"我觉得，我们还是先谈谈下一步怎么做更重要。"陈默忽然觉得自己的手臂很多余，他不知道面对红的亲昵，是该欢迎还是拒绝，只能尴尬地提醒对方。

红的手依旧在陈默身上抚摸着，仿佛两条柔软的蚯蚓，撩拨得陈默心中发痒。作为已经在内比亚生活多年的半个土著，陈默很清楚果刚族女子的热情和外向，可越是如此，他越不知道如何接受和表达。

"你是不是有点头晕了？"红看着有点迷糊的陈默，犹豫了一下，缓缓从对方怀里离开，然后笑盈盈地问道。

"是的，感觉昏沉沉的，都不知道该说什么。"陈默自嘲地笑了笑。

"所以，我的家庭医生还不错，至少她的安眠药很高效。"红点了点头，从放着咖啡杯的桌子上拿出一个写满英文的药瓶，对陈默晃了晃。

"你的头晕是真的，因为大象喝了那杯咖啡也要马上睡一觉。"红说着，轻轻走过来，从陈默手里接过咖啡杯，闻了闻之后，将它一股脑儿倒进垃圾桶。

与此同时，陈默的身体也失去了支撑，整个人酥软地坐在椅子上，延绵的困意仿佛海浪一样扑面而来。

"为什么要这么做？"陈默不知道红为什么要对自己下手，也正是这个问题一直支撑着他没有睡过去。

"为了我的国家，为了我的职责，我知道你想干吗，但现在，我不允许你这么做，通车仪式马上就要开始了，中国给了我们一个向全世界展示内比亚和平、繁荣和期待沟通的机会，我们不能浪费。在这个时刻，我不允许出现任何差错，即便是你。"红一边说着，一边用力将陈默抱起来，放在自己的床上，然后轻轻地为他盖上被子。

"你知道，我不会那么做的。"陈默挣扎了一下，但毫无作用。他现在头痛得厉害，困意紧紧地将他纠缠着，眼前只剩下一丝光明在挣扎着不让黑暗遮蔽。

"我相信你，亲爱的，我比谁都相信你，但我不允许自己把国家安危寄托在你身上。你只要在这里睡上几天，等一切过去之后，我就会让你离开，去做你想做的任何事情。"红轻轻抚平陈默的眼睛，然后给了他重重一吻。

不过对这一切，陈默已经毫无察觉了，松软的床铺和困倦，彻底瓦解了他的抵抗，连日的疲惫，让他彻底投入梦境之中。

"请帮我联系一下国际刑警，我需要调查一下博格长老所属的银行账户，还有一个叫阿夫伦的人，对……是的……阿夫伦……内比亚公民……住在……"红轻轻地为陈默盖上被子，然后掏出电话，一边迅速布置，一边快步向门外走去。

陈默再次醒来的时候，天色已经变暗了，当他揉着有点发胀的太阳穴，想要坐起来的时候，才发现自己的手竟然被拷在了铁床的架子上。

陈默意外地打量了一下，发现自己身上的衣服已经被换成了条纹格子的睡衣，脸颊上有点干疼。他摸了摸，发觉胡子不见了，却多了几道伤疤。

"你知道，我家没来过什么男人，我也不擅长给人刮胡子，所以……"正在陈默思索这些变化的关联时，穿着相似款式睡衣的红，端着餐盘从厨房里走出来，大大咧咧地坐在床边，将餐盘放在陈默身上。

"你睡了整整两天，所以我帮你整理了一下，衣服送去干洗了，应该很快送回来，这是我们的晚餐。"红一边说着，一边将餐巾体贴地挂在陈默的脖子上。

"你怎么不吃？"拿起简单蹩脚的三明治，红好奇地向陈默问道。

"你准备把我关到什么时候？"陈默用另外一只手拿起三明治，看了看，却没有放在嘴里。

"再等几天，通车仪式一旦结束，我就会还你自由。放心，这次里面什么都没有，你可以放心地吃掉它。"红说这番话的时候，故意扯了扯自己的衣领，陈默瞬间明白了她的意思。不过作为囚徒，他可没兴趣去理解对方的粉红陷阱，他现在只想早点离开这里，找到那个应该死掉的家伙。

"对了，有个好消息告诉你，我们查到了博格长老负责的一个账户，在瑞士，里面大约有二十亿美金的信托资金，但因为需要特殊的凭证，所以暂时无法取出。国际刑警仍然在调查，相信只要时间足够，找到其他资金账户并不是难题。"红的心情似乎很好，虽然陈默不说话，但她依然兴致勃勃地说着。

陈默不知道该说什么。就在他犹豫着要怎么说服对方放开自己的时候，忽然响起敲门声。

红一愣，看了看陈默，随后利落地跳下床。

片刻后，红转身回来，匆忙走到陈默面前。

"一会儿，发生了什么，都不要出声，知道吗？"红低声对陈默说道，然后利落地换了套衣服。

逮 捕

门外，敲门声变得越加急促起来。

"该死的内政部。"红低声咒骂了一句，一把将陈默推倒，又将餐盘随意扔在一边。可就在她准备出去开门的时候，突如其来的撞击声传来，房门被撞破，几名全副武装的警察冲了进来。

红最后的动作是将脱下的睡衣扔到床上，勉强盖住陈默的脸。

"你被逮捕了，小姐！"一个男子应该是抓住红的胳膊对她大声宣布道。

"我需要你提供合法的逮捕手续。"红看了看周围的警察和官员，冷静地说道。

"这是内政部长签发的逮捕令，你现在需要跟我们走一趟。"男子将逮捕令在红眼前晃了晃，随后拉着她向外走。

"我需要看你的证件，先生……"红挣扎了一下，但她的胳膊立刻被别到背后。

"你会看到的。"男子边说着，边推她。

陈默一直等脚步声消失，才一把掀开脸上的衣物，重新坐了起来。现在，他需要做的是解开自己的束缚，马上离开这里。

陈默离开的念头相当强烈，他很清楚，如果他留在这里，可能会有更大的危险。

这是一种非常直接的第六感，又或许是长期经历战争之后对危险敏锐的感知能力。陈默对此很笃信。

左右打量了一圈，没有什么可以撬开手铐的东西。

身下，铁架子床也结实得足以媲美牢房的栅栏，凭借一己之力想要折断根本是不可能的。

就在陈默考虑着要怎么弄开束缚的时候，急促的脚步声忽然从外面传来。

脚步声让陈默警醒，他看了一眼周围，匆忙从床头柜上拿起一只花瓶，用力扔向窗户，然后迅速从床上跳下来，钻进床底。

一只手腕被别在床头，他只来得及用枕头挡住手臂，脚步声已经传到了屋里。

藏在床下的陈默，看着穿军靴的闯入者站在床头，心脏几乎要从胸口里蹦出来。对方显然注意到了房间里还有其他人，所以才会去而复返，陈默只能祈祷自己匆忙的布置能暂时骗住对方。

"我猜得没错，这个女人果然在和人约会。"军靴的主人一把掀开餐盘，两块三明治掉落在地，让陈默明白了纰漏所在。

"他跑了，打破了窗户！"另外一个声音说道。

"通知外面的人，一定要抓住他，部长还在国外，绝对不能走漏风声。"开头的那个声音低声命令道。

第二个声音答应了一句，然后快步离开。

军靴的主人依然站在卧室里，仔细检查着周围。陈默的目光悄然跟着军靴，直到对方的身影消失在门口，他才松了口气。

但这口气只喘了一半。

下一秒钟，一张脸就忽然出现在床边！

这张脸的样子陈默一直记得。这张脸的主人，曾经站在山坡上对着他冷静开枪，还曾经在他的拳头下变形。

"原来你在这儿！"脸的主人看着床下的陈默，露出一个残忍的笑容，然后用力掀开床。陈默彻底暴露在空气中。

掀翻的床铺压着陈默的手腕，剧痛让他不自觉地侧起身子，看到这一幕，对方更是露出一个灿烂到迷人的笑容。

"这个游戏很有意思,我好像明白了什么!放心,我也很擅长!"对方走过来,一脚踩在陈默的手腕上,骨头和铁架子挤压在一起,让陈默痛得几乎痉挛。

"哎?我好像在哪里见过你。"看着陈默扭曲的面孔,对方若有所思地回忆着。

"是的,肯定认识。"陈默忍着剧痛承认道。

"是吗?在哪里?SM俱乐部吗?"对方随意问道。他的漫不经心,给了陈默反击的机会。

陈默很庆幸,红只拷住了他的手腕,而不是四肢,所以在和对方说话的时候,他已经抬起脚瞄准了对方的下身。

对方一下子弯下腰来,迎接他的是陈默的另外一只脚。面对日思夜想的仇人,陈默没有任何留情的意思,重重地踹向对方的脸。对方顿时仰面摔倒在地。

下一步该干什么?继续揍他还是赶快离开?陈默也不知道,只是挣扎着想要起来。可当他的手按着地面的时候,手心却忽然触碰到一个坚硬的东西。

那是红的睡衣,陈默拿起来翻看了一下,在睡衣的口袋里,发现了一把钥匙。

他顿时明白了红将睡衣扔过来的意图。

陈默用最快的速度解开手铐,快步走到对方身边,再次用力踢了几脚。

"你叫什么名字?为什么要伏击我们?到底是谁在下命令?"陈默重复着曾经做过的事情,一拳拳打在对方的脸上,一边看着对方的脸在自己的拳头下变形,一边大声质问道。

但对方并没有回答,甚至连挣扎都没有。

陈默直到打累了停手时才发现,对方竟然已经死了!

他有点不敢相信,仔细检查了一遍才发现,对方的后背上竟然镶嵌着一把餐刀——在刚刚跌倒的时候,餐刀无巧不巧地从后背刺穿了他的心脏。

"该死!"陈默不满地放下对方,嘴里咒骂了一声。

等他搜查完对方的全身之后,发现什么都没有,甚至连武器都没有!

不过还没等到陈默抱怨,脚步声就再次传来。急促的声音只来得及让陈默快速从窗户跳出去,甚至连衣服都没时间换。

房间里,随后传来惊叫声。陈默利落地爬上屋顶,又跳上另外一处屋顶,很快消失在远处。

直到走出两个街区外,陈默还能依稀听到警笛的声音。不过这对他来说毫无意义,现在唯一需要解决的问题是,他下一步要做什么。

一个穿着条纹格子睡衣的中国男人,坐在陌生的屋顶上,失去了最后的助力和线索。

现在摆在他面前的依然是一片迷雾,博尔特在干吗?红为什么被逮捕?还有,小队的人在哪里?最重要的是,杀死安娜的凶手是谁?

陈默仔细思索着每一个问题，却发现，他目前都解决不了。

手腕上，再次传来疼痛，刺激着陈默的神经，提醒着他还有条线索没有留意。

陈默在外面游荡了两个夜晚，才再次回到红的公寓。

公寓已经被封条封住，黄黑相间的警示带提醒着这里曾经发生了一次谋杀。他随手撕掉封条走了进去。

已经破烂的门在推开时发出难听的声音，房间里一片黑暗，陈默没有开灯，只是就着窗外的光线寻找着。

卧室的角落，死者死亡的地方，被粉笔画出来的痕迹依旧清晰可见，在人形的中心处，鲜血已经暗淡成黑红色，至于其他地方，仍然保持着他最初离开时的样子。

陈默小心地寻找着，很快找到了自己的电话，还有柜子上的洗衣票。它可以让他换掉身上肮脏的睡衣。陈默又从柜子里拿走了一些钞票，并在心里给红打了个欠条。

离开红的公寓后，陈默向洗衣店走去。

接下来，应该是继续弄清楚发生的一切，可就在陈默一边对着镜子换衣服，一边思考这个问题的时候，电话忽然响了起来。

陈默愣了一下，拿起电话看了一眼，屏幕上显示的是一个陌生的号码。

第一○章 雷神昏迷了

梦

这个人是谁？

陈默犹豫着接起电话。

"喂，陈默，是你吗？"电话那边，传来电门焦急的声音，这让陈默有点意外。他的电话名单里，从未包括电门。

"你们怎么样？"陈默询问道。

"我们不好，我们在找你，炸点和机械师被抓了，头儿仍然在治疗，他们想要杀死炸点和机械师，除非你能去救他们。"电门哽咽着向陈默说道。

陈默忽然发现自己不知道该怎么办了。之前的行动中，他之所以选择和大家分开，并不是无聊到想要展现个人英雄主义，而是因为伴随着红的压力，他无法让自己置身事外地去调查这些和他并肩作战的人，不想从他们中间找出那个叛徒。

这不是什么善恶与好坏，而是对于感情的取舍。当调查出那个曾经可以被放心交托后背的战友是叛徒的时候，陈默该怎么做？

所以，他选择了逃避，借用一次看似英勇的行为，逃离了铠甲小队。

他本以为，在孤身调查之后，借着得到的情报可以让自己彻底摆脱这件事，但没想到，随着红的意外被捕，他竟然再次回来了。

这是惯性，还是宿命？

陈默不知道，但他却很清楚，这一次他逃不了，也躲不开了。

"你们在哪里？"陈默思索片刻后，询问道。

"在一个医疗救助站，雷神伤得很重，我们在躲避通缉令。"或许是因为联系到陈默而激动，电门的话有点语无伦次了。陈默仿佛能看到她无助的样子，原本的疑虑在此刻一扫而空。

"把GPS定位发给我，我现在去找你们。"陈默一边说着，一边快步向外走去。

电门乖乖地念出一串数字，陈默记在心里，并飞快地跑到红的公寓楼下，取出遮阳板后面的车钥匙，跳上她的汽车。

但是现在陈默要面对的却是一个大问题：他要怎么把它开动起来？

陈默会开车。

但自从经历了那次袭击，他发现他失去了驾驶能力。每次坐在方向盘前面，他看到的永远是安娜。

他伸出手，安娜充满希望地抓住，然后枪声响起。

现在，他再次坐在驾驶位上，看着前方。黑暗中，安娜似乎在等待他。

"亲爱的，就到这里吧。"陈默说着，发动汽车，重重地踩下油门，车子猛地撞向前方的安娜。有那么一瞬间，他仿佛看到安娜向他冲来，他想踩刹车，但还是说服自己冲了过去。

前方空无一物，没有安娜，什么都没有。

出城永远比进城更受欢迎，陈默没有受到什么盘查，只是在简短地回答了两句之后，就被放行。

电门发送的位置距离首都超过五百公里，对于中国来说，这段路程或许并不算长，但在内比亚，糟糕的道路让这段行程用掉了超过十个小时的时间。

陈默是在压抑着身体的疲劳和难以忍受的颠簸的糟糕情况下，才在夜晚到达目的地。幸运的是，原本他以为会遭遇到的冲突并没有出现，电门发给他的地址，真的只是一个医疗点。

"不是医疗点又能是什么呢？"陈默用自嘲驱散心中的疑虑，快步向依然闪烁着暗淡灯光的医疗点走去。刚推开门，一团湿热的躯体就一头撞进他的怀里。

"上帝保佑，你终于来了。"电门几乎用可以勒断陈默肋骨的力道紧紧拥抱了他之后，才泪眼婆娑地看着他说道。

"这里不归上帝管。队长怎么样了？"陈默安慰地拍了拍她的肩膀之后低声询问道。

"还好，手术还算成功，但缺少药物，能不能挺过去，要看他自己了。"电门指了指简陋病房的角落，一张破旧的铁床上，雷神满头冷汗地躺在那里。

陈默走过去看了看，雷神的状况并不太好。挂在床头的点滴瓶里只有葡萄糖，这对于刚刚做完手术的病人来说，毫无作用。但陈默很清楚，即便是葡萄糖，在内比亚也算是奢侈品了。在这里，连绵的战争让药品与黄金一样昂贵而稀缺，普通人得病只能依靠自己的免疫力。运气好的，会有中国医生的帮助，否则，只能等死。若非如此，彼得也不会千里迢迢将针灸技术带回到内比亚。

"得想办法给他弄点药，否则他挺不过今晚。"陈默摸了摸雷神的额头。相比挂满冷汗的脑袋，额头传来的炽热温度，和伤口透出的殷红的血迹显示着他正在经历手术之后必然的感染。这个时候没有抗生素帮忙，雷神活下来的可能性微乎其微。

"我们没有办法,这里只是个医疗点。"电门焦躁地说道。陈默听懂了她话中隐含的意思,估计在他到来之前,电门已经用过了所有能想到的手段。

"他或许没有药,但他一定知道药在哪里。"陈默露出一个微笑之后推门离开病房。身后,电门一脸期盼地看着陈默离开,然后转身默默走到雷神身边,半跪下去祈祷着。虽然上帝管不到这里,但她现在除了祈求上帝,毫无办法。

找医生对陈默来说并不难,尤其是在这个简陋的医疗点里,陈默只走了三个帐篷,就找到了那名医生。

与之前见到的医生不同,这一次的医生是一名中年男子。不过邋遢的胡子和肮脏的白大褂让他看起来更像是一个变态杀人狂,而不是医生。

"我跟你的同伴说过,我们这里没有抗生素了。对于我来说,救人是我的使命,我不会因为他的身份而选择放弃。"陈默刚进来,医生就一脸不满地说道。两名护士则怯懦地躲在医生身后,一脸戒备地看着他。

"我只想知道在哪里能搞到那东西,如果我能弄到,我会把剩下的都给你。"陈默看着医生,神态平和地说道。

对方听到他的话,愣了一下,不过在上下打量了陈默好一会儿后,最终没有忍住诱惑。

没人会拒绝抗生素,尤其是在内比亚,更何况他还是一名医生,只要有药物,他可以立刻治好这里的大半病人。

"往南走,那里有个村庄,村庄里有黑市,他们可以搞到任何东西。"医生指了指南面,对陈默说道。下一秒钟,陈默已经带着电门坐上汽车冲向医生所说的黑市。

两人如同两只闯进城市的饿狼,冲到黑市中,洗劫了所有药品之后,才在老板愤怒的目光下,毫无顾忌地离开。

当然在离开的同时,陈默不忘招摇地打开牌照灯,将红车子上的牌照露给追兵。一如陈默预料的那样,追兵瞬间打消了念头,他们除了得到几句恶毒的诅咒之外,没有任何损失。

"到底发生了什么事?我是说,在我走之后。"陈默走过去搂了搂电门的肩膀,然后小声询问道。看着医生将抗生素注射到雷神的身体内,看着医生贪婪地拿走所有的药物,又看着雷神原本急促的呼吸变得平缓,一直提心吊胆的电门终于松了口气。

"出去说吧。"电门看了一眼雷神,向外面扭了扭头,随后起身向外走去。陈默快步跟着走出病房。

外面已经是深夜,头顶上,没有任何污染的大气将整条银河的光芒投射下来,让周围蒙上一层暗淡的星光。

医疗点里,医生带着护士依然在忙碌着。陈默抢回来的抗生素如同给他们注射了兴奋剂一样，三个人不断游走在帐篷与病房之间，为治疗每一个病人而努力着。

"我感觉我们好像在经历轮回一样，战斗，医院，追逐，抢劫，被追逐，受伤，战斗，再次受伤，团聚，分离，然后又是团聚。如果这一切只是个梦，我希望它能早一点儿醒来。"电门走到空地中间，靠在红的车子旁边，看着周围的人和景，淡淡地说道。

"只可惜，我们决定不了这一切，我们只是一群承包商，或者说我们只是一群保镖，我们所经历的一切，都脱离不了你说的这些事。与其说是轮回，不如说是宿命。"陈默回忆着一切，发现之前的种种确实如电门所说的一样，不过他思考良久却又发现，这一切恰恰就是他们生活的全部。

"或许吧，我们当时真的绝望了，尤其看着炸点和机械师为了掩护我们，带着所有人离开，我就觉得一切在不断重演。我甚至预见到队长会受伤，可我连提醒他的时间都没有，他就被人一枪打中，鲜血和碎肉喷在整个车厢里。我努力不去想，这些是队长身体上曾经的一部分。我一直开车，一直开车，直到我想起你曾经给我提供的那份医疗点的记录。"电门再次回忆起曾经发生的一幕幕，痛苦地说道。

"幸好你来得及时，你救了他。"陈默走过去，搂住电门。而电门索性一把抱住他的腰，然后整个人仿佛要钻进他身体里一样。

"我想坐在车里，那会让我感觉安全一点儿。"电门抱着陈默说道。后者点了点头，拉开车门，两人坐进了宽敞的车子后座。忽然，陈默感觉到一个湿润的嘴唇堵住了他的嘴，然后，他整个人被扑倒在座位上。

陈默想说点什么，但他说不出来，他想要阻止电门，但根本无力阻止。他只能由着对方如同一条蛇一样在他身上缠绕。

电门仿佛在寻找什么一样，努力拉开陈默的衣服，又用同样粗暴的手段对待着自己的衣服。很快，两人就赤裸相见。陈默一直压抑的欲望在这一刻爆发……

电门享受着陈默带来的一切，之前的担心和恐惧，在此刻已经被陈默驱逐。眼前的这个男人，从他们在一起那一刻起，就已经成为电门的依靠，现在的电门已经放弃了选择的权利，只需要等待陈默做出判断和选择。

激情消退之后，陈默仿佛依然陷于回味之中，品味着先前他们之间的每一句话、每一个行为，甚至每一个眼神和动作。

他竟然在本该享受这难得温存的一刻，发现了疑点。

电门之前说过，她回想起自己曾经提供给她的一份医疗点记录，然后才带着受伤的雷神来到这里。

陈默很确定，他没有提供给任何人这份记录。

打从红将这份资料告诉他，他就一直将这份资料存在自己的电话里，没有分享给任何人。他之所以这么做，并非是不愿意，而是不想让人怀疑到自己。作为一名普通的雇佣兵，他却知道这么多本该政府掌握的资料，看上去就很不合理。

但现在，电门却说她是通过陈默得到的这份医疗点名单。

电门说的如果是实话，那么，提供给她这份名单的人，一定是小队中的一员。而他能得到这份名单的唯一办法，就是从陈默的电话里盗取。

盗取电话里的资料，并不是很难的事，只需要掌握一点点技巧和相关知识。最重要的是，首先要知道陈默的电话里存着什么。

换句话说，陈默拥有卫星电话的事情，其实早就被对方发现了。他的遮遮掩掩在对方看来不过是可笑的伎俩。

而他卧底的伪装，恐怕也早已经被对方看破，之所以一直没有揭穿，不过是为了看陈默如何继续表演下去。

所以，陈默此刻选择的是故意忽视掉这一切，就仿佛他从未听到电门的话一样。剩下的就是去找到这个人。

机械师和炸点之间，不，不只是他们俩，还有雷神，他受伤并不能说明什么。

是的，机械师、炸点、雷神这三个人中，有一个人必然是他要找的目标。

怀里，电门已经沉沉睡去。陈默提供的温暖怀抱让电门没有任何抵抗力，在疲惫感袭来的那一瞬间，她就已经彻底陷落。

或许现在是离开的时候了，他已经数次将小队从危难中拉出来，也拯救过他们的生命。虽然他是带着任务前来，打从一开始就是有目的地加入小队，但陈默自问，所做的一切已经偿还了歉疚。

现在他和小队之间已经没有什么瓜葛了，他不想查清谁是叛徒，也不想知道那个叛徒到底干了什么，他现在只想离开这里。

陈默想到这里，默默起身，留恋地看了熟睡的电门一眼，随后捡起自己的衣服，悄然推开车门走了出去。

车外，夜晚的冰冷让人清醒不少，陈默一边走着，一边穿着衣服。就在他抖落衣服准备套在身上的时候，一个东西忽然从口袋里掉落。他好奇地看了一眼，想了半天，才想起这是博格长老在临死前给他的玩意儿。

那是一个闪着银色光芒的小铁块一样的东西，一直都被他装在衣服里。

这个时候，它的出现，让陈默有点意外，它到底是什么，能让博格长老一直带在身上，直到临死才交给自己？

陈默看着它，犹豫着弯腰捡起来。

可就在他弯腰的那一刻，一阵灼热忽然从他背后掠过，陈默瞬间卧倒在地，接着就是翻滚。

枪声稍后传来，依然是超过三百米的一次狙击。不过这一次，袭击者差一点成功了。

枪声惊动了整个营地,忙碌的医生探头张望,又迅速缩回身子掩护自己的病人。

车内,被枪声惊醒的电门,慌忙套上衣服,打开车门向陈默奔来,陈默大声制止了她。与此同时,枪声变得更加密集。

狙击手疯了,不断射击,子弹一发接一发,几乎打出了狙击枪的极限射速。

狙击手这么想要杀他,究竟是为什么?难道自己在不知情的情况下做了什么不可饶恕的事情?但现在并不是弄清楚这个问题的时候,他在奔跑,无规则地躲避之后,猛地窜回汽车,用最快的速度发动汽车,向营地外冲去。

他不想重蹈覆辙,不想再把死亡带到医疗点。

直到车子发动,窜出营地,狙击手的准头才被甩开,但不依不饶地跟随了好久,才终于不甘心地停了下来。

下一步去做什么?陈默问了问自己。

忽然发现,他从进入内比亚开始,就陷入了一团乱麻之中,想要置身事外,独善其身,现在看来只是妄想。无论是安娜,还是红,又或者是铠甲小队,抑或一路上在内比亚所见的那些无辜的平民,他们每一个人都无法让陈默就这么甩手离开。既然无法离开,那不如索性把这一切搞清楚。

虽然陈默自问没有亚历山大奋力劈开戈耳狄俄斯之结的实力,但至少他手里有线索,只要有耐心和足够的运气,他相信自己能找到一切的源头。

放 大

虽然一路上,电门接连打了几个电话给陈默,但陈默却并没有接听。

狙击手连续的射击已经表明了态度,他们对电门、雷神等人毫无兴趣,只是在找陈默,想杀死他。

车子向前驰骋,电话铃声再次传来,这一次,不再是电门的号码,而是标注着首都特有区号的号码。

陈默犹豫了好久才接通电话,一个陌生的男性声音在片刻后传来。

"我手里有很多筹码,谁是杀死你未婚妻的凶手?谁绑架了你的同伴?他们想做什么?你仍然在医疗点治疗的战友,还有红,她被逮捕了,可能会被判处死刑,当然,如果可以,我甚至能雇用杀手去干掉你在中国的家人,虽然成功率可能不高,但所有这一切你都无法阻止。"对方缓慢而有力地说道。

陈默不自觉地踩下刹车,认真地铭记对方的声音和每一个字,他压抑着心中的愤怒,因为这对于此时此刻的状况来说,毫无意义。

"你想要什么?"陈默一直等对方说完,才缓缓反问道。

"你知道我要什么,把它交出来,所有这一切都不会发生。"对方没有委婉的遮掩和隐瞒，直截了当地说道。

"我不知道它在哪里。"如果说之前陈默还笃定自己不知道，那么现在，他应该可以确定，手里这个银白色的小物件，应该就是对方需要的东西了。

"如果你说你不知道它是什么，我会相信；但你说你不知道它在哪里，那么我已经可以确定，它一定在你手里。"对方冷哼了一声，语气中流露出一丝蔑视。

"有什么区别吗？"陈默反问，另外一只手将银白色的小物件拿出来，在不断地把玩着。这个东西看起来像一个拉长放大的胶囊，没有什么开关，甚至缝隙，他不知道怎么打开。准确地说，他都不知道这是什么东西。

"冷静，不要感情用事。情绪会让我们的智商归零，我们可以讨价还价，你出价格，我来决定是否答应。"男子即便知道陈默在挑衅，但依然平静，这让陈默感到有一些棘手。

对方太冷静了，这不是好事，或许在谈判中他可以获得一些优势，但也仅此而已。冷静的家伙永远是最可怕的，因为他们会以理智来决定事情的走向，即便最终的结果会耸人听闻。

"说说你的条件吧。"陈默说道。

"你所有的要求，我都可以答应，只要不过分。"对方没有什么迟疑，开口说道。

"所有的要求？"陈默愕然反问。

"是的，至少在这个国家，所有的要求，我都可以答应。你可以把我想象成拯救世界的超人，或者其他的什么，绿巨人，蜘蛛侠，都可以。只要你提出要求，在这片领土，我都可以满足你。"对方满不在乎地说道。

但陈默却并不认为对方在撒谎。对方能这么说，必然有他的依仗，有他的实力。而这才是陈默最恐惧的地方。

"钱，女人！"陈默想了想，说道。

"我就知道，你是个爽快人，男人永远离不开这两样。说吧，你要多少钱？是让我马上放了红，还是其他人？你小队的电门怎么样？我觉得你们两个很般配，你可以去太平洋买一座小岛、飞机、游艇什么的。相信我，我能保证你们一辈子悠闲地过下去，没人会打扰你们。"对方发出爽朗的笑声，对陈默保证道。

"真是难以拒绝的好条件，我甚至都闻到了沙滩和椰子的味道，你知道吗，我最喜欢太平洋的小岛，有一个女人，生一群孩子。"陈默悠然地说道，任由自己眼前闪过一片幻想的景象。

"那还等什么，给我账号，我随时可以满足你，只需要敲几下键盘。"对方继续诱惑，仿佛一条吐着信子的毒蛇。

"如果是三个小时之前，我肯定会相信你。"陈默顿了顿。听筒里，对方呼吸的声音有了变化。

"但就在刚才,一个该死的家伙差点崩了我的屁股,我可不想这样的事再次发生。如果我被人干掉了,那么站在沙滩上抱着女人和孩子的就是别人。而你,根本保证不了这一点!"陈默的声音放大了三分,恨恨地对着话筒说道。

"嘿,嘿,冷静,朋友,我知道这件事。这是我们部署失误,但错在你。你睡了人家的女人,你不该在别人的眼前,搞了别人的女人,换做是我,也会把你和那个女人都干掉,但他一直等到你离开她的时候才开枪。这个家伙很不错,仅有的几次失误,都和你有关,不过你放心,我可以搞定。"对方笑了一声,连忙解释道。

"我睡了别人的女人?"陈默此刻脑子里忽然有种贯通的感觉。

"行了,不谈这个了,想好你的要求,告诉我,我随时都在,但要尽快。"对方说完之后就挂断了电话。

陈默的目光再次转向周围。不得不说,对方是一个谈判高手,摆出条件,从容不迫地威逼利诱,还给他足够的时间去思考。

当然,他最大的失误是透露了袭击者的身份——陈默动了他的女人。

电门说过,她到内比亚是来找人的,否则,她根本不会来这里。

他也知道,电门找的那个人是她曾经的恋人,一个痴迷于战争的家伙。

现在一切都可以串起来了,对方是一个狙击手,一直游弋在内比亚,以雇佣兵为生,喜欢杀戮。

陈默觉得,自己可以选择当猎人而不是猎物,更何况,找到对方可以解开很多谜题。当然,更重要的是,现在这个人是他手里最重要的线索之一。

怎么找到这个人,并不是什么难题,陈默在想到这点的时候,同时想到的是雇佣兵基地,那里应该会有不错的线索。

车子再次响起轰鸣声,伴随着发动机的抖动,车身上尘土溅落,澎湃的动力让人有种奔驰的欲望。想到电门,想到可能就要揭开的谜团,陈默任由欲望驱使,一脚将油门踩到底,车子发出一阵沉闷的怒吼,猛地向前冲了出去。消失多年的驾驶能力回到体内,一发不可收拾。既是沉沦,也是迷恋。

雇佣兵基地,我回来了!

第一一章　狙击手

找个高手

　　内比亚廉价的汽油让陈默可以一直肆意地开车奔驰，车子出色的越野能力也让他少了很多负担。当然，还有从红那里拿到的一点点钱，让陈默能在进入雇佣兵营地的时候，换上一身足够显示身份的行头。

　　现在要做的，是从剩下的两座营地里选择一个，当作自己的第一目的地——对方不会在电门所在的东部营地，那么就只能在剩下的中部营地或西部营地。

　　或许是行头起了作用，在经过交战区的关卡时，他得到的对待也礼貌了很多，让他没费多大周章就顺利来到中部营地。

　　营地的布置和陈默所在的营地并没什么区别，拒马，铁门，哨卡，警戒，该有的一样不少，唯一缺少的是人气。

　　最近因为内比亚铁路即将通车，政府对于恐怖行为正进行严厉打压，抢走了大部分本该由雇佣兵做的事情，当然，也顺便消灭了一些参与恐怖行动的雇佣兵。

　　所以，当陈默的车子出现时，无论是正在打盹儿的哨兵，还是处于暗处的警卫都表现出一副认真的样子。毕竟敢于打扮得如此张扬，并出现在这里的人，有极大的可能是主动上门的主顾。

　　"我想找一下你们这里的司令，或者是将军，就是那种可以命令你们干活的人，你懂的。"陈默的车子缓缓停在哨卡前，伴随着电动车窗的落下，穿着张扬的他，用暴发户的口吻对哨兵说道。

　　"你想找我们的头儿，是吗？"哨兵看了看左右，客气地问道。

　　"哦，就是那个，头儿，听起来不错，我需要他帮我办点事，当然，我会付钱给你们。"陈默用力拍了拍身边的牛皮包。

　　"我可以带你进去，无论你想干吗，这里的人都能帮得上忙。"哨兵点点头，向身后挥了挥手，拒马和大门仿佛大嘴一样接连打开。

　　营地里的布置和陈默曾经待过的地方没什么区别，凌乱，充满戒备，硝烟味十足。

不过相比上一次的警惕，这一次带着新身份的陈默得到的更多的是充满善意的微笑，虽然这些微笑看起来有点迟钝和做作。

在哨兵的带领下，车子来到营地中间的地方，那里的集装箱房屋更大一些，周围的布置也更完善，而迎接陈默的是一名孔武有力的黑人。

下车的陈默看了看对方伸出的大手，略显嫌恶地撇了撇嘴之后，轻轻地在对方手上碰了一下。黑人对陈默的嫌恶不以为意，咧开嘴露出笑容之后，友好地将陈默让进房间。

房间里的雇佣兵纷纷起身迎接陈默，看向他的目光充满了对金钱的觊觎，仿佛陈默就是行走的钞票一样。

在众人的注视下，陈默挥手拒绝了他们递来的劣质咖啡，直截了当地抛出话题。

"我想杀掉一个人，我很讨厌的人，但他有很多保镖，并不容易得手，所以我需要找一个枪法很准的家伙，从非常远的地方，一枪打爆他的脑袋，就好像砸碎西瓜一样。"陈默毫不在乎地一边说着自己的意图，一边比划着。

"先生，我们是雇佣兵，我们并不杀人，您知道，我们不是杀手。"听到陈默的要求，黑人老大礼貌地对陈默解释道。

"有什么区别吗？你们有枪，你们肯定也杀过人，就是那些你们讨厌或者不讨厌的家伙，不管怎样，你们再做一次就可以了。"陈默随手将手里的牛皮包重重地放在弹药箱做成的桌子上，沉重感让桌子摇晃了两下。

众人的目光被吸引过去，有些人已经低声咳嗽起来，仿佛在提醒自己的老大悠着点儿。

"我们做的是合法的事情，杀的人都是坏人，您知道的。"黑人老大苍白地解释了一句，得到的却是陈默的哂笑。

"我让你们杀的人也是坏人。他很坏，坏得你都不想听他的事情，否则，你甚至可能连钱都不想要，就去掐死他。相信我，朋友，你在做一件好事，杀一个坏人，就好像王子杀死恶龙营救公主一样，不过，我没有公主给你，但我不介意付出一份恶龙的宝藏。"陈默重重地拍了拍皮包，又一次成功吸引了这些人的目光。

"好吧，既然是坏人，那他肯定是要受到惩罚的，所以，您需要什么样的服务呢？"黑人只犹豫了三秒钟，就立刻做出决定，看着陈默询问道。

"干掉他，让他死在我眼前，不过，我需要一个高手，一个可以从六百米的距离干掉他的家伙，就是那种一枪就可以把他的脑袋打成碎片，把那些红的白的东西迸溅在所有人身上的高手。"陈默生动地模仿着，手舞足蹈的样子让包括黑人头领在内的所有人都感到尴尬。

"六百米，您确定吗？这种高手，我们只有一个，不，应该说，这个国家只有一个，但他的价格，肯定会让您犹豫的。我真诚建议，我们可以用其他办法解决，保证效果和您需要的一样。"黑人老大想了想，委婉地向陈默说道。

"这个国家唯一的高手是吗？太棒了，我就要他，钱，从来不是问题。"陈默说完，站起来，拿起那只一直吸引着所有人目光的皮包。

"这是我的电话，你找到他通知我，我随时过来，记得，我就要最好的。"陈默说完，在众人的注视下，转身向门外走去。

陈默的车子在众人的注视下，离开基地。直到基地消失在地平线处，他才放缓车速，渐渐停在路边。

诱饵已经准备好了，下一步就是等待对方上钩。

至于对方找到的那个人是不是就是自己的目标，陈默从来不担心。几次交锋，陈默已经很清楚对方的能力，黑人老大说的话没错，那个人绝对是内比亚战场上的第一高手。

对于陈默来说，现在他需要考虑的是如何面对对方，这点要远比让对方上钩困难得多。

对方一定认得陈默，所以，两人见面的刹那，意味着所有的谎言破灭。那个时候，才是真正较量的时刻。

所以，找到对方并不是关键，关键是如何控制住对方，然后从他口中弄到自己需要知道的东西。

"所以，一切的一切，都是永远相似而不重复，螺旋上升的，不是吗？"陈默想到这里，发动汽车，很快消失在荒野尽头。

约 会

陈默再次回到医疗点的时候，繁忙和凌乱已经将之前的袭击痕迹彻底抹去。上午炽热的阳光照着周围的一切，医生和护士们忙碌地穿梭在纱布与病房之间，干着他们仿佛永远干不完的工作。

没人在意陈默的出现，甚至他的到来都被完全忽视了，这让他多多少少减少了一些尴尬，不过这种感觉只维持了不到几分钟。

在陈默刚准备进病房去看雷神的时候，迎面见到了电门。两人一脸尴尬地对视了良久，电门才率先打破沉默。

"你还好吧？"她的目光在陈默身上探索着。

"还好，我跑得快！"陈默尴尬地回应了一句。

"头儿在里面，他醒了，你可以去见见。"电门不好意思地收回目光，侧身让他走进病房。

"我听说，你又逃过一劫！"病床上，雷神已经苏醒过来，此刻正半靠着坐在床头，虽然样子看起来有些萎靡，但状态平稳了很多——之前弄到的消炎药把他从死亡边缘拉了回来。

"运气比你稍好一些。"陈默指了指雷神的伤口。后者低头看了一眼，立刻露出自嘲的笑容。

"认识你之后受的伤，比之前所受伤的总和还要多，我有时候在想，是不是你带来了坏运气。"雷神笑着说出这番话，让它听起来更像是个玩笑。然而，陈默却笑不出来，因为他很清楚，确实是自己带来的这一切。

"如果真是这样，我会找个你痛恨的人，然后和他在一起。"陈默打了个哈哈，然后走到雷神身边，帮对方将身上的脏被子披了披之后，顺势坐在一旁的凳子上。

"到底怎么回事？"病房里没人，很适合交谈，陈默直接开口问道。

"你走之后，我们联络上了炸点和机械师，他们很幸运，没有被抓住，但在我们准备会合的时候，有人先一步下手了。"雷神目光迷离，看向远方悠悠地说道。

"知道是谁吗？"陈默追问道。

"一群内亚族人，可能还有些雇佣兵，我不知道，当时一片混乱，为了掩护我们，炸点让我们先走，但离开的时候，我还是挨了一枪。"雷神指了指伤口，摇头叹息道。

"放心，他们已经把你修好了，安心养伤，等好了以后，我们再去找他们报仇。"陈默安慰地拍了拍雷神的肩膀，后者感激地点了点头。

"炸点和机械师怎么样了？"歇歇一阵，雷神向陈默追问道。

"他们抓住了他俩，想问我们要一样东西作为交换。"陈默想了想，决定将之前的通话说出一部分。

"他们疯了吗？我们除了枪和一条命，什么都没有。"雷神愤怒地说道，动作过大，以至于扯到了伤口。

"我也是这么说的，但他们并不相信。"陈默安抚了一下雷神，随后补充道。

"那我们现在该怎么办？他们到底想要什么？"在发现无法逃出困境之后，雷神追问了一句。他一脸焦虑，仿佛一只被困的野牛。

"不知道，不过好像和博格长老有关系。"陈默没有说对方要的是什么，更没有说这东西很可能在自己身上。

"可问题是，博格长老已经死掉了，我们总不能问死人去要东西，更何况他们为什么那么肯定东西一定在我们手上？"因为伤口的牵扯，雷神压抑地怒吼着，低沉的声音在整个病房里回荡。

"他们不想承认他们弄错了，不过，他们最终还是要承认自己做错了。"陈默耸了耸肩膀，轻轻地拍了拍雷神。

"好好休息，这里的医生不错，其他的一切交给我和电门。"陈默给雷神向上提了提被子，随后，起身向门口走去。

"陈默，帮我把炸点和机械师救回来！"走到门口，雷神忽然大喊道，"求你了！"

雷神的表情仿佛没落的英雄一样，充满了无力感，陈默有点动容，想了想对雷神点了点头。

"放心吧，我一定会尽力的。"陈默说完，推门离开。

然后，他遇见了电门。

电门并没有离开，她一直站在门口，看到陈默出来，尴尬地咳了咳。

"那个，昨天的事……"电门不知道该怎么说，面容娇羞，这可不是电门正常的表情。

下一秒，陈默捧起电门的脸，先是轻轻地，接着重重地吻了上去。电门不自觉地靠在陈默的怀里，双眼微闭。

直到两人喘不过气来，陈默才松开电门。后者脸红红的，低着头，完全没有去看陈默，样子像极了刚刚涉足情爱的小女孩。

"我想和你约会。"陈默忽然开口道。

"约会？你在开玩笑吗？"电门愕然，抬头看向陈默，又看了看荒僻的周围，这里显然没有咖啡厅、博物馆或者电影院。

"你可以选择答应，或者拒绝，不过这对我并不重要。"陈默看着电门，笑着说道。

"为什么？"电门反问。

"因为我一定会和你约会的。"陈默笑着说道。既在预料之中，又在预料之外，电话铃响了起来。

陈默走到角落按下接听键，传来黑人老大的声音。

"你要找的人我们找到了，不过他要两百万美金，而且见面时要预付一半。"黑人老大犹豫着说出对方提出的条件，心中忐忑，有点担心陈默拒绝，但陈默的回答却让他意外。

"条件我可以答应，但时间、地点我来定。"陈默想了想说道，"你们那里太臭了，我发誓绝对不会去第二次了。"

"没问题，您可以把地址给我，我们马上动身。"黑人老大没有迟疑，立刻应承了陈默的要求，在他看来，这条件并不苛刻，仅仅只是一个纨绔子弟的小性子而已，甚至不值得去重视。

"那就没问题了，等我电话。"陈默说着，再次挂断电话。

就在他回头的瞬间，却发现电门竟然出现在他身后，一脸疑惑和忐忑。

"有什么事吗？"电门疑惑地追问道。

"没什么,为你安排一个惊喜。"陈默笑着遮掩道。

"希望不是惊吓。"电门笑了笑,转身而去。

"等等!"陈默一把将电门拉了回来。

"你好像忘了什么事。"陈默说道。

"什么?"电门奇怪地反问。

"我们的约会。"陈默提醒了一句。

"我还是把它当作一个玩笑吧,至少这样安全点儿。"电门笑着摇摇头。陈默的提议,在她看来不过是一个敷衍的甜蜜借口罢了,不值得深究。毕竟,这里是内比亚,全球最动荡的地方之一。

陈默索性直接将对方拽到车上,然后一踩油门,车子呼啸着冲出医疗点。

"亲爱的小姐,我宣布,我们的约会正式开始!"车子欢快地冲向远处,直到渐渐消失不见。

车上,电门露出少见的笑容,奔驰的车子和飞速掠过的风景让她感到轻松和惬意。陈默却笑不出来,因为他很清楚,自己这一次要利用电门。

是的,利用电门,只有利用电门,他才能保命,甚至达到自己的目的。

想到这里,陈默回头看了一眼电门,后者回给他一个灿烂的微笑,一副完全不知情的样子,陈默的心如同被刀子挖了一下。

"我们去哪里?"好一会儿,电门终于收拾心情问道。

"前面,有个不错的集市,我们去逛逛怎么样?"去雇佣兵基地的路上,陈默已经查看过周围的情况,那里的集市为他贡献了一套充满当地特色的衣服。

"好吧。"电门的笑容依旧灿烂。

"好吧,让我们去集市吧。"陈默随手将已经编辑好的地址发了出去,驾驶着车子向集市的方向冲去。

底 线

身边的这个女人美丽,聪慧,最主要的是,无条件地信任他,更遑论两人之前还有过肌肤之亲。他现在的所作所为,就如同将对方付出的珍贵的一切踩在脚下践踏。陈默顿时生出一种冲动,想爽约,比方说随便找个借口,和电门大吵一架,把她丢在路上。无论哪种选择,都让他感觉比此时此刻心安。

但想到那名狙击手,想到他身后可能存在的诸多线索,甚至包括那些已经解开和尚未解开的谜团,陈默却无法痛下决心终止这一切。

他不知道到底是什么在驱使自己这么做,是伟大的使命感,还是对安娜的念念不忘,又或者是对任务的执着,还是对红的担心,或者其他的什么。

陈默自己也无法回答,他只是知道,自己要做这件事,至少要把它完成。

车子不断前进,很快,在道路尽头就看到了村镇与集市的轮廓。那个人,此刻应该也已经在前来的路上,一切已经不可避免。陈默很清楚,自己现在有两条路可以走:第一,继续把这一切进行完;第二,把这一切进行到底。

是自己的事,最终总是要自己来解决,没人能帮你把问题搞定。

想通这点,陈默忽然重重地一脚踩住刹车,车子猛地下来,电门一脸意外。

"我找到他了。"看着前方的市镇,陈默忽然开口道。

电门一时间没明白陈默什么意思,但很快醒悟过来。

"我们现在去干吗?"电门犹豫了一下,忐忑地问道。

"去见他。"陈默说道,然后看向电门。此刻他的心脏正剧烈跳动着,前所未有地紧张,甚至比参加一次战斗还要紧张。他担心电门继续问,但又知道自己必须说出一切,不是因为他有多么高尚,而是因为,他不想对不起电门。

电门犹豫了一下,手放在车门把手上,然后看着陈默,满脸的疑惑:"刚才为什么不对我说?"

"我想找的是他。"陈默的心颤了一下,有那么一刻,他想撒谎,但最后还是决定实话实说。

"你不是为我找的他?所以,你其实是想拿我当诱饵?"电门瞬间醒悟过来。

"是的。"陈默老实地点头。他已经彻底放弃说谎和欺骗,虽然心中有点失落,但更多的是坦然。

"你是我见过最恶心的渣滓!"电门甩给陈默一句话,推开车门跳下车,然后重重地关上。

陈默注视着后视镜,直到电门的身影从后视镜里消失,才叹了口气,再次发动汽车。虽然原本完美的计划因为他可怜的道德感而毁于一旦,但至少他不会因此后悔。

"看来,我始终当不了坏人啊!"陈默摇头叹息,驾驶着汽车头也不回地向城镇冲去。

见面的位置在市镇集市中的一处小吃店。内比亚当地的小吃以羊肉为主,新鲜的羊肉在大锅里不断翻滚着,带出雪白的汤汁和浓浓的膻味。

香气弥散在整条街道上,食客们三三两两地凑在一起,谈论的大多都是铁路即将开通的消息,并为到底要不要搬家争得面红耳赤。

陈默悄然走到摊位前,找了一张空桌坐下来。他的打扮和样子吸引了不少当地人的注意,不过陈默对此并不在意,他正全神贯注地观察着周围。

为了避免被对方第一时间发现,他特意戴了一副大号墨镜和一顶不伦不类的当地毡帽。风格迥异的服装虽然被众人注目,但也将他与之前的自己区别开来。

但陈默依然不确定自己这些拙劣的手段是否能骗过一名高明的狙击手，对方完全可以通过各种细节来确定自己的身份，然后干掉自己。

事已至此，他已经不可能退却了，唯一能做的就是在对方准备对自己下手之前，迅速溜掉。

这也是他选择在集市见面的主要原因，周围的平民可以为他提供足够的掩护。

等待总是难熬的，时间仿佛凝滞不前。终于，在一阵人群的嘈杂伴随下，黑人老大带着几名全副武装的雇佣兵出现在陈默面前。

陈默用最快的速度打量每一个人，敏锐地从中间发现了一个陌生的家伙。

这个人身上背着一把老式的M24，枪身包裹在枪套里，只有带着防尘帽的枪管露了出来。

来人并没有客套，仅仅在互相对视之后，就坐了下来。

黑人老大打破了沉默。

"这就是你要找的高手，BOSS。现在，你只需要把工作交给我们就足够了。"黑人老大指了指身边背着步枪的男子。后者没说话，只是点了点头。

陈默仔细地打量了对方几眼，对方只是看着他，表情没有什么异常。陈默等待片刻，发现自己的伪装并没有被对方识破，这才轻轻松了口气。

"我需要把他带在身边。"陈默将目光转向黑人老大，提出自己的要求。

"这不可能，他可以完成你的工作，仅此而已。"黑人老大说道。

"我可以加钱，多少，你们开个价格。如果可以，你们都一起过来。"陈默满不在乎地说道。他没钱，所以价格对他没有任何负担。

"那要看你的任务是什么，还有时间。你知道，时间就是金钱。"黑人老大和属下对视了一眼，有人压抑不住激动，低头露出笑容。

"我要干掉的是一个杂碎，是的，一个杂碎，这个人叫博尔特，内亚族的家伙。"陈默边说边从墨镜里观察每个人的表情。

没人表现出什么异常，这表示，他们并不认识博尔特。

"没问题，我不喜欢内亚族人，做生意，我宁愿跟果刚族人做。当然，您是例外。"黑人老大点头表示同意，不过想起陈默的黑发黑眼之后，立刻开口纠正道。

"没关系，我也不喜欢我自己。"陈默说了至今为止的第一句实话。

"现在我们来说一下酬劳问题吧！"黑人老大将话题迅速转到他们感兴趣的方面。

"鉴于这个人的身份，我们需要一百万，必须是美元，或者是同等价值的欧元。"黑人老大开口要求道。

"我没有那么多美元，不过我有很多人民币。"陈默提了一句，盘算着下一步如何把他们分开。

听到陈默的回答，对方互相交换了个眼神，并且只用一秒钟就确定下来。

"可以，首付三成佣金。"黑人老大说道。

"没问题，你和我一起去拿钱，就在外面的车里。"陈默点点头，指了指狙击手，随后自顾自地起身向外走去。

没人阻止他，没人觉得这个要求不合理，狙击手也只是在看了黑人老大一眼后，就站起身跟着陈默走了出去。

两人穿过人群，快步走到集市入口处。汽车显眼地停在那里，周围围着一群看热闹的小孩。

陈默走过去，轰走孩子，打开后车门。

"对了，你那个是M24，是吗？"利用车门阻挡的瞬间，陈默指了指对方肩上的武器问道。

"是的。"对方终于说话了，声音有点稚嫩。

听到对方的回答，陈默心中莫名一动，他似乎察觉到了什么，却说不出来。不过，现在已经不允许他去考虑其他问题了。

迅速观察了一眼四周，陈默从后座上拿出一只箱子递给对方，他毫不怀疑地迅速接过。下一秒钟，陈默手里已经多了一把柯尔特。

趁着箱子阻挡，陈默抡起枪柄，重重地砸在对方的后脑上，在对方昏迷尚未倒下之前，将他一把拖进汽车。

孩子们开始惊慌，四处逃窜，有人大喊着，陈默此刻的心脏几乎跳出胸腔，他想放弃一切逃走，因为一旦被人发现，他一定会被对方乱枪打死。

不过他依然坚持着用尼龙扎带将对方捆绑好，才飞快地跳上车。

黑人老大被惊动了，本身就很警惕的他们很容易放大蛛丝马迹，孩子们和周围人的喊声足够提醒他们。当陈默发动汽车的时候，对方已经冲了出来。

有人开始开枪，不过车子已经发动了，陈默不会多停留一秒。确定方向之后，陈默一脚踩下油门，车子仿佛狂奔的野牛，猛地冲出集市，消失在远处。

下一步就是如何逃脱他们的追踪了。不管怎样，那是下一步的事，但此时此刻，陈默很清楚，他暂时安全了。

就在他考虑下一步该怎么做的时候，电话铃忽然响起，陈默按下接听键，一个声音传来，然后，所有的兴奋瞬间消失。

威　胁

"那个人不是他。"电话是电门打来的，她说的第一句话就打消了陈默的成就感和兴奋感。

"你确定？"陈默问了一句，然后就后悔了。他觉得自己问得太愚蠢了，电门怎么会不认识对方,她是为了找到对方而千里迢迢从美国来内比亚的。

"我确定,你被他们骗了。不过,我感觉,他应该在周围。"电门没有生气,平静地说道。

"我只是想看看他,于是跟着过来了。"怕陈默误会,电门补充了一句。听到这句话,陈默不再内疚,心生嫉妒。

"我早该想到不是他,他袭击我的射速不可能是M24这种栓动步枪。"陈默终于知道自己之前的疑惑在哪里了。是的,对方的射速至少是一支半自动步枪,而不可能是一支栓动步枪。对方显然是为了让自己相信,刻意打扮了一下,于是成功把自己给骗了。

"我该怎么办?"陈默想了想,问了一句。

"我不知道,不过,我觉得他来了。"电门说道。

仿佛在印证电门的话,枪声响起。

一发子弹准确地打在陈默车子的车轮上,冲击力让陈默的车子猛地晃动了一下,旋转的车胎抗住了子弹的袭击,暂时没有失去动力。

看来对方并不想杀他,否则,这一枪会打在陈默的头上。

稳定住车子,陈默迅速用无规则动作摆脱对方的锁定,车子漫无目的地在荒野上驰骋。

"怎么了?"电话里,电门听到枪声连忙追问道。

"你的男友来了。"陈默无规则地转了个方向,一发子弹打在距离轮子不远的位置上,爆出一团泥土。

看来对方并没有弄清楚陈默的身份,并没有着急干掉他,而是想要活捉他。弄清楚事情的原委,要比简单地杀掉敌人重要得多,这是雇佣兵的座右铭。当初陈默他们也是这么想的,结果被逼到现在这个境地。

"到我这里,我来掩护你。"电门犹豫了一下,迅速说道。

陈默四处张望了一眼,不过还没等到他询问,远处山坡上镜子的光芒就仿佛信号一样在他眼前闪过。

"我看到你了。"陈默说完,猛地一打方向盘,车子立刻向镜子闪光的方向冲去。

陈默的身后,更大的引擎声响起,后视镜里,两辆福特猛禽以更快的速度向他所在的方向冲过来。

对方还是选择追过来了。不过换个角度想,如果是陈默,也会选择追过来,这没什么好犹豫的。

陈默此刻唯一能做的就是加快速度冲向电门所在的地方。

恰在此时,枪声再次响起,一发子弹命中在车子的发动机盖上,打出一连串痕迹。

子弹的方向有点怪异,不过更让陈默奇怪的是,自己已经跑出十几公里了,竟还没逃出对方的射程。

如果对方不是用的导弹，那么只能说明一点，对方的狙击是在行进的汽车中完成的。如果真的是这样，那么，狙击高手的名头恐怕是实至名归。

而从另外一个角度，也可以证明，对方就是他要找的那个人。

厘清头绪并不是什么好事，尤其在眼前这个危急时刻，得知追击者是一名射击高手，只能让陈默倍感压力。那种被死亡时刻窥探的感觉并不让人舒爽。

幸好敌人的射击频率因为颠簸而变得异常缓慢，加上为了抓活口而刻意避免杀掉他，才让陈默依旧可以在追逐中挣扎。

但他的好运气很快到头了，在车子攀爬山坡、减速的时候，一发子弹准确命中左前轮，轮胎被轻松贯穿扯烂，车子骤然转向打横，无奈地停了下来。

车内，陈默留恋地看了一眼车子，然后一把拽过车后座俘虏的那把M24，飞快地向山坡跑去。

身后，密集的枪声迅疾展开，虽然依旧抱着打伤陈默的想法，但失去俘虏的阻挡，让追击者变得越发大胆起来。

对于这些雇佣兵的散射，陈默并不担心，他只担心那位一直隐藏在暗处的狙击手，担心他在自己稍有松懈的时候，向自己射出致命的一枪。

幸好山坡的距离并不长，在爬上山顶的同时，电门的声音从不远处传来，陈默循声跑去，很快在反斜面发现了隐藏的电门，和她身边那辆破旧的摩托。

"我抢的。"电门毫无愧疚地解释了一句。

两人并肩趴在反斜面上，小心透过掩体的缝隙观察着土坡下面。

土坡下，新加入的一辆猛禽与之前的追兵会合在一起，但车上却并没有下来狙击手。

陈默有点不甘心，回头看了看电门，后者微微摇了摇头。显然，电门的反应和他的判断一致。

"他应该藏起来了，躲在哪个可以随时威胁到我们的角落。"电门补充了一句。

陈默听到她的话，连忙警惕地四下寻找了一圈，却气馁地发现，除非对方开枪，否则想在这片荒原上找到对方，等于大海捞针。

土坡下，黑人老大带着手下已经开始聚集，准备一鼓作气地冲上来，抓住陈默，干掉他。

"下一步怎么办？"电门问道，看不出表情。

"不知道！除非你当我的人质。"陈默想了想，把目光转向电门。

"你疯了！"电门白了他一眼，向下看去，一连串子弹从土坡下打来，阻止了她的张望。

"你不想见他吗？"陈默借着地势，小心地架起狙击步枪。但对方再次射来的短点射，阻止了他的行动。

陈默躺回到反斜面，看着一旁有点发愣的电门，等待着对方的回答。

"没用的，如果他真的在乎我，当初就不会走。"电门犹豫着说道。

"你不了解男人。"陈默笑着回了一句，接着快步跑向另外一侧，但他的意图再次被对方密集的攒射阻止。

"你不了解他。"电门说道。

"那赌一把怎么样？万一赢了，我们就赚了。"陈默看了看下面，对方熟练到堪称完美的交替进攻，已经将双方的距离缩短了一半，如无意外，相信他们很快就会攻上来。

"我怕你输。"电门惨笑了一下。

"我已经输得一塌糊涂了。"陈默将M24扔到一边，掏出格洛克爬到电门身边，"底牌总是要被掀开的，不是他先来，就是你先来。"

"我已经掀开了，否则我也不会来这个该死的地方。"电门有点焦躁，恼怒地说道。

"他还不知道，想办法让他知道。"陈默拉动枪机，子弹被推上弹膛。

"如果我输了，就真的什么都没有了。"电门看着陈默，凄凄惨惨地说道。

"你本来就什么都没有了，你和我一样。不过你还有我。"陈默笑了笑，忽然一把拉起电门，将枪口顶住她的下颚，两人同时站了起来。

"不许动！再动，我就杀了她！"陈默大声向对方喊道。突然的举动，让对方一阵惊讶，几声枪响，陈默只觉得有股炽热从身边擦过。

他不敢看，也没时间看，他需要尽可能让远处那名狙击手知道这里发生的一切。

陈默抓住电门，缓慢地转了转身体，以便让其他方向都能看到他们俩。然后他再次转向黑人老大和他的手下，口气中多了一些嚣张。

"把枪放下，否则我杀了她！"陈默大声命令道。

"你疯了吗？如果没疯，要不要我帮忙？"黑人老大看了看周围众人，所有人都是一脸懵懂，再次确认自己不认识电门之后，索性直接举起手里的步枪，瞄向两人。

面对黑洞洞的枪口，陈默忐忑，此刻他全心全意地希望自己的判断是正确的，对方能在关键时刻阻止这一切。

陈默看向黑人老大别着的对讲机，他满心期待，等待着对方发个声音来阻止。

但他等来的只是一声枪声！

一切之始

枪声响了，陈默本能地闭上眼睛，将电门搂在怀里，等待着死亡的降临，但他什么都没等到，等来的是黑人老大的咒骂。

"该死，你在干吗？"黑人老大手里的步枪被打断了枪身，吓得他连忙丢掉武器，向对讲机怒吼道。

没人回答，但陈默很快明白了。

"放下枪，否则我一定会杀掉她！"陈默恶狠狠地对几个人说道，众人面面相觑。

"放下枪！"陈默再次吼道。这一次，对方有反应了，一名雇佣兵端起枪，果断瞄向陈默。

陈默看了他一眼，却并不担心。他转头看向之前枪声传来的方向，迎着对方，拉动枪机，示威一般地重重顶住电门的额头。

"我再说一遍，放下枪！"陈默声音低沉了不少，但充满了决心。

枪声再次响起。这一次，陈默看到了对方的射击位，一处巨大岩石的旁边，被伪装成杂草一样的吉利服下。

子弹射来，这一次，他没有瞄准枪支，而是直接打在对方的手臂上。惨叫声传来，黑人老大一愣，慌忙再次抓起对讲机。

"你在干吗？我们说好了的。"黑人老大大喊道。

可惜，回应他的，并不是他期望的回答，而是一连串子弹。

在陈默面前，一场屠杀上演了！

如果不是亲眼所见，陈默绝对不会相信，一个人具有如此强大的单兵作战能力，面对七八名同样经验丰富的雇佣兵，竟然会果断痛下杀手，并且丝毫不落下风。几发点射，迅速结果了几个人的性命。其他人很快反应过来，纷纷卧倒，但这一切对于狙击手来说，却毫无影响。

接下来就仿佛点名一般，伴随着一声声枪响，子弹一发发地从远处射来，并以让人惊讶的刁钻角度射进隐蔽者的身体。

一条条生命被收割，一具具尸体横陈于荒野上！

作为这场屠杀的观众，陈默和电门目睹了战斗的惨烈，还没适应突然的开始，就在瞬间结束了。

当黑人老大不敢相信地捂着喉咙倒在土坡上时，枪声也戛然而止。在经历片刻的宁静之后，对讲机里传来一个略微低沉沙哑的声音。

"好了。"

声音在寂静中回荡，即便面对屠杀也面无表情的电门，在听到声音之后眼泪一下子流了下来。

她犹豫着要不要过去，却发现连腿也迈不动。电门努力让自己挂在陈默的手臂上，以防自己软瘫下去。她挣扎着看向远处，希望能看到那张熟悉的脸。

但什么都没有！在吉利服的遮蔽下，对方早就换了新的狙击阵地。此刻唯一能消灭掉他的办法，就是呼叫炮火，将那一片地区炸个干净。

陈默没有能力这么做，索性直接放开电门，走过去拿起对讲机。

　　"你好。"陈默看着远处，尽量控制着自己不要颤抖。他很清楚，只要对方愿意，可以随时干掉他。

　　"我会杀了你。"对方声音低沉，语气中没有什么情绪波动。

　　"当然，但不是现在。"陈默知道，自己此刻正在对方的狙击枪瞄准镜十字线上，他只要扣动扳机，一秒钟后，自己就会变成一具尸体。

　　"为什么？"对方问道。

　　"我想知道一些原委，只有你了解，如果你杀了我，他们也不会放过她。"陈默看向电门，后者站在那里，却不知该前进还是后退。

　　"你在威胁我？"对方反问，刹那间，陈默只觉得全身的汗毛都竖了起来。

　　"不，我说的是实话，铠甲小队牵扯进了一些事情，现在他们想查清楚。"陈默微微转了转身，以便让自己的声音不被电门听到。

　　"你是个卧底？"对方的声音多了一些疑惑。

　　"算是吧，不过这重要吗？"陈默反问，对方没有回答。

　　"如果我不把事情弄清楚，他们会用自己的办法。找出一个烂核桃的办法很多，要么挑出来，要么砸碎所有的。砸碎所有的应该会省时省力点。"陈默迅速说道。

　　"其实我有很多次可以干掉你，你知道吗？"对方忽然说道。

　　"第一次是什么时候？"陈默机敏地问道。

　　"就在你们第一次任务的时候。"对方轻轻说道。

　　"第一次？你是说，保护博格长老？"陈默一愣，连忙追问。

　　"好好照顾她，否则我不会放过你。我可以为她杀了任何人，任何人。"对方说完，悄然关闭了对讲机。陈默看了看远处，没有什么异动，就仿佛他从未出现过一样。

　　"他走了？"良久，身后传来一个声音，陈默回头，看到电门站在自己身边。

　　"嗯。"陈默点了点头，随手扔掉手里的对讲机。

　　"他说了什么？"电门想哭，却忍住了，小声忐忑地问道。

　　"他让我好好照顾你。"陈默想了想说道。

　　电门的眼泪止不住地流了下来，她没有擦，而是转头看向远处。陈默可以理解为她想让对方知道自己的悲伤，但她什么都没得到。

　　"他一直在保护着你。"陈默走到电门身边，想要安慰她，但最终还是把伸出去的手缩了回来。

　　"你怎么知道？"电门看着前方，没有回头。

　　"记得我们第一次遭遇袭击吗？那名神秘的狙击手？在前往保护博格长老的路上，他狙击了我们。在此之前，我一直以为我骗了他，其实不是，他是因为看到了你，那道反光是在提醒我们，否则，以他的能力，我们恐怕都会死在路上。"陈默一边说着，一边努力回忆之前的一切，虽然感到沮丧，但事实上，电门才是救了他们的那个人，而不是自己。

"你说什么？"电门忽然转过头，看向陈默，脸上的眼泪因为动作剧烈甚至甩在了他的身上。

"是的，就是他。"感受着胳膊上的丝丝凉意，陈默点头确认道。电门犹豫了一下，忽然放开陈默，撒腿向前跑去。

陈默没有阻止电门，任由她跑下山坡，跑向远处。

一股淡淡的醋意从心头升起，但陈默很清楚，自己并没有嫉妒的资格。

陈默一直注视着电门，看着她的身影变小，看着她因为无力摔倒，看着她坐在地上哭泣，最终，陈默走过去，搀起了她。

"他为什么不理我？他是不是真的忘记我了？"电门泪眼婆娑地看着陈默问道，期望陈默给她一个解释，但是又害怕陈默的解释。

"不是，他只是不知道该怎么回去。"陈默犹豫着说道。虽然没有和对方见过面，但陈默很清楚，这应该是战场综合征，见惯了生死，就很难从心头的魔障中走出来。他们沉浸于杀戮之中，只是为了能让自己睡个好觉。

"我该怎么办？"电门无助地问道。

"走，我陪你回去。"陈默没有回答，只是轻轻地搀起她，向回走。

陈默随意地清理了一辆猛禽，又将自己车里的俘虏放掉，这才带着电门坐上汽车。车子发动，电门仿佛对一切失去了兴趣，木然地看着窗外。

远处山坡上，一直目送着车子离开，隐蔽起来的狙击手这才悄然起身，但在犹豫了片刻之后，他将枪口对准正准备离开的俘虏，轻轻扣下扳机。

被消音器过滤的枪声几不可闻，子弹在飞过漫长的距离后，准确命中在对方的额头上，失去生命的尸体重重摔在地上，只留下额头上的弹孔和一片殷红的血迹。

线　索

陈默一直等到电门睡去，才缓缓起身。睡着的电门像孩子一样蜷缩成一团，眼角的泪痕依然清晰。陈默虽然心疼，却帮不上什么忙。

他叹了口气，起身走出房间。外面，医疗点仍然灯火通明，汽油发电机有节奏的震动让地面颤抖。对于这个贫穷的国家，似乎只有汽油才能彰显一点点他们的发展潜力。

悠悠地看了一眼四周，陈默走向雷神所在的病房，有些事情，他需要先和雷神聊一聊。

看到陈默到来，脸上已经多了一丝红润的雷神试图挪动自己的身体，以便为陈默在床边让出一点儿空隙。见状，陈默连忙阻止他，随后不在意地一屁股坐在一旁的破箱子上。

"感觉怎么样？"陈默询问。

"还好，本以为会挂，幸好你救了我。"雷神露出一个真诚的微笑，抬起粗糙的右手，陈默默契地与他捶了下拳头。

"炸点他们怎么办？"收拢笑容，陈默将对话引入正题。听到陈默的话，雷神也变得严肃，原本舒展的眉头渐渐拧成一个疙瘩。

"你有什么办法？"雷神问道。他很清楚陈默为什么找他，营救是个有难度的任务，如果没有绝对的理由和把握，没人能让陈默孤身犯险。

"可能有办法，但我要知道，这件事值不值得我去冒险。"陈默眼睛一眨不眨地看着雷神，神色更是少有的严肃。

"你想知道什么？"雷神觉得没必要绕弯子，索性直接问道。

"几年前的一次任务，我想知道，为什么只有你们幸存！"陈默看了雷神一眼，提出这个已经埋藏在心里很久的问题。

"哪次任务？"雷神愣了愣，一脸迷茫地问道。陈默努力盯着对方，却发现对方似乎没有撒谎。

"应该是一次护送联合国人道主义车队的任务，你们接下了任务，但在出发前，临时反悔，取消了任务。"陈默淡淡地提醒了一句。

"你说的是三年前的那次任务？"雷神想了想说道。

"是的，当时我在车队里担任司机。那次任务，除了我之外，所有人都被杀了。"陈默点点头，继续说道。平静的口吻仿佛在叙述一件和他毫无关系的事情，但雷神却清晰地感觉到背后隐藏的愤怒。

"那次任务是老芭比找的我，当时他是锐特安保公司的执行队长，原本他们可以独自承担这项任务，但因为他们的一支小队遭到袭击，所以需要有人替补，就临时找到了我们。"雷神回忆着，一点点说道。

"那为什么在任务开始之初，你们却选择退出？如果我没记错，详细的行动计划和任务手册已经下发给你们了。"陈默追问道。

"是的，他们的任务是护送救援物资穿过交战区前往内亚族控制区，不过临时增加了救援受伤工程师的任务。本来我们已经做好了任务准备，但老芭比却临时取消了行动。"雷神回忆了一会儿之后，对陈默说道。

"你是说老芭比取消了任务？"陈默追问道。

"是的，当时铠甲安防成立的时间并不长，很难独自接下安防任务，所以我们只能接一些分派的小单，或者和其他大公司合作。当时老芭比的锐特安防是这里的大公司，加上我们关系不错，所以时常有合作。"雷神回答得很流畅，没有什么停顿和犹豫。

多年的战场经验和观察能力，让陈默感觉他并没有撒谎。

可陈默并未因此感到高兴，雷神的回答如果都是真的，那么到底是谁泄了密？锐特安防的事情陈默是知道的，在事情发生之后，红第一时间控制了锐特安防的所有人，从执行任务的一线士兵，到负责后勤的笨蛋。

但审问的结果却大失所望，每个人都有不在场的证据，每个人都可以互相证明。面对这近乎完美的一切，红自然选择不相信。于是在长官的默许下，她拷问了锐特安防的负责人，可惜，后者并没有经受住拷问，死在了审讯室。

所有的线索因此不了了之，直到她通过调查得知，除了锐特安防之外，还有铠甲小队也参与其中，红才决定重新展开调查，而陈默正是基于这个原因，才承担卧底任务进入铠甲小队。

可现在，线索似乎又中断了，雷神提到了老芭比，可老芭比已经死了。更重要的是，红被捕了，她无法证明雷神的话是实话还是谎话。

陈默知道锐特安防的事，但问题是，红没有具体透露每一个被审讯人的信息，这让陈默无法证明老芭比所起的作用，也就无法作出判断。

"他为什么取消任务？"陈默追问道。

"我不知道，他甚至连定金都不要了，只想取消任务。"雷神回忆着说道。

陈默没有继续问下去，他很清楚，线索到老芭比这里已经断了，因为这个人是他亲眼看到被人干掉的。

"他为什么叫老芭比？"陈默想起曾经对老芭比外号的疑问，随意地开口问道。

"你见过一个男人穿蕾丝裙吗？那种粉红色的，带着花边和纱网的那种。"雷神笑着说道。

仿佛被传染了一般，陈默也跟着笑起来。

"他是个有趣的家伙。"雷神擦了擦笑出来的眼泪，捂着有点痛的伤口说道。

"你好好休息吧。"陈默点点头，替雷神盖上破旧的被子，起身向外走去。

"如果可以，帮我救他们回来。"雷神看着陈默的背影，第二次请求道。陈默站在门口停顿了片刻，点了点头，推门离开。

外面，夜色阑珊，陈默走在医疗点崎岖的道路上，看着一顶顶亮着或暗着的帐篷，脑子里，各种头绪和线索纷繁复杂：雷神的请求、电门的哀怨、红的遭遇、安娜的仇恨，以及所有这一切谜团。

如果是在之前，陈默一定会选择营救炸点和机械师，但现在，他却不敢这么做，不是因为他不在乎自己的战友，而是因为，他知道在机械师和炸点两人之中，必然有一个是叛徒，或者两个人都是。

他可以去救战友，但不能去救一个叛徒。

更重要的是，红被捕了，他不知道该如何去做。

红一直在追查这件事，如果他冲动地去营救，那么很可能会破坏之前所有的部署。他们为了这件事已经努力了整整三年的时间，如果仅仅因为自己的冲动而导致事态向一个不可控的方向发展，他不知道该如何面对红，以及死去的安娜。

此刻的陈默，觉得自己是一个拿着一把筹码但不知道该押在哪里的赌徒，他身后，有无数人在用生命等待着他下注。

陈默不知道自己该如何选择，因为没人能帮助他。

看着前方闪烁的灯光，陈默有心想过去走走，但心中的犹豫却让他踟蹰不前。就在他彷徨失措的时候，前面的帐篷里，医生忽然掀开帘子走了出来。

看到陈默，医生愣了一下，但很快友好地笑了笑，陈默本能地回了一个微笑，却没想到对方竟然走了过来。

"中国人？"医生走到陈默身边，用中文询问道。

"是。你呢？"陈默反问道。

"当然是同胞，我四川的。"医生笑得更加灿烂了，随口说出一句方言，一下子拉近了两人的关系。

"怎么会到这里来？"医生看了陈默一眼，他身上背着的武器有点显眼。

"当兵赚钱。"陈默随口编了个理由，后者却安慰地拍了拍他的后背。

"不容易，赚钱吃饭是中国爷们儿必须做的事，为这个吃点苦受点累是应该的，毕竟我们打从生下来那一刻，就不属于我们自己。"医生悠悠说道。

"有烟没？"医生看了沉默的陈默一眼，小声问道。

"没有！"陈默有点意外，看了看医生，后者尴尬地搓了搓手。

"戒了好久了，忽然想抽一口。"医生有些不好意思地笑着解释道。

"你为什么来这里？"陈默问道。

"我？我说我来戒烟的，你信吗？"医生笑着反问，陈默理所当然地摇头表示不信。

"其实，没有为什么。当初觉得来这里救人是件好事，救人一命胜造七级浮屠嘛，然后就来了，然后就走不了了。"医生摸了摸脑袋，样子看起来像极了做了好事被发现的小学生。

"为什么走不了？"陈默知道医生说得轻巧，其中经历了多少危险与艰难，只有自己才知道，不过相比这些，他更想知道对方为什么走不了。

"不为什么，就是走不了了，放不下手。虽然我不想说，但估计是骨子里的善良吧。"医生搓了搓手，这一次，他没觉得尴尬，仿佛是在说和自己无关的事情。

"和我在一起的护士，就是个子高一点儿的，她被十三个人轮奸。来到医疗点的时候流血不止，我为她输了接近一千毫升的血浆，才把她救过来，但她却失去了生育能力。"医生看着远处的帐篷，帐篷里两个身影依旧忙碌着。

"另外一个是孩子的妈妈，她的孩子因为疟疾死掉了，她希望跟我学医，能消灭掉疟疾这种疾病。我很想跟她说，其实疟疾并不是什么绝症，在中国，只需要几针青蒿素就可以搞定，但我不忍心。"医生用尽量轻松的口吻对陈默说道。

"其实，最初我的想法挺高尚的。我觉得，我在拯救人类，我在奉献，可是慢慢地，我发现，我其实在做一件最最普通的事情，普通的治病救人，普通的帮助贫困，所不同的是，他们是外国人而已。"医生说着，转头看向陈默。

"这就是你留下来的理由？"陈默沉思良久，询问道。

"是的。还有什么更重要的理由吗？从小处说，我们是在帮忙；从大处说，帮助他们就是在帮助我们自己。我们的命运是联在一起的。"医生的笑容渐渐散去，取而代之的是严肃和认真。陈默似乎能从对方的话语中感受到什么，但犹疑而不确定。

"我之前也认识一个和你一样的医生，她被人杀了。"陈默想起之前的那个女孩，炸点一直因为她的死而伤心。

"我知道，她的丧礼我去参加了。说实话，我很担心这样的事情在我身上发生，我不是个英雄，我也怕死。不过，有些事，答应了就要去做。人，无信不立。"医生叹了口气说道，在这一刻，陈默没有在他脸上看到恐惧和担忧。

"医生，十三床病人不舒服，您来看一下可以吗？"护士的声音从远处传来，医生连忙起身向前走去，陈默也一同站起身。就在医生走到帐篷门口的时候，陈默叫住了他。

"嘿，你有一句话说得不对。"陈默大喊道。

"什么？"医生疑惑。

"你说你不是个英雄，不对，你是个英雄！"陈默说道。

"你也是！"医生说完，走进他的战场。

"陈默，你该做点什么了。"陈默用力拍了拍自己的脸，夜晚的凉意让他清醒了很多。陈默转头望去，苍茫夜色中，黑暗笼罩了一切，模糊了一切，他努力分辨着，想从这片夜色中，找到一些自己需要的东西。

第一二章　幕后黑手

再见还是永别

医疗点只管病患的早饭，陈默和电门只能一边看着对方熬的热乎乎的粥，一边嚼着干巴巴的压缩干粮。

就在陈默把饼干嚼得满地碎屑的时候，电话响了起来，屏幕上没有显示号码，陈默犹豫了一下，按下接听键，之前那个声音再次传来：

"人的耐心都是有限的，很多事情总要有个结局，或者你给我需要的东西，或者，我给你两具不错的尸体。"

"我们在哪里见面？"陈默吐掉嘴里的渣滓，直接开口问道。

"任何地方，内比亚任何地方。"对方没什么犹豫，将问题甩给陈默。

"末日镇，怎么样？"陈默提议道。

"什么时间？"对方询问。

"明天一早，我希望能按约见到我的同伴。"陈默提醒道。

"我们拿到各自需要的东西。前提是，不要让我觉得受到欺骗。"对方说完，挂断了电话。

"怎么了？"直到陈默挂断电话，一旁的电门才开口问道。

"明天一早，末日镇，他们带炸点和机械师过来。"陈默简短地说道。

"我和你一起去。"电门擦了擦手，将几乎没怎么吃的干粮扔在一边，起身说道。

"是的，你负责把他们两个带回来，剩下的由我来做。"陈默点点头说道。

电门没有疑问，迅速起身走向车子，拿出武器利落地整理起来。

陈默却没有行动，他发觉自己完全不知道该准备点什么……

他从口袋里拿出那个银灰色的圆柱体。那是一个比普通钥匙略大一点儿的东西，通体灰白，却没有任何缝隙，看着似乎不起眼，却被雕刻得很精致。

陈默曾经试着打开，但结果并不理想，根本无从下手，上面没有螺丝，没有触点，没有按钮，整洁得就仿佛一体铸造的，但重量却很轻巧。

"你到底是什么东西？"陈默心中不断询问。

第二天，太阳还懒懒地躲在地平线下的时候，电门和陈默已经全副武装地坐在车里。

猛禽的油箱里装满了汽油，足够他们往返。车子的后座上，M24和其他武器在晨光下闪烁着淡淡的光芒。

陈默把约定的地方设在之前购买情报的那个店铺，在那里，他曾被电门的前男友狙击，差点死掉。

不过，这一次，他应该不会这么倒霉了。

车子停在店铺门口，或许是恐惧作祟，发生那一切之后，没人占据这里，破败的店铺依然破败，交战的痕迹依旧清晰地留在屋里的角角落落。如果仔细观察，可以看到一些已经变得暗红的血迹。

陈默随手捡起一张还算完好的凳子，一屁股坐了下来，对电门招了招手。

"去那边等我消息，一旦放人，找个机会带他们离开。"陈默指了指街对面对电门说道。

"你怎么办？"电门看了看周围，不放心地问道。

"什么怎么办？"陈默反问。

"就算你真的把东西给他们，他们也不会放过你的。"电门刻意提醒了一句。

"所以，我不打算给他们。"陈默露出一个得意的笑容之后，对电门说道。电门一脸迷茫。

就在电门想开口说话的时候，电话铃声再次响起。

陈默挥了挥手，电门咽下想要说的话，按照陈默的布置离开房间。直到她离开，陈默才接通电话。

"你到了？"那边的人问道。

"是的！"陈默回答道。

"祝你好运。"对方说完，挂断了电话。

"你的要求真高。"陈默对着忙音说道，然后收起电话，耐心地坐在自己的座位上。

引擎声是在稍后响起的，在一阵喧嚣之后，卫队长带着一群人冲了进来，陈默瞬间被一群AK包围，每一个枪口的主人都挂着一脸想要打死他的欲望。

"东西呢？"卫队长冷冷地问道。

"人呢？"陈默反问道。

炸点和机械师从人群后被拽了过来，卫队长挑衅地掏出大号左轮手枪，慢慢地搬动击锤。

"收起这一套吧，如果有用，你早就搞定了。"陈默鄙夷地看了对方一眼，将目光投向炸点和机械师。

两个人都被揍得不轻，炸点的眼睛已经肿得睁不开了，机械师的额头还在流血。不过看到陈默，两人都露出会心的笑容。

"放了他们，在确定他们安全之后，我把东西给你们。"两个人没死没残，已经超出了陈默的心理底线，他满意地点点头，再次要求道。

"见到东西我才会放人。"卫队长生气地说道。

"行了，你知道那不可能，或者你答应我的要求，或者，你干掉我们三个，怎么样？"陈默反问。

两人对峙了好一会儿，卫队长选择了妥协。

"放他们离开！"他命令道。有人走过来，解开束缚他们的尼龙扎带，两人揉了揉手腕。

"我可以留下。"炸点说道。

"带他走，电门在等你们。"陈默没理会炸点，对机械师说道。后者点点头，拉着炸点离开，炸点还想说点什么，但直到离开，陈默都没有给他开口的机会。

"我的东西。"卫队长再次要求道。

"等我确认他们安全之后再说。"陈默一脸笃定地说道。卫队长有点不耐烦，但只能耐心等着，他不在意那两个家伙安不安全，毕竟陈默在他手里，有这个人在，东西就不会离得太远。

沉默的等待让时间变得漫长，当所有人的表情都变得不耐烦时，电话终于响起。

电话是电门打来的，接通后，里面传来之前确定的暗号——几声轻微的敲打声。陈默露出微笑，挂断电话。

"他们安全了，现在，把东西给我。"卫队长再次要求道。

"你们要的是什么东西，可以给我说一下吗？这样，我才方便找给你们。"陈默看了一眼焦躁的卫队长，微笑着说道。

"你应该很清楚，长老交托给你的东西，现在你要用它来换你的命。"卫队长恶狠狠地说道。

"是吗？但你总要告诉我，它是什么，比方说，长什么样子，是不是该带一个插头，你知道，我的记性不是很好。"陈默耸耸肩膀，一脸无奈地说道。

"你在开玩笑吗？不过，你那点可怜的幽默感帮不了你什么。"卫队长冷笑着挥了挥手，手下立刻张牙舞爪地冲了过来。

众人仿佛恶犬一样开始搜身，甚至连陈默的衣服都完全脱掉了，一寸寸地寻找着，但什么都没有。

当最后一个人将鞋子重重地摔在地上，然后失望地向卫队长摇了摇头时，被消磨掉最后一点儿耐心的卫队长终于愤怒地冲过来，一把抓住陈默的脖子。

陈默只感觉脑袋仿佛被勒住了一样，连思维都凝固了，然后他整个人被提了起来，拉扯感让他后悔多了一具身体。

"告诉我，它在哪里？你把它放在什么地方了？我保证，我会让你死得没有痛苦。"卫队长对着陈默的脸，一字一句地说道，带着腥臭味的口气让陈默几欲作呕。

"它……它被我放在……"陈默艰难地说着。卫队长认真分辨着，终于，他一把将他摔回到地上。

"它在哪里？"卫队长再次询问道。

"它被我放在一个你死也找不到的地方。"陈默贪婪地呼吸了两下，抬起头对着卫队长露出一个胜利的微笑。后者愤怒地冲过来，可就在他准备再次对陈默施以暴行的时候，枪声忽然响起。

所有人都是一愣，可在他们还未反应过来的时候，一架直升机呼啸着降落在店铺门口，紧接着，是一群从天而降的全副武装的士兵。

他们每个人都带着面罩和臂章，臂章上标志着内卫部队的番号。每个人的行动都专业而迅速，在冲进房间的第一时间，就控制了所有人。

场面在一瞬间被逆转，当卫队长不甘心地交出武器时，在一群士兵的簇拥下，一名中年官员大步流星地走进房间。

"你好，我是红的上司，内政部调查司司长，你可以叫我本，我们之前在电话里联络过。"男子走过来，站在陈默面前自我介绍，在打量了一眼陈默后，向身后挥了挥手，"给他一件衣服。"

有人走过来递给他一件风衣，陈默穿上后走到卫队长面前。

"我们应该说再见还是永别？"陈默冷笑了一下，从一旁的衣物中，拿回自己的电话，然后在众人的簇拥下离开。

身后，卫队长愤怒地咆哮着，但很快被淹没在嘈杂的声音中。

陈默在本的陪同下，坐上直升机。飞机旋翼卷起巨大的气流，在弥漫的烟尘中越来越高。

端　倪

两小时后，直升机降落在内比利亚城外。简易机场外等候多时的车辆在众人下机后，立刻启动，带着他们驶向城中。

当车子再次停下的时候，久违的内政部大楼出现在陈默眼前，这是他第二次来到这里。第一次，他是一个潜入者；第二次，他是一名客人。

在本的带领下，两人走进内政部本的办公室。

"好了，有什么事都可以对我说了，这里没有其他人，而且绝对安全。"轻轻关上房门，本走到酒柜旁，从里面挑剔地拿起一瓶酒，为两人各倒了一杯，然后回到自己的座位上对陈默说道。

"我是特别行动队队长红的线人，授命调查三年前那次联合国车队遭到袭击的案件。"陈默想了想，决定从头开始说起。

"这个我知道，还有其他的吗？"本将酒递给陈默，浓浓的香味在杯子轻微的晃动下弥散开来。

"我们调查的结果，认为这是一次有预谋的袭击事件。"陈默补充了一句，本的样子立刻认真了很多。

"查出什么了？"他问道。

"暂时还没有，我们不知道他们为什么要袭击联合国车队，不过只要给我足够的时间，我会弄清楚。"陈默向对方保证道。

"算了，这件事先放一放，现在需要弄清楚内亚族的那群杂种到底想干吗。对了，你手上拿了他们的东西，是什么？"本将话题转回到之前。

"我不知道那是什么，看着像一粒胶囊，博格长老交给我的时候，什么也没说。"陈默想了想说道。

"它在哪里？"本有点激动，连忙追问道。

"在我这里，我把它藏起来了，他们没找到。"陈默指了指自己的头发说道，然后伸手从里面摸出一粒银色的"胶囊"，递给对方。

"这就是他们要找到的东西？"本有点激动，接过"胶囊"，仔细打量着，"它比我想的要小一些。"

本小心地拿着它，对着光芒处仔细打量了好一会儿，才看向陈默说道。

"这到底是什么东西？"陈默问道。

"一种高级密钥，钛合金的外壳，里面封装着电路板，通过银行特有的终端来验证身份的，富豪们通常用它来保护自己的财富，其实我也是第一次见。"本小心地将"胶囊"收到口袋里，对陈默说道。

"红怎么样了？"陈默点点头，再次询问道。

本看了他一眼，就在他准备回答陈默的问题时，电话响起。本接通电话，在询问几句后放下了电话。

"我出去一会儿，马上回来。"本快步走出房间。

本消失了大约十分钟，当他再次推开门的时候，陈默依然坐在自己的位置上。

"你刚才说什么？"本问道。

"红怎么样了？她为什么会被逮捕？"陈默问道。

"哦，她本来不该被逮捕的，其实我一直很看好她，但她知道得太多了。"本匆忙地说道，然后拉开门。

"进来吧！"他对门外喊道。喊声中，两名全副武装的士兵走了进来。

"带他下去，拉到城外干掉他。记得，不要留下什么痕迹。"本指了指座位上的陈默。

"怎么回事？"听到本的命令，陈默讶然，他一脸疑惑地看向本，大声询问道。

"没什么，你已经没用了。它在我这里，我会把它交给博尔特那个蠢货，然后他会为我去做那些我不方便做的事情。"本摊了摊手，示意身边的人立刻动手。

"我能再问最后一个问题吗？"看到两人走过来，陈默退后了两步，大声要求道。

"电影里的反派，总是在故事的最后说一些不该说的话，不过我不是，所以很抱歉，不能回答你的问题。抓住他！"本没兴趣地摇摇头，再次命令道。

两名士兵扑了过来，陈默绕过桌子躲避着两人。

"这是关于你的问题。我想问，你刚才是不是接了一个博尔特秘书的电话，她告诉你，博尔特有东西要交给你？"陈默绕到本的座位后面，向他询问道。

本愣了一下。趁着这个机会，陈默忽然抬脚向他身后的墙壁踹了过去，清脆的撞击声之后，坚固的墙壁多了一个大洞。

那是一个密室，之前他和红来过。

"抓住他！"本大喊道，激动得有点失态。当两名士兵反应过来的时候，陈默已经利落地钻进黑黢黢的通道。

嘈杂的喊声从他身后传来，有人笨拙地向上攀爬，有人在摔倒，还有人喊叫着，但这一切与陈默无关，他努力回忆着之前的一切，按照记忆向出口爬去。

时间变得有点缓慢，每一个路过的通风口都有人在跑动、叫喊，整个内政部似乎都变得混乱起来。不过这对陈默来说并不是坏消息。

爬行了一段时间，他来到出口。确认没人之后，陈默整理了一下身上唯一的风衣，从容地向大门口走去。

有警卫在跑，有人不明所以，但无论是哪一部分人，他们都不认识陈默。本为了保密，没有将他到来的消息说出去，现在，想抓住他恐怕要付出更大的代价。

陈默从容地走出内政部的街区，在略微判断了一下方向之后，他快步向红的公寓方向走去。

他在那里藏了一支 M4，现在是该用到它的时候了。

前往公寓的路上，一切如常，行人们并没有因为内政部的混乱而受到干扰，这也为陈默减少了不必要的麻烦。

公寓房间仍然被封闭着，房间里的摆设也如离开时一样，陈默悄然走进房间，再次出来的时候，手里已经多了一只鼓鼓囊囊的袋子。

M4 在手，让陈默增加了些许信心，对后续的计划有了更大的把握。

现在，他需要制造混乱，在内比利亚制造混乱。虽然这种行为有悖于他之前所做的一切，但现在只能这样，因为，他很有可能要面对整个国家机器的碾压。在面对如此强大的敌人的时候，任何出格的自保行为都不算过分。

陈默背起枪快步走出公寓，在他走出一个街区之后，一辆辆警车接连停到红的公寓门口，警察们蜂拥着冲向公寓。

可是他们来晚了，此刻的陈默已经走在通往下一个目标的路上——电视台。

制造动乱的最好办法，就是散布恐怖危机。当大家人人自危的时候，没人会在意其他的事情。

绕过两个街区后，陈默来到内比亚国家电视台。门口，警卫们悠闲地交谈着。治安状况正在变得越来越好，他们不认为会有人大白天来这里捣乱，所以，无论是言语还是行为中，都透着散漫和轻松。

陈默看了一眼高耸的电视台大楼，轻轻整了整衣襟，遮住自己半个面孔。

走到角落，他迅速从枪袋里拿出M4，熟练地检查一遍之后，裹进自己的风衣。

冰凉的枪身和身体接触时，一丝寒意，让陈默的身体不自觉地颤抖起来。

走到门口，两名警卫并没有注意到他。直到陈默试图走进大门时，才被警卫拦住。

"嘿，兄弟，这里不是商场。"一名警卫打量了陈默一眼，开口提醒道。陈默没理会对方，继续向前走，另外一名警卫连忙凑过来拦住他的去路。

"嘿，伙计，你应该听到他说什么了，最好……"警卫大声斥责道，但话只说了一半，就不得不闭上嘴巴。

M4的枪口对着两人，相比之下，他们手里的点38口径左轮渺小得就好像玩具。

陈默没有和他们多说什么，他只是挥了挥枪口，两人立刻知趣地走进大门。

空旷的大厅里，没人注意到三个人走进来。陈默将两人带到警卫室，示意他们用手铐铐住自己之后，才剪断报警器和电话线，反锁房门后向电梯走去。

电梯里标注着播放大厅的位置，进进出出的办公人员并没有注意到陈默有点潦草的打扮，直到陈默走出电梯，走向直播大厅，才恍然有人觉得这个人似乎不属于这里。

"嘿，你有什么事吗？"一名工作人员打量了陈默一眼，拦住他询问道。

陈默拿出M4，对方立刻知趣地向后退却。陈默推着对方走进直播大厅，眼前的一切在他看来都是那么新鲜。

摄像机前，女主播正进行直播前的准备，远处导播气急败坏地抱怨着，不过这一切因为陈默的到来戛然而止。

"把你的丝袜脱下来。"陈默径自走过去，用枪口对着女主播低声命令道。

后者一愣，不过M4的威胁有足够的说服力让她做任何事。女主播迅速脱掉丝袜，递给陈默，后者随意套在头上之后走到摄像机前。

"把我的话一字不漏地播出去。"陈默用枪口对摄像师打个手势,后者乖巧地打开机器,明亮的光芒照得陈默很不适应。

"这里是果刚族极端组织——神的愤怒,我们秉承神的旨意,要制裁你们这帮异教徒,我们已经在这座城市里布置了十六枚炸弹,它们会在一定时间后爆炸。我们这么做,是对你们不遵从神的意志的警告。我再次宣布,神的愤怒对这次行动负责。"陈默对着屏幕胡诌道。说完打了一路腹稿的台词之后,他叫停了直播。

"怎么样?"陈默走下直播台,摘下丝袜还给女主播,接着向一旁目瞪口呆的导播问道。

"还好,很自然,只是名字有点,您知道,有那么一点点 LOW。"导播试图用亲热的态度拉近与陈默的关系,点评既真诚又准确。

"我也这么想,下次换个名字。"陈默笑着说道。

这时,警铃忽然大作,陈默看了看四周,利落地推门向外跑去。

逃跑是门技术,陈默对此并不陌生,甚至可以说很熟练。他顺着人流向前奔跑着,敏锐地捕捉着周围的动向。

四周,一群群警卫围拢过来,但还没等他们靠近,陈默已经举起手里的 M4 扣下扳机。枪声仿佛惊蛰的雷声,骤然惊动了所有奔跑的人,大家仿佛潮水一样向出口冲去,裹挟着陈默也一同向前跑去。

人群隔绝了警卫,让陈默无惊无险地来到街上。

街道上,混乱也在同时发生,刚刚被直播出去的新闻让所有人的神经再次绷紧。随之而来的是枪声和警铃声,成为压垮首都人们神经的最后一根稻草。

街道上也有人在奔跑,至于为什么奔跑,奔跑者也不知道,他们只想快点离开让他们感觉危险的地方,而这也能帮助陈默从容离开。

随手拉开一名准备上车的男子,陈默跳上他的汽车。克服了心理障碍的他,再次拥有熟练的驾驶技能,操纵着汽车向城外冲去。

混乱很快被陈默甩在身后,看着不断有警车和警察向城内冲去,陈默露出颇有成就感的微笑。

现在,他需要一部电话,然后开始新的一轮谈判。

车里正好有一部,陈默拿起来,熟练地拨出自己的号码,在耐心等待片刻后,电话被接通。

"说说,你是怎么看出来的?"接电话的是本。他本以为对方还会伪装一会儿,却没想到对方已经没兴趣继续假装下去了。

"反派总是喜欢在结局说出自己的布局。"陈默笑着回了一句,果断地挂断了电话。

车子此刻已经驰出首都,对方恐怕暂时没法跟踪他。现在正好有空,陈默觉得趁这个机会,可以把另外一件事办好。

他拿着电话拨通另外一个熟记的号码,等待片刻后,电门的声音从话筒里传来。

"你安全了吗?"两人同时问道。

"还好,按照你的吩咐,我带着队长他们离开医疗点了,现在……"电门左右张望了一圈,发现她对这里很陌生,"我也不知道是什么地方。"

"待在那里,无论接到谁的电话,都不要相信,哪怕是我的。"确认电门他们安全之后,陈默再次要求道。

"你在干吗?"电门追问。

"穿着一件风衣,开着一辆不错的跑车,在路上兜风。"陈默老实地说出自己目前的情况。

"还有呢?"电门有点不明白,再次追问道。

"还有,我需要一条合适的内裤,否则会很尴尬。"说这番话的时候,陈默正在踩油门,分开的下摆露出不该露出的身体。

"祝你好运。"电门脸红,挂断了电话。

电话铃再次响起,陈默看了看屏幕,是自己的号码。

"你最好换个号码,我可不想为你付电话费。"接通电话,陈默开门见山地说道。

"我查过了,你的号码是政府在为你支付费用,我有权使用。"本生气地说道。

"你给我来电话就是为了说这个吗?"陈默反问。

"不,不只是这个,我想告诉你的是,如果我是你,我会用最快的速度回国和亲人告个别,因为,我会通过合法途径通缉你,引渡你。"本直截了当地说道。

"为什么?因为我打破了你的柜子?"陈默饶有兴趣地反问。

"你知道得太多了。"本说道。

"我不这么觉得,我知道的你都知道了。哦,也不是,还有一件事只有我知道,你不知道。"陈默想了想,忽然说道。

"你是想和我讲条件吗?"本冷冷地质问。

"不,我是在提醒你,我不是一个诚实的人。"陈默笑着说道。电话那边,本感觉到了一丝异样,他努力回想着与陈默接触的点点滴滴,却没有发现异常。

"故弄玄虚?"本说道。

"不,只是一个善意的提醒。我给你的那粒'胶囊',它只是一粒胶囊。"陈默笑着说完,挂断了电话。

本听到这句话,猛地放下电话冲向坐在桌子前的博尔特,伸手从他手里抢过刚刚递给他的胶囊。

他用力捏住胶囊,发现陈默是诚实的——胶囊撒出粉末,沾了他一手。

猫鼠游戏

电话再次打来的时候，陈默正在和人讨价还价，带着钥匙的跑车为他换来了一身不错的衣服、几部电话，和一辆加满油的越野摩托。

"你有什么条件？"本问道。

"让我们先换一个话题，如何？"陈默没理会本的提议。

"可以，你想知道什么？"本继续询问。

"不如说是你想知道什么。比方说，你一定很奇怪，你是怎么暴露的。"陈默跨上摩托，用力拧了下油门，轰鸣声中，车子向前开去。

"我也很奇怪，不过我可不想为这点好奇支付什么报酬。"本说道。听到他的话，陈默哂笑了一下，油门一拧，摩托骤然加速冲向荒野。

本在拖延时间，陈默很清楚，当一个理性的人忽然想要跟你聊天时，通常意味着他掌握着什么，就比方说，现在。

陈默自然知道对方想干吗，不过他并不在意。

"基站的分布是八百米一个，我的时速超过六十公里每小时，每个基站的停留时间不超过一分钟，所以，你想依靠基站定位，恐怕有点难度。"陈默看着迈速表一直稳定在六十公里的时速上，才对本说道。

听到他的话，本不相信地看了看已经在自己办公室里展开定位设备的手下，在确认无法跟踪后，才压抑着愤怒呼了口气。

"那我们可以放心聊天了。"本冷冷回道。此时此刻，他只能忍耐，毕竟陈默的手里有着他们都需要的东西。

"抓住别人软肋的感觉确实不错。"陈默打了个哈哈，忽然转向另外一个方向。

"开始之前，我要讲一个我听过的故事。故事的主人公是两个对自己妻子厌烦的男人，这两个男人因为各种原因无法离婚，都很想杀死自己的妻子，但迫于对刑法的恐惧，他们迟迟没有动手。直到有一天，他们互相认识，构思了一个堪称完美的计划，互相杀死对方的妻子。怎么样？这是不是一个完美的计划？"陈默在电话里平静地说道。但听到他的话，无论是本，还是坐在本身边的博尔特都露出严肃的表情。博尔特甚至从座位上一下子站起来，不过还没等他开口，本却率先制止了他，随后对房间里的其它人打了个手势，目送着那些人离开房间，才缓缓开口。

"你想说什么？"本压低声音质问道。原本一直冷静的他，此刻却压抑着恐惧、愤怒和疑惑。此时此刻，本迫切想做的，就是抓住陈默，然后用自己能知道的所有办法，一点点地折磨他，直到他在自己面前哭着求饶，死掉，然后被烧成灰，毫无痕迹，才能平复他心中的愤怒。

"你们俩就是那对无聊的中年男人，你们各自看腻了自己的妻子，于是选择帮助对方干掉她们。当然，你们并不是真的干掉了自己的妻子，而是为之服务的对象，你——想要干掉内比亚的合法政府，而你的同伴——博尔特——想要干掉他的老爸。"陈默平静地说出自己的猜测。电话那边，久久无声。

博尔特已经无法忍耐了，指着电话几次想要开口，但都被本制止。

"你是怎么知道的？"本思索良久后才打破沉默，冷静地问道。

"我该以什么身份回答你的问题呢？故事里的反派，还是主角？"陈默揶揄了一句。

"都可以，在我看来没什么区别。"本不得不敷衍了一句。

"好吧，在故事里，谜底总是要被揭开的。"陈默想了想，缓缓说道。

"最开始我并不知道这一切，我只是疑惑，为什么内亚族的极端派别会不分敌我地同时向果刚族与内亚族发动袭击。当然，一旦我们把这些行为归为恐怖袭击，很多怪异行为我们都会认为是正常的，直到我发现了一个奇怪的现象。"陈默停顿了片刻，卖了个关子。

电话这边，博尔特想要追问，却再次被本制止，后者只是看着电话，耐心等待着，幸好，陈默并没有让他等多久。

"发生在内亚族和针对内亚族人的袭击事件，都是由雇佣兵执行的，而所有针对果刚族的袭击，则是由内亚族人执行的，是这样吗？"陈默反问道。

博尔特脸上已经挂满了焦躁，只有本依旧保持着冷静。

"是的，发现这点并不难，谁都可以这么做，可以是我，也可以是别人。我只是很奇怪，你是怎么发现我的？"本继续追问道。

"我并没有猜到是你，即便你让人抓走了红，我依然没想到是你。我只是因为曾经那个家伙的原因，知道政府里一定有一个反派存在，但这个反派可以是普通的文员，可以是门卫，可以是警卫，可以是任何人，范围太大了。如果你不出现，我根本无法怀疑到你身上。"陈默并没有如本所愿说出什么破绽，但又因此加深了本的疑惑。思索了片刻，本似乎明白了陈默的意思。

"你是说，我自己暴露了自己？"他有点惊讶地问道。

"是的，是你自己暴露的。在博尔特失败之后，你选择和我谈，当然，这并不是我发现你的原因，因为你一直用理智和逻辑掩盖你的身份和目的，但你忽略了一点，你不该将我透露给你的秘密当作谈资和笑料。"陈默最终说出了本的破绽。

"三年前那次针对联合国车队的袭击事件，你才是始作俑者。而在最近一段时间，针对博格长老、博德长老以及内亚族的屠杀事件，都是你一手策划和命令的。"将一切推理和猜测说出来的那一刻，陈默忽然有种如释重负的感觉。能将这一切解开，除了依靠努力和涉险之外，还需要不错的运气，尤其面对本这种翻手为云覆手为雨的角色，更是难上加难。

但至少陈默知道，自己的判断是对的。真正的恐怖组织，除了博尔特的领袖营，还有这个本，和他背后的势力，他们才是一切灾难的始作俑者。

"完美，我不得不说，你的推断无懈可击。而且，你其实一直在录音吧？"片刻之后，本再次开口道，"称赞"的口气冷冷的，毫无诚意。

听到这句话，陈默内心一凛，本能地低头看了看，手机屏幕上，录音依然在持续着。

是的，陈默一直在录音，这也是他浪费这么多时间陪对方聊天的原因。红是被本派人抓走的，如果没有证据，红一定会成为替罪羊，当然，前提是她还活着。

所以，陈默需要证据，证明本的罪行。不过此刻被对方猜出自己的布置，也确实让陈默感到恐惧，不过也仅限于恐惧而已。

"那又怎么样？"陈默索性摊牌。

"你之前在电视台的闹剧，其实是为了牵制政府的武装力量，避免他们为我所用，是吗？"本继续追问道。

陈默听得冷汗直冒。是的，他那么做，就是为了牵制政府的武装力量，尤其是内政部的特别行动队，他们可不是什么乌合之众，而是极其精锐的力量。如果可以选择，陈默宁愿一辈子见不到他们。

"是的，不过你还可以雇用很多雇佣兵来帮你，就像之前那么多次针对内亚族的袭击事件一样。"听到本的询问，陈默索性大方承认。面对聪明人，无聊的耍心眼儿毫无意义。

"你是个很自负的人，对自己的布置和安排充满自信。"本继续说道。陈默知道他说的是什么，利用摩托摆脱基站定位，他用得如此纯熟，自然是因为他笃信对方无法定位他的位置，所以才会无所顾忌。

"你不会真的以为，我对你的布置如此好奇，只是因为我想知道问题出在哪里吧？"本继续说道。

陈默一阵讶异，隐约明白了本的意思，可念头却一闪而过，根本无法抓住。

"你想说什么？"陈默冷冷地问道。

"亲爱的朋友，看看头顶！记得，露个笑脸。"本微笑着对陈默说道。

陈默本能地抬头望去，看到的是令他肝胆欲裂的一幕。

远处，一架猎杀者无人机正飞速冲来，机翼下，一枚对地导弹已经点火，借着巨大的惯性向陈默袭来。

陈默所能做的最后一个动作，就是用力拧动油门，同时，爆炸发生了！

电话里传来的最后一个声音，是猛烈而有力的爆炸声，声音已经超过了电话所能承受的极限，变得驳杂不清。

即便如此，本和博尔特也依然能感受到这次袭击的强烈程度。不过虽然消灭了陈默这个后患，但两人对这次袭击却抱有不同的看法。

"你不该杀掉他，他拿着我所有的钱！"博尔特对本大声叫喊道。

"我没杀他之前，他也没有想要还你钱的意思。"面对质问，本对博尔特冷静地说道。

"那我现在怎么办？没有钱，我没法买武器，他们就在外海，但他们只认钱。"博尔特焦躁地问道。

"冷静，冷静，我的朋友，愤怒会让你成为蠢货，钱的问题我们总会解决的。只要我们完成计划，整个国家都是我们的。"本安慰着博尔特，嘴角却露出一个不易察觉的笑容。

陈默，这个家伙知道得太多了，幸好他已经死了！

第一三章 始作俑者

换个身份

虽然渐渐清醒过来，但陈默依然躺在那里一动不动。在他头顶，攻击无人机正在往复飞行着，试图找到被埋在土里的陈默。

可惜在飞了好几个来回之后，操纵者依然没有找到陈默。最终，在油料显示灯的提醒下，无人机只能选择离开。

目送着无人机越飞越远，陈默才吃力地将自己从土里挣出来，一屁股坐在土坡上。

刚刚发生的一幕历历在目。那是一枚地狱火导弹，原本是用来打击装甲目标的反坦克导弹，后来被用在无人机上执行刺杀任务。

而这一次，陈默成了它的猎物。

本差一点就成功了。不得不说，对方无论是在智力还是实力上，都不是陈默所能比拟的。陈默努力将所有可能的潜力都发挥出来的结果是，差点被人干掉。

陈默努力站起身来，方圆一百多米范围内，各种碎片和残骸散布在地上，星星点点的。一枚地狱火的威力相当于一枚155榴弹炮炮弹的威力，六公斤的装药量，可以轻松消灭半径六十米范围内的所有有生力量。

陈默本来不能幸免，幸好有那辆摩托车，当然还有他敏锐的反应。

在导弹降临的瞬间，陈默用力拧动油门，车子近乎擦着导弹的边缘飞出去，车子滑倒的同时，陈默用带着的M4向摩托车的油箱扣动扳机。

足够让他驰骋几百公里的装满的燃油的油箱在导弹爆炸的瞬间一同爆炸，巨大的反作用力让它承担了爆炸反应装甲的作用，为陈默消减了足以致命的冲击力和伤害，才让他顺利逃过一劫。

但这并不值得庆幸，相反却让他警醒。他此刻面对的并不是什么简单的对手，而是代表着两大势力的敌人，他们意图搞乱甚至颠覆一个合法政府，而自己之前却仅仅只是把他们当作侦探小说里的反派。

陈默以为自己的布置万无一失，但实际上却不堪一击。他以为自己有可以与对方有谈判的筹码，但对方却在关键时刻果断作出取舍。

这一次，陈默输了，代价就是他差点死掉。终于明白红的思路和做事方式，找出烂核桃费时费力，砸碎所有的核桃省时省力。

如果陈默就此退缩，他或许还能有一个好的结局，但如果他继续宣战，那么就必须保证自己不能输掉。

陈默提醒自己，这一次侥幸逃脱，他已经用光了所有的运气，他再也没有运气和资本可以挥霍，所以，必须做到万无一失。

茫然地站起来走到山坡上打量了一圈，在确认了方向之后，陈默蹒跚向前。

一切又从头开始了，他需要找一个地方休息一下，弄一件衣服，再找一个突破口。

迪希从一早起来，就觉得自己的眼皮在跳动，有的人说这不是好兆头，有的人认为这只是休息不好。迪希依稀记得中国朋友会用左右眼睛的区别来占卜这一切，可惜他忘记了他们所说的方法。

就在他忐忑着洗完脸，吃过妻子准备的早餐准备出门的时候，一个人忽然出现在他眼前。对方带着一股浓重的硝烟味，仿佛被烤糊了的山羊。迪希被"烤糊的山羊"一下子带进院子，然后又被山羊拎小鸡一样熟门熟路地带进房间。

直到两人再次坐好，迪希才看清山羊是自己认识的人。

陈默！这个人让他记忆深刻。

"先……先生，你想干吗？"迪希询问了一句之后，惊恐地看了看身后。幸好老婆和孩子们没有发现，否则又是一场麻烦。

"给我弄身衣服，还有，找一点儿吃的。"陈默看看身上被烧得斑斑驳驳的衣服，龇牙咧嘴地脱掉之后，对迪希说道。

后者无奈，只能起身从柜子里找到两件适合陈默穿的衣服。陈默毫不在意地在迪希的注视下换上衣服，然后拿起他剩下的早餐大口吃了起来。

"您吃饱后可以离开吗？"迪希看着陈默狼吞虎咽地吃着东西，在一旁赔着小心，战战兢兢地问道。

"我走了一天一夜，可不是为了听你说这句话。"陈默看了他一眼，不满地说道。

"先生，我已经改邪归正了，我不再去做犯法的事情了，我现在是守法公民。"迪希低声保证道，声音里充满了请求和妥协味，不过这并不能感动陈默。

"我救了你一命，你得报答我。"陈默看着对方说道。

"你想要钱吗？虽然我提供不了很多，但我会尽量满足你的。"迪希似懂非懂地点点头，忐忑地说道。

"不，不要钱，我想要去见你的老板，阿夫伦，我要跟他谈一笔大生意。"陈默将最后一口甩饼塞进嘴里之后，向他说道。

"天啊，你疯了吗？你已经得罪过他一次了，你还想再来吗？他会杀了你的。"迪希听到陈默的要求，一脸惊恐地提醒道。之前他所做的事情已经彻底把阿夫伦惹火了。在他们走后，阿夫伦将原先所有的保镖都赶走了，重新换了一批新人。

虽然老板并没有惩罚他，但迪希很清楚，这只是因为老板对他心怀愧疚罢了。毕竟他差一点死掉，但如果再来一次，迪希不敢想象自己会有什么样的后果。

"考虑好了吗？什么时候走？"陈默嘬了嘬手指头，意犹未尽地向迪希问道。

"您真的考虑好了吗？我是为你考虑，你知道的，这很危险。"迪希小心地阻止着。

"更危险的是，你的老婆孩子会看到我手里的这把枪，还有我。"陈默拍了拍身后背着的 M4，原本一脸忐忑的迪希瞬间变得恐惧起来。

"好吧，既然你希望，我带你去。不过，你考虑考虑，我真的是为你好。"迪希无奈地起身，拿出一件最好的外套穿上。

在迪希的陪伴下，两人起身前往阿夫伦的家里。

迪希的破车让他们免于步行，也让陈默能有幸赶上阿夫伦丰盛的午餐。

阿夫伦看重生活质量，虽然是在内比亚这个战乱又贫穷的国家，但他对自己的每餐饭食都极其认真，不会敷衍了事。

一张六米长的餐桌，被摆得满满的，同往常一样，这应该是他一天中难得的放松和享受的时刻，如果陈默没有出现。

此刻，陈默就坐在他对面，大口吃着鸡肉卡拉奇饺子。阿夫伦记得，那是用酸奶浸泡过的烤鸡肉。

他皱着眉头，没有说话，然后看着陈默端起一碗米饭，那是用番红花浸泡过的水煮的金色大米饭，配以孜然和小豆蔻，佐餐的是小羊腿。

"这是我最近吃过的最饱的一顿，谢谢你。"或许感受到了阿夫伦的愤怒，陈默用餐巾随意地擦了擦嘴巴后说道。

不过阿夫伦并没有听出丝毫的真诚，尤其他在吃完饭之后，又拿起了步枪和手雷——那是陈默从他保镖手里抢过来的。那个家伙看到陈默举起的枪之后，甚至连犹豫都没犹豫一下，就将所有的武器一股脑地交给了陈默。

阿夫伦礼貌地笑了笑，压抑着心中的不满和冲动。没办法，如果惹恼陈默，这个家伙很可能会杀了他。阿夫伦由衷地认为，自己的生命更值钱一点儿，所以他只能忍耐一下对方的不礼貌。

"你那艘船还在海上吗？"陈默看了看周围，漫不经心地问道。一群保镖正瑟缩在角落，怯懦地看着陈默，和他手指上不断绕动的手雷。

"是的，不过它不属于我，也不会因为我的原因而改变什么，所以无论你想用我来勒索什么，你都不会达到目的。"阿夫伦尽量让自己的语气自然平和一些，但心中却非常不安。军火船的背后，是某些连他都不敢听的大人物，甚至可能是国与国之间的较量，陈默只是一个普通人，却敢觊觎这一切，这已经不是胆子大小的问题了，而是在找死。

"嘿，嘿，你弄错了，朋友，我不是抢劫犯，我只想当个商人，你懂我的意思吗？我想买下它来。"陈默听到阿夫伦的话，连忙摆手说道。

"你……你说什么？我有点没听懂。"阿夫伦一愣，不敢置信地询问道。他刚才好像听到了什么买的字样，也可能是对方语音不准，发错了音节。

"我说，我有兴趣买下你的那批货，你看怎么样？"陈默看着阿夫伦一脸置疑，一字一句地向对方说道。

"你想买……你想买什么？"阿夫伦依然不相信。就算此刻陈默用枪指着他的脑袋，他恐怕也要再问一遍。

"我想买下那艘船上所有的军火。"陈默再次重复道。

"钱，我要看到钱。"阿夫伦已经听清楚了，于是立刻要求。

"这个可以吗？"陈默将博格长老的那个银灰色密钥掏出来，扔到阿夫伦面前。

圆滚滚的密钥滚到阿夫伦面前，阿夫伦拿到手并没有动，而是一直盯着陈默看了好久，才将密钥拿起来端详了一眼。

阿夫伦不是村夫，他是见过世面的人，这个东西是什么他很清楚——一种目前最受欢迎的交易方式，没有痕迹，任何人只要满足条件都可以用它来交易，当然办理的条件也很苛刻。很多时候，资产没有进入超级富豪阶层的人，甚至连开户的资格都没有。

阿夫伦从看到陈默拿出这个东西的那一刻，对陈默的话就已经相信了一半。

"把我的电脑拿过来。"阿夫伦依然盯着陈默，仿佛只要一眨眼对方就会从梦中消失一样，千万不能让这个家伙消失。阿夫伦已经打定主意，如果身份验证成功，就意味着这个家伙真的能完成交易，还会替他接下这个烫手山芋。毕竟一天一万美金的停泊费用，对任何人来说，都不是一个小数字，虽然领袖营给了预付款，但那并不能支撑太长时间。

听到他的吩咐，用人迅速捧来一台电脑，阿夫伦看也没看地将密钥递给他。

"连接瑞士银行，验证真伪。"阿夫伦命令道。身边的用人接过密钥，放在感应插槽上，片刻之后，电脑里传来一阵悦耳的声音。

"现在，您只需要输入密码，那艘船上的一切就是您的了。"作为合格的商人，阿夫伦迅速将表情从傲慢调整为谦卑的微笑。他亲自捧着电脑走过去，将它放在陈默面前，赔着小心说道。

"在这里是吗？"陈默指了指屏幕上出现的数字，向阿夫伦问道。

"是的，是的，需要我们回避吗？"阿夫伦贴心地问道。

"不用，我现在还不打算提货，先让它们搁着吧。"陈默摆了摆手，随手将密钥从插槽上拔了下来。看到这一幕，阿夫伦的表情顿时一僵。

"您有什么顾虑吗？还是其他的什么？如果需要，我可以帮您解决。"阿夫伦强忍着心中的诧异，小心地试探着问道。

"我没有人手，我要先召集人手。"陈默懒洋洋地向后一靠，抬头看着身边的阿夫伦说道。

"这个好办，我可以帮您解决。只要去贫民窟，给他们一个简单的理由，会有无数人加入，您可以在短时间内，凑成一个师的规模。"阿夫伦连忙说道。

"你知道，我只是个莽夫，没什么军事才能，一个师我根本指挥不了。"陈默摆了摆手，脸上挂着浮夸的焦虑。

"我们还和世界上最好的黑水公司有合作，他们公司有很多训练和指挥作战的高手，价格非常合理。只要您需要，他们随时可以帮您打造一支优秀的部队。"阿夫伦再次说道。

"博尔特会不高兴的，那本来应该属于他。"陈默迅速说道。

"他？他只是个感情用事的蠢货，我从来不认为他能成功。"阿夫伦连忙摆摆手，对于博尔特这个客户，他已经失去了耐心，能让他一直等待下去的原因，仅仅是上面的那些人施加的压力，但他们只提供压力却不提供资金，资金链的压力让阿夫伦想立刻摆脱这一切。

"不如这样，让我考虑一下，给我一天时间？"陈默想了想，忽然对阿夫伦露出一个莫名其妙的微笑。

"一天时间？"阿夫伦愕然，不明白陈默的态度怎么会转变得这么快，刚刚还在信誓旦旦地想要买下一船的军火，现在却又反悔，这让他有点无法理解陈默的思维方式。

"明天我会登门拜访您的。"陈默笑了笑，随后起身向外走去。

"等等！"阿夫伦见陈默要走，连忙喊住他，陈默转头看向阿夫伦。

"呃，要不要，我派车送您？"阿夫伦说完，露出一个招牌式的笑容。

"不用，迪希有车，他很乐意带我回去。"陈默说着，向瑟缩在角落里的迪希招了招手，后者满心希望陈默会忘记他，但结果显然让他失望了。

我要见她

陈默没兴趣买一船军火，那玩意儿对中国人用处不大。中国人喜欢把火药变成烟花，而不是杀人的武器。

不过陈默很有兴趣知道博尔特住在哪里，所以他必须找到一个可以找到博尔特的人。

作为恐怖组织首领的博尔特，在内比亚政府的电脑里一直被列为绝密级的存在。对于他的所有信息，都会被事无巨细地直接报到内政部长面前。但这只限定于政府，对于一些特殊身份的人来说，别人费尽心思都做不到的事，在他们看来，并没有什么大不了的。

阿夫伦就是这种角色，陈默找不到博尔特，但不代表阿夫伦找不到。对于军火商人来说，很多时候，他们都是恐怖分子的座上宾。在他们看来，与这个恐怖分子头目会面，与去别人家做客似乎并没有什么太大的区别。

所以，陈默才会找到阿夫伦，暴露出自己想要买东西的想法。当然，更重要的是，暴露出他手里唯一的筹码。

这样，阿夫伦才会去找博尔特。原因很简单，陈默的那个东西，阿夫伦认识，也必然听博尔特说过。所以作为卖家，他一定要确定陈默的身份是否和博尔特有关。

陈默能做的就是跟着阿夫伦，只要跟着他，就可以找到博尔特。

对于陈默来说，这不是一次试探，而是一次反击。

陈默驾驶着迪希的车子远远跟随着车队，阿夫伦对于自己的安危过分注意的后果，就是让他的行动变得很显眼。长长的车队即便距离一公里也可以被轻易发现，这让陈默无惊无险地跟着阿夫伦一直来到博尔特的藏身地。

在行驶了一段时间之后，车队来到内亚族控制区内的一处村镇。这里距离内亚族控制区的重要城市赞亚并不远，但战略作用却可有可无，村子里的人可以很方便地前往赞亚工作或购买物资，在陈默看来，这里也是个适合藏身的好地方。

在众人的簇拥下，阿夫伦走进一处围墙高耸的巨大宅院。围墙的四个角落，有一些并不明显的碉楼，一些人影隐隐约约地在其中来回巡视。这座住宅已经被打造成一座堡垒。

陈默估计，对方的火力足以抵挡住连排级别的进攻。

除非偷袭，如同刺杀本拉登一样，利用特种部队空降突袭，但这种放电模式作战，只限于国家机器。

陈默默默地打量着庄园的每一个细节，在脑海中绘制着作战地图。

现在看来，即便知道了博尔特的老窝，想要见对方一面，恐怕也并不容易。直到阿夫伦开车离开，他才转身坐回车里，驱车离开。

再次见到迪希，后者已经急得满脸通红，满头大汗。看到车子出现，迪希匆忙跑过来，一脸哀怨地看着陈默。

"你迟到了，老板追问了我好几次，他问我和你之间是什么关系，他还威胁我。你替我惹了太多麻烦。"迪希看着陈默，不断抱怨着。

"好了，你跟他实话实说，放心，以后都不会牵连你了。"陈默说着，随手在纸上匆匆写下一个电话号码递给迪希。

"如果他找我，把这个给他。"陈默说完，背起步枪转身离开。

迪希看着手里的电话号码，又看着渐行渐远的陈默，心情却并没有变好。

带着心中的怨恨转身离开，可还没走出多远，迪希就再次被陈默叫住。

"有钱吗？给我点儿。"陈默伸手问道。

迪希有种想要杀人的欲望，但还是将手伸向自己的口袋。

陈默没时间去考虑迪希的爱恨情仇，拿到钱之后，他立刻踏上前往博尔特住处的路。从将电话号码交给迪希的那一刻起，陈默就知道自己的时间不多了。对手得知自己还活着，必然会再次如同吸血蚂蟥一样紧紧盯住自己，利用任何机会和时间干掉自己。

现在是陈默唯一"闲暇"的时间，他需要在这段时间里布置好一切。

再次来到博尔特庄园附近，天已经彻底黑了下来，缺少公共设施的小镇很快被笼罩在黑暗之中。但对于陈默来说，黑暗并不能为他提供掩护，相反，他很有可能会暴露在对方的红外夜视仪下。

一切只能靠速度和运气。凭着白天记下的路线和地形，陈默借着周围房屋的掩护，迅速来到庄园附近，一边警惕着周围，一边贴着庄园的围墙小心寻找着。在绕了足足两圈之后，他终于找到了自己需要的东西。

在反复确认了位置之后，陈默悄然打上标记，然后迅速离开。在夜色的掩护下，他的身影很快消失在黑暗之中。

第二天清晨，天边刚刚泛起白色，陈默就被一阵低沉的震动声吵醒。他随手将身上盖着的报纸和树叶拨开，从众多手机中找到叫醒自己的那部。

上面，是一个陌生的号码，不过这不重要。

陈默按下接听键，是阿夫伦的声音。

"我的朋友，你在哪里？考虑得怎么样了？"阿夫伦的声音热络而亲密，听起来仿佛两人是认识几十年的老朋友。实际上，两人总共见面的时间不超过二十四小时。

"让博尔特给我打电话。"陈默直接要求道，然后挂断电话。

重新躺回草丛里，原本还未消失的睡意渐渐淡去，陈默看着远处开始冒着浓烟的镇子，心中全是各种行动的细节，他不断猜测着敌人可能的布置，又不断破解，然后再猜测，再破解，直到把自己逼到死胡同。

心中的烦躁郁结于心而无法化开，困意此刻已经消失不见，他索性起身向镇子走去。

电话铃又响了，这次是另外一个陌生的号码。陈默接听，博尔特的声音传来。

"把我的钱给我，我可以放过你。"博尔特开门见山地说道。

"我已经死过一次了，你该听本的话，再杀我一次。"陈默冷冷地说道。

"如果他知道，他一定会这么做的，可我只想要回我的钱。"博尔特再次重复道，陈默从他的回答里知道了一个有用的信息，本并不知道自己活着。

"可以，不过，我有个要求。"陈默想了想说道。

"说！"

"我要见到红，她安全了，我会把你要的东西给你。"陈默提出自己的要求。

"你已经骗过我两次了。"博尔特没有答应，也没有拒绝，而是充满不信任地说道。

"一次，那本书后来我给你了。"陈默纠正道。

"你怎么保证这次不是骗我？"博尔特反问道。

"你只能选择相信，不是吗？或者你杀掉红，我毁掉你的东西。"陈默说出这番话时，忽然有种当坏蛋的畅快感，坏人无所顾忌的感觉让人爽得一塌糊涂。陈默甚至很认真地在考虑，自己要不要真的做个坏人。

"这一点儿都不好笑。这样，我可以让你看到你的女人，你们可以互相通话，聊天，我可以以此证明她还活着，然后，我会让你的女人带着炸弹去取我的东西，在我得到之后，我会放过她。"博尔特想了想说出自己的计划。

"没问题，但你首先要确定，她在你身边。"陈默说道。

"可以，给我一天的时间，我会带她来我身边的。"博尔特要求道。

"明天见！"陈默答应了对方的要求之后，挂断了电话。

然后他换上第二张电话卡，将第一张扔到谁也不知道的地方。

现在，是做第二件事的时候了，陈默想着，用新的电话拨通了另外一个号码。

"告诉我，这几天谁的情绪不自然，并且避免提到我？"电话刚刚接通，陈默就迅速向对方问道。

"我不知道，他们看着都很正常，我们有时候会谈论你。"那边，电门压低了声音对陈默说道。

"OK，明天上午我会联系你，保护好自己，一切小心。"陈默说完，迅速挂断电话，快步走出丛林。

镇子里，人们已经开始为早饭忙碌起来。拜迪希所赐，陈默身上还有一些美元和人民币，这为他换来了一顿不错的早饭。

接下来，要为第二天的计划做准备了。陈默只有一个人，能帮他的人不是在牢房里，就是远在几百公里之外，而他所要做的，是能成功调动起博尔特的力量，为自己入侵庄园制造机会。

这并不是什么容易的事，他要确保自己的每一个环节都不能出错。相比敌人，他的试错成本太高了，一旦失败，就是全军覆没。

陈默找了一辆破旧的三轮车，用并不多的钱雇用了车夫。车夫看到陈默拿出的人民币立刻两眼放光，自然而然地选择忽略他背着的武器。

在三轮车夫的帮助下，陈默一步步完善着自己的布置，并终于在天色渐暗之前，重新返回到镇子上。

"你家里还有多余的地方，能让我借宿一晚吗？"将车费递给车夫之后，陈默再次掏出所剩不多的现金，一边递给对方，一边要求道。

"没问题，如果你不介意跟我的孩子挤在一起。"车夫满脸微笑地答应下来，带着陈默向自己的家走去。

这一晚，陈默享受到了好久不曾享受过的"温馨"和"亲情"。车夫家狭窄的住处，在挤下他的妻子和三个孩子之外，又多了一个陈默。当看着车夫的妻子将身上的长袍脱掉，露出近乎赤裸的上半身时，陈默才发现，自己对"和孩子挤在一起"这句话显然理解得太过天真了。

但不管怎样，他终于可以不用蜷缩在草丛中忍耐一宿了，虽然身边乱踢乱打的孩子，并不比丛林里的蚊子更好对付。

天色终于在有些人的祈祷和有些人的担心中亮起，悄然起身的陈默看着熟睡的车夫和他的家人们，默默地将所有的钱放在他们枕边，无声无息地离开了。

今天，如无意外，将是决定胜负的一天，陈默将会押上所有的赌注，一旦输了，他将一无所有。

赴 约

陈默照例是拨通电话的那个人，电话那边的博尔特，显然已经等候多时，在电话刚刚响起的瞬间，就接通了。

"她在我这里。"博尔特照例简短地说道，然后，电话那边传来红的挣扎声。

"我要见她。"陈默发出视频请求，信号连接上，红的样子出现在屏幕上。她看起来很不好，眼睛有点红肿，头发凌乱，衣服也脏得不像样，不过至少还活着。

"还好吗？"陈默问了她一句。

"他们一直不让我洗澡，我宁愿死掉。"红抱怨道。

"我可以确定是她，开始交易吧。"陈默说道。

"你在哪里？我会让他们去找你。"博尔特接过电话，向陈默说道。

"西南五十公里，山坡上有块大石头，我在那里等你们。"陈默说完，挂断电话，继续坐在角落，观察庭院大门。

轰鸣的引擎声随后从大门里传来。伴随着叫骂声和呼喊声，大门被推开，一整列车队从大门里冲了出来。

陈默仔细观察着每一辆车，却没发现红的身影，这让他感到愤怒，却又坦然。对方既然选择欺骗他，那么，接下来所发生的一切，他也不必抱有任何负罪感。

之后，是耐心的等待，陈默利用这个时间简单吃了点东西，又为自己找了几块塑料布，并用塑料布仔细地将自己的武器包装好，再次藏到衣服里。

看看时间，对方应该已经到达他约定的那个地点了，此时，电话如愿响起。

"你在哪里？"依然是博尔特，他大声询问道。

"我没看到她和你在一起。"陈默说。

"她就在我身边，要看看她吗？"博尔特问道。

"当然。"陈默看到红被捂着嘴，捆着手，坐在博尔特身边，后者身后是明媚的天空。

"那块石头下面，有第二处地点的坐标，你们去那里。"陈默迅速说道。

"你骗我，你不在这里？"博尔特有点恼怒，但在陈默听来，里面的表演成分很大。

"你不是个好演员。"陈默在心里说道，然后挂断了电话。

第二处地点是在西南一百二十公里外，车辆需要至少两个小时才能到达，而他们返回需要更长的时间，这也意味着，陈默有充裕的时间行动并且逃走。

那些追兵，是陈默尽可能调走的庄园守卫，至于还剩下多少，就只能看运气了。

估算了一下时间，陈默快步离开藏身地，向庄园的角落走去，那里有他标注的记号。

似乎知道陈默今天的行动，路上的行人也少了好多，这对陈默来说是个好兆头。否则，一旦有人看到陈默的举动，一定会诧异到昭告天下。

此刻，陈默看着掀开的下水道井口，闻着里面冒出的阵阵恶臭，在心中默默祷告了一句之后，纵身跳了下去。

下水道里，幽暗、肮脏、恶臭。虽然陈默已经事先用防水雨衣将全身裹得严严实实，但他依然抵挡不住心中不断升起的烦恶感。

陈默估算着方向，一步步走着，并幻想着当自己出现在博尔特面前时，对方诧异的样子。

短短的几十米路程，陈默感觉走了一辈子，他呕吐了几次，然后强忍着被沼气熏得昏厥的感觉，终于来到飘着一束光芒的出口。

陈默摸索着爬到出口旁边，轻轻掀开一条缝隙向外张望。

他的运气不错，出口在院子内，某个隐蔽的角落。

在确定周围没人之后，陈默利落地从里面爬了出来，迅速向另外一个角落跑去。

脱掉身上的雨衣，恶臭的味道依然回荡，不过现在已经没工夫在乎这些细节了，陈默在整理好武器之后，快步向庄园中心的建筑跑去。

两次视频，他看到的东西并不相同，但牢记的细节让他能确定一些方位，至于剩下的就要靠运气了。

幸好，运气到现在为止还在他这边。

陈默飞快地跑向建筑，在奔跑的同时，他不断观察着周围，显然，调虎离山的计策成功了大半，庭院里的守卫并不多，仅有的一些人正站在墙上，警戒着外面。他们显然没想到，他们警惕的对象此刻就在身后。

借助庭院里的建筑和物体掩护，陈默有惊无险地进入室内。在他悄然进入其中，关上身后房门的刹那，疲惫感和紧张感如同过山车的下坡一样，骤然降临。

陈默努力压抑着剧烈运动后狂奔的心跳，和肾上腺素带来的激动，悄然搜索起视频中出现的每一个细节，而整栋建筑也在他的搜索中逐渐展现出全貌。

这是一栋内比亚风格的三层楼房，在院墙的阻隔下，楼房的高度并不显眼，但置身其中，陈默才知道它的奢华。整栋建筑都被精心装修过，无论是内饰还是布置，都可以用奢华来形容，这让陈默感到诧异。博尔特这种恐怖组织的领导人，一个用精神和奋斗来鼓舞别人的蛊惑者，对物质需求如此之高，实在让人有点意外。

这帮疯狂的家伙不是该一直生活在丰富的精神世界里吗？还是说，他们更多地希望信徒们生活在精神世界，而自己生活在物质的"牢笼"之中？

陈默认为有点荒谬，虽然知道此刻考虑这些问题实在有点不合时宜，但这些想法却恰如其分地冲淡了他的紧张感，让他的行动变得更加从容。

在小心地搜索完第一层之后，陈默来到第二层，这一层的房间多了一些，人也多了很多，往来的人员让陈默不得不小心躲避，行动也因此迟滞。

可就在他走到第三间屋子的时候，一个熟悉的面孔忽然出现在房间里。看到对方，陈默立刻停住脚步，小心凑了过去。

房间里的人是安娜，博尔特的女儿。

此刻，安娜正静悄悄地坐在房间里玩着什么，陈默看到周围没人，悄然推开门走了进去。就在他犹豫着要怎么和对方打招呼的时候，安娜却忽然回头。

陈默以为她会喊，但她只是看着陈默，既不激动，也不恐惧。

"我认识你。"安娜说道。

"是的。"陈默点头。

"你来干吗？我爷爷呢？"安娜问道。

"你爷爷？他很好。对了，你爸爸在哪里？"陈默撒了个谎。

"在楼上，和一个姐姐在一起。我想去见爷爷，他总是不让我去，他说爷爷在忙。"安娜抱怨道。

"我替你跟他说。"陈默说完，悄然离开房间。房间里，安娜继续低头玩着。

知道博尔特的位置后，陈默不再停留，三两步窜上三楼，很快在居中的一间最大的房间里看到了博尔特。

后者此刻正坐在舒适的沙发上，看着坐在自己对面的红。

"还在为你的朋友担心？"博尔特一脸悠然地问道。

"我更担心的是你，我很了解本，你根本没资格成为他的合作伙伴。"红没有回答博尔特的询问，转而反击道。

"是什么让你觉得他比我更高明一点儿？你又怎么肯定我们不是在互相利用呢？"面对红的揶揄，博尔特并不以为意，反而充满兴趣地问道。

"利用？我没看到你得到什么！我只看到你与他合作的过程中，你的父亲，你的叔叔都死掉了，而你成了一个彻头彻尾的恐怖分子。至于本呢，他已经是内政部专门负责调查你的司长了。你很清楚本的野心，他希望成为部长，甚至是总统，而你，你想成为什么？他的竞选对手吗？"红冷冷地嘲讽道。

"部长？总统？如果我想做，早就可以了，我是内亚族的法定领导者和继承人，所有内亚族人都尊重我，听从我，但这并不是我的目的，我的目的是把你们这些果刚族人彻底从这片土地上消灭掉。"博尔特晒笑着，随后一把抓住红的下巴，恶狠狠地对她说道。

"尊重你？听从你？你在开玩笑吗？你已经死掉了。在他们的记忆里，你是一具已经腐烂的尸体。尸体，懂了吗？那种蛆虫在上面爬来爬去的东西。还有，你凭什么认为他们会听从你？他们只听从他们自己，相比你的谎言，他们需要的是更实际的东西，比如富足、稳定、和平。除了野心家和疯子，没人会听从你。"红毫不留情地斥责道。

博尔特恼羞成怒，猛地打了她一个耳光，红重重摔倒在沙发上，殷红的鲜血顺着嘴角流淌出来。

红却毫不在意，不怒反笑。在她看来，对方的行为不过是懦弱的表现，刚刚自己的话已经深深刺痛了对方。

"愤怒是件好事，他会让你冷静下来，既然你觉得你是正确的，我会用我的方法证明你的愚蠢。"博尔特一边说着，一边拿起电话。

"我会当着你的面，杀死那个家伙，然后切下他的肉，为你当晚餐。"博尔特说着，拨通电话。

"找到他了吗？"他问道。

"我就知道！你们待在那里，我去联络他。"得到否定的回答后，他再次说道。

挂断电话，博尔特再次拨通号码。与此同时，站在门外的陈默的手机发出轻微的震动声，陈默想了想，接通电话。

"你在哪里？"博尔特问道。

"在我该在的地方。"陈默轻声回答道。

"你又在骗我，是吗？"博尔特压抑着愤怒问道，"我没有看到你，想要你的女伴活下来，就赶快出来！"

博尔特走过去，一把抓住红的头发，红发出一阵难以克制的呻吟。

"或者你出来履行约定，或者我打死她。"博尔特抓住红的头发拎起她，认真观察着说道。

"这是个骗局，他不在那里，不要来！"红看着博尔特，忽然对着电话大喊道。

红的勇敢得到的是博尔特的一记耳光，她再次重重地摔倒在沙发上。可就在博尔特准备说话的时候，电话里却传来陈默平静而直白的回答：

"我知道，不过我是个诚实的人。"

声音从电话里和门口同时传来，回放形成的混音有点刺耳。博尔特察觉到了不对，连忙回头，看到的是陈默黑洞洞的枪口和一脸的冷漠。

"哈，你这个疯子！"博尔特放下电话，哂笑着说道。

"彼此彼此。"陈默说着走过来，用刀子利落地切开红的束缚，后者揉了揉已经发酸的手腕，忽然走到博尔特面前，重重地一拳打在对方的腮帮上。

"记住，永远不要打女孩子的脸。"红一拳打倒博尔特之后，才意犹未尽地走到陈默身边。

"你不该冒险来这里。"红从陈默手里接过手枪，充满担忧地说道。

"我也是刚刚后悔的。"陈默说这话的时候，想到的是下水道里面那些让人记忆深刻的漂浮物。

"现在怎么办？抓住他，带他走，还是我们自己离开？"红看着博尔特向陈默询问道，拿枪的手稳稳的，没有一丝颤抖。

"有个更简单的办法，比方说干掉他。"陈默拉动枪栓，推弹上膛，举枪瞄向博尔特。后者倨傲地看着两人，没有丝毫妥协和求饶的意思。

"你凭什么认为，你们能活着离开？"博尔特看了看陈默，又看了看红。

"谢谢你的提醒，我们可以拿你当人质，如果你反抗，我就杀掉你。"听到博尔特的话，陈默冷冷地讽刺道。

"你可以杀了我。其实，我早该在几年前就死掉了，即使现在也不晚。"博尔特指了指他的额头，向陈默示威道。陈默看了看红，又看了看博尔特，忽然有种强烈的扣动扳机的冲动。

"打死我，我保证，只要枪声一响，所有人都会第一时间冲进来，把你们打成筛子。"博尔特索性坐了下来，看着犹豫的陈默和同样面露难色的红，冷笑着说道。

陈默看着博尔特，努力想从对方的状态中找出破绽，但很快他就发现，对方的态度根本不是伪装的，而是真的，他并不怕死。得知这点，陈默变得为难起来。

"很为难，是吗？或者，我来，只要听到我的声音，我的部下会第一时间过来。不过在那之前，你们还有几秒钟时间，足够干掉我一百回了。"博尔特笑着说道，他已经看出陈默的窘境，对方现在进退两难，尤其在发现自己无法成为筹码之后，那么所有根据威胁而设想的计划都将破产。

"其实，还有一个办法！"陈默说着，小心地凑过去，在博尔特还没反应过来之前，忽然一拳打在他的后脑上。博尔特脸上的笑容僵硬了一下，然后整个人摔倒在沙发上，不省人事。

"睡个好觉。"陈默说完，拉着红快步向楼下走去。

庭院里，一切如常，没人发现发生了什么，陈默看了看大门的方向，铁门内部半挂着一把锁头，为了方便进出，锁头没有锁，只要打开那个大门，眼前所有一切都将结束。

陈默跃跃欲试，他想不顾一切跑过去。只要到达门后，碉楼上的警卫就无法攻击他，而那把普通的挂锁，最多能拦住他五秒钟。

红看出陈默的跃跃欲试，可就在她准备出言阻止的时候，陈默已经一个箭步冲了出去。

对 峙

陈默猛地冲向大门口，所有人都没有注意到他，守卫们都在警戒着门外。

挂锁挂在那里，他用力砸开挂锁，一下，两下，三下，挂锁被砸开。陈默回头向红招了招手。

红半遮掩着自己的面孔，快步向陈默走来。红与陈默的距离越来越近，她几乎用跑的速度来到门口，两人很快会合到一起。

陈默拉住红的手，一把拉开大门，然后他看到了一张熟悉的面孔。

他差一点就成功了，如果本没有出现。

大门打开的瞬间，他看到了本，对方带着几名全副武装的雇佣兵刚刚下车，正巧走到门口。

双方几乎是在同时拔枪指向对方，然后警铃声大作。

警报声中，红和陈默被从四面八方出现的警卫团团包围。

"好巧啊！"本露出一个迷人的笑容，对陈默招了招手，然后对身后的某个警卫点点头。

"去看看你们的头儿怎么样了。"本说道，警卫应声向楼内跑去。片刻之后，博尔特捂着脑袋走了出来。

"我本来是想过来问问，你为什么会带走她，却没想到竟然有熟人做客。"本向博尔特招了招手，后者有点尴尬地点点头。

"这是他提出的要求，否则就要毁掉我的钱。"博尔特指了指陈默，对本说道。

"我们不是讨论过吗，可以用其他办法解决。"本有点愤怒，但依然看着陈默。

"拿到钱总是更好的选项。"博尔特为自己争辩了一句。

"真没想到，你竟然活着，太让我意外了。"本看着陈默，对方依旧举着枪指向他。身后，红靠在陈默背后警惕着后方，但周围几十个人的包围，对比之下实力强弱立刻彰显。

"我真的很好奇，你是怎么活下来的。不过在此之前，我觉得我们要先弄清楚另外一个问题，我们的钱在哪里？"本向陈默问道，丝毫不在意陈默手里的武器，甚至不退反进，向前走了一步。

陈默和红同时感到了压迫。他们都知道，现在想要脱身恐怕难如登天，陈默甚至可以清晰地感受到红的身体在颤抖。

但陈默想试试。

"如果我抓住你当人质，他们会不会放我离开？"陈默忽然问道。

"你没机会，而且，他们也不会放过你。你知道你身后的那个人吗？嘿，博尔特，你是不是一直希望我死掉？如果他抓住我，我敢打赌，你不会救我，而是会立刻下令开枪，是这样吗，我的朋友？"本的目光越过陈默，向博尔特询问道。陈默知道，对方是在试图分散他的注意力。

陈默没有上当，依旧举枪瞄准本，甚至在内心为对方画了一个圈，一旦本跨过圈子，他一定会开枪。

"是的，我不是很喜欢你！"博尔特大声回答道。

"看，这个家伙很冷血，他不在乎任何人和事，所以你抓住我没用，你威胁不了他。除非，你有让我们两个都感兴趣的东西，我的生命，和他的钱。"本说着，露出一个灿烂的笑容。现在，他就等着陈默拿出那块密钥，只要他拿出来，狙击手会第一时间击毙两人，连一点儿反抗的机会也不会给他们留下。

"你提醒了我。"陈默依然盯着本，回以一个同样的微笑，随后，将手伸向口袋。

本所有的注意力都集中在陈默手上，他很确定，只要密钥在对方手里，那么他一定会第一时间下令开枪。

身后，博尔特也注意着，所有人都注意着。

陈默慢慢地将手伸进口袋，慢慢拿出来，然后高高举过头顶。之后，他摊开手，拿着一个莫名的物体。

本背着的手几乎要下达命令，结果他看到了一个完全陌生的东西。

"那是什么？"陈默手上拿着一块黑色的方块物体，完全看不出是什么。发现不是他们要找的密钥，无论是本还是博尔特都一脸意外。

"靠近楼梯附近，左边第一间房间！"陈默高高举着黑色的方块，大声说道。

"什么？"博尔特一愣，表情严肃起来。

"安娜是我见过的最漂亮的女孩子，我本来不想这么做，但为了活着，我只能这么办。"陈默用力摇了摇手里的东西。

"我在她的房间里放了一枚遥控炸弹，一根电雷管连接着一枚 M67 手雷。一旦爆炸，可以均匀释放出 1600 枚钢珠破片，钢珠可以覆盖十六平方米范围，覆盖范围内，不会有人存活。"陈默依然盯着本，但他说的话，却一字不漏地被博尔特听到。

现场陷入一片宁静，没人说话，双方此刻都在计算对方的筹码，没人轻易下注，也没人敢这么做，大家都在等待第一个破局的人。

"他在撒谎。"本盯着陈默看了好久，忽然开口说道。

"是的，我在撒谎，不如你证明一下给我看。"陈默露出一个冷冷的笑容，针锋相对地反问道。

"你怎么证明你说的是真的？"博尔特在身后问道。

"你可以派人去看看，但我保证，在他回来之前，我会按下遥控器。"陈默头也不回地说道。

"我不想杀害一个无辜的孩子，除非我死，这是我的底线。安娜是个不错的孩子，她一直希望能像她父亲那样，有一双黑色的眼睛和一头黑色的头发。"陈默几乎将所有知道的东西都一股脑儿地讲了出来。他知道，此刻能决定他生死的，是身后的博尔特，而不是面前的本。

众人围拢在陈默和红的身边，此刻，只要博尔特一声令下，他们立刻会被这群人撕成碎片。陈默一动不动地站在众人面前，耐心等待着。

沉默再次笼罩，良久，博尔特打破沉默。

"放他走！"博尔特说道。

"你疯了！"本大声质问道。

"我不会用我的女儿当赌注，放她走！"喊声中，博尔特的警卫们纷纷闪开，现场，只剩下本和他的警卫。

红看了看周围，将枪口从容地转向本。

"除非能将我们两个一起杀掉，否则，我们其中一个一定会干掉你。"红对本说道。然后红润的嘴唇做出一个无声的动作。本看得很清楚，那是一个"砰"的口型。

本不想死，他和博尔特不同，红说得对，他有他的野心，他的野心让他不会用自己的生命冒险，所以只思考了一会儿，他就选择让开道路。

红和陈默迅速向本开来的车子跑去，他们在众人的注视下飞快上车，然后离开。

目送着两人远去，本看向博尔特。

"我打赌，房间里没有什么炸弹。"他不满地说道。

"我从不拿我的女儿打赌，上次你在她在场的时候贸然下手，对我来说那已经是最后一次了。"博尔特愤怒地说道。

"那现在怎么办？他们两个，还有你的钱。"本指了指两人离开的方向，向博特问道。

"那是你的事。"博尔特说完，生气地走向自己的房子。

"好吧，又是我的事。"本看向陈默两人离开的方向，无奈地说道，然后跟着博尔特走进庭院。

陈默至今仍然不相信自己就这么逃走了，周围的一切都让他有种强烈的不真实感，他甚至有点担心，这一切会不会是他的幻觉，此时此刻他们依然被困在院子里，或者是下水道的某个地方。

直到红的手放在陈默的胳膊上，才将他瞬间拉回到现实中。

现实是，他们真的逃脱了，此刻正开着车拼命逃跑，身后，没有追兵。

"谢谢你救了我。"红对陈默说道。

"你真的要谢谢我！"陈默没有客气，由衷地说道。

红笑了笑，忽然凑过来在陈默的脸颊上亲了一下。

"下一步我们去哪里？回首都吗？如果你想我搬倒本，我可能做不到，他没留下什么证据证明他有罪。"红对陈默说道。

"你是怎么被他发现的？那天晚上你走之后，发生了什么？"陈默点点头，开口询问道。那天晚上，他亲眼看到红被内政部的人带走，但不明白，到底是什么事情让本感觉到红已经威胁到他了。要知道，之前三年的调查，本一直都是红的上司，他并没有插手阻止他们，却为什么又在那天晚上，忽然对红下手？

"我不该呼叫那些重炮。"红想了想，说道。

"上一次？"陈默想起来了，那次为了掩护他离开，红呼叫了地面炮火，几乎将卫队长的屁股炸成两半。

"是的，博尔特质问了本，而且事情惊动了部长。本通过报告得知是我做的这一切，然后询问我，当时我并不知道他的真正身份，他问我，我们查到了哪一步，我把你告诉我的事情都告诉他了，就是博尔特准备购买军火的事情。"红回想着之前本对她的询问，将事情的始末告诉了陈默。

"他很清楚，博尔特一旦被抓，他也会暴露，而在此之前，没人知道博尔特的存在。所以他必须继续保守这个秘密，于是，抓了你。"陈默听完红的叙述，补齐了后半段。

"问题是，为什么他要保护博尔特？你懂我的意思，博尔特对他有什么用吗？"陈默看了一眼红，继续询问道。

"我也不知道，他们只是将我关在一个地方，那里应该是一座牢房。因为我在那里看到了其他囚犯。对了，还有一个中国人。"红回想着，然后对陈默说道。

"中国人？你确定？"陈默问道。

"是的，但他的精神有点不正常了，不过一直在用中文说话，我想我应该能分清楚中文和英文。"红回忆着说道。

"这个简单，我们可以去查一下最近有什么中国人失踪了，就可以查出他的身份。不过在这以前我们要先去另外一个地方。"陈默说着，调转方向，向与电门约定的地方驶去。

内　奸

陈默再次拨通电门的电话，电门依然对陈默的猜测不知所措。陈默很清楚她此时此刻的感受，一同并肩作战的战友中，竟然有人是内奸，这是任何人都无法接受的。

他没有继续说服电门，仅仅要求她稳住大家，等自己过去。而如何处理内奸这件事，其实陈默自己也没有想好。

"所以，你真的要这么做吗？"看着陈默一脸坚决的样子，坐在身边的红询问道。

"这不是你给我的任务吗？"陈默看了红一眼，淡淡地说道。

"但是现在我们已经弄清楚事情的原委，这是本和博尔特搞的鬼，他们试图搞乱整个国家。"红现在只想去阻止这一切，不想去查清楚小队的内奸到底是谁，可是陈默却好像铁了心一样，一定要弄个清楚。

"我只是好奇，他为什么这么做？"陈默平静地说道。

"除了钱就是威胁，这并不奇怪，雇佣兵本身就是为了钱办事的，不要奢望他们有道德感。"红试图说服陈默。她觉得，现在这个危急时刻，把时间浪费在这件事上毫无意义，他们现在最该做的是弄清楚本和博尔特到底想干吗，并且无论他们想干什么都要阻止他们。

"不，我只想弄清楚这一切。"陈默说着，一脚踩下刹车。车子一下子停住，巨大的惯性让坐在副驾驶位置上的红差一点撞在前面的挡风玻璃上。

"怎么了？"红问道。

"前面有一处加油站，那里每四个小时会有一趟前往首都的班车，你可以乘车前往首都，如果本只是将你关在他们私人的牢房里，那么你的被捕应该是不被政府认可的，本不在，你正好可以想想别的办法。我曾经把我和本之间的对话录过音，但可惜挨了一枚炸弹，东西没保存下来，不过你应该有办法搞定他。"陈默说着，拉开车门，示意红下车。

红犹豫着下车，却并没有马上离开，看向陈默时欲言又止。

"你确定你真的要去吗？我是说，那可能会很危险。"红看着陈默，似乎想要说点什么，却又因为顾忌而没有说出来。

"我总要弄清楚到底是怎么回事，而且安娜不能白白死掉。她是你的姐姐，也是我的爱人！"陈默看着红，露出一个与话题不相符的笑容，仿佛谈论的是一次郊游一样。

"注意保护自己，我会为你祈祷的。"红最后还是没有说出想要说的话，在嘱咐了陈默一句之后，转身向远处的加油站走去。

陈默注视着红安全离开后，驾驶汽车向与电门约定的方向驰去。

从责任的角度，陈默已经完成了红赋予他的任务，红清查三年前的袭击事件，也是为弄清楚谁才是幕后主使，现在这个疑问已经得到解答。对于红来说，是否查清楚谁是小队的内奸，其实并不重要。

但对于陈默来说，这很重要，他想弄清楚这件事。内奸是谁？他为什么要这样做？

电门此刻正站在山坡上等待着，她既期盼陈默的到来，又担心陈默的到来。她不知道自己为什么要答应陈默的要求。

虽然答应了陈默，但电门不相信小队里有人会出卖他们，她甚至一度认为陈默疯了。当陈默询问，她是如何知道自己的电话号码时，电门却沉默了。

陈默的电话号码是炸点给她的，电门以为炸点本身就知道。但当她听陈默说，他没将号码告诉过任何人，电门对队伍的信任和笃定产生了一丝裂缝。

这段时间，电门一直努力回忆着之前发生的点点滴滴，她本以为可以找到一些线索来证明陈默是错的，但种种蛛丝马迹却让电门发现，很多事情似乎真的经不住推敲。

如果真的有内奸……

电门有点不寒而栗。

在电门的矛盾与纠结中，陈默的车子从地平线的方向迅速驰来，看着陈默逐渐靠近，电门不知道该庆幸还是该担心。直到车子停在她面前，陈默从车里走下来，电门才终于放弃脑中繁杂的念头，迎着他走过去。

"陈默……"电门走过去，想说什么，但又不知道该怎么说。虽然她没说出口，陈默也已经明白，他轻轻拍了拍电门的肩膀安慰了她一下，然后看了一眼山坡上，那里，有个内奸正在等着他。

"如果我确定他们谁是内奸，你会帮我吗？"陈默向电门问道。

"我不知道。"电门摇了摇头。

"没关系。"陈默微笑了一下，快步向山坡上走去。

山坡上，机械师在擦拭着武器，炸点搀扶雷神缓慢走着。当陈默出现时，三人都露出笑容向他走过来。

陈默微笑着迎上去，但在距离三人只有几步远的时候，他停住脚步，举起手里的M4。

"雷神第一次遭到伏击，是谁泄露了我们前往内亚族控制区的消息？"陈默直截了当地问道。

三人一愣,面面相觑,没人回答。

"好吧,我换个问题,在医疗点,袭击者是如何代替我们的支援者打了个时间差?他们甚至将行动精确到了长老到达之后!"陈默再次问道。

三人的眼中闪过戒备之色。身后,电门走过来,看到这一幕,恐惧地后退了两步。

"第三个问题,我们撤退的路上,博格长老被狙击,是谁为狙击者提供了我们精确的行进路线?"陈默的目光从雷神,到炸点,再到机械师,在三人脸上来回巡视了一遍,最终回到炸点身上。

"你怀疑我?"炸点看着陈默,愕然反问道。

是的,炸点有足够的嫌疑。他之前一直不相信陈默,在博格长老死后,他公然指责陈默。陈默有理由怀疑他,但有一点,让陈默不得不将炸点排出嫌疑之外,因为,三年前的那次行动,炸点并没有参与。

当时,只有机械师和雷神参与了行动。

"是谁告诉你我的电话号码的?"陈默看着炸点,一字一句地问道。

"是……"炸点看了机械师一眼,然后闭上了嘴巴。陈默当然明白他的意思,炸点不愿意出卖同伴,所以不会当众说出。

他不愿意,陈默却可以这么做。

陈默将枪口调转到机械师身上。

"第一次袭击中,队长中弹受伤,他应该不会愚蠢到出卖自己,所以,是你吗?"陈默冷冷地问道。

听到陈默的话,机械师愣了一下,忽然低头笑了笑。

"是你吗?"陈默追问。

"我一直很有负罪感,如果让我再选一次,我宁愿在唐人街继续打工,也不愿意来到这里。"机械师看着陈默,一脸悲哀地抬头说道。

"所以,你出卖了我们?"虽然推断出是机械师出卖的他们,但当对方亲口承认时,陈默却依然不敢相信。

身后,电门也露出惊讶的表情,她不相信真的有内奸,更不相信,这个人竟然是机械师。

"不只是他,其实,我也是。"就在陈默想要继续询问时,一阵轻微的金属碰撞声传来,陈默回头,发现雷神竟然拽出炸点腰里的手枪,指向自己。

"头儿……"炸点惊讶,却被雷神推开两步。他蹒跚地走到陈默面前,小心地解除陈默的武装。

"你?"

"是的,我也是,准确地说,包括老芭比在内,我们三个人。"雷神将武器扔给机械师，后者接过武器，瞄向陈默。

"我想知道怎么回事。"陈默的担心和恐惧消失了，现在他只想知道真相。

"因为他们都是和我合作了十年的伙伴。"一个熟悉的声音传来。陈默看去，发现竟然是本，在他身边的还有博尔特。

"你没带着红？这让人有点意外，不过只是费些功夫而已。"本走到陈默面前，认真地帮他整理了一下衣领，忽然一拳打在他的肚子上。疼痛让陈默蜷缩起身体，然后重重地摔倒在地上。

"搜，找到我们的东西。"本命令道，紧接着，一群人如狼似虎地冲过来开始搜查，但翻来覆去却始终没有找到。

"它在哪里？"本冲过来，对他拳打脚踢。陈默被打得几乎缩成一团，但始终没有开口，他只是看着雷神和机械师，希望从他们那里得到答案。

但他看到的只是沉默。

"把那个女的拉过来，杀掉她，不，先不要杀，先折磨她。"本打累了，走回两步，忽然指着电门说道。

"等一下，先生，这和我们的合约不一样。"雷神出言制止。

"那我就修改一下合约，OK？"周围一群人举起枪。雷神愕然，良久，退后两步。

电门被众人拉了过来，推到陈默面前。有人狞笑，有人冷眼旁观，有人动手动脚。

电门想要反抗，却毫无反抗之力。陈默看着这一幕，努力想要挣扎起来，却再次被人打倒在地。

"生活要有仪式感，总要倒数一下，好吧，你只有十秒钟时间。"本走过来，看着电门，抓着对方美丽的面孔，对陈默恶狠狠地说道。

"相信我，不要闭眼，我会让你看到最难忘的一幕。"本凑过来，对陈默说道。

电门感到了恐惧，她挣扎着，眼睛望向自己的同伴。炸点忍不住冲了出来，然后被人围住，打倒在地。

"十！"本数道。

陈默希望那名狙击手仍在，把他们都杀死，但可惜，枪声没有响起。

"九！"本拉开电门的衣服，里面白皙的肌肤和合体的内衣暴露在众人眼前。

"够了！"陈默喊道，听到陈默的喊声，本略感失望。但陈默很清楚，这已经是他的极限了，他不是超级英雄，他只是个普通人，他忍受不了为了拯救世界而付出代价。

世界还是让别人去拯救吧，他只想身边人能活着。

"东西给我！"博尔特走过来要求道。

"它在这里。"陈默指了指手臂，放弃了所有的希望。有人用刀子掀开了他的袖口，一道缝合的伤疤赫然展现，伤疤有点红肿，还没有长好。本冲过来，用刀子利落地切开伤口。

陈默忍着剧痛,看着伤口鲜血直流,直到本用刀尖从里面挑出密钥,他才拿回属于自己的手臂。

"很高明,也很真实,我们怎么没想到?"本打量着带血的密钥,称赞一番后将他递给博尔特。博尔特招了招手,人群中,阿夫伦走过来,带着那台陈默见过的电脑。

一如之前,经过短暂的验证,电脑屏幕上显示出"输入密码"的字样。

众人看着博尔特输入一连串数字,但在汇款页面出现之前,一个画面忽然从屏幕里跳出来。

"嘿,我的儿子,你好吗?"声音和画面都是博格长老的,只见他一脸开心。

原委

"我的儿子,我本来以为你不会按照我的要求去做,没想到,你竟然做到了。现在,只要回答我最后一个问题,这笔资金就是你的了,你可以用它来做任何事。"博格长老对着屏幕外的所有人说道。

"无聊。"本站在一旁看着这一幕,嗤之以鼻。博尔特责怪地看了他一眼,然后认真地看着自己的父亲。

"果刚族和内亚族共同遵守的诺言是什么?"博格长老微笑着提出最后的问题。

听到提问,陈默一阵恍惚。他依稀记得,菲兹曾经说过,可以在《诺斯比莫》里找到。

但现场似乎只有他一个人知道,除了他,没人能给出答案。陈默不会说,只是静静地看着。

"果刚族和内亚族共同遵守的诺言吗?哈哈,父亲,你还在为此努力吗?这就是你一直让我寻找《诺斯比莫》的原因?"博尔格冷笑着,看向周围。

没人笑,也没人能回答,所有人只是看着。

冷静下来,博尔特再次看向屏幕,博格长老依然在微笑地等待着。

"去他妈的,我不知道!"博尔特对着屏幕大喊道。

"回答错了,我亲爱的儿子,你再好好想想,它就在《诺斯比莫》法典的第一页,如果它在你身边,你可以翻开看看。"博格长老说道。

"我不知道,我已经把它烧了,它不在了!你的梦想,你的团结,你的国家见鬼去吧!"博尔特对着屏幕大喊道。

"我的儿子,太遗憾了,你的回答是错误的。好吧,按照规则,这笔钱将会转给政府支持的国家建设基金,将会被用在我们国家的建设当中,让内比亚变得更加和平富强。"博格长老最后的影像在微笑中消失。再也压抑不住愤怒的博尔特一把抓起电脑,重重地摔在地上。

"见鬼！见鬼！见鬼！"博尔特将电脑摔成碎片，还意犹未尽地在上面踩踏着。

"其实，我知道，只是我忘记告诉你了。"身边，目睹这一切的陈默，忽然微笑着说道，然后毫无意外地得到了一顿胖揍。

但陈默并不觉得疼痛，而只觉得畅快，刚刚郁结在心中的愤怒在此刻都已经化为乌有。

可他的畅快感仅仅停留了片刻，就被阿夫伦接下来的话扫荡得一干二净。

"他们说过，如果您答应要求，军火可以免费提供给您。唯一的条件是，成功之后，他们无条件拥有九十九年的开采权。"阿夫伦凑到博尔特身边，低声说道。

虽然声音放得很低，但在场所有人都听得清清楚楚，每个人都知道阿夫伦所说的他们是谁，更清楚九十九年的开采权意味着什么。

本想说什么，但他并没有开口。

阿夫伦在等待着。

博尔特思考良久，缓缓点头。

"答应他们。"他说道。阿夫伦兴奋地跑出人群之外，现场众人则表情各异。

"我要让你看到，我是怎么做到的。"博尔特一把拉起陈默，拖拽着他向土坡下走去。

身后，众人跟着，看着博尔特拖死狗一样将陈默拖到车上，然后开车向贫民窟的方向驰去。

车上，所有人都默不作声。作为守卫，雷神和机械师靠在一起，看守着陈默三人。

电门目光茫然，炸点则充满仇恨，陈默却是一脸释然。对于眼前这个结果，他完全可以接受，只是心中依然充满好奇。

"能说下为什么吗？"陈默看着雷神，询问道。

"知道老芭比为什么叫老芭比吗？"雷神没有回答陈默的问题，而是反问道。

陈默没有回答，因为他知道，雷神一定会说的。

"我们曾经隶属于一家安保公司，那是在十年前，我们接到了一份工作，外包的审讯工作，工作是由政府部门交给我们的，据说是几个十恶不赦的坏人。"雷神回忆着曾经的一幕，悠悠地说道。

"当时我们很年轻。"雷神看了一眼苍老的机械师，后者点点头。

"是的，相当年轻，年轻到我们并不理解一切，我们只知道，我们可以施展各种才能折磨别人，获得一种征服的快乐。"机械师说道。

"我、老芭比、机械师，我们三个人，疯狂地审讯他们。因为我们知道，他们是坏人，他们该被这么对待。"雷神接着说道。

"可是，我们没想到，我们的所作所为，其实一直有旁观者在看着。"

"他们是一群孩子,我们让他们看到了人类最丑恶、最残忍的一幕。"机械师回忆着,表情仿佛在经历炼狱一样。

"还有他们的老师,她当时恳求我们,他们答应我们所有的要求,只要放过孩子们。"雷神补充道。

"这才是他的目的,不是吗?"机械师自嘲地说道。

"是的,他达到目的了,那些孩子彻底完了。审讯持续了三天,他们作为观众被迫看了三天。他们封闭了自己,不再和人沟通,觉得这个世界是黑暗的。"

"我们犯了个大错,我们需要用我们的一切来弥补。"

"我们送他们去最好的医院,老芭比不再喝酒了,他用所有的报酬来支付孩子们的治疗费用。我们三个都是,这成了我们一辈子的梦魇。"雷神看着陈默,充满歉意地说道。

"那个人是本,对吗?"陈默询问道。

"是的,他是个魔鬼,我们有把柄在他手里,于是一次次被他要挟。三年前,他让我们透露那次行进路线,其实他本来希望我们参与袭击的,但被我拒绝了,这是我们的底线,我们不会再为他去杀人。"雷神说道。

"呸,底线,你们有底线吗?"一旁,炸点愤怒地咒骂道。雷神等人却并没有愤怒,而是一脸歉意和赧然。

"你为什么听他的?"陈默问道。

"还记得汉尼吗?他们整个村子的下场,就是我们拒绝服从他而付出的代价。你说过的那次枪伤,是他的命令,因为他觉得我们不老实了,他用这种方法控制着很多雇佣兵小队,驱使他们做他交代的事情,我们不可能是个例外。"雷神说道。

"他到底想干吗?"雷神的话在陈默脑海里勾勒出一个庞大的轮廓,在这个轮廓中间,是那个刚刚表情丰富而乖张的本。

陈默发现,自己虽然一直小心,但还是小看了对方。本,才是一切的始作俑者。

"没人知道,他驱使我们去干掉一群人,然后让另外一群人去干掉其他人,看似毫无头绪,内比亚的战乱就是这么来的。"机械师摇头说道。

"现在他联合博尔特,是想要分裂内比亚吗?"陈默看着众人,但没人能回答这个问题。

车子很快来到贫民窟,铠甲小队之前来过。他们很清楚,这里住着一群内比亚最底层的普通人,他们为衣食和生存而努力,却依然处在社会最底层。

车队进入村子,在一群全副武装的士兵驱赶下,村民们聚拢起来,很快在平地上汇聚成一大片。

看着在面前聚居的一大群人,博尔特站到汽车上,向众人挥着双手。

"他们,高高在上。他们,予取予夺。他们享受着一切,却让我们来承担贫穷和死亡,凭什么?!"博尔特大喊道,人们木然地看着。

"有没有考虑过,我们可以选择另外一种方式生活?和他们一样,在城市里,而不是在这片垃圾堆……"博尔特充满激情地大喊着。人群渐渐聚拢,靠近。

"怎么样?"在众人聆听着演讲的时候,本凑到陈默面前,微笑着询问道。

"什么怎么样?"陈默反问。

"你很快会成为一个巨大事件的亲历者,这不让人感到激动吗?"本问道。

"你说的大事件,是分裂自己的国家吗?"陈默说道。

"那又怎么样?"本并不在意。

"我很奇怪,你到底图的是什么?"看着一脸坦然的本,陈默好奇地问道。

"权力!你知道吗?这个东西让人着迷。十年前,我只是一个普通的调查员,当时我很年轻,我并没有意识到这一切,我只是一个对爱情充满幻想的毛头小伙子。我爱上了一个美丽的姑娘,期待与她结婚。她其实对我是有好感的,如果没有意外,我们会结婚、生子,在这个国家幸福地过下去。可惜,有个人半路插了一脚,他是个贵族,虽然他愚蠢,但他有权有势,他抢走了那个女孩。"本看着充满激情的博尔特,喃喃自语地说道。

"后来呢?"陈默看着博尔特,如果没有猜错,那个人应该是事件的另一个主角。

"后来?后来他得到了她,但我也让他付出了应有的代价。"本说着,露出迷人的笑容。

"知道我为什么要对你说这些话吗?"他向陈默问道。

"因为我要死了吧?"陈默老实地回答道。

"是的,博尔特需要士兵,这里不缺少士兵,但士兵的忠诚需要你来检验。一会儿,新招募的士兵会每人给你一刀。这是他们成为博尔特部下的关键,也是你能活到现在的原因。"本轻轻地拍了拍陈默的面颊,笑着说完,转身向远处走去。

听到本的话,陈默自嘲地摇了摇头,看着远处在博尔特的煽动下变得越来越狂热的众人,陈默发现,如果没有意外,他恐怕真的要死了。

死之前,总要做点什么吧?陈默努力思考着,却发现,什么都做不了。

一个阴谋

陈默像个死狗一样被拖到人群中。原本木讷呆滞的众人,在博尔特的煽动下已经变得疯狂。每个人都看着陈默,然后,从一旁的武装者手里接过一把狗腿刀。

所有人都在争先恐后地向前凑,如果不是有人拦着,陈默认为,自己恐怕现在就会被切成一片一片的。

博尔特阻止着,直到陈默被安全地拉到车厢上。他才再次挥手制止众人的冲动。

"杀戮，暴力，这是我们要做的事情，这个国家应该被我们毁掉！我知道，这耸人听闻，但事实就是如此，消灭那个讨厌的民族，我们将会取代他们！"博尔特疯狂地煽动着。

"如果你想加入我们，现在就是时候，只要你发誓效忠我，然后砍他一刀，你就会获得武器，成为我们的一员。"博尔特说着，指了指脚下的陈默，又指了指身后已经准备好的步枪。

人群开始涌动，有人试图冲上来，但被武装守卫拦了回去。

"好了，可以开始了！"远处，本用兜帽遮住了他果刚族的外貌，对博尔特大喊道。

博尔特点点头，然后挥了挥手。武装人员打开人墙，几个年轻的内亚族青年拿着狗腿刀冲了进来。

"年轻人，正是展现你们勇敢的时候！"博尔特说着，举起手，慈父一般地抚摸着几个人的头，然后指着陈默说道。

几个人对视了一眼，纷纷举着刀子走过来。

陈默看着周围。远处，电门等人已经被控制，黑洞洞的枪口指着他们，阻止着他们的行动甚至是想法。

近处，一群人正狂热地看着，期待着能加入，分一杯羹。

陈默了然于胸，他真的要死了！

没人能救他，如无意外，他很快会被人切成一团碎肉，连妈妈都认不出来。

他看向眼前的几个年轻人，他们目光中有忐忑，也有恐惧，当然还有狂热。

其实他们本来可以过上好日子的，铁路已经修好了，接下来就是富裕和平的生活。他们为什么要这么做？

陈默看不懂，不过他并不介意在最后的时刻弄清楚这点。

"你中午吃的什么？"陈默用中文问道。

对方一愣，但在身边人的催促下，他很快举起手里的狗腿刀。

"在我老家，我妈妈总会给我包饺子吃。"陈默笑了笑，向对方说道。

刀子下落，陈默看着刀光闪过，不自觉地闭上了眼睛。

……

良久，预想中的痛苦没有出现，陈默愕然，睁开眼睛，看到的是一个胖乎乎的女人。

"吉姆，他是个中国人吗？"胖女人看着举着刀子的青年，奇怪地问道。

"妈妈，我不知道。"被称为吉姆的青年摇头回答道。

"我听到了饺子，我记得很清楚。你出生的时候，我吃过一碗，我记得我跟你说过。"胖女人继续说道。

"那和现在没关系,妈妈,我们在做正经事。"吉姆看了看周围,小伙伴们已经露出笑容,这让他觉得自己受到了侮辱。

"怎么没关系?我听到他说话了,我要问一问。我不反对你去做正经事。如果他是中国人,你不能杀他。"胖女人一把推开自己的儿子,然后凑到陈默面前。

"你是中国人吗?"胖女人用蹩脚的中文问道。

"是的,我是中国人。"陈默想了想,认为自己的回答没错。

"天啊,他是中国人!"胖女人惊讶,惊喜,然后惊叫道。

"我说什么来着,他是中国人!他真的是中国人!"她大喊道,然后人群中响起一片欢呼。

"妈妈……"吉姆不知道发生了什么事,他拉了母亲一把,然后,他得到了一记耳光。

"你是个混球,吉姆,就和你爸爸一样。你竟然要杀中国朋友,你是笨蛋吗?你知道你是怎么生下来的吗?是一个中国医生,把你从我的肚子里拽了出来,否则你早就死掉了,就像你的三个哥哥一样!你会死在我的肚子里,就好像一团发臭的烂肉!现在,你却要杀你的恩人!"胖女人愤怒地说道,异常激动,索性伸出手不断敲打着儿子的脑袋。

现场变得有点混乱,一旁的博尔特看到这一幕,有点不知所措,场面很尴尬。他只能看着胖女人将儿子拉走,穿过人墙,消失在人群中。这时,他才重新恢复了点自信。

"好吧,我们暂时失去了一个朋友,不是因为他不勇敢,而是因为别的一些原因。那么现在,该谁了?"博尔特再次问道。

几个青年互相对视了一眼,一个人被推了出来。

"好吧,你来!"博尔格指了指陈默对他说道。这一次,陈默没闭眼,只是看着对方。

然后,又出现一个胖女人,不知道从哪里的角落冲出来,重演了刚刚的一幕。

场面再次变得混乱。一群女人和老人从人群中纷纷跑出来,对着刚刚还一脸狂热的年轻人连踢带打,拉的拉,拽的拽。在各种推搡中,人群渐渐变得稀疏。很快,原来群情亢奋的演练场变得稀稀落落。

陈默有点替博尔特担心,博尔特这个自负的家伙该如何收场?

博尔特也不知道,只能看着,看着这群人拉走自己未来的士兵,看着原本已经打开的局面重新变得冷清。

当现场最后一名青年被自己的妈妈拎着耳朵拽走时,陈默忽然发现,除了一地的狗腿刀,好像没人愿意杀他了。

"如果可以,我们是不是要换个地方再来一次?"陈默看了看站在自己旁边的博尔特，低声问道。

博尔特的愤怒忽然被点燃了，他一把抓住陈默，拿起一把狗腿刀架在他的脖子上。

"我可以杀掉你，不论何时何地。所以，如果你想多活两天，最好闭上嘴巴！"博尔特愤怒地说道。

"既然是真心相爱，她为什么会指控你强奸？"陈默认真地看着博尔特，忽然开口问道。

博尔特一愣，他一时间没法将自己的思维从眼前转向曾经，于是整个人都好像僵住了一样。

"你有没有想过，她是被逼的？"陈默继续问道。博尔特没有回答，但抓着陈默的手却松开了一些。

"你想说什么？"博尔特质问道。

"如果有人逼她作伪证来诬陷你，那这个人是不是才是真正的始作俑者？"陈默问道。

"你想用一个无聊的故事来让我放过你？"博尔格冷静了一会儿，试探着反问道。

"不，我只想让你不被人利用。这样，我死的时候至少能痛快一点儿。"陈默无所谓地耸耸肩膀，看着满地的狗腿刀，和周围一群荷枪实弹的士兵。

"你可以多活一分钟。"博尔特说道。

"足够讲一个绝对动听的故事。"陈默笑着说道，同时看向不远处低声与人交谈的本。

现代司法，最大的公正，就是体现在证据的完整性上。对于一个人来说，他怀疑一个人不需要证据，心存怀疑就足够了，足够摧毁一切。

陈默并不知道本到底是不是那个情敌，甚至不知道本和博尔特的关系，但这并不妨碍他将自己所推测的一切讲出来，然后剩下的一切就交给联想。人类的想象力可以为残缺的故事补足足够的细节。

本说得对，博尔格是个蠢货。愚蠢不是单方面的，而是双方面的，通常是一把双刃剑，会对敌我双方造成伤害。

陈默认真地讲着，将他所知道的一切连成一个合理的故事。

"……所以，她被迫作伪证，为了她的孩子，她知道她可以解决一切问题，因为他是她的超人，但她没想到的是，本的目的是逼死他。她得到他的死讯后，选择独自生下孩子，然后在他眼前自杀。"陈默平静地说完整个故事，然后看向博尔特。

让他意外的是，后者没有任何激动或者愤怒的表情，就仿佛在听一个娓娓道来的故事一样，这让陈默一度以为他所说的一切毫无用处。

等待片刻后，博尔特站了起来，跳下车厢，友善地拍了拍陈默的肩膀，向本走去。

接下来的一幕，是所有人都没有预料到的，博尔特走到本面前，忽然抽出手枪，对准他扣动扳机。

枪声接连响起，博尔特的表情平静而淡定，本则一脸惊诧。

两人纠缠着，直到本一脸愕然地倒在地上。

第二个开火的是本的护卫，雇佣兵护卫第一时间选择开火。火光中，博尔特被打成了筛子。

博尔特的卫队长开始反击，现场，一片狼藉。

陈默努力蜷缩着自己的身体，尽量缩小自己的目标。很快，一枚投掷过来的手榴弹满足了他的愿望。爆炸声中，陈默从车厢上被掀翻在地，他就势一滚，滚到车下，成为这场混战的旁观者。

枪战持续了几分钟，或许持续了很久，直到最后一声枪声响过，战场才重新恢复宁静。

陈默小心地从车里爬出来，硝烟中，他看到一个人向他走过来，陈默犹豫着要不要躲避，但他很快打消了这个念头。

来的人是电门，她快步跑过来，帮助陈默去掉身上的束缚，搀扶着他向前走去。

身后，又一个人追上来，是炸点，他也活下来了。这是个不错的消息。

三人搀扶着向前走去，然后，一阵轻微的金属碰撞声中，一个人影步履蹒跚地走过来，拦住他们的去路。

"永远不要和情绪化的人合作，我就是个教训。"这个人影看着三人说道。硝烟散去，本出现在三人眼前。

三人愕然，本微笑着解开衣服，露出一块中国制造的防弹插板，上面已经被子弹射得凹凸不平，背面却依旧完好。

"物美价廉。"本扔掉插板，然后举枪瞄向三人。

陈默看着对方的手指扣下扳机，本能地搂住电门。枪声响起，之后是子弹穿过肉体的沉闷声。

但是陈默没有感觉到疼痛，他睁开眼，原来是机械师冲过来挡住了本的枪口。

"错误一定要弥补，谎言除外。"机械师用力抓住本的手枪，后者恶狠狠地接连扣动扳机，子弹从机械师身上不断穿过，带走一缕缕鲜血和碎肉。

机械师无力地倒下去，临死前依然执着地抓着本。

本无情地踢开他的尸体，再次举枪瞄准三人。

枪声响起。这一次，倒下的是本，子弹从一个刁钻的角度射来，命中在本的脖子上。他吃惊地回头看去，看到的是坐在角落喘息的雷神。

众人看过去，雷神捂着自己的肚子，剧烈喘息着。

"这是我打得最准的一次。"雷神笑着说道，咳嗽了两声，鲜血顺着嘴角流了出来。

电门走过去，要去搀扶他，却被雷神制止。

"去看看他死了没，"雷神指了指本说道，"没死就再给他一枪。"

陈默接下了这个任务，来到本身边。本依然活着，脖子上，鲜血汩汩而出，带着血泡和血沫子，挣扎着想要去抓陈默，却抓了个空。

"你要死了。"陈默冷冷地看着他，毫不留情地说道。

"我知道，不过他们都一样，每个人都要死。"本露出一个笑容。

"你什么意思？"陈默感觉到一丝异样，连忙追问道。

"今天是通车的日子。"本笑着说道，然后笑容僵硬。

本死了，陈默却一身冰凉。

他终于知道本的计划了。通车，是的，他一直在打铁路的主意。

陈默不断翻找着，很快在本的身上找到一部电话。他熟练地拨通号码，很快，电话那边传来红的声音。

"本的计策是利用火车，他一定在火车上做了什么手脚！"陈默没有给红寒暄的时间，直截了当地说道。

"我刚刚查了那个中国人的信息，他在三年前失踪，就是你们遭到袭击的那次，他的身份是一名中方铁路工程师，负责铁路的设计与建造。"红透出的消息证实了陈默的猜测。

"所以，本的计划是这次通车仪式！"陈默思索片刻后说道。

"是的，通常我们认为，一次恐怖计划从策划到实施，只有几天时间。即便是9·11，也只用了半年时间，而他竟然从三年前就开始准备。"本的忍耐与谋划让红惊叹之余感到可怕，但更让她疑惑的是，对方的目的是什么？

"如果今天是通车仪式，那么都有谁会参加？"陈默脑海中闪过一丝灵光，连忙追问道。

"部长级别的人都会去，政府的所有高官都在现场。你知道，铁路对我们来说是件大事。"红想了想说道。因为本的逮捕是秘密的、私人的，这让她并没有被内政部除名，所以在回到自己的岗位后，她可以很轻松接触到必要的信息。

"如果我是本，我也会趁这个机会将所有的首脑一网打尽。"陈默想了想说道。

"但他会得到什么呢？"红问道。

"权力！他拥有内比亚唯一一支精锐部队的控制权，他会在恐怖袭击之后，毫无意外地接管整个国家。"陈默迅速说道，"只可惜，他选错了合作对象。"

"本在哪里？"红问道。

"他死了，不过，这并不是我们要考虑的问题。我们需要你把我们送上火车，如果他的计划真的是这样，那么，我可以担保，这辆火车会是一枚行走的炸弹。"陈默迅速判断道。

"告诉我地址，我派飞机过去接你。"红说完最后一句话，迅速挂断电话。

陈默收起电话，走向众人，炸点和电门蹲在雷神身边。陈默走过去，雷神已经停止了呼吸，两人静静地陪着他，似乎已经忘记了他曾经做过的事情。

"走吧，会有人来清理这一切的。"陈默走过去，对两人说道。

"去哪里？"炸点问道。

"拯救世界这么样？"陈默笑了笑说道。

尾 声

没有哪个超级英雄是整天等待着拯救世界的,除非他是个悲观的杞人忧天者,而这样的人,根本不可能成为超级英雄。

所以,拯救世界的人永远是平凡人,平凡到让人过目即忘。

此时此刻,内比亚的未来,恰恰就寄托在这样一个普通人身上。

部长不知道此刻自己该作何感想,在他面前的电子屏幕上,代表着火车的红色线段正在铁路上飞驰着,作为内比亚第一条贯通的铁路,它承载了太多的荣誉,即便没有在现场,部长也仿佛可以看到,挂在车头的巨大的红花,以及车上那群兴高采烈的人。

但他很清楚,这群人正被巨大的危险笼罩着。

在这列火车上,藏着一颗炸弹,炸弹将会以速度作为引爆的信号,一旦车速降低,炸弹就会爆炸,然后将火车上的所有人都送入地狱。

问题是,这对于此时此刻的内比亚来说,还不算是最危急的情况,更加危急的情况是,在这列火车的终点站,也就是内比亚首都,内比利亚的车站,正聚集着来自世界各国的代表团和政要,他们正等待着火车的到来,为即将降临内比亚的幸福和富足作一个见证。

可部长很清楚,这份见证中,肯定不包括那个停车后会立刻爆炸的炸弹。

面对眼前这种情况,部长可以做出的选择并不多,首先是立刻取消通车仪式,这是目前看来,可以将危机降到最低程度的最可行办法。但后果也是显而易见的,内比亚政府将变成一个笑话,是的,全世界的笑话。

所有人都会因此怀疑政府应对危机的能力,同时也会怀疑未来内比亚所能提供的安全保障,当然更重要的是,原本因为通车而带来的福利也将被降到最低。

当然,还有一种可能,就是一名英雄出现,挽救这一危局。无论这名英雄是穿着裤衩,还是踩着风火轮,对于内比亚来说都无所谓,只要他能解决这个问题,那他就一定是国家的恩人。

但现在看来，这显然比上一个选项更加不现实。

哦，好吧，或者还有一点点可能，因为就在刚刚，他的属下红，向他汇报，一名中国人已经提前得知了炸弹的事情，并乘坐直升机赶上火车，他将会进入列车解决炸弹的问题，虽然部长对此并不抱有任何期望。

一个普通人，真的能解决眼前这个天大的危机吗？

部长不知道，但现在他能做的就是选择相信这个人。

当陈默三人从直升机上降落到车顶时，火车仍然在行驶着。

火车乘务员早已得到通知，车上可能有爆炸物。全车搜索后，却并没找到任何有关爆炸的物品。这并不能让车上的人安心多少。恐惧在这个国家已经成为常态，人们会本能地接受最坏的结果。

事实上，这也有可能是唯一的结果。

"我怀疑是感应炸弹，一旦车速降低，它就会爆炸。"在车头的驾驶室里，炸点走过来对陈默低声说道。

"我现在最想知道的是它在哪里。"陈默看了看周围，车厢里的旅客们正看着两人，脸上丝毫不加掩饰地挂着恐惧和担忧的表情。

刚刚炸点所说的话，每一个人都听得清清楚楚——这列火车上，被装了炸弹，一旦车速降低，炸弹就会爆炸。

有人开始哭啼起来，有人在默默祷告，更多的人一脸木然地看着周围。

还有人尝试着想要打开车窗，但封闭的车窗让他们无计可施。一旁，司乘人员不厌其烦地劝阻着他们。毕竟，从时速三百公里的列车上跳下去，和自杀没什么区别。

混乱无可避免地蔓延开来。

"还有多长时间到内比利亚车站？"在确认了一下周围的情况之后，陈默转头向电门问道。

陈默看着火车上实时显示的车速，时速依然可靠地稳定在三百的数字上，这让他一直忐忑的心多少安稳了一些。

"按照现在的速度，最多还有一个小时。"电门估算了一下与内比利亚的距离，迅速回答道。

"如果没有意外，再过一小时，我们会带着一车炸弹驶入火车站，然后把我们和所有参加通车仪式的嘉宾一起炸死，是吗？"陈默思索片刻之后开口问道。

电门想了想，认真地点点头："是的！"

"一个小时，够我们做点什么？"陈默看着电门。电门的脸莫名地红了一下，但很快恢复正常。

"你准备怎么办？"炸点问道。

"把人全部转移到最后一节车厢，我们一段段找。"陈默对炸点说着，向众人招手。

"如果炸弹就在最后一节呢？"电门在一旁问道。

"只能靠运气，毕竟运气也是实力的一部分。"陈默说完，向司乘人员下达了命令。

人们被依次转移到最后一节车厢。在陈默的要求下，车厢连接被断开，看着车厢渐渐远离，并减慢速度，众人忐忑地等待着。

车速很快降低，300，200，100，80……当车子终于缓缓停下来的时候，爆炸并没有发生。

陈默一直悬着的心终于放了下来。

"第二节！"他命令道。

…………

车厢被一节节断开，当剩余的最后一节车厢准备被断开的时候，陈默看向身边的炸点和电门。

"我们赌一下，我觉得，炸弹应该在这节车厢，而不是车头。"陈默指了指车厢，炸点和电门低头看过去，然后陈默一把将他们推进车厢。

"陈默！"电门大喊，陈默却一下关闭了屏蔽门。

电门重重地撞在屏蔽门上，她大喊、呼叫，却根本打不开大门。陈默看着电门愤怒、咒骂、哭啼，然后冲她露出一个得意的笑容。

"扳道岔！任务结束！"陈默念着指令。

前面，扳道工扳开道岔，车头瞬间驰向另外一条铁路，那里尚未通车……

"当个火车司机，其实也不错。"看着空无一人的驾驶室，陈默悠然地坐在地板上，耐心地等待着……

（全书完）